Lotte Minck

Darf's ein bisschen Mord sein?

Lotte Minck (*1960) ist von Geburt halb Ruhrpottgöre, halb Nordseekrabbe. Nach 50 Jahren im Ruhrgebiet und etlichen Jobs in der Veranstaltungs- und Medienbranche entschied sie sich, an die Nordseeküste zu ziehen. Erst kürzlich überkam sie dort heftiges Heimweh, als sie nach Jahren auf dem Land zum ersten Mal in einen echten Stau geriet, der aus mehr als sieben Autos vor einer Ampel bestand und sich diese Bezeichnung dank einer halben Stunde totalen Stillstands redlich verdient hatte. Ihre Heldin Loretta Luchs und alle Personen in Lorettas Universum sind eine liebevolle Huldigung an Lotte Mincks alte Heimat.

Besuchen Sie Lotte Minck im Internet:
www.lotteminck.de
www.lovelybooks.de/autor/Lotte-Minck/
www.roman-manufaktur.de

Ruhrpott-Krimödien mit Loretta Luchs bei Droste:
Radieschen von unten
Einer gibt den Löffel ab
An der Mordseeküste
Wenn der Postmann nicht mal klingelt
Tote Hippe an der Strippe
Cool im Pool
Die Jutta saugt nicht mehr
Voll von der Rolle
Mausetot im Mausoleum
3 Zimmer, Küche, Mord

Ruhrpott-Krimödien mit Stella Albrecht bei Droste:
Planetenpolka
Venuswalzer

Lotte Minck

Darf's ein bisschen Mord sein?

Eine Ruhrpott-Krimödie mit Loretta Luchs

Droste Verlag

Figuren und Handlung dieses Romans sind frei erfunden. Ähnlichkeiten mit lebenden Personen sind rein zufällig und nicht beabsichtigt.

Bibliografische Informationen der Deutschen Nationalbibliothek
Die Deutsche Nationalbibliothek verzeichnet diese Publikation in der Deutschen Nationalbibliografie; detaillierte bibliografische Daten sind im Internet über http://dnb.d-nb.de abrufbar.

Umschlaggestaltung: Droste Verlag unter Verwendung einer Illustration von Ommo Wille, Berlin
Druck und Bindung: CPI – books GmbH, Leck
ISBN 978-3-7700-2123-9

www.drosteverlag.de

Kapitel 1

Wo ist der Tierschutz, wenn es darum geht, Hunde vor Modesünden zu bewahren?, fragt sich Loretta

Als ich die Ladentür öffnete, erklang das vertraute Bimmeln, das mich jedes Mal grinsen ließ, weil es so schön altmodisch war. Das ganze Geschäft wirkte, als wäre hier irgendwann in den Sechzigern die Zeit stehen geblieben, bis hin zur Ladenkasse. Hier wurde nichts mit nervtötendem Piepsen gescannt, hier wurden die Preise noch mit der Hand eingetippt. Neben der Kasse stand selbstverständlich ein großes Glas mit Kirschlollis, aus dem die Kinder sich bedienen durften – falls sie nicht vorher schon ein Stückchen Fleischwurst ergattert hatten. Eigentlich hatte Gitti das nach dem Entweder-oder-Prinzip handhaben wollen, doch endete es meist damit, dass die Kids in der einen Hand ein Stück Wurst und in der anderen einen Lolli als Beute aus dem Laden schleppten.

»Tach, Loretta«, sagte Gitti, die an der Frischetheke – so nannte man es wohl – gerade eine Kundin bediente, die sich prompt neugierig zu mir umdrehte. Aha, Frau Sievers; sie wohnte in meiner Nachbarschaft. Zumindest hatte ich sie schon oft mit ihrem Hund die Straße entlanggehen sehen.

»Tach, Gitti. Tach, Frau Sievers«, erwiderte ich und nahm mir einen der Draht-Einkaufskörbe, die sich neben der Tür zu einem Türmchen stapelten.

»Loretta, haste draußen gesehn? Rosenköhler, frisch geerntet aus Oppa Krause sein Garten. Du magst doch Rosenkohl?«, fragte Gitti, obwohl sie die Antwort kannte.

»Ich geh gleich mal gucken.«

Bimmelbimmelbimmel machte das Glöckchen, als ich wieder hinausging. Tatsächlich, knackfrischer Rosenkohl, noch am Stängel. Und da war auch Purzel, Frau Sievers' Rauhaardackel, den sie am Fahrradständer angebunden hatte. Als Purzel mich sah, erhob er sich von seinen vier Buchstaben und wedelte frenetisch.

Ich bückte mich zu ihm hinunter und tätschelte seinen Kopf. »Na du? Hat Frauchen dich wieder schick gemacht?«

Als hätte er mich verstanden, hörte er mit dem Wedeln auf und blickte mich so waidwund an, wie es nur Rauhaardackel können. Frau Sievers hatte ihm ein Mäntelchen angezogen, das offenbar von einem Modeschöpfer mit starkem Hang zu glamourösen Effekten stammte: Es war aus royalblauem Samt und mit goldenen Krönchen bestickt. Als hätte ein Rauhaardackel, meines Wissens eine der robustesten Hunderassen überhaupt, ein wärmendes Mäntelchen nötig – vom Design will ich gar nicht erst anfangen.

Immerhin hatten wir nicht klirrende Minusgrade, sondern einige Grad über null, obwohl es kurz vor Weihnachten war. Dass überall nach Schnee geplärrt wurde, konnte ich kein Stück verstehen. Wer Schnee wollte, sollte nach Bayern ziehen. Oder in die Arktis. Hier im Ruhrpott braucht den Schnee kein Mensch.

Na ja – *ich* nicht.

Vielleicht mal für einen Tag oder so, wenn ich nicht unbedingt Auto fahren musste. Dann würde ich mit der Kamera in den Park gehen und ein paar hübsche Fotos machen, aber gleich danach dürfte der Schnee von mir aus rückstandslos wieder verschwinden.

Purzel fiepte und sah mich flehend an.

»Ich verstehe, dass die Kutte dir peinlich ist«, murmelte ich mit einem abschließenden Kraulen, »aber ich kann dich leider nicht davon befreien, dann schimpft dein Frauchen mit mir. Trag sie mit Würde, Purzel. Wer, wenn nicht du? Siehste.«

Er seufzte schwer und setzte sich wieder hin.

Als ich den Laden wieder betrat, standen Gitti und Frau Sievers an der Kasse.

»Ihr Purzel sieht heute ja aus wie ein Märchenprinz«, sagte ich zu Frau Sievers, und ihr Gesicht leuchtete auf.

»Ja, nicht wahr? Ist aus dem Shopping-Fernsehen. Nicht gerade ein Schnäppchen, aber ich wusste sofort, das ist wie gemacht für mein kleines Schätzchen.«

»Es kleidet ihn ganz vortrefflich«, erwiderte ich und drehte mich schnell weg, denn hinter ihrem Rücken rollte Gitti mit den Augen und ließ den Zeigefinger an der Schläfe kreiseln.

Während die Damen noch ein wenig tratschten, schlenderte ich an den Holzregalen entlang. Hier gab es so herrliche Dinge wie Perlsago, Puddingpulver zum Kochen, Scheuerpulver und Kernseife. Der Honig kam vom lokalen Imker, die Marmelade von Damen aus der Nachbarschaft. Biobauern aus der Umgebung lieferten Käse, Gemüse, Wurst und Fleisch. Das Angebot war überschaubar, aber von überragender Qualität. Gut, ich bekam hier im Dezember keine Himbeeren, aber wurde nicht sowieso empfohlen, sich regional und saisonal zu ernähren? Na also. Seit ich Gittis Laden kannte, kaufte ich kaum noch beim Discounter ein.

Ich hatte das Geschäft gleich bei meinem ersten sonntäglichen Erkundungsrundgang entdeckt, als ich vor einigen Monaten in dieses Viertel gezogen war. Ich hatte es kaum glauben können: ein echter Tante-Emma-Laden! Zwei Schaufenster, in der Mitte die Ladentür. *›Lebensmittel Scheffer‹* verkündete die altmodische, geschwungene Neonschrift oben an der Fassade, und an der rechten Schaufensterscheibe prangte ein fetter grüner Aufkleber mit gelber Beschriftung. Ich traute meinen Augen nicht, aber da stand tatsächlich: *›Leute, kauft bei Scheffer ein, denn Scheffer hält die Preise klein!‹* Mit Ausrufezeichen. Wie lustig war das denn bitte? Eine Gisela Scheffer sei die Eigentümerin, informierte mich ein kleines Schild im Fenster, und die angegebene Adresse legte die Vermutung nahe, dass sie über dem Laden wohnte.

Gleich am nächsten Tag ging ich dort einkaufen; der Fußweg zwischen meinem neuen Zuhause und diesem Geschäft betrug ziemlich genau fünf Minuten. Irgendwie hatte ich eine gemütliche Omi mit grauem Dutt und weißem Kittel erwartet, deren Vater vor Urzeiten das Geschäft eröffnet hatte, aber Gitti war nichts dergleichen. Vom Alter her residierte sie durchaus in der Omi-Kategorie, aber sie war ein drahtiges Persönchen mit strohblond gebleichtem Haar und kohlschwarz nachgezogenen Augenbrauen. Ihren Mozartzopf hielt stilecht eine Samtschleife zusammen, und ihr Lippenstift war für meinen Geschmack einen Tick zu rosa.

Mittlerweile wusste ich, dass sie ein Faible für Oberteile mit jeder Menge Paillettengedöns in durchaus mutigen Farben hatte, die vermutlich vom selben Designer stammten wie Purzels Prunkmäntelchen. Dazu trug sie Jeans und bequeme Schuhe. Ach so, und einen stets offenen Nylonkittel, der in Farbe und/oder Muster nie auch nur im Ansatz zum jeweiligen Pulli des Tages passte. Sie war ein optisches Gesamtkunstwerk, genau wie meine geliebte Kollegin Doris. Nur *noch* greller.

Unsere erste Begegnung war denkwürdig. Ich betrat den Laden, und die prachtvoll glitzernde Gitti musterte mich prüfend.

»Tach. Sie habbich noch nie hier gesehn«, sagte sie zur Begrüßung.

»Ich bin auch gerade erst hergezogen«, erwiderte ich. »Frau Scheffer, nicht wahr? Ich bin Loretta Luchs. Ich denke, wir sehen uns in Zukunft öfter.«

Keine Ahnung, was mich dazu trieb, mich mit Namen vorzustellen; schließlich war ich nicht in einem Loriot-Film. Auch wäre ich im Discounter in tausend kalten Wintern nicht auf die Idee gekommen, der Kassiererin meinen Namen zu nennen. Wahrscheinlich hatte ihr Anblick mich derart verblüfft, dass ich nicht mehr so genau wusste, was ich sagen sollte. Wie auch immer: Es war genau das Richtige gewesen.

Strahlend hielt sie mir die Hand hin. »Freut mich, Loretta. Ich bin die Gitti. Wat kann ich denn für dich tun?«

»Weiß ich gar nicht so genau. Ich hab Ihren …« Ihre pechschwarzen, dünnen Brauen schossen hoch, und ich fuhr hastig fort: »Also, ich hab deinen Laden gestern entdeckt, und jetzt will ich mich mal umsehen, wenn ich darf.«

Sie nickte. »Nur zu. Wat ich nich hab, kannich besorgen. Körbe sind neben der Tür.«

Damit wandte sie sich wieder der Lieferung zu, die sie gerade auspackte, und ließ mich in Ruhe.

Mittlerweile kannte sie meine Vorlieben – wie die jedes ihrer Stammkunden – und wies mich immer auf frisch eingetroffene Ware hin, von der sie wusste, dass ich sie mochte. Wie in diesem Fall auf den Rosenkohl von Oppa Krause.

Untermalt von einem Bimmeln hatte Frau Sievers den Laden verlassen, und jetzt hörten wir sie draußen mit ihrem Purzel reden. In Babysprache, versteht sich. »Ei, ei, ei, wie sich mein tleines Männlein freut! Will mein tleines Männlein mit der lieben Mami Teita gehen? Na? Na?«

Gitti warf mir einen beredten Blick zu. »Da hat dat *tleine Männlein* wohl keine Wahl, wat? In wat hat Lore die arme Socke denn heute reingepfercht? Schottenkaro?«

»Nee. Blauer Samt mit goldenen Krönchen.«

Theatralisch warf Gitti die Hände in die Luft. »Dat müsste verboten werden, so 'ne hilflose Kreatur dem öffentlichen Spott auszuliefern. Wo ist der Tierschutz, wenn man ihn braucht, frag ich dich?«

Prustend schüttelte ich den Kopf. »Ach, lass sie doch. Es

macht ihr halt Spaß, für ihren geliebten Purzel hübsche Sachen zu kaufen.«

»Hübsch? Na, ich weiß nich.«

Verzweifelt bemühte ich mich, den paillettenverzierten Hirsch auf ihrem Pullover nicht allzu auffällig anzuglotzen. An den Enden seines Geweihs baumelten gestickte Christbaumkugeln. Himmel, hilf. Aber immerhin fügte sich Gitti auf diese Weise nahtlos in die vorweihnachtliche Dekoration des Ladens ein. Blinken und Glitzern, wohin man blickte.

Da ich nichts sagte, fuhr sie fort: »Du ziehst deinem Kater doch keine hübschen Kleidchen an, oder? Obwohl du ihn liebst. Siehste.«

Natürlich wusste sie von Baghira, da ich auch Katzenfutter bei ihr kaufte.

»Nee. Aber der schält mir auch mit seinen Krallen die Haut in Streifen vom Gesicht, wenn ich das versuche.«

Gitti kicherte meckernd, dann deutete sie auf den Rosenkohlstängel in meiner Hand. »Spitze, die Kohlköpfchen, astreine Qualität. Fest und knackig wie der Hintern vonne Svetlana. Dat is die russische Stangentänzerin zwei Häuser weiter.«

Kurz stellte ich mir die Frage, woher sie so genau über die Beschaffenheit von Svetlanas Hintern Bescheid wusste, aber dann zuckte ich innerlich mit den Achseln. Gitti wusste einfach alles.

»Wat darf's denn sonst noch sein?«, fragte sie.

»100 Gramm Stinkekäse.«

Sie nickte, ging hinter ihre Frischetheke und packte den Tilsiter-Laib aus, den sie dann auf ihre altmodische Schneidemaschine legte. »Dick oder dünn?«

»Mittel.« Während die Maschine surrte, sondierte ich das Angebot. »Die Koteletts sehen fantastisch aus, davon nehme ich eins. Du hast doch mehligkochende Kartoffeln?«

Wieder nickte sie. »Draußen. Nimm die Agria. Willze Pü

von machen, hm?« Sie zwinkerte. »Dann weiß ich ja genau, wat heute bei dir auffen Tisch kommt: ein schönes, lecker paniertes Kotelett, gebratener Rosenkohl und Kartoffelpü. Du weißt, wat gut ist.«

»Mensch, Gitti, du bist ja eine richtige Hellseherin«, sagte ich grinsend.

Sie nickte geistesabwesend, denn sie war ganz mit meinem Käse beschäftigt. Erst nahm sie eine Scheibe vom kleinen Stapel auf der Waage, dann legte sie sie wieder drauf. Hm. Ich wusste, was das bedeutete: Scheibe weg – unter 100 Gramm; Scheibe drauf – mehr als 100 Gramm. Natürlich hätte ich direkt drei oder vier Scheiben Käse verlangen können, aber dann hätte ich mich um die Mutter aller Tante-Emma-Laden-Floskeln gebracht.

Gitti sah hoch und zwitscherte: »Darf's ein bisken mehr sein?«

»Aber natürlich!«, tirilierte ich zurück.

Machen wir uns nichts vor: Erst dieses kleine Ritual macht den Einkauf in einem Lebensmittelgeschäft alter Schule komplett. Für mich jedenfalls.

Draußen suchte ich mir ein paar wohlgeratene Exemplare aus der Kiste mit den Agria-Kartoffeln und legte sie in meinen Korb. Gerade wollte ich wieder hineingehen, als mir aus dem Augenwinkel auf der gegenüberliegenden Straßenseite zwei Männer auffielen. Sie schienen das Haus, in dem Gittis Laden sich befand, zu begutachten. Gerade noch hatte der eine, ein großer, schlaksiger Typ, hierhin und dorthin gezeigt. Als ich jedoch genauer hinsah, beugte er sich zusammen mit dem anderen, der deutlich kleiner war, über ein Klemmbrett, auf das der Kleine etwas schrieb. Ihre Gesichter konnte ich deshalb nicht erkennen, zumal sie Kapuzen über die Köpfe gezogen hatten.

Was hatte das denn bitte zu bedeuten?

»Sag mal, willst du dein Haus verkaufen?«, fragte ich Gitti, als wir an der Kasse standen.

»Wat? Nie im Leben. Wie kommste darauf?«

»Weil da drüben zwei Typen stehen und sich eindeutig über dieses Haus unterhalten«, erwiderte ich und deutete durch die Scheibe über die Straße. Dann ließ ich die Hand sinken. Die Männer waren weg.

Gitti spähte nach draußen, wandte sich mir wieder zu und sah mich fragend an.

»Keiner mehr da«, murmelte ich.

»Vielleicht gehören die zu dem Kerl, der letztens hier war und wissen wollte, wie viel ich für dat Haus haben will. Er hat wat gelabert von wegen man will hier irgendwat hinbauen. Hat mich nich die Bohne interessiert.« Sie zuckte mit den Schultern. »Dat ist mein Elternhaus, dat ist unbezahlbar, habbich dem gesagt, hier kriegste mich höchstens mit die Füße zuerst raus.«

»Und? Wie hat er reagiert?«

»Nich grade begeistert. *Alles hat seinen Preis,* hat er gesagt, dann ist der Heiopei wieder abgezittert.« Sie schnaubte höhnisch. »Alles hat seinen Preis? Dat wüsste ich aber. Mein Elternhaus nich, und ich erst recht nich.«

»Hat er denn den Eindruck gemacht, er könnte sich mal eben ein Haus kaufen?«, fragte ich weiter. Allmählich wurde die Geschichte interessant, fand ich.

»Du stellst aber viele Fragen.« Gitti musterte mich belustigt. »Wie 'n reicher Schnösel sah er nich gerade aus. Aber auch nich wie einer, der mit 'ner Pulle Bier durch die Gegend torkelt. Heutzutage haben die reichen Leute ja nicht automatisch 'nen feinen Anzug an und 'ne fette Zigarre im Mund. Wat weiß ich, wie viel Geld der auffem Konto hat. Ist aber auch schnurz. Der kriegt mein Haus nich.«

Sie hatte natürlich recht mit dem Anzug und der Zigarre. »Hat er auf dich irgendwie bedrohlich gewirkt?«

Gitti hob die Brauen. »Bedrohlich? Nich die Spur. Außerdem habbich hier anne Kasse 'nen Baseballschläger. Wer mir krumm kommt, kriegt den vor die Birne, aber ratzfatz.«

Das konnte ich mir lebhaft vorstellen. »Bist du schon mal überfallen worden?«

Sie nickte grinsend. »Ja, dat war so 'n Bengel aus der Nachbarschaft, den ich schon kannte, wie der mir nur bis zum Knie reichte. Wohnt schon länger nich mehr hier. War irgendwann total tätowiert, auch anne Hände. Steht der plötzlich abends vor mir und will dat Geld aus meiner Ladenkasse. Hat sich so 'ne Skimaske übergestülpt, aber vergessen, Handschuhe anzuziehn, der Volltrottel. Ich guck ihn an und sag: *Pass auf, Bernie, wenn du einfach wieder verschwindest, bleibt die Sache hier unter uns. Und deiner Mutter sag ich auch nichts; die würde sich deinetwegen halb zu Tode schämen, und dat hat sie nich verdient. Aber lass dich nie wieder in meinem Laden blicken, verstanden?*«

Atemlos hatte ich zugehört. »Und weiter?«

»Nix weiter. Bernie ist rausgeschlichen wie ein begossener Pudel, und ich hab ihn nie wieder gesehn. Aber seitdem liegt hier ein Baseballschläger. Man weiß ja nie.«

Baghira saß auf der Fensterbank und sah mir interessiert zu, als ich meine Einkäufe zu Hause auspackte und verstaute. Die beiden Männer gingen mir nicht aus dem Kopf, stellte ich fest.

»Warum interessieren die sich derart für Gittis Häuschen?«, fragte ich den Kater, dessen Aufmerksamkeit allerdings zu hundert Prozent auf das Kotelett gerichtet war, das bestimmt verführerisch duftete, da es nur in Papier eingeschlagen war. »Was wollen die da hinbauen? Ein neues kleines Haus?«

Denn groß war das Gebäude wahrlich nicht. Zumindest nicht, wenn man davon ausging, was an der Straße zu sehen war. Wie breit mochte es sein? Zehn bis zwölf Meter vielleicht? Unten der Laden, darüber Gittis Wohnung – nicht gerade ein

Palast. Allerdings hatte ich keine Ahnung, was sich dahinter verbarg. Seitlich gab es ein blickdichtes Tor, etwas breiter als eine handelsübliche Einfahrt. Wenn Ware geliefert wurde, geschah das durch dieses Tor: Der jeweilige Lieferant fuhr hindurch bis zu einer Seitentür, die zum Lagerbereich des Geschäfts führte; dort wurde abgeladen. Das hatte ich mal im Vorbeilaufen gesehen.

Aber bis wohin reichte das Grundstück? Vielleicht ja bis zum Horizont? Konnte doch sein, dass noch weitere zehn von Gittis Häuschen dahinterpassen würden?

»Oder«, sagte ich zu Baghira, »es steht auf einer verschütteten Goldmine. Oder einer Ölquelle. Und Gitti weiß nichts davon. Wie auch immer: Hoffentlich rücken die Kerle ihr deswegen nicht weiter auf die Pelle.«

Mit zuckenden Ohren starrte Baghira mich aus großen Augen an. Als er zu dem Schluss kam, dass keines meiner Worte irgendwie nach Fressi geklungen hatte, sprang er von der Fensterbank auf den Boden, streckte sich ausgiebig und stolzierte zur Terrassentür. Dort setzte er sich hin und blickte abwechselnd mich und die Klinke an. Als ich nicht umgehend reagierte, miaute er fordernd.

»Ist ja schon gut.«

Ich öffnete die Tür für ihn und blieb dort stehen, denn ich kannte das Ritual, das jetzt folgen würde: Es war Zeit für seine Runde durchs Revier. Meine Souterrainwohnung verfügte nach hinten raus über eine große Terrasse, die komplett von einer dichten Hecke umgeben war. Baghira marschierte dicht an der Hecke entlang, beschnüffelte den einen oder anderen Blumentopf, sah noch kurz unter dem Pavillondach nach dem Rechten und schlängelte sich dann wieder an mir vorbei ins Haus.

Wäre das also auch erledigt.

Kapitel 2

Loretta entdeckt, wie klein die Welt manchmal ist und dass ein gewisser Wohlstand nicht zwangsläufig sichtbar sein muss

In diesem Jahr waren wir ganz schön spät dran, Doris und ich. Also, eigentlich war Doris spät dran, und ich hing mit drin, weil ich ihr immer dabei half, die zahllosen Geschenke für ihre Familie einzupacken. Ihr Nachwuchs, der sich auch bereits vervielfältigt hatte, durfte sich jedes Jahr über mindestens drei hübsch dekorierte Päckchen pro Nase freuen.

Da Erwins diesbezügliches Talent dramatisch unterentwickelt war – vielleicht gab er sich aber auch nur ungeschickt, man wusste es nicht –, unterstützte er uns, indem er uns mit Leckereien versorgte.

Doris liebte es, Geschenke zu machen.

Das ganze Jahr über benutzte sie ihr Handy, um sich selbst Sprachnachrichten zu hinterlassen. *Erwin mag den gestreiften Schal bei Herrenmoden Schrader im Schaufenster* oder *Irene braucht eine vernünftige Rosenschere* lauteten die Botschaften an sich selbst, die sie dann systematisch abarbeitete. Jeder bekam sein eigenes Geschenkpapier und dazu passendes Schleifenband, damit zusammengehörige Gaben sofort erkennbar waren. Die Vermutung lag nahe, dass sie der Geschenkpapierindustrie ungefähr 40 Prozent des Jahresumsatzes bescherte.

Wenn ich also – traditionell an einem späten Samstagvormittag – zur alljährlichen Verpackungsorgie eintraf, war stets alles generalstabsmäßig vorbereitet: Papier, Band und Gaben lagen jeweils zu Haufen geschichtet bereit, sodass auch ich loslegen konnte, ohne unnötige Fragen stellen zu müssen. Traditionell untermalte Doris die Aktion durch das Abspielen von CDs mit Weihnachtsliedern, gerne vom seligen James Last und seinen siebentausend Geigern interpretiert. Wahrlich nicht meine Lieblingsmusik. Aber wenn Doris dann die bekannten Melodien lächelnd mitsummte, war ich nur zu gern bereit, den süßlichen Musikbrei ihr zuliebe auszuhalten. Außerdem gab es immer diesen selbst gemachten Eierlikör, mit dem ich mir den Schmalzterror zur Not schönsaufen konnte.

Als Erwin uns zum Essen rief, hatten wir ungefähr ein Viertel des Pensums geschafft. In der Küche erwartete uns Köstliches vom Grill, dazu Kartoffelgratin und Gurkensalat.

»Ist es zum Grillen nicht etwas zu frisch draußen?«, fragte ich, als ich mich an den gedeckten Tisch setzte.

Erwin warf mir einen beredten Blick zu. »Ernsthaft? Sehe ich aus wie eine Frostbeule? Das ist doch nicht *kalt* draußen!«

Nun, das war durchaus diskutabel.

Eskimo oder Menschen aus Sibirien glaubten sich bei den momentanen Temperaturen vermutlich in den Tropen, aber ich fand fünf Grad über null nicht gerade warm. Ich hätte wenig Lust gehabt, draußen neben einem Grill auszuharren. Erwin hatte wahrscheinlich nicht einmal eine Jacke über sein T-Shirt gezogen. Ich hatte ihn auch schon bei Eis und Schnee grillen sehen; lediglich monsunartiger Regen in Kombination mit starkem Wind konnte ihn davon abhalten.

Wie auch immer – ich profitierte gern von seiner Leidenschaft und freute mich über Bratwürstchen und Steaks.

Während ich es mir schmecken ließ, fiel mir ein, dass ich ihn etwas fragen wollte.

»Sag mal, Erwin, das Viertel, in dem ich jetzt wohne – war das nicht mal dein Revier?«

Er nickte kauend, dann schluckte er den Bissen herunter. »Ja, stimmt. Ich war nicht nur dort auf Streife, aber ziemlich häufig. Warum fragst du?«

»Kennst du die Gitti Scheffer?«

»Klar kenne ich die Gitti. Hat mir immer einen Apfel spendiert, wenn ich dort vorbeigelaufen bin und sie mich gesehen hat. Ich hab oft ein bisschen mit ihr geschwatzt, wenn die Gelegenheit sich bot.«

»Mit der Gitti Scheffer bin ich übrigens zur Schule gegangen«, sagte Doris zu meiner Überraschung. »Macht sie immer noch den Laden?«

Damit war auch geklärt, wie alt Gitti war: über siebzig. Dafür war sie noch verdammt flott unterwegs. Genau wie Doris, aber Gitti stemmte tagtäglich ihren Laden. Wareneinkauf, von morgens bis abends im Geschäft stehen, nie Urlaub machen. Vielleicht war es genau das, was sie so fit hielt.

»Ach, dann kennst du bestimmt auch ihre Familie, Doris?«, fragte ich.

»Sicher. Ganz früher hab ich ja auch in der Gegend gewohnt«, erwiderte Doris. »Also haben wir auch immer dort eingekauft. Gitti hat ihren Eltern schon als kleines Mädchen im Laden geholfen. Im Nachhinein hat es sich als Glück herausgestellt, dass sie über alles Bescheid wusste, denn sie war noch relativ jung, als ihre Eltern mit dem Auto verunglückt sind. Vielleicht Mitte zwanzig. Und plötzlich hatte sie das Geschäft an der Backe. Die Melitta – ihre Schwester – war da längst verheiratet und aus dem Haus; die hatte kein Interesse. Den Laden abzugeben, kam für Gitti nicht infrage, also hat sie ihn weitergeführt.«

»War sie nie verheiratet?«

Doris schüttelte den Kopf. »Nee, nicht dass ich wüsste. Es gab da zwar mal einen jungen Mann, aber sie hatte nach dem Tod ihrer Eltern schlicht keine Freizeit mehr. Sie konnte keine Ausflüge machen oder abends tanzen gehen, dazu war sie nach der vielen Arbeit zu müde. Aber ich weiß natürlich nicht, was genau sie seitdem an jedem Tag ihres Lebens gemacht hat. Diese Frage kann Erwin dir vermutlich viel besser beatworten.«

»Ein Ehemann? Hab nie einen gesehen«, sagte Erwin.

So war das also. Gitti stand seit beinahe fünfzig Jahren alleine in ihrem Laden und hatte vermutlich nie etwas anderes gemacht. Oder sich mal etwas gegönnt.

»Erstaunlich, dass der Laden sich behaupten konnte. Viel kann der nicht abwerfen, oder?«

Erwin legte sein Besteck beiseite und musterte mich neugierig. »Diese Fragen stellst du doch nicht ohne Grund. Hat Gitti irgendwelche Probleme?«

»Probleme? Ja, vielleicht … nee, keine Ahnung. Bestimmt sehe ich Gespenster.« Ich zuckte mit den Schultern. »Nur so ein blödes Gefühl.«

»Blödes Gefühl?« Erwin hob die Brauen. »Aber das kommt doch nicht aus dem Nirgendwo. Was ist passiert?«

»Ach, es ist bestimmt nichts. Sie hat mir erzählt, dass letztens jemand bei ihr war und ihr das Haus abkaufen wollte. Sie hat abgelehnt und ihn aus dem Laden geworfen. Ich frage mich, warum sie das Angebot nicht annimmt.«

»Weil sie bestimmt ihr Leben liebt, so wie es ist«, sagte Doris. »Sie hat zu tun, und sie wird gebraucht. Und das in ihrem Alter. Ist doch toll.«

»Ich würde sie ganz sicher vermissen, wenn es sie und ihren Laden nicht mehr gäbe«, erwiderte ich. »Aber hat sie es sich nicht auch verdient, einen gemütlichen Lebensabend zu haben? Sich die Kohle zu schnappen und auf Weltreise zu gehen, vielleicht? Sie sollte den Rest ihres Lebens genießen.«

»Den Rest ihres Lebens?« Doris schnaubte entrüstet. »Jetzt mach aber mal ’n Punkt, junge Dame. Die Gitti ist in meinem Alter, und ich bin weit davon entfernt, an einen drögen *Lebensabend* zu denken. Also wirklich.«

Ups. Da hatte ich wohl mit Anlauf eine Arschbombe ins Fettnäpfchen gemacht. Andererseits hatte Doris doch selbst gerade Gittis Alter angeführt … aber es kam wohl immer darauf an, wer dieses Thema anschnitt. Das sollte ich mir unbedingt merken.

»Du setzt gerade die Freundschaft mit meinem Täubchen aufs Spiel, Loretta«, sagte Erwin grinsend. »Die beiden sind doch junge Hüpfer.«

»Natürlich sind sie das! Ich habe mich blöd ausgedrückt. Ich wollte nicht sagen, dass Gitti zu alt für den Job ist. Aber sie hat ihr Leben lang geackert. Sie hat keine Familie wie du, Doris. Du bist umgeben von Menschen, die dich lieben. Sie hockt abends alleine in ihrer Wohnung. Denkt ihr nicht, dass sie sich auch mal amüsieren möchte? Zumal ihr nicht eine bestimmte Summe geboten wurde, oh nein. Sie soll sagen, was sie haben will.«

»Nicht für alles auf der Welt gibt es einen Preis, Loretta.« Doris lächelte. »Ich freue mich, von Gitti zu hören. Sie ist ein Teil meiner Kindheit. Ich glaube, ich werde sie demnächst mal besuchen.«

Nach dem Essen packten wir weiter Geschenke ein. Wir hingen unseren Gedanken nach. Ich war mir nicht sicher, ob Doris mir meine Bemerkung über ihr Alter noch übel nahm.

»Du, Doris ... ich wollte dich vorhin nicht beleidigen oder respektlos sein.«

Doris blickte mich überrascht an; offenbar hatte sie keinen Schimmer, wovon ich sprach.

»Na, die Sache mit dem Lebensabend«, fügte ich hinzu.

Sie winkte ab. »Ach das. Schon längst vergessen. Du willst ja nur, dass es ihr gut geht.«

»Genau. Ich dachte, sie kann das Geld vielleicht gut gebrauchen, weißt du? Mit dem Laden kann sie keine Reichtümer angehäuft haben. Vielleicht *muss* sie weiterhin arbeiten. Wie hoch kann ihre Rente schon sein?«

»Glaub mir, sie braucht das Geld nicht.«

»Gut, sie muss wahrscheinlich keine Miete zahlen, weil ihr das Haus gehört, aber …«

»Schätzchen, Gitti gehört nicht nur das Haus, sondern die halbe Straße, soweit ich weiß.«

Vor Verblüffung fiel mir beinahe die Schere aus der Hand. »Wie bitte?«

»Hätteste nicht gedacht, wie?« Doris grinste vergnügt. »Ihr Vater war ein echter Sparfuchs, und seinerzeit war er der einzige Lebensmittelhändler weit und breit. Bei ihm konnte man anschreiben lassen, wenn das Geld am Monatsende mal knapp war. Und er hat Leuten, die nicht so gut zu Fuß waren, die Einkäufe nach Hause geliefert. Ich seh ihn und seine Frau noch in ihren weißen Kitteln im Laden stehen. Immer freundlich und zuvorkommend. Und mittendrin die kleine Gitti. Während wir uns zu Weihnachten einen Kaufmannsladen wünschten, um damit zu spielen, hatte sie einen echten. Ich glaube, als Kind hat sie es als Spiel betrachtet, Äpfel auszuwiegen, die Einkaufskörbe zu stapeln und für Kunden Dinge aus dem Lager zu holen.« Sie lächelte versonnen. »Ich habe sie damals richtig beneidet.«

»Hm. Ohne dich in deiner sentimentalen Rückschau stören zu wollen, Doris, käme ich gerne noch mal zurück zu der *halben Straße,* die ihr gehört.«

Doris zuckte mit den Schultern. »Na ja, wie man halt so sagt, nicht? Vier oder fünf Häuser sind es wohl, soweit ich weiß. Wenn sie also Geld brauchen *würde,* müsste sie nur eins davon verkaufen, und schon wäre die Brieftasche wieder voll. Dass sie sich gerade von ihrem Elternhaus keinesfalls trennen will, kann ich gut verstehen. Du etwa nicht?«

»Doch, natürlich. Aber so viele Häuser zu besitzen, bringt auch gleichzeitig viele Verpflichtungen mit sich. Du sitzt doch nicht nur da und kassierst die Miete. Wenn im Dach ein Loch ist, muss der Besitzer ran.«

»Tja, keine Rose ohne Dornen.«

»Mein Röschen hat keinen einzigen Dorn«, sagte Erwin, der in diesem Moment mit einem Tablett hereinkam. Er beugte sich zu Doris und gab ihr einen Kuss. »Hier ist ein wenig Süßkram zur Stärkung. Worüber redet ihr?«

»Immer noch über Gitti«, erwiderte ich. »Wenn sie so viele Häuser hat, ist sie doch auch für die anfallenden Reparaturen zuständig, oder?«

Erwin schob sich ein weihnachtlich aussehendes Plätzchen in den Mund und nickte kauend. »Daff mafft der Ffemf.«

»Was? Bitte runterschlucken und wiederholen.«

Er lachte dröhnend und ließ seine Minipli-Löckchen tanzen. »Das macht der Jens, habe ich gesagt.«

»Warte mal – Jens? Heißt so nicht der Sohn ihrer Schwester?«, fragte Doris.

»Genau.« Erwin nickte. »Er hat einen Handwerkerbetrieb, denke ich. Oder ist es eine kleine Baufirma? Ich erinnere mich nicht. Auf jeden Fall hat er immer die Reparaturen erledigt. Zumindest in den letzten paar Jahren. Das hat sie mir mal erzählt, als ich vor drei Jahren oder so bei ihr reingeschaut habe.«

»Zu günstigen Preisen, vermute ich.«

»Da dürftest du richtig vermuten. Aber dagegen ist ja nix zu sagen.«

Nee, da hatte er wohl recht.

Am nächsten Morgen dehnte ich meinen traditionellen Spaziergang, der stets an Franks Kiosk endete, etwas aus. Ich ging einen Umweg an Gittis Laden vorbei. Um ganz exakt zu sein: Ich wollte Gittis Immobilien mal etwas mehr als nur einen flüchtigen Blick schenken. Auch wenn ich nicht wusste, welche der Häuser ihr gehörten.

Ich ging durch eine Zechensiedlung, wie sie fürs Ruhrgebiet typisch waren. Es gab sie in ganz unterschiedlicher Ausprägung, mal waren es kleine Gebäude für eine Familie, mal größere für mehrere Mietparteien. Aber eines hatten sie gemeinsam: Die Häuser der jeweiligen Siedlung sahen alle gleich aus.

Zum Teil handelte es sich um zweigeschossige Häuser mit spitzem Giebel, die parallel zur Straße standen und in zwei Haushälften geteilt waren. Fünf Stufen führten zu den Haustüren hinauf, die direkt nebeneinanderlagen. Rechts beziehungsweise links davon zwei Fenster, hinter denen vermutlich die Wohnzimmer lagen. Ich konnte mir das Innere genau vorstellen: Die Küche ging nach hinten raus zum kleinen Gemüsegarten, eine schmale Treppe führte hoch zu Kinderzimmer und Elternschlafzimmer – beide mit Dachschräge.

Alles ziemlich klein und eng, aber immerhin bewohnte man ein eigenes Häuschen, wenn auch nur zur Miete. Die Vorgärten – wenn man sie überhaupt so nennen wollte – waren winzig. Alles war sehr adrett und gepflegt, stellte ich fest.

Als ich an Gittis Laden vorbeikam, sah ich sie im Inneren werkeln. Ich klopfte ans Fenster und winkte. Sofort kam sie zur Tür und schloss auf.

»Guten Morgen, Loretta. Da hast du aber Glück, dat ich gerade unten bin. Ist dir die Milch ausgegangen? Oder dat Brot? Komm rein.«

»Ich brauche nichts, danke. Ich hab dich zufällig gesehen und wollte nur kurz Hallo sagen. Aber was machst du denn im Laden? Es ist Sonntag.«

Amüsiert schüttelte sie den Kopf. »Leider putzt es sich hier nicht von alleine. Und für morgen früh gibt es auch einiges vorzubereiten. Dat mache ich lieber jetzt, dann kann ich morgen zwei Stunden länger schlafen. Wer steht schon gerne um halb vier auf? Ich jedenfalls nicht.«

»Oh mein Gott, ich auch nicht. Halb vier ist unmenschlich. Niemand sollte um diese Zeit aufstehen müssen.«

Gittis pechschwarze Brauen hoben sich. »Dann gäbe es morgens keine frischen Brötchen, dat ist dir hoffentlich klar. Normalerweise reicht ja auch halb sechs.«

»Finde ich schon schlimm genug. Warum nimmst du dir eigentlich keine Aushilfe?«

»Ach, dat habe ich schon versucht. Aber die waren entweder unzuverlässig oder schlicht zu dämlich und zu langsam, um die einfachsten Aufgaben zu erledigen. Oder gleich beides. Da hatte ich keine ruhige Minute, wenn ich nicht im Laden war. Alleine bin ich viel besser dran, dat kannste mir glauben. Willste 'nen Kaffee?«

»Nee, danke. Ich bin nur auf der Durchreise; mein Kumpel Frank wartet bestimmt schon.«

»Kumpel? Oha.« Sie zwinkerte mir zu. »Nachtigall, ick hör dir trapsen …«

»Da trapst rein gar nichts, meine Liebe. Dieser Kumpel liebt seine Frau heiß und innig. Ich muss jetzt weiter, Gitti. Bis die Tage.«

»Bis die Tage, Loretta.«

Während ich die Straße hinunterging, hörte ich Gittis Türglocke lustig hinter mir bimmeln.

Frank lehnte im Verkaufsfenster von ›Kropkas Klümpchenbude‹, seinem Kiosk, und winkte mir schon von Weitem zu. »Wat is los?«, blökte er. »Hasse verpennt? Ich dachte schon, du komms nich mehr.«

»Hab mich ein bisschen mit Gitti verplaudert«, erwiderte ich, als ich ihn erreicht hatte. Ich hielt nichts von quer über die Straße gegrölten Unterhaltungen.

»Gitti? Wer is dat denn schon wieder?«

»Gitti Scheffer. Ihr gehört das Lebensmittelgeschäft in meiner Nachbarschaft.«

»Wat?« Missbilligend runzelte er die Stirn. »Die hat sonntachs ihrn Laden offen? Is dat überhaupt erlaubt? Verkauft die etwa frische Brötchen?«

Soso, Frank witterte Konkurrenz, wie es schien.

»Nein, sie hat natürlich *nicht* geöffnet. Aber sie war im Laden, als ich daran vorbeiging. Sie kam raus, wir unterhielten uns …« Ich stutzte und fuhr fort: »Sag mal, bist du die Inquisition?«

Frank grinste. »Kann ja nich schaden, seine Mitbewerber im Blick zu behalten. So groß is dat Viertel nu auch nich. Mit meine Brötchen mach ich eine Menge Umsatz, weisste? Und den brauch ich auch. Kein Bock, die paar Kröten zu teilen. Auch nich mit deine geliebte Gitti.«

Deine geliebte Gitti – also wirklich. Kam jetzt etwa auch noch Eifersucht ins Spiel?

»Jetzt entspann dich mal, mein Freund. Ich werde dir immer treu bleiben, versprochen. Selbst, wenn direkt neben mir eine Bäckerei öffnen würde – meine Sonntagsbrötchen würde ich trotzdem bei dir kaufen. Bis in alle Ewigkeit.«

»Weiß ich doch. So 'n Lädchen, dat wär noch mein Traum.«

»Ich dachte, der Kiosk wäre dein Traum. Hab ich irgendwas verpasst?«

Er schüttelte den Kopf. »Nee. Aber so 'n richtiget Lädchen, so mit Obst und Gemüse und so … dat macht bestimmt Spaß. Und ab Samstachmittach haste Wochenende.«

Es sei denn, du musst sonntags den Laden putzen, dachte ich. »Hast du noch Brötchen für mich?«

»Na klar. Zwei Körner und ein Krossong, wie immer. Hab ich extra für dich wechgepackt. Brauchste sonz noch wat?«

Ich schüttelte den Kopf. »Danke, aber mein Kühlschrank ist gut gefüllt. Ich war gestern bei Doris zum Geschenkeeinpacken. Du weißt ja: Ohne Fresspaket kommst du da nicht weg. Erwin hat gegrillt. Und sein Kartoffelgratin hätte für eine ganze Fußballmannschaft gereicht.«

»Na, dann weiß ich ja schon, wat et heut bei dir gibt: Steaks und Grateng.« Er verschwand im Kiosk und brachte bei seiner Rückkehr ins Fenster nicht nur eine Tüte mit meinen Brötchen, sondern auch einen Becher knallgrüne Götterspeise mit verstörend gelber Vanillesoße mit. »Hier, Nachtisch. Geht aufs Haus.«

Interessant, wie viele Leute sich Gedanken darüber machten, was ich zu essen gedachte. Wie es schien, war ich von kulinarischen Hellsehern umgeben.

Kapitel 3

Loretta lernt medizinische Fachausdrücke und entdeckt etwas, das ihren Chef sehr glücklich machen könnte

Es war bereits Mitte der Woche, als ich Gittis Türglöckchen wieder über mir bimmeln ließ. Im Callcenter war kurz vor Weihnachten nicht viel zu tun, also hatte ich mir den Nachmittag freigenommen.

Gitti war alleine im Laden und mühte sich – mit dem Rücken zu mir – ächzend damit ab, Konserven ins Regal zu stellen. Ihr sonst so akkurater Zopf sah irgendwie zerzaust aus. Sie drehte sich zu mir um, und ich sah, dass sie offenbar gehandicapt war: Sie hatte ihren linken Arm mithilfe eines großen Tuchs am Körper fixiert. Gitti schien Schmerzen zu haben, denn sie war blass, und ihr Gesicht glänzte vor Schweiß.

»Gitti! Was ist passiert?«, fragte ich bestürzt.

Sie verzog das Gesicht. »Blöd gefallen. Auffe Schulter.«

»Wann war das?«

»Gestern Morgen.« Sie taumelte plötzlich. Mit der linken Schulter stieß sie gegen das Regal und zuckte mit einem Stöhnen zusammen. »Verdammt.«

»Warst du beim Arzt?«, fragte ich, obwohl ich die Antwort bereits kannte: Kein Arzt der Welt würde eine verletzte Schulter mit einem grellgeblümten Fransentuch verbinden, dessen war ich mir ziemlich sicher.

»Arzt?«, ächzte sie. »Brauch ich nich. Wird schon wieder. Kann den Laden nich einfach zumachen.«

Ihre knapp formulierten Sätze alarmierten mich zusätzlich. Es schien sie sogar zu viel Kraft zu kosten, so ausschweifend zu plappern, wie ich es sonst von ihr gewohnt war.

Ich fasste einen Entschluss. »Wir fahren zum Krankenhaus«, sagte ich. Sie wollte protestieren, aber ich hob die Hand. »Keine Widerrede. Es ist Mittwochnachmittag, Arztpraxen haben geschlossen. Wir fahren in die Notaufnahme.«

»Unsinn. Ich geh morgen früh hier zum Arzt, wenn es dich beruhigt.«

Ja, klar. Und der Papst hatte sich gerade verlobt.

»Gitti, es geht nicht darum, mir einen Gefallen zu tun. Ich mache mir Sorgen. Was, wenn etwas gebrochen ist? Das heilt nicht einfach so von alleine. Du kannst ruhig auch mal Hilfe annehmen, wenn sie dir angeboten wird.«

»Aber ich kann doch nich einfach den Laden ...«

»Doch, du kannst«, fiel ich ihr rigoros ins Wort. »Ich schreibe ein Schild, und das hängen wir in die Tür. Wenn wir im Krankenhaus waren und genau wissen, was mit deiner Schulter los ist, sehen wir weiter.«

Ich nahm eines der Papptabletts, das sie für Kuchen benutzte, und holte einen Filzstift aus der Schublade unter der Kasse. *Heute Nachmittag geschlossen* schrieb ich, dann klebte ich die Nachricht in die Tür.

»So, ich hole jetzt mein Auto. In zehn Minuten bin ich zurück, und dann stehst du bitte auf dem Bürgersteig und wartest auf mich. Bis gleich.«

Sie starrte mich nur an und nickte.

In der Notaufnahme war weniger los, als ich befürchtet hatte. Wir waren relativ schnell an der Reihe, und ich lud mich selbst ein, Gitti in den Behandlungsraum zu begleiten. Sie protestierte nicht; vermutlich war sie zu schwach dazu.

Während sie untersucht wurde, hielt ich mich diskret im Hintergrund. Auch dem Arzt erzählte Gitti, sie sei auf die Schulter gestürzt. Er tastete ihr Schlüsselbein ab, und sie zog scharf die Luft ein.

Der Arzt, ein distinguiert wirkender Herr mit silbernen Schläfen, nickte. »Vermutlich indirektes Trauma der Klavikula«, verkündete er, »das lassen wir mal röntgen.«

Er winkte einem Pfleger, der gleich einen Rollstuhl mitbrachte, in den Gitti sich widerstandslos verfrachten ließ.

»Sie können draußen warten«, sagte er zu mir, »ich rufe Sie wieder herein, wenn Ihre Mutter zurück ist. Bis gleich.«

»Gitti ist nicht meine …«, begann ich, aber er hatte den Raum längst verlassen.

War ja auch wurscht.

Ich setzte mich in den Wartebereich und nahm mir ein Magazin vom Stapel auf dem niedrigen Tisch. Desinteressiert blätterte ich darin herum, dann legte ich es wieder beiseite. *Indirektes Trauma der Klavikula …* was das wohl bedeutete? Dass diese vermeintlichen Halbgötter in Weiß immer in ihrer Geheimsprache labern mussten, also wirklich. Auch wenn ich seine kryptischen Worte nicht verstanden hatte, schwante mir, dass Gitti Hilfe benötigen würde. Kaum vorstellbar, dass sie ihr Pensum im Laden schaffen konnte, und noch viel weniger vorstellbar, dass sie die Bude für ein paar Tage oder gar Wochen dichtmachen würde. Nie im Leben. Und wenn sie im Liegen bedienen musste.

Kurz entschlossen kramte ich mein Handy aus der Tasche und rief im Callcenter an. Ich benutzte Dennis' Durchwahl, und mein Chef ging auch sofort ran.

»Karger, guten Tag.«

»Dennis, ich bin's. Loretta.«

Er lachte. »Als würde ich deine Stimme nicht sofort erkennen, Schätzchen. Was gibt's?«

Es war am klügsten, ohne Umschweife zur Sache zu kommen. »Ich brauche Urlaub. Ab sofort. Für mindestens zwei Wochen. Es handelt sich um einen Notfall.«

»Um Himmels willen – was ist passiert?«, fragte er erschrocken. »Ist bei dir alles in Ordnung?« Er stockte und fuhr fort: »Warte mal ... du hast eine Leiche gefunden, richtig?«

»Nein, ich habe *keine* Leiche gefunden, Dennis. Wie kommst du bloß darauf?«

»Aber du bist irgendeinem Verbrechen auf der Spur. Erzähl doch mal.«

Das konnte ja wohl nicht wahr sein. »Nein, ich bin auch keinem Verbrechen auf der Spur. Keine Leiche, kein Verbrechen. Das schwöre ich dir.«

»Aber du brauchst immer dann Urlaub, wenn ...«

Plötzlich fiel mir auf, dass alle Leute im Wartebereich mich unverhohlen anstarrten und die Ohren spitzten. Worte wie ›Verbrechen‹ und ›Leiche‹ schienen das allgemeine Interesse geweckt zu haben. Gleichzeitig wurde mir bewusst, mit welcher Selbstverständlichkeit ich sie aussprach.

Ich rang mir ein Lachen ab, das in meinen Ohren schrecklich künstlich klang. »Also wirklich – du und deine verrückten Späße, Dennis!« Mit gesenkter Stimme erklärte ich ihm Gittis Notlage und dass sie niemanden hatte, der ihr helfen konnte. Obwohl – was war eigentlich mit ihrem Neffen?, fiel mir plötzlich ein. Aber das konnte ich später noch klären und meinen Urlaub gegebenenfalls wieder rückgängig machen. »Also, es gibt eine winzige Option, dass die Sache sich anders regeln lässt. Aber ich hätte gerne dein Okay, dass ich ihr, falls nötig, zur Verfügung stehen kann.«

»Das ist alles?« Er klang enttäuscht.

»Ja, genau. Sei nicht so verflucht sensationslüstern, Chef. Gitti ist eine gute Bekannte und braucht Hilfe.«

»Gitti? Noch nie von der gehört. Wo kommt die denn so plötzlich her?«

Großer Gott. »Gitti gehört das Lebensmittelgeschäft, in dem ich seit meinem Umzug einkaufe.«

»Loretta, der gütige und selbstlose Engel aller Hilfsbedürftigen!«, deklamierte er mit entschieden zu dick aufgetragenem Pathos in der Stimme. »Und das kurz vor Weihnachten. Wenn du nicht aufpasst, wirst du glatt heiliggesprochen. *Santa Loretta.* Klingt gut, finde ich.«

Wider Willen musste ich lachen. »Du bist ein Spinner, Dennis. Also, was ist?«

»Wie könnte ich Nein sagen? Zumal ich ja selbst schon mal in Zeiten größter Not in den Genuss deiner Güte und Selbstlosigkeit gekommen bin. Zwei Wochen ab morgen gehen klar. Sag mir rechtzeitig Bescheid, wenn du eine Verlängerung brauchst, in Ordnung?«

»Geht klar. Du bist der Beste.«

Ich verstaute mein Handy wieder in der Tasche und fragte mich, ob ich Dennis' Dankbarkeit mir gegenüber nicht irgendwann einmal überstrapaziert haben würde. Aber solange er nicht protestierte, war wohl alles in Ordnung. Immerhin hatte ich seine Firma gerettet.

Ich nahm mir ein anderes Magazin und vertiefte mich in einen höchst interessanten Artikel darüber, wie heilsam und gut fürs Immunsystem ein Waldspaziergang war. Als jemand mich an der Schulter berührte, zuckte ich zusammen und sah hoch. Es war der Pfleger von vorhin, der mit dem Rollstuhl.

»Ihre Mutter ist vom Röntgen zurück. Kommen Sie?«

Ich nickte und folgte ihm in einen weiteren Raum, in dem Gitti mit griesgrämiger Miene auf der Behandlungsliege hockte. Gleichzeitig mit meinem Eintreten kam der Arzt durch eine weitere Tür dynamisch hereingefegt.

Er studierte die Röntgenbilder, die vor einem Leuchtschirm hingen. Dann drehte er sich zu uns um. »Wie ich es mir dachte: indirektes Trauma der Klavikula. Die Frage ist, ob wir konservativ behandeln oder operieren.« Er blickte abwartend zu Gitti, dann zu mir und wieder zurück zu Gitti. »Nun?«

»Wissen Sie wat, Herr Professor?«, blaffte Gitti. »Überraschung: Ich versteh kein Wort. Ich bin nämlich kein Doktor so wie Sie. Also bitte noch mal dat Ganze, und zwar in einer Sprache, die ich verstehen kann!«

»Und ich auch«, warf ich ein.

»Natürlich«, sagte er. »Also: Ihr Schlüsselbein ist gebrochen, Frau Scheffer. Das ist nicht unüblich, wenn man schwer auf die Schulter oder den Oberarm fällt. Die sogenannte konservative Behandlung sieht vor, dass die Klavik..., dass Ihr Schlüsselbein mithilfe eines Rucksackverbandes stabilisiert wird. Das ist eine Art strammes ... äh ... Geschirr, das die Schulter nach hinten zieht und gleichzeitig das Schlüsselbein in der Längsachse ausrichtet. Das ist in Ihrem Fall möglich, da es sich um einen glatten Bruch handelt. Schneller und deutlich schmerzfreier ginge es allerdings mit einer Operation. Also, genau genommen sind es zwei Operationen: Bei der ersten wird eine Platte angebracht, die den Knochen fixiert. Bei der zweiten Operation, nachdem alles verheilt ist, wird die Platte wieder entfernt.«

»Keine Operation, auf keinen Fall«, knurrte Gitti. »Kommt nicht in die Tüte. Und zwei erst recht nicht.«

Der Arzt sah mich an, und ich zuckte mit den Schultern. »Das ist allein Frau Scheffers Entscheidung. Damit habe ich nichts zu tun, tut mir leid.«

Er seufzte. »Also gut. Sie sollte allerdings wissen, dass der Rucksackverband täglich kontrolliert und eventuell nachgezogen werden muss, da er stets ganz stramm sitzen muss. Das kann während der Woche Ihr Hausarzt machen, aber am Wochenende müssen Sie herkommen.«

»Und wie lange brauche ich dieses blöde Rucksackdings?«, fragte Gitti den Arzt. »Länger als ein paar Tage?«

»Das will ich meinen. Ich gehe von vier Wochen aus. Sie werden eine Haushaltshilfe benötigen, denn Sie sind in Ihrer Bewegungsfreiheit eingeschränkt. Sie sind Rentnerin, nehme ich an? Oder arbeiten Sie noch? Dann stelle ich Ihnen eine Arbeitsunfähigkeitsbescheinigung aus.«

»Einen gelben Schein?« Gitti schnaubte amüsiert. »Den kann ich mir dann selbst überreichen. Oder gleich in den Papierkorb schmeißen. Ich hab nämlich ein Lebensmittelgeschäft, in dem ich täglich stehe, Herr Professor.«

Er sah mich verblüfft an, und ich nickte bestätigend. Daraufhin sagte er: »Das können Sie vergessen, Frau Scheffer, so leid es mir tut. Sie sind momentan körperlich nicht in der Lage, diese schwere Arbeit zu leisten.«

Gitti fuhr hoch. »Aber dat ist unmöglich, dat ich vier Wochen ausfallen soll! Wissen Sie wat? Ich gehe jetzt. Dat wird schon wieder. Auch ohne Ihr Rucksackdingsbums.«

Sie wollte von der Liege aufstehen, aber ich schob sie sanft an der gesunden Schulter zurück. »Mach keinen Blödsinn, Gitti. Ich helfe dir. Auch mit dem Laden. Wir werden das zusammen schon hinkriegen.«

»Wir? Aber wat ist denn mit deiner Arbeit?«

»Hören Sie doch bitte auf Ihre Tochter, Frau Scheffer«, sagte der Arzt.

»Sie ist nicht meine …«, begann Gitti, während ich synchron die gleichen Worte sagte.

Wir mussten lachen, und ich wandte mich an den Arzt. »Wir sind nicht Mutter und Tochter, aber das ist eigentlich auch egal, nicht wahr? Gitti braucht Hilfe, und die bekommt sie von mir. Ich habe mir zwei Wochen Urlaub genommen, den ich jederzeit noch verlängern kann, kein Problem. Also her mit dem Rucksackverband. Und den Unterlagen für den Hausarzt. Ich werde dafür sorgen, dass alles eingehalten wird, was Sie sagen, Doc. Großes Indianerehrenwort.«

Für Zehntelsekunden huschte ein Grinsen über sein Gesicht, ich sah es genau. Bestimmt war Gitti nicht die erste störrische Patientin, mit der er es zu tun hatte.

»Verflucht, ist dat Ding unbequem«, maulte Gitti, die in sehr aufrechter Haltung neben mir im Auto saß.

»Hör auf zu meckern«, gab ich zurück. »Sei lieber froh, dass es ein glatter Bruch ist. Und dass es das linke Schlüsselbein ist. Den rechten Arm kannst du doch einigermaßen bewegen?«

Vorsichtig streckte sie den Arm aus und beugte ihn ein paarmal, dann nickte sie. »Einwandfrei. Weißte, ich schaffe dat schon, Loretta. Dat mit deinem Urlaub ... also, dat ist mir überhaupt nich recht.«

»Blablabla«, sagte ich. »Das ist alles, was ich höre, wenn du redest. Ich will darüber nicht mit dir diskutieren. Wir verhandeln hier nicht, Gitti. Meine Entscheidung ist gefallen. Ich erwarte dafür von dir keine ewige Dankbarkeit oder so was. Falls es das ist, was dich umtreibt.«

»Aber du kennst dich doch gar nich aus!«

»Falsch. Mein Kumpel Frank, den ich letztens erwähnte, hat einen Kiosk. Kropkas Klümpchenbude, kennst du vielleicht.« Sie nickte, und ich fuhr fort: »Siehste. Nicht gerade klein, der Laden. Da gibt's ein bisschen mehr als Bonbons und Eis am Stiel. Bei Frank habe ich schon tausend Mal ausgeholfen und den Laden geschmissen. Außerdem habe ich vor einigen Jahren bereits im Einzelhandel gearbeitet. Ob ich nun Jeans oder Äpfel verkaufe, ist ziemlich egal, finde ich.«

»Aber ...« Sie suchte nach Argumenten, das sah ich ihr an. Dann rief sie triumphierend: »Ein Gesundheitszeugnis! Dat brauchst du, wenn du mit Lebensmitteln hantierst. Du hast bestimmt keins, oder?«

»Leider muss ich dich enttäuschen: Das habe ich sehr wohl. Das brauchte ich nämlich, als ich in Franks Kiosk gejobbt habe. Außerdem handelt es sich dabei mittlerweile nur noch um eine Belehrung im Sinne des Seuchenschutzgesetzes, meine Liebe. Und lediglich die sogenannte Erstbelehrung muss vom Gesundheitsamt ausgeführt werden.«

»Aber …«

»Nix aber. Du bist verletzt und brauchst Hilfe. Finde dich damit ab.«

Sie schwieg verbissen und starrte aus dem Seitenfenster.

Wie würde ich mich wohl in ihrer Situation fühlen? Da bist du ein Leben lang selbstständig und wuppst alles alleine, und dann passiert so was. Zu allem Überfluss bist du dann auch noch von einer wildfremden Person abhängig, die sich unaufgefordert in dein Leben drängt und sich in alles einmischt.

Würde mir an ihrer Stelle auch stinken. Aber ganz gewaltig.

»Gitti, mir ist klar, dass ich dich gerade total überrumpele«, sagte ich schließlich. »Hör mal, ich verlange ja nicht, dass du dich zu einem untätigen Dämmerdasein auf deinem Sofa verurteilen lässt, während ich unkontrolliert dein Geschäft auf links drehe. Ich will überhaupt nicht alleine unten im Laden sein, verstehst du? Du bist immer dabei, wenn du das willst, und kannst auf mich aufpassen. Und kassieren oder so. Nur körperlich arbeiten sollst du nicht. Wie hört sich das an?«

Mit Grabesstimme murmelte sie: »Ich fühle mich wie entmündigt. Aber ich hab wohl keine Wahl.«

Ich bog in die Straße ab, in der ihr Laden war. »Herrje, Gitti, du klingst, als würdest du gerade zum Schafott geführt. Außerdem hast du sehr wohl eine Wahl. Du kannst mir jetzt sofort sagen, dass ich dich in Ruhe lassen soll, weil ich dir unglaublich unsympathisch bin und du den Gedanken an eine Zusammenarbeit mit mir nicht ertragen kannst. Das wäre das einzige Argument, das ich respektieren würde und mit dem du mich verjagen könntest.«

Erschrocken riss sie die Augen auf. »Wat? Aber dat ist doch Kokolores, Loretta! Du bist mir nich unsympathisch, ganz im Gegenteil!«

»Dann ist ja alles gut.«

Wir hatten ihr Haus erreicht. Ich hielt vor dem Laden und

stellte den Motor ab. Vor der Ladentür stand Frau Sievers, ihren Purzel an der kurzen Leine, und sah ziemlich verwirrt aus. Ich stieg aus und ging ums Auto herum, um Gitti herauszuhelfen.

»Was ist denn los?«, fragte Frau Sievers und beobachtete verdattert, wie Gitti sich – von mir assistiert – ächzend aus dem Auto quälte. »Die ganze Ware steht draußen, und die Ladentür ist abgeschlossen. Das hat es ja noch nie gegeben!«

Purzel, in einen meergrünen Traum aus Teddyfell gewandet, kläffte bestätigend.

Jetzt, da Frau Sievers es erwähnte, fiel es mir auch auf: Bei unserem überstürzten Aufbruch hatten Gitti und ich vergessen, das Obst und Gemüse ins Geschäft zu räumen. Schien aber noch alles da zu sein.

»Wir kommen vom Krankenhaus, Lore«, sagte Gitti, als sie endlich neben dem Auto stand.

Frau Sievers presste die Hand an den Busen. »Du liebe Güte – Krankenhaus? Hatte jemand einen Unfall?«

Gitti warf mir einen Wie-kann-man-nur-derart-begriffsstutzig-sein-Blick zu und erwiderte: »Allerdings. Und zwar ich, stell dir vor. Meine Klavikula ist gebrochen. Die linke, wenn du es ganz genau wissen willst.«

»Die *was?*«, fragte Frau Sievers verdattert.

»Mein Schlüsselbein, natürlich«, verkündete Gitti in einem Tonfall, der ganz klar vermittelte, dass nur Deppen nicht wussten, was eine Klavikula war.

Ich grinste innerlich.

»Und wo ist der Gips?«, fragte Frau Sievers, die Gitti kritisch von oben bis unten gemustert hatte.

Gitti schnappte hörbar nach Luft. »Du glaubst mir wohl nich, wat? Eine schöne Freundin bist du!«

Ich fand es an der Zeit, mich einzuschalten. »Ein gebrochenes Schlüsselbein kann man nicht eingipsen, Frau Sievers, dann müsste ja der gesamte Oberkörper … Sie wissen schon. Gitti hat einen sogenannten Rucksackverband angelegt bekommen. Der befindet sich unter dem Pullover.«

»Hm.« Frau Sievers nickte nachdenklich. »Ist aber irgendwie blöd, oder? Dann sieht ja niemand, dass man verletzt ist. Die Leute könnten glatt denken, man tut nur so.«

Gitti starrte sie entgeistert an. »Wie bitte? Sach mal, wat stimmt eigentlich nich mir dir? Warum *bitte* sollte ich dat tun? Soll ich etwa hier mitten auffe Straße meinen Pullover ausziehn, damit du mir glaubst?«

»Was? Nein! Natürlich nicht! Aber bei einem Bruch denkt man doch automatisch an Gips, oder? Da wird man sich doch wohl wundern dürfen.«

»Ach so?« Gitti schnaubte. »Wat *man* macht oder denkt, ist mir schnuppe. Aber *von dir* hätte ich dat wirklich nich gedacht, Lore. Loretta, wir gehen!«

Sie marschierte los, öffnete die Tür zu ihrer Einfahrt und verschwand.

»Na, die ist heute aber gereizt«, sagte Frau Sievers. »Was hab ich denn Falsches gesagt?«

So einiges, dachte ich, zumindest warst du reichlich undiplomatisch.

»Nur ein Missverständnis«, erwiderte ich. »Gitti hat sich bereits gestern verletzt und seither starke Schmerzen. Da wären wir zwei Hübschen bestimmt auch etwas empfindlicher als sonst, nicht wahr?«

Sie nickte zögernd. »Ja, das könnte sein. Wann macht der Laden denn wieder auf? Oder bleibt der jetzt für Wochen zu? Wo soll ich denn jetzt einkaufen?«

»Morgen früh ist wieder geöffnet, versprochen. Vielleicht etwas später als gewohnt, aber der Betrieb läuft weiter.«

Meine Antwort schien sie nicht zufriedenzustellen, denn sie runzelte die Stirn. »Später …?«, fragte sie gedehnt.

»Kann auch sein, dass wir pünktlich öffnen.«

»Wir …?«

Ich seufzte innerlich und antwortete mit meiner freundlichsten Stimme: »Ja, ich werde Gitti unterstützen. Aber alles ist noch im Planungsstadium, wir haben bisher nichts Genaueres besprochen. Deshalb weiß ich noch nicht exakt, wann wir morgen …« Ihre Stirnfalten vertieften sich, also fügte ich hinzu: »Es sei denn, Sie benötigen jetzt sofort irgendetwas aus dem Laden. Und zwar sehr, sehr dringend.«

»Nun … äh …« Sie dachte fieberhaft nach, dann fragte sie: »Was denn zum Beispiel?«

Himmel, hilf … führte ich diese Unterhaltung wirklich gerade? Wollte die Frau mich wahnsinnig machen?

Langsam zählte ich innerlich bis zehn, damit ich sie nicht anschreien musste.

Dann sagte ich sanft: »Wenn Ihnen etwas sehr Wichtiges ausgegangen wäre, das Sie unbedingt heute noch benötigen. Wenn Sie beispielsweise nur noch ein einziges Blättchen Klopapier auf der Rolle hätten, Frau Sievers. Das wäre aus meiner Sicht sehr, sehr dringend.«

Entsetzt riss sie die Augen auf. »Was? Nein. Wo denken Sie hin? So weit würde ich es niemals kommen lassen, dass nur noch ein Blatt …«

»Dann ist ja alles gut«, fiel ich ihr ins Wort. Ich bückte mich, tätschelte Purzels Kopf und richtete mich wieder auf. »Wir sehen uns dann morgen. Tschüss, Frau Sievers.«

Ich wandte mich ab und ging. Als ich mich in der Tür zur Einfahrt noch einmal umdrehte, stand sie noch immer dort, ihren kleinen Liebling neben sich, und blickte mir nach.

Ich schwöre, sie und Purzel hatten exakt den gleichen Gesichtsausdruck: totale Verwunderung.

Ich betrat die Einfahrt und blieb wie vom Donner gerührt stehen. Dort war ein Wagen geparkt, der gleichzeitig so schräg und so genial war, dass ich es nicht fassen konnte. Keine Ahnung, welches Auto ich mir als Gittis vorgestellt hatte, aber ganz gewiss nicht dieses hier.

Ich umrundete den Wagen und sah mir alles genau an.

Es handelte sich um einen alten Granada-Kombi, innen und außen weinrot, mit vier Türen. Sein Baujahr schätzte ich auf 1977 oder 78, und es war zweifelsfrei ein ehemaliger Leichenwagen, denn er war länger als normale Kombis. Alles war astrein in Schuss und verblüffend sauber. Na ja – *mich* verblüffte es, denn meine Nuckelpinne verwandelte sich im Nullkommanix in einen rollenden Mülleimer, wenn ich nicht höllisch aufpasste.

Ich blickte durchs Rückfenster. Jemand hatte den Sargschlitten ausgebaut, sodass dort jetzt eine glatte, mit rotem Teppich ausgekleidete Ladefläche war.

Amüsiert stellte ich mir vor, wie die schrille, kleine Gitti mit diesem riesigen Schlachtschiff gemütlich durch die Stadt gondelte oder beim Großmarkt vorfuhr, um einzukaufen – welch ein Bild!

Und eines war ganz sicher: Sollte mein Chef Dennis, der ein fanatischer Fan der Siebzigerjahre war, dieses Auto jemals zu Gesicht bekommen, würde er sich innerhalb von Zehntelsekunden schockverlieben und Gitti dafür jede Summe bieten, die sie haben wollte.

Kapitel 4

Jemand ist nicht die Königin von England, und am Ende des Tages ist »Team Gitti« komplett

Gittis Haustür stand offen. Ich ging hinein und fand mich in einem düsteren und vollgestopften Lager wieder. Wie ich es mir schon gedacht hatte: Das gesamte Erdgeschoss gehörte zum Geschäft.

»Gitti? Wo bist du?«, rief ich, da ich sie weder sah noch irgendetwas hörte.

»Ich bin oben!«, rief sie zurück. Nach einer kleinen Pause fügte sie hinzu: »Die Stiege hoch!«

Na, da wäre ich zur Not noch selbst drauf gekommen …

Die Stufen der steinernen Treppe waren mit Teppich belegt und an den Kanten mit Metall verstärkt. Ob Gitti sich ihre Verletzung hier zugezogen hatte? Falls ja, hätte das auch wesentlich schlimmer ausgehen können. Schließlich lebte sie alleine, und wenn sie mit schlimmeren Brüchen hilflos hier gelegen hätte … nicht auszudenken.

Ein dicker Vorhang trennte die Wohnung vom Treppenhaus. Ich schlüpfte hindurch und stand nicht, wie ich erwartet hatte, in einem Wohnungsflur, sondern in einer großen, kuschelig warmen Küche.

Verblüfft sah ich mich um. Irgendwo auf der Treppe musste ich, ohne es zu bemerken, ein zweites Mal ein Wurmloch durchschritten haben, das mich zurück in die Siebzigerjahre geschleudert hatte – passend zum Auto in der Einfahrt. Auch die Küchenzeile in knalligem Orange stammte garantiert aus jener Zeit. Wie der Wagen war auch hier alles top gepflegt und sah aus, als wäre es erst gestern geliefert worden. Fehlte nur noch mein Chef

Dennis in einem seiner engen Rippenstrickpullis und Schlaghose an der Spüle, und wir hätten ein astreines Werbefoto von 1974 nachgestellt. Bis auf die Tatsache natürlich, dass zu jener Zeit niemals mit einem Mann in der Küche geworben wurde.

Wie auch immer: Dennis würde es lieben – genau wie das Auto.

Wände und Fliesenspiegel erstrahlten in einem warmen Terrakottaton, sodass in der Küche dauerhafte Sonnenuntergangsstimmung herrschte.

Mit finsterem Gesichtsausdruck hockte Gitti an ihrem Küchentisch, auf dem eine wild geblümte Plastiktischdecke lag, und starrte aus dem Fenster. Das bequem aussehende, hochbeinige Sofa hatte sie verschmäht und einen der Stühle gewählt.

Sie wandte sich mir zu. »Mann, hat die Lore mich aufgeregt«, sagte sie. »Ich musste da weg, sonst hätt ich sie angebrüllt. Setz dich, Loretta.«

Willkommen im Club, dachte ich, hielt es aber für besser, die Wogen zu glätten.

»Frau Sievers war nur sehr erschrocken, dass du verletzt bist, Gitti. Das solltest du ihr nicht übel nehmen.«

»Wat? Die weiß bloß nich, wem sie jetzt fünf Mal am Tag auffen Keks gehn soll. Jetzt, wo der Laden zu ist.«

»Wie bitte? Fünf Mal am Tag? Kommt sie jeden Apfel einzeln holen?«

Gitti grinste schief. »Na ja, dat war vielleicht 'n bissken übertrieben. Aber sie kommt jeden Tag in den Laden. Und quatscht und quatscht und quatscht. Müsste sie ihren Liebling nich draußen lassen, würde sie mir mit ihm zusammen bestimmt von morgens bis abends auffe Pelle hocken. Jetzt setz dich doch endlich.«

»Ich dachte, ich mach uns zuerst einen Kaffee. Oder trinkst du lieber Tee? Schließlich haben wir zwei einiges zu besprechen, oder?«

»Ach ja, stimmt.« Sie seufzte schwer. »Dat alles kommt mir immer noch vor wie 'n verdammten Alptraum. Loretta, dat kann ich wirklich nich von dir verlangen, dat du …«

Ich hob die Hand, um sie zu stoppen. »Hast du ja auch nicht. Ich hab es dir angeboten, das ist etwas ganz anderes. Und ich will nichts mehr davon hören. Es sei denn, du möchtest deinen Laden dichtmachen, bis du wieder einsatzfähig bist.«

»Auf keinen Fall. Dat geht nich, weil …«

»Na also«, fiel ich ihr rigoros ins Wort. »Ich freue mich sogar richtig darauf, weißt du? Also: Kaffee oder Tee?«

»Kaffee, natürlich. Mit Tee kannste mich jagen.«

»Geht mir genauso.« Ich warf meine Tasche aufs Sofa und ging rüber zur Küchenzeile. »Du erlaubst?«, fragte ich und öffnete nacheinander alle Schranktüren und Schubladen, ohne ihre Antwort abzuwarten.

»Wat arbeitest du eigentlich?«, fragte sie mich plötzlich. »Dat du dir so einfach Urlaub nehmen kannst …«

»Ich bin in einem Callcenter. Unser Kunde ist eine Bank. Ich bin aber nur noch selten am Telefon; ich arbeite mehr in der … äh … Verwaltung. Und ich habe unendlich viele Überstunden angesammelt. Deshalb klappte es auch so spontan mit dem Urlaub.«

Sie fragte nichts mehr, also hatte sie meine Geschichte wohl geschluckt.

Als ich mir einen Überblick verschafft hatte, befüllte ich die Kaffeemaschine mit Wasser und Kaffeepulver und holte Geschirr aus dem Hängeschrank darüber. Auf meiner kleinen Erkundungstour hatte ich auch eine angebrochene Packung Plätzchen entdeckt, die ich nun zu den Tassen auf den Tisch legte. Ein Zuckertöpfchen stand bereits dort; Milch holte ich aus dem Kühlschrank.

»Soll ich die Plätzchen in eine Gebäckschale oder so umfüllen?«, fragte ich.

Damit brachte ich sie zum Lachen – immerhin.

»Wat glaubste denn, wo du hier gelandet bist?«, prustete sie. »Bei die Königin von England? Gebäckschale! Ich werd nicht mehr!«

Nun ja, man musste nicht gleich die Königin von England sein, um Kekse nicht in der Verpackung auf dem Tisch liegen haben zu wollen, fand ich. Aber ich war froh, dass sie zu ihrem Humor zurückgefunden hatte.

Den fertigen Kaffee füllte ich in eine Warmhaltekanne, setzte mich dann aufs Sofa und schenkte uns beiden ein. Bei der Menge Zucker, die Gitti sich ins Getränk schaufelte, stieg der Flüssigkeitsspiegel deutlich wahrnehmbar an. Gitti mochte es süß, wie es schien.

»Bequem«, sagte ich und klopfte auf die Sitzfläche des Sofas, über dem zum Schutz eine dunkelbraune Decke lag. Es war hoch genug, um wie auf einem Stuhl am Tisch sitzen zu können.

»Hm.« Gitti nickte und trank von ihrem Kaffee. »Ist 'n Friesensofa. War sauteuer. Ich sitz gerne hier. Eigentlich brauch ich gar kein Wohnzimmer.«

Vermutlich dürfte sie ohnehin keine Zeit haben, um gemütlich in ihrem Wohnzimmer zu sitzen, mal abgesehen davon, dass diese Küche wirklich gemütlich war.

Ich beugte mich vor und blickte aus dem Fenster. Eine Rasenfläche mit knorrigen, kahlen Ostbäumen, an den Seiten gesäumt von Buschwerk und einer Mauer, erstreckte sich über Dutzende Meter bis zu einem Gebäudekomplex, der mir sehr weit entfernt schien. In der Mitte führte ein gepflasterter Weg vermutlich zur hinteren Grenze.

»Ist das alles dein Garten?«, fragte ich beeindruckt.

»Hm. Der reicht bis zur Hauptstraße.«

»Du liebe Güte. Sind alle Grundstücke in dieser Straße so unglaublich lang?«

Gitti schüttelte den Kopf. »Nee, nur dat hier. Bei den anderen sind da ja noch die Gärten und Hinterhöfe der Häuser, die anne Hauptstraße stehen. Die sind höchstens halb so groß.«

Ob das der Grund war, weshalb sich dieser Typ für ihren Laden interessiert hatte? Weil das Grundstück so irre lang war? Vielleicht hatte man sich ausgerechnet, dort statt des einen mindestens vier Häuser hinsetzen zu können? Aber die stünden dann ja von der Straße aus gesehen hintereinander, und um zu ihren Häusern zu gelangen, hätten die Bewohner sich aus der Luft abseilen müssen, das war also Quatsch.

Oder wollte man dort womöglich einen ganzen Wohnkomplex aus dem Boden stampfen, dessen Schmalseite zur Straße ausgerichtet war? So ein Riesenteil mit zwanzig oder dreißig Wohneinheiten?

War das hier überhaupt ein derart attraktives Wohngebiet? Eigentlich schon, wenn ich es recht bedachte: ruhige Seitenstraßen, alter Baumbestand, die hübschen Zechenhäuschen, alles sehr gepflegt, gute Anbindung zur Innenstadt, ein großer Park in der Nähe … Wenn es hier im Umkreis auch noch ein paar gute Schulen und Kindergärten gab, wäre aus diesem Grundstück tatsächlich einiges rauszuholen.

»Sag mal, hast du die Unterlagen vom Arzt eingesteckt?«, fragte sie mich und riss mich damit aus meinen Gedanken.

»Klar.« Ich zog den großformatigen Umschlag aus meiner Tasche und legte ihn auf den Tisch. »Du musst jeden Tag zu deinem Hausarzt, hat der Doc gesagt. Und damit wären wir bereits beim Thema: Ist es weit dorthin?«

Gitti schüttelte den Kopf. »Nee. Ich kann die Abkürzung durch 'n Garten nehmen; hinten gibt es eine Pforte. Postfiliale, Bank, Apotheke, Arzt … für mich alles nur ein Katzensprung.« Sie grinste und fuhr fort: »Meine Nachbarn müssen ganz außen rum, dat ist deutlich länger. Ich werd mal zusehn, dat ich morgens jeweils den ersten Termin kriege. Der weiß ja, dat ich den

Laden hab. Und so lange kann es ja wohl nicht dauern, dat dämliche Pferdegeschirr neu zu justieren.« Missmutig verzog sie den Mund.

»Gutes Stichwort: Wir müssen noch rausfinden, was du hier im Haushalt alleine schaffen kannst.«

Sie musterte mich misstrauisch. »Wat soll dat denn heißen, wat ich schaffen kann?«

»Ganz einfach: Du hast nur eine Hand zur Verfügung. Und schon ist eine blöde Sprudelflasche für dich wie ein fest verschlossener Tresor.«

»Dann trinke ich eben Kranenberger.« Sie zuckte mit den Schultern und stöhnte auf, riss sich aber zusammen. »Den dusseligen Wasserhahn aufzudrehen, werd ich ja wohl noch schaffen.«

Innerlich rollte ich mit den Augen. Das würde nicht einfach werden, ahnte ich.

»Super, dann wäre das schon mal geklärt. Aber: Kannst du dich alleine an- und ausziehen? Was ist mit Essenkochen? Musst du Tabletten nehmen, die du vielleicht nicht aus der Packung kriegst? Musst du eine Zahnpastatube aufschrauben, oder benutzt du einen Spender, den du mit einer Hand bedienen kannst? Muss dein Bett vielleicht frisch bezogen werden? Wäsche waschen dürfte kein allzu großes Problem sein, aber was ist mit aufhängen? Oder hast du einen Trockner? Hast du eine Spülmaschine, oder spülst du mit der Hand?«

»An wat du alles denkst ... dat ist ja der Horror ...«, murmelte sie und stierte niedergeschlagen auf die Tischdecke.

»Hey, immer mit der Ruhe. Es wird kein Problem geben, das wir nicht gelöst kriegen, hörst du? Heute und morgen früh wirst du feststellen, bei welchen täglichen Verrichtungen du Hilfe benötigst. Vielleicht kommst du ja super klar, wer weiß. Glaub mir, Gitti – in ein paar Wochen lachen wir darüber.«

»Kann ich mir nich vorstellen«, erwiderte sie leise.

»Aber ich. Ich hab genug Fantasie für uns beide. So, und jetzt lass uns über den Laden sprechen. Wann öffnest du normalerweise?«

»Um sieben.«

Ach du Schande. Das war *sehr* früh. Und vor dem Öffnen der Tür war bestimmt noch etliches zu erledigen.

Als hätte ich es laut ausgesprochen, sagte sie: »Dat kann ich natürlich nicht von dir verlangen, dat ist mir klar. Ich habe mir überlegt, dat wir erst um acht öffnen, solange ich eingeschränkt bin.«

Puh. Das ersparte es mir, darum zu bitten.

»Wunderbar, so machen wir es. Wie viel früher sollte ich am Start sein? Es gibt doch sicherlich einiges zu erledigen, bevor du die Ladentür aufschließt.«

»Halb acht wäre nicht schlecht. Wir könnten uns kurz besprechen, und dann flitze ich wacker zum Arzt. Und in der Mittagspause …«

»Koche ich für uns«, fiel ich ihr ins Wort.

»Nein, dann kannst du nach Hause gehen«, erwiderte sie. »Du wohnst doch nich weit von hier, oder? Für mich kochen, so weit kommt dat noch, dat wäre ja noch schöner. Dat werde ich ja wohl noch hinkriegen.«

»Darf ich bitte zugucken, wenn du mit einer Hand Kartoffeln schälst?«, fragte ich grinsend. »Denn darauf bin ich echt gespannt.«

»Dann gibt es eben Kochbeutelreis«, schnappte Gitti. »Oder Nudeln.«

»Wir werden sehen. Vielleicht würde ich ja gerne mit dir zusammen essen? Hast du dir das mal überlegt?«

»Vielleicht will ich gar keine Gesellschaft? Hast du dir *dat* mal überlegt?«

Nee, das hatte ich tatsächlich nicht. Ich musste ihr unbedingt ein wenig Zeit lassen, sich mit der Situation zu versöhnen.

»Weißt du was? Wir machen jetzt einen kleinen Rundgang durch den Laden, und dann lasse ich dich bis morgen früh erst einmal in Ruhe. Einverstanden?«

Sichtlich erleichtert stand sie auf, und ich folgte ihr die Treppe hinunter, durch den Lagerraum in ihr Geschäft. Es wurde bereits dunkel, aber auch bei diesem Licht sah ich, dass die Obst- und Gemüsekisten nach wie vor draußen auf dem Bürgersteig standen.

Gitti schloss die Ladentür auf, und ich registrierte – was mir nie zuvor aufgefallen war –, dass die Kisten auf höchst praktischen Gestellen mit Rädern untergebracht waren; man musste nur die Bremsen lösen und konnte sie bequem bewegen. Gitti dirigierte mich durch die Hofeinfahrt und am Haus entlang bis zu einem kleinen Schuppen, in dem sie ihr Obst und Gemüse lagerte. In der Gurkenkiste und zwischen den Äpfeln entdeckten wir einige Münzen; offenbar hatten Kunden sich bedient und auf diese Weise bezahlt.

Das sagte einiges über die Nachbarschaft aus, fand ich. In anderen Gegenden der Stadt hätten wir vermutlich höchstens noch einen schrumpeligen Apfel vorgefunden – wenn überhaupt –, und die Kisten wären auch noch gestohlen worden. Und die Gestelle, natürlich, denn so etwas ungemein Praktisches konnte man schließlich immer gebrauchen, wofür auch immer.

Als wir zurück zum Haus gingen, deutete ich auf den Wagen. »Schicke Schleuder. Mein Chef würde jede Summe dafür bezahlen.«

»Na, ich bin ja wohl echt 'n Glückpilz«, blaffte sie. »Ich hab lauter Sachen, für die irgendwelche Leute jede Summe bezahlen würden.«

»Nicht gleich aus dem Hemd springen, Gitti. Niemand wird dir etwas wegnehmen, das du nicht abgeben willst. Ich wollte dir nur ein Kompliment für den Wagen machen. Der ist ziemlich abgefahren.«

»Den hat Alfie mir besorgt«, sagte sie. »Ich brauchte ein Auto, in das was reinpasst, und er wusste von diesem hier.«

»Das war mal ein Leichenwagen, oder?«

Sie nickte mit einem Grinsen. »Stimmt. Und deshalb kann ich den bis unters Dach vollpacken, ohne dat er in die Knie geht. Ganz schön praktisch, oder?«

Danach ließ sie mich in Ruhe den Laden inspizieren, den ich bisher ja nur aus der Kunden-Perspektive kannte. In die Geheimnisse der Schneidemaschine würde sie mich morgen im laufenden Betrieb einweisen können.

Die Preise in die Kasse einzutippen, würde ich wohl gerade noch hinkriegen, das war keine Raketenwissenschaft. Außerdem war das die perfekte Aufgabe für Gitti, denn das schaffte man auch mit einer Hand. Vielleicht würde es etwas länger dauern, das Wechselgeld herauszugeben, aber wer sich darüber beschwerte, konnte gleich draußen bleiben.

Oha, ich musste aufpassen – ich war schon dabei, Hausverbote auszusprechen, wenn auch nur in Gedanken.

Beim Pappschild in der Tür fiel mir ein, dass es den Stammkunden gegenüber noch Informationsbedarf gab.

»Bleibt es bei acht Uhr?«, fragte ich Gitti. »Oder kommen vorher schon so viele Kunden, dass es doch lieber bei sieben Uhr bleiben sollte?«

Bitte nicht, flehte ich innerlich und atmete erleichtert auf, als Gitti den Kopf schüttelte.

»Acht Uhr«, sagte sie kategorisch. »Vorher lohnt eigentlich nich. Manchmal verirrt sich jemand so früh in den Laden, aber dat kommt selten vor. Allerdings leide ich mittlerweile an seniler Bettflucht, da kann ich auch die Ladentür aufschließen, wenn ich sowieso wach bin.«

Also beschriftete ich das Schild mit *Neue Öffnungszeit: Ab 8 Uhr (bis auf Weiteres)* und klebte es wieder in die Tür. Ich dachte nach. War jetzt wirklich alles so weit geregelt? Die

Kunden waren informiert … reichte das für den Moment? Nein.

»Da fällt mir ein: Wann werden deine Brötchen und die Backwaren geliefert? Doch bestimmt früher, oder?«

In ihrem Blick lag so etwas wie Anerkennung, als sie antwortete: »Du denkst wirklich an alles, Loretta. Ich werd den Bäcker meines Vertrauens gleich anrufen. Und wenn er einen späteren Zeitpunkt nich einrichten kann, ist er bestimmt so freundlich, mir die Ware ins Lager zu tragen. Aber es ist auf jeden Fall besser, es vorher mit ihm zu besprechen.«

»Alles klar«, sagte ich abschließend, »morgen um halb acht also. Falls was ist: Oben auf deinem Küchentisch liegt ein Zettel mit meinen Telefonnummern. Ruf mich bitte an, wenn du Hilfe brauchst, okay? Wie mache ich mich morgen früh bei dir bemerkbar?« Ich war zu dem Schluss gekommen, dass es eindeutig viel zu früh war, sie nach einem Schlüssel zu fragen. Es sollte ihre Entscheidung sein, ob und wann sie ihn mir geben wollte.

»Am Tor zur Einfahrt ist 'ne Klingel«, erwiderte sie. »Vielleicht dauert es ein bisschen, bis ich unten bin.«

Ich winkte ab. »Macht nix. Ich weiß ja, was los ist. Also dann … ruh dich ein wenig aus, ja? Und kaspere bitte nicht die halbe Nacht hier im Geschäft herum. Wir sehen uns morgen und werden dann sehen, was du im Laden machen kannst. Und denk dran: Falls du doch etwas brauchst …«

»Dann rufe ich dich an, versprochen«, sagte sie.

Sie würde nichts dergleichen tun, das wusste ich.

Sie ließ mich vorne raus und schloss die Ladentür hinter mir ab. Ich wartete ab, bis Gitti das Licht im Laden gelöscht hatte; erst dann ging ich los.

Ich hatte den Blick gesenkt, denn ich kramte in meiner Tasche nach dem Haustürschlüssel, also schreckte ich zusammen, als eine weibliche Stimme plötzlich von der Seite fragte: »Was ist denn bei Gitti los? Der Laden ist dunkel.«

Es war Svetlana, die Gitti mir mal durchs Schaufenster gezeigt hatte. Die Stangentänzerin, so hatte Gitti sie genannt. Aus einer Kapuze mit Fellbesatz blickte sie mich besorgt an. Sie war völlig ungeschminkt und sehr attraktiv.

»Oh ... Gitti hatte einen Unfall«, sagte ich. Jetzt sah das hübsche Gesicht noch um ein Vielfaches besorgter aus, also fügte ich hinzu: »Sie hat ein gebrochenes Schlüsselbein. Aber morgen wird der Laden wieder geöffnet sein.«

»Aber Gitti kann doch nicht mit so einer Verletzung ...«, sie schüttelte den Kopf. »Hat sie jemanden, der ihr hilft?«

»Ja, ich werde einspringen. Das kriegen wir zu zweit schon irgendwie hin.«

»Ich kann auch helfen«, sagte sie zu meiner Überraschung. »Sag einfach, wann ich gebraucht werde.«

»Aber du hast doch einen festen Job, oder?«

Sie lächelte breit. »Ja, aber der ist nachts. Von abends um zehn bis morgens um vier. Ich schlafe maximal bis elf. Ich habe also jede Menge Zeit. Kommt Gitti denn sonst klar? Anziehen und ausziehen und so? Waschen?«

Ich zuckte mit den Schultern. »Keine Ahnung. Aber von Hilfe dabei wollte sie nichts wissen. Wir haben entschieden, dass wir abwarten, was sie alles nicht geregelt kriegt. Aber wie ich sie einschätze, wurschtelt sie sich lieber alleine durch.«

Zumal sie das ja schon getan hatte, bevor ich sie ins Krankenhaus geschleift hatte, fiel mir ein.

»Typisch. Ich hab in der Altenpflege gearbeitet, bevor ...« Sie stockte und fuhr fort: »Bevor ich meinen jetzigen Job hatte. Ich kenne mich also mit störrischen älteren Damen und Herren bestens aus. Die kriege ich geknackt, ganz sicher. Egal, wie verbissen sie sich wehrt.«

»Super, das hört sich ja gut an. Und vielen Dank für dein nettes Angebot. Das wird vieles leichter machen.«

Sie winkte ab. »Gitti hat mir schon so oft geholfen. Jetzt

kann ich mich endlich revanchieren, das ist einfach wunderbar.« Sie zwinkerte mir zu. »Und nebenbei ziemlich gut fürs Karma-Konto, wenn ich nicht irre.«

Ich lachte und streckte ihr die Hand hin. »Willkommen im Team. Ich bin übrigens Loretta.«

Sie schüttelte meine Hand. »Ist mir eine Freude, Loretta. Ich bin Svetlana.«

»Schau morgen einfach vorbei, wenn du wach bist.«

Sie nickte fröhlich und ging beschwingt weiter, warm eingepackt in ihren dick wattierten Anorak, unter dem ihre gute Figur trotzdem zu erahnen war.

Und ich stellte fest, dass ich mich darauf freute, Zeit mit ihr zu verbringen. Hoffentlich sah Gitti das ähnlich.

Kapitel 5

Lorettas erster Tag in Gittis Laden:
Blümchen, Streifen und eine Menge bohrende Fragen

Als mein Wecker am nächsten Morgen klingelte, schreckte ich aus tiefstem Schlaf hoch und wusste, dass es irgendwie noch viel zu früh war. Früher als sonst jedenfalls. Mit zusammengekniffenen Augen starrte ich auf die verschwommenen Ziffern meiner Uhr, dann tastete ich nach meiner Brille und setzte sie auf. Kurz nach sechs. Was zum Teufel hatte mich geritten, den Wecker auf diese Uhrzeit zu stellen?

Dann fiel es mir ein: Gitti.

Schlagartig war ich hellwach und hatte beste Laune. Tatsächlich freute ich mich richtig darauf, eine Zeit lang ›Kaufladen‹ zu spielen. Nicht, dass ich meine Aufgabe nicht ernst nahm, keineswegs. Aber als Kind hatte ich mich mit den anderen zunächst im Kindergarten und später dann zu Hause darum gekloppt, die Verkäuferin im hölzernen Kinderkaufladen zu sein – und nicht etwa eine blöde, langweilige Kundin.

Das konnte ich schließlich jeden Tag haben. Aber die Verkäuferin stand immerhin *hinter* dem Tresen und herrschte souverän über das Angebot im Laden. Ich dachte damals, es hinge vom Wohlwollen des Personals ab, ob man den gewünschten Schinken bekam oder nicht.

Eine Sache allerdings hatte mich an dem ansonsten – meiner kindlichen Meinung nach – hochattraktiven Beruf gestört: Lange Zeit hatte ich geglaubt, die Kassiererinnen müssten die Preise der Waren im Kopf zusammenrechnen. Spätestens seit ich in der Schule rechnen lernte, erschien mir das dann doch ein wenig zu viel verlangt. Allerdings mussten diese Kassiererinnen unglaublich klug sein, wenn sie eine derart schwere Aufgabe so mühelos meisterten. So kam es, dass ich diesen Beruf aus meiner Zukunftsplanung gestrichen hatte. Dann also doch Zirkusclown und den ganzen Tag lang mit 'ner roten Pappnase herumlaufen. Es gab Schlimmeres.

Kurz bevor ich zum Laden aufbrechen wollte, fiel mir noch etwas ein, und ich wählte Doris' und Erwins Nummer.

»Nicht, dass du dir später Sorgen machst, weil ich heute nicht zur Arbeit erscheinen werde«, sagte ich, als Doris abhob. »Ich habe Urlaub genommen. Gitti Scheffer ist momentan nicht einsatzfähig und braucht Hilfe im Laden.«

»Ach, die Ärmste. Aber dafür opferst du deinen Jahresurlaub? Um den ganzen Tag lang in einem Lebensmittelgeschäft zu stehen? Hältst du das für klug?«, fragte sie. »Der Urlaub soll dazu dienen, um sich zu erholen, meine Liebe.«

»Vielleicht lässt sich es sich ja doch noch anders regeln. Das war gestern eine ganz spontane Entscheidung, weißt du? Als ich mit Gitti im Krankenhaus war.«

»Im Krankenhaus? Du liebe Güte, das klingt nicht gut. Was hat sie denn?«

Ich erklärte ihr alles, und Doris stieß einen mitleidigen Laut aus. »Herrje – Schlüsselbein. Das ist wirklich schmerzhaft. Na dann. Ich komme bei Gelegenheit mal vorbei. Das hatte ich mir ja ohnehin vorgenommen, und jetzt habe ich noch einen Grund mehr.«

Ich warf einen Blick auf die Uhr. »Ich muss mich jetzt mal allmählich auf den Weg machen. Bis bald.«

Es war zwanzig nach sieben, als ich losging – gestärkt für den Tag. Ich hatte gut gefrühstückt und ganz in Ruhe beim Lesen der Tageszeitung meinen geliebten Espresso getrunken. Natürlich war es noch stockdunkel. Dick eingepackt marschierte ich durch die Straßen des Viertels und beobachtete durch die erleuchteten Fenster heimelig wirkende Familienszenen; hier und dort eingerahmt von blinkenden Lichterketten. Ansonsten spendeten die Straßenlaternen eher spärliches Licht, aber immerhin war es nicht glatt.

Im Laden brannte noch kein Licht, als ich ihn erreichte, und ich klingelte am Tor der Einfahrt. Es dauerte keine Minute, bis Gitti mir öffnete. Ich erkannte sie kaum wieder, denn ihr blondiertes Haar hing glatt herunter. Zopfspangen waren also nicht für einhändige Bedienung gebaut. Außerdem – mühsam unterdrückte ich den Drang, loszulachen – waren ihre gemalten Augenbrauen reichlich krakelig und schief geraten. Aber Gitti machte momentan nicht den Eindruck, als könnte ich mit ein paar kecken Sprüchen ihr Komikzentrum treffen und unsere zarte Freundschaft festigen.

Also hielt ich lieber die Klappe, auch wenn es mir äußerst schwerfiel. Immerhin war sie vollständig angezogen; das hatte sie also irgendwie hingekriegt. Sie trug sogar einen anderen Pullover als gestern. Oder hatte sie in ihren Klamotten geschlafen und am Morgen einfach die Pailletten-Kreation gegen dieses Lurex-Ungetüm ausgetauscht? Ich beschloss, sie damit nicht zu nerven. Falls es so gewesen war, würde sie spätestens in ein paar Tagen um Hilfe bitten.

»Ich mach dir erst mal eine vernünftige Frisur«, sagte ich, als ich hinter ihr die Treppe hochstieg.

Gitti schnaubte. »Hör bloß auf. Kämmen geht ja mit einer Hand, aber diese dusselige Spange … habbich geflucht! Und diese Brauen! Unmöglich! Ich sehe aus wie 'n Zirkusclown! So kann ich mich doch nicht den Leuten zeigen! Ich mache mich ja zum Gespött!«

Wir hatten ihr Bad erreicht. »Das kriegen wir schon hin«, erwiderte ich. »Ich bin zwar keine Expertin, aber das sollte zu schaffen sein.«

Ich wischte die Clownsbrauen ab und machte mich ans

Werk. Nicht ganz einfach, die Dinger symmetrisch hinzukriegen, wie ich feststellte.

»Hast du mal darüber nachgedacht, dir permanente Brauen tätowieren zu lassen?«, fragte ich. »Dann bist du ein für alle Mal raus aus der Nummer mit dem Augenbrauenstift.«

Die Bemerkung, dass ein hellerer Ton als das von ihr benutzte Pechschwarz vermutlich unendlich viel besser aussehen würde, verkniff ich mir. *Sie* musste sich schön finden, nicht ich.

»Tätowiern?«, rief sie entgeistert. »Ich soll mir mit Nadeln schwarze Farbe ins Gesicht tackern lassen? Du bist wohl nich gescheit! Stell dir vor, dat geht schief, weil irgendso 'n Stümper dat nich richtig kann! Dann sehe ich für immer so aus, als hätte mir 'n Besoffener mit Edding im Gesicht rumgekrakelt! Dann kann ich nur noch mit 'ner Papiertüte überm Kopf vor die Tür gehen!« Sie fing zu lachen an.

»Aber dann könnten wir jeden Tag ein anderes Gesicht auf die Tüte malen«, prustete ich. »Wäre das nicht super?«

Gitti schnaufte und rang nach Luft. »Loretta, du solltest dich nich über 'ne alte Frau lustig machen. Dat gehört sich nich«, sagte sie mit breitem Grinsen.

»Tu ich nicht. Zufrieden mit den Brauen?« Sie musterte sich kritisch im Spiegel und nickte schließlich, also fuhr ich fort: »Wo ist die Spange? Zeit für den Zopf.«

Auch meine spärlichen Fähigkeiten als Friseurin fanden Gnade vor ihrem kritischen Blick, aber es war schließlich keine Raketenwissenschaft, das Haar im Nacken zusammenzufassen und eine Spange zu platzieren.

Dann gingen wir hinunter in den Laden, und sie gab mir eine rasche Einweisung in die Schneidemaschine und die beiden Waagen. Eine stand an der Frischetheke, die andere neben der Kasse – mit ihr wurde Obst und dergleichen abgewogen.

»Wechselgeld ist inne Kasse«, sagte sie, »so ein Dings für bargeldlose Bezahlung hab ich nich, weißte ja. So weit kommt dat noch, zwei Appelsinen und vier Brötchen mit 'ner Kontokarte zu bezahln. Hat sich bisher auch noch keiner beschwert.« Sie blickte auf ihre Armbanduhr. »Ich muss allmählich los. Der Arzt nimmt mich als Erste dran. Brötchen und so sind im Lager. Du musst nur noch dat Obst und dat Gemüse vorn Laden stelln, dann kann es losgehn.«

»Willst du wirklich durch den Garten gehen? Da ist es jetzt doch noch stockfinster. Nicht, dass du noch einmal hinfällst, weil du im Dunklen stolperst oder so.«

»Stell dir vor: Ich hab Laternen im Garten«, erwiderte sie mit einem Grinsen. »Die hat der Jens mir am Weg entlang installiert. Dat ist so hell wie 'ne Flugzeuglandebahn.«

Nun, das sollte reichen, um unfallfrei das hintere Gartentor zu erreichen. Glatt war es ja auch nicht, also war ich beruhigt. Ich half ihr vorsichtig in einen dicken Mantel und drückte ihr das Kuvert mit den ärztlichen Unterlagen in die Hand, das auf einer Kommode neben der Haustür schon bereitlag. Sie händigte mir einen dicken Schlüsselbund aus, dann gingen wir zusammen hinaus. Sie hatte vorher noch einen Lichtschalter betätigt, und wir standen draußen in gleißender Helligkeit.

»Wäre es nicht einfacher, das Licht mit einem Bewegungsmelder zu koppeln?«, fragte ich.

Gitti schüttelte den Kopf. »Dat hatten wir anfangs. Aber dat ging dann bei jeder Katze an. An – aus – an – aus. Die Nachbarn sind durchgedreht.«

Verständlich. Sie hatte recht: Der Vergleich mit der Beleuchtung einer Flugzeuglandebahn war durchaus treffend. Wie ich nach ein paar Schritten feststellen konnte, sah der gepflasterte Weg durch ihren Garten auch exakt so aus. Vielleicht war der liebe Jens da doch ein wenig übers Ziel hinausgeschossen? Aber der gute Wille zählte.

Am Schuppen hinter dem Haus blieb sie stehen. »Also

dann … bis gleich. Der Arzt hat mir fest versprochen, dat ich sofort als Erste drankomme. Wehe, wenn nich. Ich sollte also nich lange weg sein.«

»Mach dir keine Gedanken, Gitti. Ich krieg das schon hin.«

»Aber sicher.« Sie ging einige Schritte, dann drehte sie sich noch einmal zu mir um. »Eins noch, Loretta: Zieh bitte ’nen Kittel an, ja? Du findest welche hinter der Tür zum Laden.«

Mist.

Nachdem ich Obst und Gemüse vor die Ladenfenster gerollert hatte, ging ich über den Seiteneingang wieder ins Haus. Dann stand ich mit gerunzelter Stirn vor den Kitteln. Es gab einen mit Längsstreifen, einen mit Blümchen und einen mit Längsstreifen *und* Blümchen, alle natürlich in leuchtenden Farben. Ich hatte also die Wahl zwischen Pest, Cholera und Krätze.

Ich verfluchte mich dafür, dass ich bei der frühmorgendlichen Auswahl meines Ringelpullis nicht daran gedacht hatte. Warum nur hatte ich nichts Einfarbiges angezogen? Was sah besser aus: Quer- und Längsstreifen oder Querstreifen kombiniert mit Blümchen? So musste Purzel sich fühlen, wenn Frau Sievers ihn in eins seiner exzentrischen Mäntelchen zwängte.

»Wenn schon, denn schon«, murmelte ich ergeben und entschied mich für die Kombination aus den schwarzen und roten Ringeln meines Pullovers – an denen ja nun nichts mehr zu ändern war – und einem Traum von einem lila-rosa geblümten Kittel. Schließlich hatte ich nicht vor, in der Pariser Fashion Week in der ersten Reihe am Laufsteg aufzuschlagen, sondern wollte ein paar Kohlköpfe verkaufen. Außerdem waren die Kunden von Gitti einiges gewöhnt – also bitte.

Reiß dich zusammen, Loretta.

Mir fiel ein, dass ich noch irgendwo zwei weiße Latzschürzen haben musste, die ich in den Tiefen meines Kleiderschranks verwahrte. Ab und zu überkam mich der Drang, zu backen, und dann war ich jedes Mal froh, dass ich sie hatte. Geistige Notiz: Schürzen raussuchen und mit in den Laden nehmen.

Als ich die Backwaren einsortiert hatte, war es eine Minute vor acht, also schloss ich die Ladentür auf und harrte der Dinge, die da kommen sollten. Ich stellte fest, dass ich tatsächlich ein wenig aufgeregt war.

Um exakt eine Minute *nach* acht bimmelte das Glöckchen über der Tür. Frau Sievers kam hereinspaziert und sah sich um.

»Gitti nicht da?«, fragte sie.

»Guten Morgen, Frau Sievers. Gitti ist beim Arzt, aber sie wird nicht lange weg sein. Kann ich Ihnen helfen?« Nach einer kurzen Pause fügte ich hinzu: »Was darf's denn sein? Vielleicht doch nur noch ein Blatt Klopapier auf der Rolle?«

Sie starrte mich an, als hätte ich nicht mehr alle Tassen im Schrank. Ganz offenkundig erinnerte Frau Sievers sich nicht an den kleinen Dialog, den wir gestern zu diesem Thema geführt hatten. Na ja, machte ja nix.

»Beim Arzt, soso. Ich weiß noch nicht genau, was ich brauche«, murmelte sie und begann einen Rundgang durchs Geschäft. Als wäre sie noch niemals hier gewesen, studierte sie konzentriert den Inhalt der Regale. Ich hätte bedenkenlos jede beliebige Summe darauf gesetzt, dass sie die exakte Position jedes einzelnen Artikels genau kannte und imstande gewesen wäre, mit verbundenen Augen hier einzukaufen. Aber nun gut. Wenn sie im Schneckentempo durch den Laden schleichen wollte, um Zeit zu schinden – mir sollte es recht sein.

Zwischendurch warf sie mir immer wieder argwöhnische Blicke zu.

Ich lehnte entspannt an der Frischetheke und fragte mich, was im Kopf dieser Frau wohl vorgehen mochte. Hegte sie den Verdacht, dass ich Gitti abgemurkst hatte und sie nun als Frischwurst-Aufschnitt im Sonderangebot an arglose Kunden verhökern wollte? *Zwinkerzwinker* – darf's ein bisschen mehr sein?

Und warum? Um mir Gittis Laden unter den Nagel zu reißen? Schließlich trug ich schon einen von Gittis Kitteln! Wenn das nicht verdächtig war!

»Was macht die Gitti denn beim Arzt?«, fragte Frau Sievers. »Sie war doch gestern erst im Krankenhaus. Ist doch komisch.«

Sie hatte mich erreicht und musste also wohl oder übel irgendetwas sagen. Ich kam zu dem Schluss, dass es ihr Lieblingshobby war, misstrauisch zu sein.

Aber warum auch nicht? Je mehr aufmerksame Bürger ihre Augen und Ohren offenhielten, desto mehr Verbrechen konnten aufgeklärt werden. Nur, dass es hier kein Verbrechen gab.

»Sie hat einen Verband, der täglich vom Arzt kontrolliert und gegebenenfalls neu justiert werden muss«, sagte ich.

Die Glocke an der Ladentür bimmelte. Frau Sievers fuhr herum wie von der Tarantel gestochen. Und wer kam fröhlich grinsend hereinspaziert? Erwin.

Frau Sievers atmete sichtlich auf. »Na, wenn das nicht Schutzmann Erwin ist! Die Polizei, dein Freund und Helfer! Sind Sie wieder bei uns im Dienst?«, rief sie aus und warf mir einen triumphierenden Blick zu.

Die Polizei war da – nun war alles gut.

»Frau Sievers, welche Freude, Sie zu sehen«, erwiderte Erwin mit schmelzendem Lächeln. »Nein, ich bin längst im Ruhestand. Ich will die Gitti besuchen. Und meine gute Freundin Loretta, natürlich.« Er deutete auf mich und musterte mich langsam von oben bis unten. Dann nickte er und konstatierte: »Schrill. Dein Outfit, meine ich.«

»Vielen Dank für dein schönes Kompliment, *Schutzmann* Erwin«, gab ich grinsend zurück. »Gitti legt viel Wert auf Hygiene. Und auf fröhliche Farben.«

»Zweifellos tut sie das.«

Mit einer knappen Kopfbewegung in meine Richtung fragte Frau Sievers: »Sie kennen diese Frau also?«

Diese Frau? Hallo? Ich stehe direkt neben dir!, dachte ich.

Exschutzmann Erwin nickte. »Sehr gut sogar. Wieso? Denken Sie etwa, Loretta hätte Gitti gekillt und im Garten verbuddelt? So etwas Gemeines würde Loretta niemals tun. Würdest du doch nicht, Loretta?«

Ernst schüttelte ich den Kopf. »Nee, würde ich nicht. Niemals.«

Erwin wandte sich wieder an Frau Sievers. »Sehen Sie? Gitti ist wohlauf, da bin ich sicher. Aber es ist sehr gut, dass Sie aufpassen. Denn darum geht es doch in einer guten Nachbarschaft, nicht wahr? Dass alle aufeinander aufpassen.«

Frau Sievers runzelte die Stirn. »Eben. Und weil doch in letzter Zeit immer zwei …«

Sie kam nicht dazu, den Satz zu beenden, denn in diesem Moment kam Gitti durch die Hintertür ins Geschäft gefegt. Ihr flatternder Kittel war der zweieiige Zwilling desjenigen, den ich trug: gleiches Muster, aber andere Farben – die natürlich wiederum nicht zu denen ihres zickzackgemusterten Lurexpullis passten.

Ich musste unbedingt darauf achten, dass sie und ich nicht zu lange nebeneinanderstanden, nahm ich mir spontan vor, sonst könnte das dramatischen Auswirkungen auf das Augenlicht der Kunden haben. Diesen visuellen Frontalangriff würde ich keinen Tag länger verantworten können. Ich musste *unbedingt* an die Schürzen denken.

»Nanu, wer ist dat denn? Schutzmann Erwin!«, tirilierte Gitti entzückt.

Ihr beim Eintritt noch griesgrämiges Gesicht hatte sich bei seinem Anblick aufgehellt. Offenbar hatte *Schutzmann Erwin* bei den Damen des Viertels einen nicht nur bleibenden, sondern zudem noch höchst positiven Eindruck hinterlassen.

»Loretta hat mir von deinem unglücklichen Sturz erzählt«, sagte er. »Und davon, dass sie dir helfen will. Das ist doch ein wunderbarer Grund, dich wieder einmal zu besuchen, dachte ich – und da bin ich.«

»Die beiden kennen sich nämlich«, warf Frau Sievers von der Seite ein.

Gitti blitzte sie kurz an. »Dat ist ja wohl offensichtlich, Lore. Aber vielen Dank für deinen Hinweis.«

Frau Sievers schnappte nach Luft, und bevor die beiden Damen sich wieder an die Köppe kriegen konnten, fragte ich rasch: »Wie war es denn beim Arzt?«

Gitti verzog das Gesicht. »Der hat an dem verfluchten Rucksackdingsbums rumgezerrt, als wär ich ein altes Brauereipferd, dat stramm angeschirrt werden muss. Hätte nicht viel gefehlt, und ich hätte dem eine geknallt.«

»Aber das Ding muss stramm sitzen, hat der Arzt im Krankenhaus gesagt, damit der Bruch schnell heilt«, sagte ich. »Da musst du jetzt durch, Gitti.«

Sie rollte mit den Augen und schnaubte genervt. Zugegeben: Mir an ihrer Stelle wäre es vermutlich auch nicht anders gegangen. Aber ich konnte einiges tun, um ihr momentanes Leben leichter zu machen.

Und ich hoffte inständig, dass sie *mir* keine knallte, wenn ihr mal der Geduldsfaden riss.

»Bei Loretta bist du in den besten Händen«, sagte Erwin. »Du kannst ihr bedingungslos vertrauen, Gitti; für sie lege ich meine Hand ins Feuer. Sie ist flink und gescheit, und sie ist mit mir und meiner Frau sehr eng befreundet. Übrigens bist du wohl zusammen mit meiner Liebsten zur Schule gegangen, wie sich herausgestellt hat. Sie war ganz aufgeregt, als Loretta von dir erzählt hat.«

Und zack – schon hatte Erwin sie von ihrem Elend abgelenkt.

Gittis Gesicht leuchtete auf. »Wirklich? Aber dann müsste deine Frau ja so alt sein wie ich.«

Erwin lachte. »Das ist sie. Und sie ist genauso ewig jung und flott unterwegs wie du, Gitti.«

»Wie heißt sie denn?«

»Doris«, antwortete Erwin. »Mädchenname: Doris Kloppek. Erinnerst du dich an sie?«

»Klar!« Gitti nickte strahlend. »Wir waren gut befreundet. Grüße sie bitte von mir, ja?«

»Mach ich. Sie will dich unbedingt besuchen, hat sie gesagt. Vielleicht kommen wir am Samstag mal vorbei ...«

Während die beiden fröhlich plapperten, stand Frau Sievers mit vor der Brust verschränkten Armen und finsterem Gesichtsausdruck daneben. Schutzmann Erwin ignorierte sie, Frechheit. Sie war für den Moment abgemeldet, und das gefiel ihr gar nicht, wie es schien.

»Frau Sievers«, sagte ich freundlich, »kann ich denn nicht doch etwas für Sie tun?«

Sie wandte sich mir zu. »100 Gramm Jagdwurst, bitte.«

Beflissen wieselte ich hinter die Frischetheke, holte den Wurstlaib heraus und legte ihn auf die Schneidemaschine. Ich war richtig aufgeregt, als ich die Maschine einschaltete. Das Schneideblatt säbelte hurtig Scheiben vom Laib, die ich auf die Waage legte: 121 Gramm.

Und dann sah ich Frau Sievers an und sprach zum ersten Mal selbst die magischen Worte: »Darf's ein bisschen mehr sein?«

Ich begleitete sie zur Kasse, denn Erwin verabschiedete sich bereits von Gitti. Während sie Frau Sievers' Einkauf eintippte, umarmte er mich und wünschte mir eine gute Zeit mit Gitti.

In der Tür stieß er beinahe mit einem älteren Herrn zusammen, der einen Blumenstrauß dabeihatte.

»Alfie!«, rief Gitti entzückt. »Warte kurz, ich bin gleich für dich da!«

Sie hielt Frau Sievers das Wechselgeld hin, die das allerdings komplett ignorierte und stattdessen dem Neuankömmling schöne Augen machte. Gitti stieß sie unsanft an, und Frau Sievers wandte sich ihr zu, um die Münzen entgegenzunehmen.

»Loretta, komm mal her«, sagte Gitti und strahlte den Mann an, »ich möchte dir jemanden vorstellen. Alfie, das ist Loretta, sie hilft mir für ein paar Wochen. Loretta, das ist …«

»Herr Wüllenhorst!«, stieß ich hervor. »Ich glaube, wir kennen uns.«

Kapitel 6

Loretta begegnet ihrer sehr vergangenen Vergangenheit und gerät danach in die Fänge der Inquisition

Der ältere Herr musterte mich verdutzt, dann hellte sein Gesicht sich auf. »Loretta ... natürlich! Loretta Luchs! Das ist ja vielleicht ...« Er schüttelte den Kopf.

Ja, das fand ich auch. Vor mir stand Alfons Wüllenhorst, Deutschlehrer, der mir in der Oberstufe das Leben schwergemacht hatte. Ich kann nicht behaupten, dass wir beste Freunde gewesen wären. »Sachlicher!« – das hatte immer in seiner markanten Schrift am Rand meiner Klausuren gestanden; mein Schreibstil war ihm viel zu flapsig gewesen.

Seit damals hatte er sich nicht viel verändert, bis auf die Tatsache, dass Haar und Bart – beides akkurat gestutzt – mittlerweile schneeweiß waren.

»Loretta war mal meine Schülerin«, sagte er zu Gitti, »sehr intelligent, aber stinkfaul. Ist weit unter ihren Möglichkeiten geblieben.« Er sah mich an und fuhr fort: »Ich habe mich so manches Mal gefragt, was wohl aus Ihnen geworden ist. Und nun treffe ich Sie hier. Sie sind also ... äh ... im Einzelhandel tätig?«

»Nur für einige Wochen«, erwiderte ich.

»Die Loretta arbeitet sonst für 'ne Bank«, erklärte Gitti mit sichtlichem Stolz. »Mittleres Management. Die hat sich extra Urlaub genommen, um mir zu helfen.«

»Ja, richtig ...«, Alfie wandte sich wieder Gitti zu und überreichte ihr die Blumen, »deshalb bin ich ja hier! Meine Liebe, mit den besten Genesungswünschen! Ich war sehr bestürzt, von deinem Unfall zu hören. Ich stehe bereit, um ebenfalls zu helfen, jederzeit, das weißt du hoffentlich.«

Gitti versenkte ihre Nase in den bunten Blüten. Diesen Strauß hatte *Alfie* sich einiges kosten lassen, das stand mal fest. Und genau das schien Frau Sievers auch zu denken, die das Geschehen mit sauertöpfischer Miene beobachtete.

»Ich stelle die Blumen oben ins Wasser«, sagte ich und nahm den Strauß von Gitti entgegen.

Als ich an Frau Sievers vorbeiging, raunte sie: »Wen Sie nicht alles kennen …«

Tja – die Welt war halt wirklich klein.

Als ich zurückkam, war Herr Wüllenhorst gerade dabei, das Geschäft zu verlassen. An ihm vorbei drängte sich ein Mann mittleren Alters in den Laden. Er hatte es derart eilig, dass er beinahe über seine eigenen Füße gestolpert wäre. Ganz klar: Seine Anwesenheit duldete keinen Aufschub.

»Was machst du denn bloß für Sachen?«, sagte er atemlos zu Gitti. »Ich habe gehört, was passiert …« Er brach ab und musterte sie. »Ich dachte, du hast was gebrochen, aber …«

Gitti, die ohne äußere Anzeichen einer Verletzung an der Kasse saß, grinste. »Nix aber, Junge. Schlüsselbeinbruch. Der Verband ist unterm Pulli.«

Das hatte sie heute schon dutzende Male erklärt. Ein weiteres Mal berichtete sie, was genau geschehen war.

»Das ist ihr Neffe«, raunte die aus mir unerfindlichen Gründen an der Frischetheke herumlungernde Frau Sievers mir zu. »Jens. Ein guter Junge. Hilft seiner Tante, wo er kann.«

Junge? Nun ja. Mit Sicherheit hatte er die Grenze zur vierzig bereits vor ein paar Jahren überschritten. Er war schmal und nicht sonderlich groß, und auf mich wirkte er nervös.

»Der ist immer so hibbelig«, sagte Frau Sievers, als hätte sie meine Gedanken gehört. »Das war er schon als Kind. Immer zappelig. *Der muss später mal körperlich arbeiten,* hab ich immer gesagt.«

»Er ist beim Bau, oder?«

Wir sprachen leise, um nicht gehört zu werden, aber Gitti und ihr Neffe schenkten uns ohnehin keine Beachtung.

Frau Sievers nickte. »Er hat eine *eigene Firma*. Ein Glück für Gitti! Wenn es hier irgendwas zu bauen gibt, ist er sofort da. Was hat er nicht alles für sie gemacht: das Hoftor neu konstruiert, den Weg durch den Garten gepflastert, die Markisen vorne am Laden angebracht, den stabilen Zaun hinten am Grundstück gezogen ...«

Während sie weiter die Heldentaten von Gittis Neffen aufzählte, dachte ich nach. Eigene Firma – das konnte viel bedeuten, von einer winzigen Ein-Mann-Klitsche bis hin zum großen Unternehmen mit zig Angestellten. Er trug Arbeitskleidung, also packte er selbst an. Was allerdings noch immer nichts über die Größe seiner Firma aussagte.

»... soll es ja nicht so gut gehen«, sagte Frau Sievers in diesem Moment. »Und dabei war er immer so fleißig. Aber Anfang des Jahres musste er Leute entlassen. Ich weiß das, weil der Sohn meiner Nachbarin bei ihm angestellt gewesen war. Er sagt, sie hätten immer weniger Aufträge gehabt, und deshalb ...«

Immer noch hörte ich Frau Sievers nur mit einem Ohr zu, während ich die beiden an der Kasse beobachtete, die sich angeregt unterhielten. Plötzlich deutete Gitti auf mich, und ihr Neffe sah mich an. Sehr forschend, wie ich fand. Und ziemlich misstrauisch – genau so, wie Frau Sievers mich anfangs auch angesehen hatte.

Ich lächelte ihn an und wandte mich Frau Sievers zu. »Darf's noch etwas sein? Haben Sie etwas vergessen?«

Ohne es zu merken, hatte ich sie mitten im Satz unterbrochen, und entsprechend konsterniert guckte sie nun aus der Wäsche. »Nein, vielen Dank. Ich habe alles, was ich benötige.«

Abrupt drehte sie sich um und marschierte zur Kasse – natürlich ohne ein Wort des Abschieds für mich –, wo sie Gittis Neffen lautstark begrüßte.

Er schäkerte ein bisschen mit ihr, dann schlenderte er in meine Richtung. Vor der Theke blieb er stehen und musterte mich schweigend.

Ich wartete einen Moment lang ab, dann sagte ich freundlich: »Guten Tag. Was kann ich für Sie tun?«

»Sie können mir sagen, was Sie im Schilde führen«, erwiderte er leise.

Na super, dachte ich ergeben, erst eine besorgte Mitbürgerin, jetzt ein besorgter Verwandter – wie ärgerlich, dass Erwin schon gegangen war. Ich beschloss spontan, mich erst einmal doof zu stellen.

»Ich verstehe nicht«, gab ich zurück. »Darf ich fragen, wer Sie sind?«

»Ich bin Gittis Neffe. Jens Dombrowski. Und Sie? Wer sind Sie?«

»Ach, hat Ihre Tante Ihnen nicht gesagt, wer ich bin?«, fragte ich. »Dann will ich es gerne nachholen: Loretta Luchs. Angenehm.«

»Angenehm?« Er verzog spöttisch den Mund. »Davon bin ich noch nicht überzeugt. Tante Gitti sagt, Sie sind eine Kundin. Offenbar eine Kundin mit Helfersyndrom. Eine Kundin, die sich *Urlaub nimmt,* um hier zu arbeiten? Ich bitte Sie – wer soll das denn glauben? Niemand ist so selbstlos.«

»Vielleicht ja doch. Sie war verletzt, und kein Mensch hat sich um sie gekümmert. Sie übrigens auch nicht, Herr Dombrowski.«

Oha, das gefiel ihm überhaupt nicht.

Seine Augen verengten sich zu Schlitzen, und er fauchte: »Wenn ich nicht weiß, dass sie meine Hilfe benötigt … ich bin schließlich kein Hellseher.«

»Schon klar. Aber ich frage mich, warum Gitti Sie nicht von

ihrem Unfall informiert hat. Stattdessen quält sie sich einen Tag und eine Nacht lang mit einem unbehandelten Schlüsselbeinbruch herum. Ich – als *Kundin* – habe bemerkt, dass sie große Schmerzen hat. Ich habe nicht lockergelassen, bis sie bereit war, sich von mir ins Krankenhaus bringen zu lassen. Und auch meine Hilfe wollte sie nicht annehmen. Aber nicht etwa, weil sie vielleicht von Ihrer Unterstützung ausgehen konnte, Herr Dombrowski. Das hätte sie mir gesagt. Nein – sie wollte es alleine schaffen. Und das ist in ihrem Zustand schlicht unmöglich.«

Dombrowski blickte sich zur Kasse um – die beiden Damen unterhielten sich angeregt miteinander. Dann beugte er sich über die Theke und sagte sehr leise: »Meine Tante ist eine ziemlich wohlhabende Frau. Ich warne Sie: Wenn Sie versuchen, sich ihr Vertrauen und ihr Wohlwollen zu erschleichen, weil Sie hoffen, irgendwann einmal in Tante Gittis Testament zu stehen …«

Ich konnte mir nicht helfen – ich lachte laut los. Das war derart absurd, dass mir keine andere Reaktion einfiel. Hätte ich es abstreiten sollen? Nein. Dieser Vorwurf war so dämlich, dass er keine ernsthafte Reaktion verdiente.

Gitti winkte zu uns herüber und rief: »Na, ihr beide versteht euch ja bestens. Jens kann ein richtiger Witzbold sein. Mich bringt er auch immer zum Lachen!«

Wenn du wüsstest, dachte ich, und winkte fröhlich zurück.

Dombrowski presste die Lippen zusammen und deutete auf mich. »Ich behalte Sie im Auge.«

»Bitte«, erwiderte ich mit einem Achselzucken. »Tun Sie, was Sie nicht lassen können. Vielleicht wollen Sie ja auch meinen Posten hier übernehmen? Nur zu. Was ist – sind Sie bereit, jeden Tag hier zu arbeiten? Denn Ihre Tante gedenkt nicht, den Laden auch nur für einen Tag zu schließen. Na, was ist?«

Er schnaubte und ging zu Gitti. Nach einem kurzen Wort des Abschieds und dem Versprechen, sich bald wieder zu melden, verließ er den Laden.

Was für ein kleines Arschloch, dachte ich und beschloss, Gitti nichts von der netten, kleinen Unterhaltung zwischen ihrem Neffen und mir zu erzählen.

Hatte er etwa Angst um *sein* Erbe? Das könnte natürlich sein. Oder war er einfach nur besorgt um Gitti und wollte sie vor böswilligen Menschen schützen? Richtig – er kannte mich nicht. Für ihn war ich aus dem Nichts aufgetaucht und machte mich jetzt in Gittis Leben breit.

Tatsache war: Heutzutage glaubten die meisten Menschen, dass Hilfsbereitschaft immer mit Hintergedanken daherkam. Ich tu was für dich, also ist irgendwann eine Gegenleistung fällig.

So dachte ich natürlich nicht.

Aber woher sollte Jens Dombrowski das wissen? Eben.

Mein erster Tag im Geschäft verging wie im Flug. Wie die Königin von Saba thronte Gitti hinter der Kasse und hielt Hof. Immer und immer wieder erzählte sie von ihrem ›blöden Unfall‹, wie sie es formulierte, und ließ sich angemessen bedauern.

Es hagelte Angebote, zu helfen, aber sie winkte jedes Mal lässig ab und deutete – mit der Auskunft, sie sei bestens versorgt – auf mich. Prompt traf mich so mancher neugierige Blick von Kunden, wenn sie erfuhren, dass ich im Geschäft helfen würde, solange sie körperlich eingeschränkt war. Ich winkte dann immer freundlich, und alle waren zufrieden.

»Aber Gott sei Dank ist hier oben alles in Ordnung«, sagte Gitti dann immer schmunzelnd und tippte sich gegen die Stirn. »Bin ja nich auffen Kopp gefalln!«

Zu jedem Kunden bekam ich eine kurze Info, sobald der- oder diejenige den Laden verlassen hatte. Nach kurzer Zeit schwirrte mir den Kopf; zumal diese Informationen ja eigentlich unnötig waren, da Gitti – davon ging ich aus – ohnehin täglich mit mir im Geschäft sein würde. Außerdem würde Herr Krämer es wohl verschmerzen, wenn ich nicht auf Anhieb wusste, welchen Käse er bevorzugte. Oder Frau Rittberger, wenn ich nachfragen musste, wie dick sie den Kochschinken geschnitten haben wollte. Aber ich hörte Gitti brav zu und versprach, mir alles zu merken. Mir Notizen zu machen, verkniff ich mir.

In der Mittagspause kochte ich für uns einen deftigen Kartoffel-Möhren-Eintopf mit Mettwürstchen-Einlage, den sie bequem löffeln konnte. Wie praktisch es doch war, wenn man alle benötigten Zutaten einfach aus dem Laden holen konnte! Ich war begeistert.

Gitti auch, und zwar von meinem Eintopf. »Köstlich! Der Jens liebt ja Möhreneintopf, schon als kleiner Köttel. Sachma, wär der nix für dich?« Sie zwinkerte und fuhr fort: »Ihr seid doch ungefähr in einem Alter, oder? Weisste, als die Geschäfte für ihn nich mehr so gut liefen, ist dem prompt die Frau weggelaufen. Ich hab vom ersten Moment an gewusst, dat die nur hinter seinem Geld her ist. Du hast doch keinen Kerl, oder? Jens ist 'n Guter. Wirklich.«

»Ich … äh … weißt du, ich bin noch nicht lange getrennt. Ich bin noch längst nicht bereit, mich auf einen neuen Mann einzulassen.«

Abgesehen davon hatte Amor nicht gerade mit Liebespfeilen um sich geschossen, als ihr geliebter Jens und ich aufeinandergetroffen waren, aber das würde ich ihr nicht auf die Nase binden. Dann schon besser die Mär vom Noch-nicht-bereit-Sein. Das zog immer.

»Schade«, sagte sie. »Ich glaub, jeder Mann kann sich glücklich schätzen, dich zu kriegen, Loretta. Dat mein ich ehrlich. Nich wegen Jens oder so. Du bist 'ne Töfte.«

Na, das ging mir doch runter wie Öl.

Am Nachmittag ging es unten weiter, und mit jeder Stunde wuchs meine Sicherheit, was die Handhabung von Waage oder Schneidemaschine betraf. Etliche der Kunden kannte ich flüchtig vom Sehen, stellte ich fest, da ich ja öfter im Viertel spazieren ging und ihnen dabei begegnet war.

Das Kunden-Defilee wollte einfach nicht abreißen – Gittis Unfall musste sich in Windeseile herumgesprochen haben. Sichtlich genoss sie das Bedauern und die Genesungswünsche, und ich gönnte es ihr von Herzen.

Einige Minuten vor Ladenschluss – ich war schon dabei, sauber zu machen – kam Svetlana.

»Gitti! Was machst du denn für Sachen!«, sagte sie. »Sag, wie ich dir helfen kann.«

Huldvoll schüttelte Gitti den Kopf. »Nicht nötig. Ich hab ja Loretta.«

»Vielleicht wäre es ja wirklich nicht schlecht, wenn wir das Notfallteam ausbauen würden«, rief ich von der Frischetheke herüber. »Dann könnten wir uns abwechseln.«

Gitti runzelte die Stirn, was Svetlana großzügig übersah. »Ich bringe schon mal das Obst nach hinten, okay?«, sagte sie und verließ den Laden wieder.

Wir müssen sie einfach überrumpeln, dachte ich. »Ich schließe ihr das Tor auf.«

Schnell verließ ich das Geschäft durch die Hintertür.

Svetlana grinste breit, als ich ihr öffnete. »Madame ist bockig, oder?«

»Eigentlich nicht«, erwiderte ich. »Aber uneigentlich fällt es ihr immer noch schwer, Hilfe anzunehmen.«

»Das kriegen wir schon hin.« Sie kicherte. »Ich kann verdammt hartnäckig sein.«

Sie rollerte das Gestell mit dem Obst an mir vorbei, und ich ging hinaus, um das Gemüse zu holen. Wir verstauten alles im Schuppen, dann schloss ich ab.

»Also, Svetlana …«, begann Gitti, als wir wieder in den Laden kamen, aber ich unterbrach sie sofort.

»Wie wäre es, wenn wir uns oben auf ein Tässchen Kaffee zusammensetzen und überlegen würden, wie wir die nächsten Wochen organisieren?«

Gitti machte nicht gerade Luftsprünge vor Begeisterung, aber immerhin lehnte sie den Vorschlag nicht ab. Im Gegenteil.

»Dann kannste mir gleich beim Kaffeekochen helfen«, brummte sie und bedeutete Svetlana mit einer Kopfbewegung, ihr zu folgen. In der Tür drehte sie sich noch einmal um. »Bringste gleich dat Geld mit hoch, Loretta? Einfach die ganze Kassenschublade rausnehmen.«

»Mach ich. Ich komm gleich nach«, sagte ich. »Ich muss nur noch die Schneidemaschine putzen.«

Mit Hingabe polierte ich das Sägeblatt und schraubte es wieder in die Maschine, dann kontrollierte ich noch einmal, ob die Frischetheke wirklich picobello sauber und ordentlich war. Ja, alles war abgedeckt oder in den Kühlschrank geräumt. Dann machte ich noch eine Inspektionsrunde durch den Laden und rüttelte an der Eingangstür, um mich zu vergewissern, dass sie abgeschlossen war. Ja, so konnte ich den Laden guten Gewissens verlassen.

Die Kassenschublade hatte ein erstaunliches Gewicht. Ob das wohl ein normaler Tagesumsatz war? Oder hatten die vielen Kunden, die heute durchs Geschäft geflutet waren, alibimäßig irgendetwas gekauft, um nicht als sensationslüstern dazustehen?

War aber auch wurscht.

Kapitel 7

Loretta ersehnt das arbeitsfreie Wochenende, muss aber vorher noch mal richtig ran (was nicht unbedingt erwünscht ist)

Gitti saß auf dem Küchensofa, und Svetlana eilte geschäftig durch die Küche, als ich zu ihnen stieß.
Ich stellte die Kassenschublade auf den Tisch und ließ mich auf einen Stuhl fallen. »Na, bist du zufrieden mit deinem kleinen Helferlein?«, fragte ich Gitti, und sie nickte enthusiastisch.

»Sehr zufrieden sogar! Ich glaub, wir haben heute mit Abstand den besten Umsatz des Jahres gemacht. Und dat nur, weil alle neugierig waren, dat aber nich zugeben wollten. Die Frau Schwitters zum Beispiel, die hat erst vorgestern Zahnpasta gekauft – und heute braucht die schon wieder neue?« Gitti zwinkerte mir zu. »Dat kannse ihre Omma erzähln. Nee, nee, die hatte bestimmt irgendeinen Tratsch gehört und wollte jetzt wissen, wat da dran ist. Dat haben wir Lore zu verdanken, ganz bestimmt. Die ist 'ne olle Klatschbase. Wo die nich ihre Nase reinstecken kann …«

»Geh nicht zu hart mit ihr ins Gericht«, erwiderte ich. »Sie macht sich echte Sorgen, glaube ich. Heute Morgen war sie ziemlich unruhig, weil ich hier im Laden war – ohne dich. Sie entspannte sich erst, als Erwin aufkreuzte.«

»Erwin? Wer ist das denn?«, fragte Svetlana, die den Kaffee an den Tisch brachte und uns einschenkte. Dann setzte sie sich. »Den Namen habe ich noch nie gehört. Hat er mal in der Nachbarschaft gewohnt?«

»Nee.« Gitti schüttelte den Kopf. »Dat war vor deiner Zeit. Der Erwin war mal Schutzmann und oft hier auf Streife. Ist aber schon 'n paar Jahre her. Aber dat ist 'n Freund von Loretta, wie ich jetzt weiß. Und noch wat: Der ist mit meiner alten Schulfreundin Doris verheiratet.« Erneut schüttelte sie den Kopf. »Verrückt. Die Welt ist echt klein.«

»Da sagste was.« Ich kicherte und deutete auf den prachtvollen Strauß, der auf dem Esstisch stand. »Dass du ein Techtelmechtel mit meinem alten Deutschlehrer hast …«

Gitti errötete sanft. »Wie – Alfie? Er ist nur ein Freund. Ein Stammkunde, mehr nicht.«

Das konnte sie *ihrer* Omma erzählen. Zwischen den beiden hatten Funken gesprüht, aber hallo. Er stand auf sie, und ihrer mädchenhaften Reaktion auf seine Blumen nach zu urteilen, fand sie ihn auch sooo schlecht nicht. Und hatte sie nicht erzählt, dass er ihr den Leichenwagen besorgt hatte? Verrückt. Aber: ›Alfie‹? Diesen Kosenamen kriegte ich einfach nicht mit meinem steifen und strengen Lehrer zusammen. Für mich würde er bis in alle Ewigkeit Herr Wüllenhorst bleiben.

»Du kennst ja wirklich viele Leute, Loretta«, sagte Svetlana und nippte an ihrem Kaffee. »Ich hätte zum Beispiel nie gedacht, dass du mit einem Polizisten befreundet bist.«

Nicht? Was war daran denn so besonders?

»Ach, das sind auch nur Menschen. Vor allem Erwin«, erwiderte ich. »Lasst uns mal überlegen, wie wir uns organisieren, damit es dir an nichts fehlt, Gitti.«

»Ihr tut grade so, als wär ich schwerbehindert«, maulte Gitti sichtlich genervt.

»Das sagt doch kein Mensch«, sagte Svetlana munter. »Aber ich habe nachmittags und am frühen Abend Zeit und kann euch im Laden unterstützen. Und im Haushalt. Zum Beispiel dabei, dich bettfertig zu machen.«

Wie von der Tarantel gestochen fuhr Gitti hoch. »Wat? Du willst mich ins Bett bringen? So weit kommt dat noch! Willste mir vielleicht auch noch den Hintern abputzen?«

Svetlana blieb gelassen. »Warum nicht, wenn es nötig ist? Ich habe es Loretta schon erzählt: Ich war früher in der Altenpflege beschäftigt. Glaub mir, ich habe schon mehr runzlige Hinterteile gesehen, als du dir vorstellen kannst. Und es macht mir nicht das Geringste aus. Ich könnte dir bei deiner … hm … Abendroutine zur Hand gehen.«

Gitti musterte sie finster. »Zum Beispiel?«

»Sich mit nur einer Hand zu waschen, ist schwierig, das weiß ich genau. Ich kann dir ins Nachthemd helfen und alles so herrichten, dass du nur noch ins Bett schlüpfen musst, wenn du müde wirst. Eine Kleinigkeit zum Abendessen machen, dein Geschirr spülen … so was in der Art. Und wie ich schon sagte: Für den Laden stehe ich auch zur Verfügung. Dann kann Loretta ihre Zeit ein bisschen flexibler einteilen.«

Bis jetzt hatte ich mich zurückgehalten, aber nun sagte ich: »Los, gib dir einen Ruck, Gitti.«

Sie zierte sich noch ein bisschen, aber schließlich stimmte sie zu. Die Einnahmen des Tages erwiesen sich tatsächlich als rekordverdächtig, und Gitti wollte sie am nächsten Morgen einzahlen, wenn sie beim Arzt fertig war. Normalerweise brachte sie den täglichen Umsatz in der Mittagspause des Folgetages zur Bank. Wie praktisch, dass sie dafür nur durch ihren Garten gehen musste!

Am Samstag war ich insgeheim froh, dass der Laden nur bis mittags geöffnet war. Zweieinhalb Tage lang hatte ich jetzt Dienst geschoben, und ich war reichlich kaputt. Es war ungewohnt, den ganzen Tag lang auf den Beinen zu sein, und Gitti machte das bereits seit Jahrzehnten … ich war voller Hochachtung für sie.

Am späten Vormittag kamen Doris und Erwin. Die beiden Damen kreischten begeistert über ihr Wiedersehen, und Erwin hielt sich theatralisch die Ohren zu.

Während Doris und Gitti aufgeregt miteinander schnatterten, kam er herüber zu dem Regal, das ich gerade aufräumte.

»Na, wie geht es dir?«, fragte er mich.

»Ich weiß jetzt, dass ich vermutlich nicht annähernd so viel Kondition habe wie Gitti«, sagte ich mit einem Stöhnen. »Aber es macht riesigen Spaß.«

Erwin warf einen liebevollen Blick hinüber zu den beiden Frauen, die bunt und schillernd wie zwei exotische Paradiesvögel miteinander plauderten. Ihre Gesichter strahlten. »Die beiden sind schon zwei zähe, alte Haudegen. Von denen können wir uns noch eine Scheibe abschneiden, Loretta. Weißt du, ich habe Gitti schon damals dafür bewundert, wie stark sie ist. Nie krank, immer freundlich und gut gelaunt, zupackend und tatkräftig. Und jetzt, mehr als zehn Jahre später, ist sie immer noch voller Energie.«

»Wie dein Täubchen.«

Er nickte lächelnd. »Stimmt, genau wie mein Täubchen. Wunderbare Frauen.« Wieder sah er hinüber.

Es rührte mich, ihn so weich zu sehen. Erwin war wirklich ein toller Mann, und ich konnte mich glücklich schätzen, mit ihm und seinem Täubchen so gut befreundet zu sein.

Gegen zwölf stieg das Kundenaufkommen rapide an, und die beiden verabschiedeten sich wieder, zudem sie im Kassenbereich schlicht im Weg standen.

Während der Stunde bis zum Feierabend war ordentlich zu tun, denn es galt, sich fürs Wochenende mit allem einzudecken, was benötigt wurde. Kurz vor eins wurde es schlagartig wieder ruhig, denn die Leute aus der Umgebung kannten die Öffnungszeiten und waren wohl der Meinung, dass Gitti sich einen pünktlichen Feierabend mehr als verdient hatte. Also galoppierte nur in Ausnahmefällen noch jemand um zwei Minuten vor eins in den Laden, wie sie mir versicherte, wenn sie vielleicht schon dabei war, Kasse zu machen.

Ich brachte gerade einige Dinge nach hinten ins Lager, als ich die Ladenglocke bimmeln hörte. Verdammt. Doch noch ein Nachzügler, für den hoffentlich nicht die bereits blitzblanke Schneidemaschine benötigt wurde.

Zurück im Geschäft, entdeckte ich zu meinem Entsetzen, dass Gitti an der Kasse von einer Gestalt bedrängt wurde. Es war ein Mann, der ein Basecap trug, über das er zusätzlich eine Kapuze gezogen hatte; außerdem saß eine verspiegelte Sonnenbrille auf seiner Nase. Wollte der Kerl etwa die Einnahmen klauen?

»He, was wollen Sie?«, rief ich quer durch den Laden.

Der Mann und Gitti zuckten zusammen und fuhren herum zu mir.

»Loretta, halt dich da raus!«, rief Gitti zu meiner Verblüffung zurück.

Mich raushalten? Wenn jemand die Früchte unserer harten Arbeit ernten wollte? Das wüsste ich aber.

Wie eine Furie stürmte ich auf die beiden zu. »Gitti, gib mir den Baseballschläger«, brüllte ich und streckte die Hand aus. Allerdings tat sie nichts dergleichen, also baute ich mich unbewaffnet vor dem Kerl auf, der mich um mehr als Haupteslänge überragte. »Was wollen Sie? Raus, aber plötzlich, sonst rufe ich die Polizei!«

»Ganz schön unverschämt«, erwiderte er mit seltsam heiserer Stimme. Dann wandte er sich Gitti zu. »Sie sollten besser Ihren Terrier im Zaum halten, Gnädigste, sonst passiert hier noch ein böses Unglück.«

»Raus jetzt«, zischte Gitti schmallippig. »Sie kennen meine Antwort. Daran hat sich nix geändert. Und daran wird sich auch in Zukunft nix ändern.«

»Das werden wir sehen«, erwiderte der Mann. »Ich habe Ihnen ein Angebot gemacht. Das gilt nicht ewig.«

Im nächsten Augenblick war er zur Tür hinaus. Zurück

blieb eine süßliche Parfümwolke, die mir fast den Atem raubte. Bäh – eindeutig überdosiert. Ich rang um Luft und drückte mit zwei Fingern meine Nase zu, in der es infernalisch juckte. Vergeblich, denn mich überkam ein Niesanfall, der mich beinahe zu Boden schleuderte.

»Schlüssel«, keuchte ich knapp, als ich endlich wieder atmen konnte.

Sie holte den Schlüsselbund aus der Kasse, und ich schloss die Tür ab. Von dem Kerl war nichts mehr zu sehen.

Ich drehte mich zu ihr um. »Wer war das, Gitti? Was wollte der Mann?«

Mit sichtlich bemühter Lässigkeit winkte sie ab. »Ach, dat war gar nix. Dat muss dich nich kümmern.«

Ich schnappte nach Luft. »Wie bitte? Nicht kümmern? Der Kerl hat uns eindeutig bedroht! Kanntest du den etwa? Von welchem Angebot hat der Kerl gelabert?«

Sie wich meinem Blick aus. »Keine Ahnung, wer dat war.«

Das konnte doch wohl nicht wahr sein. Allmählich wurde ich sauer. »Gitti! Wenn du mich für dumm verkaufen willst, werde ich ernsthaft stinkig. Ich habe es nicht verdient, von dir verarscht zu werden. Also: Wer war das?«

Seufzend verzog sie den Mund. »Dat war der Typ, der unbedingt mein Haus kaufen will.«

»Ist nicht dein Ernst! Der tritt aber nicht gerade seriös auf, wenn du mich fragst.«

»So sind die jungen Leute heutzutage halt.« Gitti zuckte mit den Schultern.

»Und er hat dir ein konkretes Angebot gemacht?«

»Ja. Hunderttausend. Aber der kann mich mal. Danke, dass du dir Sorgen machst, aber du hast die Situation wirklich falsch verstanden. Lass uns aufräumen, dann kannst du Feierabend machen, Loretta.«

Das war das Letzte, das sie zu dem ihr sichtlich unangenehmen Thema zu sagen bereit war, und nach einiger Zeit gab ich es auf, sie weiter zu löchern.

Vielleicht hatte ich ja wirklich überreagiert und hatte mit meiner Einmischung tatsächlich eine Grenze überschritten?

Als ich das Obst und Gemüse nach hinten in den Schuppen brachte, spähte ich noch einmal die Straße entlang, ob der Mann vielleicht doch noch irgendwo herumlungerte und nur darauf wartete, dass Gitti alleine war.

Nachdem alles erledigt war, bot ich ihr an, ihr noch Gesellschaft zu leisten, aber Gitti bestand darauf, dass ich nach Hause ging und mich ausruhte.

»Erst am Montag brauche ich dich wieder«, sagte sie rigoros. »Du hast richtig geschuftet, vielen Dank dafür. Die Zusammenarbeit mit dir macht mir großen Spaß.«

Unnachgiebig nötigte sie mich dazu, mich mit leckeren Dingen fürs Wochenende einzudecken, denn schließlich müsse sie sich ja irgendwie für meinen Einsatz revanchieren, wie sie sagte.

Da Svetlana am Nachmittag und am Sonntag mit ihr ins Krankenhaus fahren und sich auch sonst um sie kümmern wollte, hatte ich tatsächlich keinen guten Grund, Gitti weiterhin auf der Pelle zu hängen.

Ich verabschiedete mich also widerwillig und marschierte nach Hause.

Vielleicht sah ich ja wirklich Gespenster.

Den Rest des Samstags verbrachte ich weitestgehend auf dem Sofa, zappte mich durchs Fernsehprogramm und kuschelte mit Baghira.

Am nächsten Morgen packte ich mich dick ein und machte mich auf den Weg zu Kropkas Klümpchenbude, um die Brötchen fürs Frühstück zu holen. Ich nahm den Weg durch den Park, in dem zu dieser frühen Stunde – es war kurz nach neun –

noch nicht viel los war. Die nächtlichen Temperaturen hatten wohl um den Gefrierpunkt herum gelegen, denn eine Eisschicht hatte sich auf dem Ententeich gebildet; nur die Mitte war noch frei. Das Eis in Ufernähe war dick genug, um die Enten zu tragen, aber je weiter sie in Richtung der Teichmitte schlidderten, desto größer wurde die Gefahr, dass sie einbrachen. Kracks – und wieder plumpste eine Ente ins Wasser, und empört schnatternd paddelte sie dann zu ihren Artgenossen. Ich sah mir das unterhaltsame Schauspiel eine Zeit lang an, ging aber bald bibbernd weiter, da mir trotz meiner dicken Klamotten zu kalt wurde. Allmählich war nicht mehr zu leugnen, dass Winter war.

Zu meiner Freude war es in Franks Kiosk kuschelig warm, und ich orderte einen Kakao, um mich auch innerlich aufzuwärmen.

»Dat gibt Schnee«, sagte Frank fröhlich, als er mir das heiße, süße Getränk hinstellte.

»Meinst du? Ich hoffe, nicht«, erwiderte ich und umschloss den dampfenden Porzellanbecher mit beiden Händen, nachdem ich die Handschuhe ausgezogen hatte.

»Haste dir ma die Wolken angeguckt? Die sind voller Schnee, kannze mir glauben.«

Tatsächlich hatte der Wetterbericht Niederschläge angesagt, und wenn es kalt genug war, kamen sie halt nicht als Regen, sondern als Schnee runter.

»Muss nicht sein. Ich kann Schnee nicht ausstehen.«

Frank kicherte. »Weiß ich doch. Dat erzähls du jedes Jahr. Mich würd glatt der Schlach treffen, wenn dat auf einmal anders wär.«

Mit aufgestützten Ellenbogen lungerte er auf seiner Theke herum und sah mir dabei zu, wie ich mit kleinen Schlucken mein Getränk genoss. Ich hatte oft genug sonntagmorgens hier gejobbt, um zu wissen, dass wir uns gerade in der ruhigen Phase des Vormittags befanden: Die Frühaufsteher, Jogger und Gassigeher waren schon da gewesen und hatten ihre Sonntagsbrötchen gekauft, und ab zehn oder halb elf war mit denen zu rechnen, die vor dem Mittagessen im Park spazieren gingen und bei Frank eine Zeitschrift oder dergleichen besorgten.

Aber wenn Schnee lag, war im Park die Hölle los, denn alle Kinder wollten raus und durch die weiße Pracht toben. Selbst, wenn für den Schlitten noch zu wenig lag – für ein paar Schneebälle reichte es immer. Und natürlich mussten die armen Enten gefüttert werden, auch wenn es offiziell verboten war. Deshalb hatte Frank so gut gelaunt den Schneefall angekündigt, denn er profitierte davon.

»Sachma, ich hab gehört, du hast neuerdings 'nen andern Job?«, fuhr er fort.

Ich musste mich nicht groß fragen, woher er das wusste: Doris und Franks Freundin Bärbel telefonierten regelmäßig miteinander, und schon waren die Neuigkeiten verbreitet, das ging ratzfatz.

Also nickte ich nur und stellte den Becher ab. »Aber bloß übergangsweise. Die Gitti, die den Tante-Emma-Laden hat, hatte einen Unfall. Aber sie kann und will den Laden nicht für längere Zeit schließen.«

»Wat has du denn damit zu tun? Seid ihr so dicke?«

»Dir habe ich ja auch schon ausgeholfen, wie du dich vielleicht erinnern wirst. Es macht mir Spaß, mal zwischendurch in so einem Laden zu arbeiten.«

»Und wat sacht der Dennis dazu, dat du woanders anne Schüppe bist?«

Ich zuckte mit den Schultern. »Was soll er sagen? Um die Weihnachtszeit herum ist im Callcenter traditionell nicht so viel los, und er hat noch genug Leute, um die Orgasmusrate bei den Anrufern auf einem für ihn profitablen Level zu halten.«

»Ach so. Und diese Gitti hat dich einfach so gefracht, ob du nicht mal spontan ihrn Laden schmeißen könntest?«, bohrte er weiter.

»Na ja, ich war zufällig diejenige, die mit ihr ins Krankenhaus gefahren ist. Irgendwie ergab es sich dann halt, dass ich ihr meine Hilfe angeboten habe. Gitti hätte mich niemals von sich aus darum gebeten. Oder es von mir *verlangt.* Tja, und jetzt stehe ich jeden Tag an der Wurstschneidemaschine.«

»Hehehe«, gackerte Frank, »dat würd ich zu gerne sehen. Die Loretta als Wurstverkäuferin …«

»Komm doch einfach mal zum Wurstkaufen vorbei, dann kriegste 'ne Sondervorstellung mit allem Drum und Dran, inklusive der unsterblichen Frage, ob es auch ein bisschen mehr sein darf.«

Er verstand sofort, was ich damit meinte. Wir lachten uns halb schlapp, bis eine Horde Kinder den Kiosk stürmte und klar war, dass Frank zu arbeiten hatte. Er überreichte mir die bereitliegende Tüte mit meinen Brötchen und eine Sonntagszeitung, und ich warf ihm eine Kusshand zu.

Während ich die Tür des Kiosks hinter mir schloss, hörte ich das begeisterte Johlen und die lautstarken Kussgeräusche der Kinder, mit denen sie meine Geste kommentierten. Zweifellos würden sie ihn nun mit Fragen nach mir löchern, und er würde eine Menge Spaß mit ihnen haben.

Wieder einmal wurde mir klar, dass er sich mit dem Kiosk einen echten Lebenstraum erfüllt hatte, denn er liebte diese Arbeit und den Umgang mit seinen Kunden – egal, in welchem Alter sie waren – über alles.

Langsam schlenderte ich durch den Park zurück nach Hause. Der Kakao hatte mich hervorragend aufgewärmt, und ich ließ mir Zeit. Ob ich um zehn, elf oder zwölf frühstückte, spielte keine Rolle, denn ich hatte keinerlei Verpflichtungen.

Sonntagnachmittags hatte ich immer gerne meine Freundin Isolde auf einen Plausch besucht, aber sie lebte mittlerweile fast ständig bei ihrer Lebensgefährtin Maria, die in London als hoch bezahlte Modefotografin arbeitete.

Vielleicht könnte ich später Diana anrufen, meine ehemalige Arbeitskollegin und Mitbewohnerin, die inzwischen an der Nordseeküste wohnte, wo sie mit dem liebenswerten Anwalt Okko verheiratet war.

Als ich an sie dachte, stockte mir kurz der Schritt. Verdammt – ich musste ihr noch beichten, dass aus meinem geplanten Besuch zwischen Weihnachten und Neujahr vermutlich nichts wurde. Das hatte ich in der Hektik der letzten Tage vollkommen vergessen. Eigentlich hatte ich mich schon sehr darauf gefreut, endlich mal wieder im eisigen Nordseewind am Strand entlangzulaufen und für Heini, den unermüdlichen Terrier der beiden, stundenlang Stöckchen zu werfen.

Nichts war so erholsam wie ein paar Tage an der Nordsee, fand ich. Der Blick bis zum Horizont, die wechselhaften Gezeiten, der Sand unter meinen Schuhen, die allgegenwärtigen Möwen, die salzige Luft – einfach herrlich. Ich musste nicht am Strand liegen, Sonnenbäder waren ohnehin nicht mein Ding. Die Gegend hatte zu jeder Jahreszeit ihren besonderen Reiz, und bei jedem Wetter.

Schon jetzt wusste ich: Irgendwann, in zehn Jahren vielleicht, würde ich dauerhaft an die Küste umsiedeln.

Ich seufzte unwillkürlich, denn auf meinen kurzen Winterurlaub würde ich in diesem Jahr wohl leider verzichten müssen. Es sei denn, der Dienst in Gittis Laden ließe sich auch ohne mich regeln. Vielleicht, wenn ich die Feiertage geschickt in die Planung einbezog …

Ich sollte Svetlana so bald wie möglich darauf ansprechen, denn allzu viel Zeit, meinen Ausfall im Laden zu organisieren, blieb nicht mehr. Vielleicht hatte sie ja eine zündende Idee oder kannte sogar jemanden, mit dem sie sich den Dienst teilen konnte.

Ich hörte meinen Magen knurren und beschleunigte die Schritte. Erst einmal war es Zeit für ein zünftiges Frühstück, und dank Gitti warteten im Kühlschrank einige Köstlichkeiten auf mich.

Der Gedanke an Rührei aus Eiern von frei laufenden Hühnern mit durchwachsenem Speck vom Biobauernhof ließ mir das Wasser im Mund zusammenlaufen.

Kapitel 8

Die Woche beginnt mit Schnee, aber trotzdem benötigt Loretta dringend einen Sonnenschirm

Das Wetter hatte beschlossen, die Menschheit mit einem winterlichen Säbelrasseln zu beglücken, wie ich am Montagmorgen feststellte, als ich Baghira zur Terrassen-Inspektion hinausließ: Glitzernder Raureif überzog Pflanzen und Steinboden.

Hübsch anzusehen, aber nicht ungefährlich.

Zwar waren es bis zum kalendarischen Beginn des Winters noch einige Tage hin, aber zu dieser Jahreszeit war man niemals vor Überraschungen sicher. Heute sieben Grad plus, morgen Schneesturm. Alles war jederzeit möglich. Und Frank hatte Schnee vorhergesagt, fiel mir ein.

Baghira war ein paar Schritte übers Pflaster gelaufen und dann stehen geblieben, um mich vorwurfsvoll anzusehen und seine Pfoten – eine nach der anderen – hektisch zu schütteln. Nass *und* kalt: Unverschämtheit. Wieselflink schlüpfte er an mir vorbei zurück ins warme Zimmer. Sooo superwichtig war die regelmäßige Inspektion nun doch nicht, wie es schien.

Sicherheitshalber zog ich die Boots mit der dicken Profilsohle an, bevor ich losging, und stopfte Sneakers für den Laden in meine Tasche. Dass ich damit eine clevere Entscheidung getroffen hatte, wurde mir bereits nach ein paar Schritten klar: Mittlerweile schneite es heftig, und der Bürgersteig war entschieden rutschig. Besonders gefährlich waren die überfrorenen Pfützen, die ich vorsichtig umtrippelte. Ich hatte keine Lust, hinzuknallen und mir auch *ein indirektes Trauma der Klavikula* zuzuziehen. Wobei ich noch immer nicht so richtig kapiert hatte, was an einem Bruch ›indirekt‹ sein konnte.

Auf jeden Fall musste ich als Erstes den Bürgersteig vor dem Laden streuen, nahm ich mir vor, damit kein Kunde sich langmachte.

Gleichzeitig mit mir traf der Gemüselieferant ein, der freundlich aus dem Wagen winkte, als er sah, dass ich das Tor, das nur angelehnt war, öffnete. Die Einfahrt war hell erleuchtet. Ich schob beide Flügel weit auf und trippelte vorsichtig zur Haustür – hier war es ganz schön glatt, wie ich feststellte. Auch die geklinkerte Stufe war bestimmt glitschig, aber dort lag immerhin eine Matte, die sicheres Terrain bedeutete.

Während der Transporter hinter mir in die Einfahrt fuhr und hinter Gittis Schlachtschiff parkte, öffnete Gitti bereits die Haustür.

»Bleib bloß drin«, sagte ich, »hier ist alles glatt.«

»Weiß ich doch«, erwiderte sie. Sie hielt mir den Schlüsselbund und einen kleinen Eimer hin, der mit krümeligem Zeugs gefüllt war, in dem ein Schäufelchen steckte. »Hier – meine Spezialmischung. Bitte streu zuerst den Weg zum Gemüseschuppen, damit Manni nicht ausrutscht.« Hinter mir klappte eine Autotür, und sie fügte hinzu: »Morgen, Manni! Gib mir am besten sofort die Rechnung, dann kann ich dat Geld schon mal von oben holen. Loretta überprüft die Ware. Kommt alles, wat ich bestellt hab?«

»Klaro!«, antwortete Manni. »Wie wär's – willst du mir nicht endlich dein Auto verkaufen?«

Gitti lachte und schüttelte den Kopf. »Und wenn du mich noch tausendmal fragst … nee.«

Manni lachte und holte den Umschlag mit der Rechnung aus dem Handschuhfach. Er händigte Gitti das Kuvert aus und ging dann zur Heckklappe seines Wagens, um die Ware auf seine Sackkarre zu laden.

Gitti verschwand im Haus, und ich bestreute den Weg zum Schuppen großzügig mit dem Krümelzeugs aus dem Eimer, bei dem es sich – so vermutete ich nach Augenschein – um eine Mischung aus Sand und Salz zu handeln schien.

Der Schuppen war mit einem Riegel und einem altmodischen Vorhängeschloss gesichert. Das Schloss hängte ich offen an den Riegel und machte das Licht an, um Platz für die neue Ware zu schaffen. Kaum eine Minute später stand Manni schon mit seiner voll bepackten, großen Sackkarre hinter mir.

»Kommt noch mehr?«, fragte ich, nachdem wir die Kisten abgeladen hatten.

Er schüttelte den Kopf. »Nee, heute nicht.« Der Lieferschein war schnell abgehakt, und er fügte hinzu: »Übermorgen kommt 'ne große Lieferung. Bis die Tage.«

»Bis die Tage, Manni.«

Ich wandte mich wieder der Ware zu, als plötzlich das Licht im Schuppen erlosch. Ich rollte genervt mit den Augen. Ernsthaft? Hatte Manni etwa einen Clown gefrühstückt und fand das witzig?

Ich fuhr herum und blinzelte. Zwei Männer murmelten miteinander. Im gleißenden Licht der Außerbeleuchtung konnte ich aber lediglich den Umriss einer schlanken Gestalt erkennen, bei der es sich eindeutig nicht um unseren pummeligen Gemüselieferanten handelte.

»He, was soll das?«, rief ich entrüstet und ging rasch auf ihn zu.

»Schnauze«, blaffte der Mann.

Etwas Süßes stieg mir in die Nase, und ich musste mehrmals niesen. Seine Arme schossen vor, und zwei Hände in schwarzen Handschuhen versetzten mir einen so heftigen Stoß vor die Brust, dass ich rückwärts zurück in den Schuppen taumelte, das Gleichgewicht verlor und mich hart auf den Hintern setzte.

Die Tür wurde zugeschlagen, verriegelt und dann das Schloss von außen angebracht. Klick. Es war stockfinster, und ich war eingeschlossen.

Was zur Hölle war hier los? So, wie die sich verhielten, konnten sie nichts Gutes im Schilde führen.

Ich rannte zur Tür, schaltete das Licht wieder ein und brüllte: »Manni! Ich bin eingeschlossen! Sei vorsichtig!«

Ich hörte gedämpft, wie Manni rief: »Wer sind Sie? Was wollen Sie?«

»Verdammt, du solltest die Alte *ausschalten* und nicht bloß wegschubsen wie ein Mädchen. Jetzt hat er uns entdeckt, du dämlicher Vollidiot. Jetzt haben wir den Salat«, sagte ein Mann direkt vor der Tür, und ein zweiter, dessen Stimme deutlich jünger klang, antwortete: »Dann machs beim nächsten Mal doch selber.«

Trotz des Schnees hörte ich ihre Schritte, die auf dem Streugut knirschten. Sie entfernten sich rasch in Richtung Manni. Dann folgte – den Geräuschen nach – ein Kampf, der mit einem Schrei endete. Ich glaubte, einen Aufprall zu hören, und ein Mann rief entsetzt: »Los, weg hier!«

Danach: Totenstille.

Jedenfalls so lange, bis Gitti loskreischte.

Ich ahnte Fürchterliches.

»Gitti!«, brüllte ich und hämmerte gegen die Schuppentür. »Ich bin im Schuppen eingesperrt! Du musst mich rauslassen!«

»Ogottogottogott«, hörte ich sie wimmern, als sie herankam. Sie rüttelte wild an der Tür. »Dat verfluchte Schloss ist zu, Loretta! Wo ist der verfluchte Schlüssel? Loretta … der Manni … ogottogottogott …«

Das klang nicht gut. Ich blickte mich um. Wieso hatte dieser verflixte Schuppen kein Fenster?

»Gitti – ruhig bleiben. Hast du irgendwo noch einen Schlüssel? Denk nach!«

»Ogottogottogo…«

»*Gitti!* Verdammt, reiß dich zusammen!«

Sie verstummte.

»Gitti, nicht durchdrehen. Sobald ich hier raus bin, stehe ich dir bei. Wenn du noch einen Schlüssel hast, hol ihn bitte her. Was ist mit Manni?«

»Der liegt … da ist so viel Blut …«

Scheiße. Aber einer von uns beiden musste jetzt die Nerven behalten, also fragte ich: »Gibt es noch einen zweiten Schlüssel für das Vorhängeschloss?«

»Ja … oben in der Schublade am Küchentisch.«

»Wunderbar, Gitti. Dann gehst du jetzt hoch und holst ihn her. Aber bevor du zurückkommst, musst du unbedingt den Notarzt anrufen. *Unbedingt.* Manni braucht Hilfe.«

»Der Manni braucht keine Hilfe mehr«, erwiderte sie mit Grabesstimme.

»Vielleicht ja doch. Und wir dürfen keine Zeit mehr verlieren, hörst du?«

»Ich will nicht an ihm vorbeigehen, Loretta«, wimmerte Gitti. »Da ist so viel Blut.«

Verdammt. Ich musste sie dazu kriegen, endlich loszugehen. »Das würde ich dir gerne abnehmen, ehrlich. Aber ich kann hier nicht raus, wenn du nicht den Schlüssel holst.«

»Aber …«

Mir riss der Geduldsfaden. Mit der Faust donnerte ich mit aller Kraft gegen die Tür, und ich hörte einen erschrockenen Aufschrei.

»Du gehst jetzt *sofort* ins Haus, verstanden?«, blaffte ich. »Und du rufst *gefälligst* den Notarzt an. Du wählst die 112. Und dann bewegst du deinen Arsch *umgehend* hierhin zurück und lässt mich raus aus diesem verfluchten Schuppen. Los, schieb ab, aber pronto.«

»Ist gut«, sagte sie ergeben.

Ihre Schritte entfernten sich. Ich ließ mich auf eine Kiste sinken und vergrub das Gesicht in den Händen. Ich war total erschöpft und spürte plötzlich, dass ich am ganzen Leib zitterte. Offenbar machte sich jetzt der Schock bemerkbar. Was war hier los? Manni war tot? Wer waren diese Kerle gewesen? Noch dazu schien Manni ein zufälliges Opfer zu sein und hatte nur deshalb sein Leben lassen müssen, weil er die beiden entdeckt hatte. Aber was hatten sie hier gewollt? Und wo waren sie so plötzlich hergekommen?

Mir schwirrte der Kopf, und ich schreckte hoch, als ich hörte, wie draußen das Vorhängeschloss geöffnet wurde. Endlich ging die Tür auf, und Gitti stürzte in den Schuppen.

»Loretta!«, keuchte sie. »Bist du in Ordnung? Meine Güte, mir ist oben erst der Gedanke gekommen, dat dir vielleicht auch wat passiert ist!«

Ich sprang auf und nahm sie vorsichtig in den Arm. »Alles bestens bei mir. Die haben mich nur in den Schuppen geschubst und die Tür verschlossen.«

Entsetzt sah sie mich an. »Die? Aber wen meinst du denn?«

»Zwei Männer«, erwiderte ich grimmig. »Und ich fresse einen Besen, wenn wir die nicht längst kennen. Oder zumindest Freunde von denen. Hast du die 112 angerufen?«

Gitti nickte. »Die sind schon unterwegs. Oh Gott, der arme, arme Manni!«

Genau. Da war ja noch was.

»Komm, lass uns nach vorne gehen«, sagte ich ruhig, und sie folgte mir – wenn auch sichtlich widerwillig – zur Haustür.

Es schneite nach wie vor, und zwar nicht zu knapp. Eine bisher nur dünne Schicht bedeckte den Boden und natürlich auch Mannis Körper, der mit verdrehten Gliedern an der Haustür lag. Sein Kopf ruhte auf einer Ecke der Treppenstufe, und es hatte sich eine beachtliche Blutlache angesammelt. Seine Augen starrten blicklos in den grauen Winterhimmel. Gitti hatte recht gehabt: Er war tot.

»Wir sollten ihn zudecken«, wisperte Gitti.

Ich schüttelte den Kopf. »Nein, wir sollten alles so lassen, wie es ist. Obwohl … der Sonnenschirm …«

Ich ging hinein und holte ihn aus dem Lager, das neben dem Geschäft lag. Ich spannte ihn auf, ging neben Manni in die Hocke und hielt den Schirm über ihn, während Gitti mit klappernden Zähnen im dichten Schneetreiben stand.

»Zieh dir etwas Warmes über«, sagte ich. »Du holst dir sonst den Tod.«

Sie nickte und ging ins Haus. Ich trug noch die warme Kleidung, in der ich vor einer Ewigkeit – so kam es mir vor – zu Hause losgegangen war; trotzdem fror ich. Wie spät mochte es sein? Vermutlich noch nicht einmal acht Uhr. Vorm Laden würde wohl noch kein Kunde warten, aber spätestens wenn die Kavallerie hier auftauchte, würde die halbe Nachbarschaft zusammenlaufen.

Ich seufzte ergeben.

So hockte ich also mit Mannis Leiche unter einem fröhlich geblümten Sonnenschirm und hielt Totenwache. Öfter mal was Neues. Bizarrerweise erwiesen sich Dennis' Worte plötzlich als prophetisch: Es gab doch ein Verbrechen.

Und eine Leiche.

Gerade als Gitti wieder auftauchte, hörten wir die Sirenen des Notarztwagens näher kommen. Gitti trug eine dicke Jacke und hatte mir einen niedrigen Hocker mitgebracht, den sie mir fürsorglich unter den Hintern schob.

Gitti seufzte. »Ich geh mal nach vorne.«

Alle Achtung: Sie hatte ihre fünf Sinne so weit wieder beisammen, dass sie vorher den Eimer mit dem Streugut holte, der draußen neben der Schuppentür stand. Alle paar Schritte stellte sie ihn ab, füllte das Schäufelchen und berieselte sorgfältig den Weg. An der Straße verschwand sie nach links. Vermutlich, um den Bürgersteig auch rutschsicher zu machen. Gute Idee, denn der oder die Einsatzwagen mussten vorm Haus parken, da die

Einfahrt nach wie vor von Mannis Transporter blockiert wurde.

Das Signalhorn heulte jetzt sehr laut und brach dann plötzlich ab. Blaues Licht durchzuckte rhythmisch die morgendliche Dunkelheit. Autotüren klappten, gefolgt von Stimmen, dann rannten zwei Sanitäter in vollem Ornat im Laufschritt auf mich zu. Unter dem Schirm hervor konnte ich nur ihre Beine sehen.

»Ihr braucht nich so zu rennen, der Manni ist tot«, kam Gittis Stimme von der Straße hinter ihnen her.

»Ach ja? Und woher wollen Sie das wissen?«, rief der erste Sanitäter zurück. Dann hatte er mich erreicht, bückte sich unter den Schirm und warf einen Blick auf Manni. »Seit wann ist er tot?«, fragte er mich dann.

»Von Anfang an«, erwiderte ich.

Die Brauen des Mannes wanderten hoch. »Wie darf ich das denn bitte verstehen?«

»Er hat schon nicht mehr gelebt, als Gitti ... äh, Frau Scheffer, die Sie vorne in Empfang genommen hat ... also, als sie ihn gefunden hat. Ich bin erst später dazugekommen.«

»Sieht aus, als wäre er hier ausgerutscht.«

Ich schüttelte den Kopf. »Nein, da waren zwei Männer. Die haben ihn angegriffen.«

Er starrte mich ein paar Sekunden lang an; in seinem Blick lag Skepsis. Dann wandte er sich zu seinem Kollegen um und sagte: »Ruf die Polizei, Mike. Das kommt mir hier alles reichlich spanisch vor.«

Mir blieb die Spucke weg. Was sollte das denn heißen? »Wie bitte? Was genau kommt Ihnen denn spanisch vor, wenn ich fragen darf? Da waren zwei ...«

Er hob die Hand, und ich brach ab. »Das können Sie alles mit der Polizei besprechen, schlage ich vor. Ich bin nicht derjenige, der zu entscheiden hat, ob hier alles mit rechten Dingen zugegangen ist. Ich darf Sie bitten, mit Frau Scheffer ins Haus zu gehen und auf die Polizei zu warten.« Er streckte die Hand aus. »Ich nehme Ihnen den Schirm ab.«

Ich stand auf und übergab ihm den Schirm. Sein Kollege hing am Telefon und schilderte in knappen Worten die Situation.

»Frau Scheffer muss zum Arzt«, sagte ich, »und ich muss den Laden öffnen.«

Er musterte mich von oben bis unten. »Das glaube ich nicht. Hier wird gar nichts geöffnet, und niemand wird zum Arzt gehen. Die Polizei entscheidet, wann was passieren wird.«

Ich war wie vom Donner gerührt. Die ganze Sache entwickelte sich in eine Richtung, die mir ganz und gar nicht behagte.

Gitti kam heran, und ich winkte sie zu mir. »Wir sollen reingehen und auf die Polizei warten.«

»Wat? Wieso dat denn? Ich muss zum Arzt!« Sie wandte sich an den Sanitäter und pumpte sich gewaltig auf. Eindeutig hatte sie vor, ihm gehörig den Marsch zu blasen.

Ich schüttelte den Kopf und zog sie am gesunden Arm behutsam ins Haus. »Lass uns mit denen nicht diskutieren, das bringt nichts. Geh doch bitte schon mal hoch und sag am besten sofort dem Arzt Bescheid, dass du noch nicht genau weißt, wann du heute kommen kannst. Und dann kochst du für uns 'ne große Kanne Kaffee.«

»Und was machst du?«, fragte sie. Plötzlich wirkte sie ziemlich eingeschüchtert.

»Ich hänge ein Schild in die Ladentür, dass wir erst später öffnen; dann komme ich nach.«

Langsam stieg sie die Treppe hoch, und ich ging in den Laden. Bei Notbeleuchtung – nur im Kassenbereich machte ich Licht – schrieb ich auf ein Pappschild: *Heute erst nachmittags geöffnet.* Zur Not musste Svetlana übernehmen, sollten weder Gitti noch ich zur Verfügung stehen.

Was für ein Schlamassel.

Kapitel 9

Der ermittlerische Eifer des Fachpersonals führt nicht zwangsläufig in die richtige Richtung, wie sich wieder einmal zeigt

Durchs Ladenfenster sah ich am Bordstein einen Polizeiwagen halten, dem zwei uniformierte Beamte entstiegen. Auf der gegenüberliegenden Straßenseite versammelten sich die ersten Gaffer. Bibbernd standen sie im Schneetreiben und glotzten blöde aufs – vermutlich mittlerweile geschlossene – Hoftor. Hätten wir Sommer, würden sicherlich bereits Grills angefackelt und Campingstühle aufgebaut. Aber bei diesem Wetter würde sich die Verweildauer der interessierten Nachbarschaft wohl auf höchstens eine halbe Stunde beschränken.

Plötzlich wurde mir klar, dass die Leute denken mussten, Krankenwagen und Polizei könnten wegen Gitti hier sein; einige machten sich bestimmt Sorgen um sie. Aber da mussten sie jetzt durch. Außerdem hing ja nun in der Ladentür der Hinweis, dass wir nachmittags öffnen wollten – was wohl kaum der Fall sein würde, wenn Gitti etwas Ernsthaftes passiert wäre.

Ich schreckte zusammen, als es plötzlich fordernd an der Tür klopfte. Natürlich war es Frau Sievers, die wohl nicht vorhatte, sich mit einem Pappschild abspeisen zu lassen.

Ich schloss also die Ladentür auf, öffnete sie aber nur einen Spalt. Frau Sievers versuchte, sich hereinzudrängen, aber ich schüttelte den Kopf. »Das geht im Moment wirklich nicht, Frau Sievers, tut mir leid.«

»Aber was ist denn los? Ist was mit Gitti?«, fragte sie. »Warum ist ein Krankenwagen hier? Und jetzt auch noch die Polizei?«

Mit jedem Wort war ihre Stimme schriller geworden.

»Mit Gitti ist alles in Ordnung. Machen Sie sich bitte keine Sorgen. Sie ist oben in der Wohnung, gesund und munter.«

»Wirklich? Sie können mir ja viel erzählen. Woher soll ich wissen, ob Sie mir die Wahrheit sagen?«

Ging *das* wieder los …

»Kommen Sie heute Nachmittag, dann kann Gitti Ihnen alles erklären. Und jetzt entschuldigen Sie mich bitte, ich muss rein. Bis später, Frau Sievers.«

Sanft, aber unerbittlich schob ich sie zurück und schloss die Tür. Ich sah es kommen: Später würde der Laden rappelvoll sein, garantiert. Rappelvoll mit Leuten, die vor Neugier platzten. Zumal gleich vermutlich noch ein Leichenwagen vorfahren würde.

Als ich an der offen stehenden Haustür vorbeikam, machte einer der Polizisten gerade Fotos von der Leiche.

Ich seufzte innerlich.

Sollten die beiden Männer irgendwelche Fußspuren hinterlassen haben, verschwanden diese gerade unter einer dicken Schicht Schnee. Nicht so gut. Auch am Vorhängeschloss war vermutlich nichts zu finden, denn der Mann, der mich in den Schuppen gestoßen hatte, hatte Handschuhe getragen.

Ich fand Gitti im Wohnzimmer. Hinter der Gardine verborgen stand sie am Fenster, das zur Straße ging, und spähte hinaus. Damit man sie nicht sah, hatte sie kein Licht gemacht.

»Da unten ist Kirmes«, sagte sie, als ich mich neben sie stellte.

»Kein Wunder«, erwiderte ich. »Bei so vielen blinkenden Lichtern laufen die Leute automatisch zusammen. Fehlen nur noch die Losbude und ein Stand mit Zuckerwatte.«

Sie drehte sich zu mir um und schüttelte den Kopf. »Dat du jetzt Witze machen kannz …«

»Tut mir wirklich leid. Mein Galgenhumor geht manchmal mit mir durch. Glaub mir: Ich bin mindestens so geschockt wie du, Gitti.«

Sie nickte gedankenverloren. »Ich muss unbedingt Alfie anrufen. Er wird denken, mir ist was passiert.«

Sie wirkte traurig, und im Gegenlicht der blau blinkenden Lampen bildeten ihre zerzausten, weißblonden Haare um ihren Kopf herum einen bizarren Heiligenschein.

»Machen wir gleich«, erwiderte ich. »Aber komm, wir frisieren dich erst einmal ordentlich. Gleich steht die Polizei hier auf der Matte, und dann müssen wir eine Aussage machen.«

»Ich wünschte, Schutzmann Erwin wäre jetzt hier«, sagte sie, während wir hinüber ins Bad gingen.

Ja, das wünschte ich auch. Aber gleichzeitig war ich sicher, dass wir in dieser Angelegenheit noch jede Menge Zeit mit Erwin verbringen würden.

Ich kämmte sie und malte ihre Brauen – mittlerweile hatte ich darin Routine.

»Das brauche ich jetzt«, sagte sie mit einem schiefen Lächeln und malte sich die Lippen rosa an. »Na, wie sehe ich aus?«

»Super. Wie immer.«

»Du lügst, aber das ist ausnahmsweise mal okay.«

Wir gingen in die Küche und setzten uns mit Kaffee an den Tisch.

»Ich begreife nicht, wie das passieren konnte«, sagte sie schließlich. »Du sagst, da waren zwei Männer?«

»Ja. Einen habe ich gesehen, den anderen nur gehört. Wer weiß, vielleicht waren es sogar noch mehr, keine Ahnung.«

Tränen traten in ihre Augen. »Wäre ich doch vorhin nur nicht hoch in die Wohnung gegangen! Dann würde Manni vielleicht noch leben.«

»Oder du wärst ebenfalls tot«, gab ich zurück, ohne nachzudenken.

Sie schnappte entsetzt nach Luft, aber ehe sie antworten konnte, rief von unten eine Frau: »Hallo? Frau Scheffer? Sind Sie da oben?«

Oh mein Gott – die Küpper, dachte ich erschrocken. Hatten die etwa schon die Kripo geholt und ich musste mich jetzt mit der Kommissarin auseinandersetzen, die immer wieder meinen Weg kreuzte, wenn jemand zu Tode kam? Ich wusste: Jedes Mal konnte sie mich weniger leiden, weil ich ihr regelmäßig in die Ermittlungen pfuschte. Zwar waren wir uns privat durchaus sympathisch – sie war Erwins Patentochter –, aber in ihrer Funktion als ermittelnde Kommissarin konnte sie mich nicht ausstehen.

»Bitte die Treppe rauf!«, rief Gitti zurück, und ich wappnete mich innerlich.

Aber ich hatte mich getäuscht: Es stellte sich heraus, dass es sich bei der Frau um eine der Uniformierten handelte. Sie waren so dick vermummt, dass ich das nicht hatte erkennen können.

Ich war aufgestanden, um sie in Empfang zu nehmen, und sie schüttelte mir die Hand. Sie war um die dreißig und ziemlich stämmig, was durch die klobige Uniform noch unterstrichen wurde.

»Darf ich reinkommen? Ich bin Ricarda Bloch«, sagte sie. »Wir haben einiges zu besprechen.«

Ich nickte und deutete zum Tisch. »Mein Name ist Loretta Luchs, und das ist Frau Scheffer. Bitte nehmen Sie Platz. Möchten Sie einen Kaffee?«

»Danke, sehr gern«, erwiderte sie und setzte sich. Mit einem Nicken nahm sie den Kaffeebecher entgegen und nippte vorsichtig. »Ganz schön kalt heute«, sagte sie dann und sah Gitti an. »Und glatt. Vor allem glatt, nicht wahr?«

Prompt schrillten meine Alarmglocken. Ich konnte mir nicht helfen: Ihr Ton gefiel mir ganz und gar nicht. *Vor allem glatt, nicht wahr?* – was wollte sie damit andeuten?

»Ja, es ist glatt«, erwiderte Gitti. »Deshalb haben wir ja auch gestreut.«

»Bevor oder *nachdem* Herr Meyer ausgerutscht ist?«, schoss Polizistin Bloch sofort zurück.

Hilfesuchend blickte Gitti zu mir. »Also, du hattest doch von der Haustür bis zum Schuppen gestreut, oder? Damit Manni nicht ausrutscht.«

»So ist es.« Ich nickte und fuhr fort: »Aber die Glätte ist ja auch nicht schuld daran, dass er …«

Die Polizistin hob die Hand. »Stopp. Dass Sie das sagen würden, habe ich mir schon gedacht. Von Anfang an, bitte. Frau Scheffer, Sie haben Herrn Meyer tot aufgefunden, wurde mir berichtet.«

»So ist es. Herr Meyer kam heute Morgen gleichzeitig mit Loretta … Frau Luchs.«

Die Brauen der Beamtin schossen hoch. »Aha. Die beiden kamen also zusammen.«

Gitti schüttelte den Kopf. »Nee, *gleichzeitig*. Dat ist wat ganz anderes.«

»Aha. Sie haben also gesehen, dass die beiden nicht zusammen, sondern lediglich gleichzeitig hier ankamen?«

Ich konnte es nicht fassen. Was versuchte diese Frau, hier zu konstruieren?

»Wenn Sie gestatten«, sagte ich und fuhr fort: »Ich kam von zu Hause und Manni – Herr Meyer – kam von dem Kunden, den er vorher beliefert hat. Vermute ich zumindest. Vor dem Hoftor begegneten wir uns. Ich öffnete das Tor für ihn, und er fuhr den Lieferwagen in die Einfahrt. Dann streute ich den Weg von der Haustür bis zum Schuppen, in dem die Ware gelagert wird.«

»Soso«, murmelte die Polizistin. »Und dann lag Herr Meyer ganz plötzlich tot vor der Haustür. Waren Sie dabei, als er stürzte?«

Synchron schüttelten Gitti und ich den Kopf.

»Ich war hier oben«, sagte Gitti. »Ich wollte Geld holen, um seine Rechnung zu bezahlen. Als ich wieder nach unten kam, lag er da. Tot. Und Loretta war nirgends zu sehen. Ich hörte sie dann aus dem Schuppen rufen, dat sie eingesperrt wäre …«

Für einen kurzen Moment sah die Polizistin aus, als wollte sie lachen, aber sie beherrschte sich.

»Sie waren also im Schuppen eingesperrt?«, fragte sie mich mit deutlich amüsiertem Unterton. »Haben Sie Zeugen dafür?«

»Ja, mich«, blaffte Gitti. »Dat Schloss hing draußen und war *zu.* Und Loretta war drin – mit dem Schlüssel. Ich musste erst den Ersatzschlüssel holen, um sie rauszulassen.«

Die Polizistin musterte Gitti durchdringend. »Und das alles passierte, bevor oder nachdem Sie den Notarzt alarmiert haben, Frau Scheffer?«

In Gittis Gesicht zeichnete sich allmählich die Erkenntnis ab, dass die Polizistin uns nicht glaubte. »Der Mann war *tot,* Gnädigste. Der war schon tot, als ich ihn fand. Da war gannix mehr zu machen.«

Die Polizistin verzog den Mund. »Fassen wir zusammen: Da liegt ein Mann in seinem Blut, und Sie machen – Ihrer Aussage nach – erst alle möglichen anderen Dinge, bevor Sie Hilfe holen. Das lässt Sie nicht besonders gut aussehen.«

»Ach, hier geht's um Schönheit?«, fragte Gitti, die offenbar von dieser absurden Befragung langsam die Nase voll hatte. Ich konnte es ihr nicht verdenken.

»Nein«, fauchte die Polizistin. »Hier geht es darum, wer schuld am Tod des Herrn Meyer ist, Frau Scheffer.«

Ich hob die Hand, und sie wandte sich mir zu. »Ich wurde in den Schuppen geschubst und dort eingesperrt, Frau Bloch. Es waren zwei Männer. Ich hörte, wie sie miteinander sprachen. Sie wollten sich wohl verbergen, aber Herr Meyer entdeckte sie und sprach sie an. Dann hörte ich Kampfgeräusche und einen

Schrei. Was glauben Sie *jetzt,* wer die Schuld am Tod des Mannes trägt?«

Die Beamtin fragte Gitti: »Haben Sie die beiden Männer gesehen, Frau Scheffer?«

Gitti schüttelte den Kopf. »Leider nich, ich war ja hier oben. Aber die Loretta denkt sich so wat nich aus. Egal, wat *Sie* glauben, hörnse?« Sie hatte sich vorgebeugt und blitzte die Beamtin kampflustig an.

»Das sollte Ihnen aber nicht egal sein«, sagte die Polizistin schneidend. »Und ich will Ihnen sagen, was ich glaube: Niemand war im Schuppen eingesperrt, und die ominösen zwei Männer gab es nicht. Ich glaube, Sie wollen sich der Verantwortung entziehen und haben sich deshalb diese Räuberpistole ausgedacht. Zeit dazu hatten Sie ja genug.«

»Verantwortung?«, fragte Gitti verdutzt. »Wat denn für 'ne Verantwortung, bitte schön?«

»Die Verantwortung, dass jemand ums Leben gekommen ist, weil Sie nicht gestreut haben. Es kann ja wohl nicht sein, dass man als Ihr Lieferant auf Ihrem Grundstück in Lebensgefahr schwebt und sogar stirbt! Das ist zumindest grob fahrlässig von Ihnen. Und selbst wenn die Staatsanwaltschaft nicht gegen Sie ermitteln sollte, ist garantiert die Versicherung an der Schuldfrage interessiert. Irgendwer muss zahlen, und meiner Meinung nach sind Sie das.« Sie sah mich an und fügte hinzu: »Was glauben Sie wohl, wie oft wir bei der Polizei die Geschichte vom großen Unbekannten hören, der an allem schuld ist? Oder von mir aus auch von zwei Unbekannten? Sie tun sich wirklich keinen Gefallen damit, für Frau Scheffer zu lügen.«

Fassungslos stierte Gitti die Polizistin an. Auch ich musste dieses Statement erst einmal verdauen, deshalb schaffte ich es nicht, Gitti rechtzeitig zu stoppen, der umgehend der Draht aus der Mütze flog.

»Staatsanwaltschaft? Sagense mal, wat stimmt mit Ihnen eigentlich nich?«, blökte sie der Beamtin ins Gesicht. »Habense Drogen genommen oder so? Verschwindense aus meiner Wohnung, aber ruckizucki, ehe ich ernsthaft sauer werde! Oder bin ich verhaftet? Nich? Dann raus hier, aber wacker. Schaffense gefällichs Ihren Hintern die Treppe runter und machense Ihre Arbeit, anstatt unschuldige Leute blöd anzumachen. Loretta und ich haben es gar nich nötig, zu lügen, kapiert? Also wirklich! Findense die Kerle, die den armen Manni abgemurkst haben. Wenn die Loretta sacht, dat war so, dann war dat so.«

Schnaufend lehnte sie sich zurück.

Die Polizistin stand auf und sagte schmallippig: »Sie unterstellen mir, dass ich Drogen genommen habe? Das war eine strafbare Beamtenbeleidigung. Das wird ein Nachspiel haben.«

Ich schüttelte den Kopf und lächelte. »Frau Scheffer hat Sie mit keiner Silbe beleidigt, Frau Bloch. Frau Scheffer hat Sie lediglich *gefragt*, ob Sie Drogen genommen haben, was Sie selbstverständlich verneinen können. Und versuchen Sie bitte nicht, uns mit diesem uralten Ammenmärchen von der *Beamten*beleidigung einzuschüchtern – die gibt es nicht, wie Sie vermutlich wissen. Erst recht nicht als Straftatbestand. Frau Scheffer muss Sie auch nicht in ihrer Wohnung dulden, wie Sie ebenfalls wissen dürften. Frau Scheffers Gastfreundschaft endet mit sofortiger Wirkung. Wenn Sie noch Fragen haben, erwarten wir Ihre offizielle Vorladung.«

Polizistin Bloch drehte sich auf dem Absatz um und marschierte los. Kurz verhedderte sie sich im Vorhang zum Treppenhaus und stieß einen unverständlichen Fluch aus. Dann hörten wir ihre Schritte auf der Treppe.

Gitti und ich sahen uns an.

»Wat war dat denn bitte?«, fragte Gitti entgeistert.

»Das war die Polizei, die leider auf einer vollkommen falschen Fährte ist. Vorhin hast du gesagt, du wünschst dir Schutzmann Erwin her. Ich bin ganz deiner Meinung, und deshalb werde ich dir diesen Wunsch jetzt erfüllen.«

»Erwin? Aber der ist doch in Rente. Der kann doch nix machen, oder?«

»Gerade weil er in Rente ist, hat er diverse Möglichkeiten. Wenn der Notarzt jetzt auch noch konstatiert, dass keine Fremdeinwirkung feststellbar ist …« Ich zuckte mit den Schultern. »Wir müssen handeln. Wir müssen unbedingt diese Kerle finden, egal wie.«

Gitti musterte mich nachdenklich, dann sagte sie: »Sachmal, du hast dieser Bulette ja gerade ganz schön die Meinung gesagt. Und du weißt Wörter wie *Straftatbestand* und *Fremdeinwirkung* und so. Und dat es Beamtenbeleidigung nich gibt. Woher weißt du dat alles?«

Kein Wunder, dass sie mir diese Fragen stellte. Und sie würde Erwin und mich in Aktion erleben, also war es Zeit, sie einzuweihen. Keine Ahnung, wie sie reagieren würde …

Ich atmete tief durch. »Es ist so, Gitti: Erwin und ich haben schon ein paar ungeklärte Todesfälle zusammen gelöst. Gemeinsam mit Frank, dem Kioskbetreiber, übrigens.«

»Wat? Bist du so wat wie 'ne Privatdetektivin?«

»Nee, wirklich nicht. Eher so eine Art Miss Marple. Ich will es nicht, ehrlich, aber manchmal passieren Todesfälle, bei denen die Polizei die falschen Schlüsse zieht. Ich hab irgendwie das zweifelhafte Talent, in solche Sachen reinzugeraten. Oder Leichen zu finden.«

»Leichen zu finden«, wiederholte sie nachdenklich. Nach einer kurzen Pause fuhr sie fort: »Und ihr beide fangt den wahren Täter, oder wie?«

Unwillkürlich musste ich grinsen. »Manchmal. Aber nicht deshalb, weil ich ein ermittlerisches Superhirn und schlauer als die Polizei bin; oft genug hilft auch der Zufall. Um es auf den Punkt zu bringen: Erwin und ich haben manchmal … äh …

Möglichkeiten, die der Polizei nicht zur Verfügung stehen, weil es für sie sehr viele Vorschriften gibt, was sie dürfen und was nicht. Deshalb ist es von Vorteil, dass er nicht mehr im Dienst ist. Allerdings klatscht die Polizei nicht gerade Beifall, wenn wir uns einmischen. Zu allem Überfluss will es der blöde Zufall, dass ich – wir – immer wieder mit Kommissarin Küpper zu tun haben, die gleichzeitig Erwins Patentochter ist. Sehr kompliziert.«

Mittlerweile wirkte Gitti echt beeindruckt. »Aber ist das nich total gefährlich, wenn ihr euch mit Gangstern anlegt?«

Nun ja, zugegeben: Einige Male war es tatsächlich ziemlich gefährlich gewesen, aber das musste ich ihr nicht unbedingt auf die Nase binden.

Also schüttelte ich den Kopf. »Nee, mit *echten* Gangstern haben wir eigentlich nie zu tun. Oft sind es ganz normale Leute, die … wie soll ich sagen … durch unglückliche Umstände …«

»Aus Versehen jemanden abmurksen?«, fiel sie mir ins Wort. »Dat kannste deiner Omma erzähln, Schätzken.«

Tja, einen Versuch war es wert gewesen …

»Ich sitze hier und bin quicklebendig, oder? Also kann es so gefährlich ja nicht gewesen sein. Außerdem bin ich nicht der Typ, der sich freiwillig in Gefahr begibt, Gitti, glaub mir. Dazu hänge ich viel zu sehr am Leben. So, und jetzt werde ich Erwin holen.«

Ich kramte mein Handy aus der Tasche und wählte seine Nummer. Zu meiner Erleichterung hob er sofort ab.

»Erwin, Gitti und ich brauchen deine Hilfe«, sagte ich ohne Umschweife.

»Was ist passiert?«

»Eine Leiche in Gittis Einfahrt. Und die Polizei denkt …«

»Ich bin unterwegs«, fiel er mir ins Wort und legte auf.

Ich sah Gitti an und grinste. »Er ist auf dem Weg zu uns. Wir sollten ein paar Snacks auf den Tisch stellen. Erwin kann am besten mit vollem Magen denken.«

Kapitel 10

Aufgabe: Jemanden suchen, der Leute schubst –
kann doch wirklich nicht so schwer sein, oder?

Auf Gittis Geheiß war ich gerade unten im Geschäft, um ein paar Würstchen und weitere Köstlichkeiten für Erwin aus der Kühltheke zu holen, als ich ihn draußen vorfahren sah. Er kam zur Ladentür und klopfte, aber da der Schlüssel oben war, bedeutete ich ihm, die Hofeinfahrt zu benutzen.

Als ich die Haustür öffnete, begutachtete er gerade nachdenklich den großen, mittlerweile gefrorenen Blutfleck, der noch immer unterhalb der Treppenstufe prangte.

»Du solltest unbedingt das Hoftor abschließen«, sagte er. »Ich habe gerade ein paar Gören verjagt, die das Blut fotografieren wollten.«

Jesses – daran hatte ich wirklich nicht gedacht. Als Gitti und ich hoch in die Wohnung gegangen waren, hatte es hier noch von Einsatzkräften gewimmelt, und danach waren wir voll und ganz mit dieser bescheuerten Befragung beschäftigt gewesen. Hoffentlich war der Blutfleck nicht bereits jetzt in irgendwelchen sozialen Medien zu sehen …

Ich lieferte ihn und die Snacks oben bei Gitti ab, schnappte mir den Schlüsselbund und ging zum Hoftor. Ich lugte noch einmal hinaus und sah Svetlana ratlos vor dem Laden stehen. Als sie mich entdeckte, kam sie heran, und ich zog sie zu mir in die Einfahrt.

»Was ist los?«, fragte sie. »Ich habe die wildesten Geschichten gehört! Hier soll es eine Schießerei gegeben haben? Und das Geschäft ist geschlossen!«

Eine Schießerei? Großer Gott – woher kam das denn? Da

hatte die Nachbarschaft also eifrig ›Stille Post‹ gespielt, wie es schien, und jeder hatte die Geschichte noch ein bisschen mehr aufgepeppt als sein Vorgänger.

»Das mit der Schießerei ist natürlich völliger Quatsch, Svetlana. Aber es hat einen tödlichen … äh … Unfall gegeben, deshalb waren Polizei und Krankenwagen hier.«

Erschrocken schlug sie die Hand vor den Mund.

»Gitti geht es gut«, fügte ich schnell hinzu. »Aber das weißt du vermutlich bereits. Du musst mich jetzt entschuldigen, ich muss hoch. Ich werde dir alles noch genau erzählen, versprochen. Momentan herrscht aber ein großes Durcheinander, wie du dir vielleicht vorstellen kannst. Das war wirklich eine Menge Aufregung.«

Sie nickte langsam. »Wenn ihr mich braucht, sagt ihr Bescheid, ja?«

»Machen wir. Bis später.«

Sorgfältig schloss ich hinter ihr ab und ging in Richtung Haustür. Mannis Lieferwagen stand noch immer in der Einfahrt – mussten wir uns darum kümmern? Oder übernahm das die Polizei? Die mussten ja auch seine Angehörigen informieren oder hatten es bereits getan. Vermutlich würde irgendwer demnächst hier auftauchen, um den Wagen abzuholen, hoffte ich.

»… und diese dämliche Polizistin hat uns einfach nich geglaubt«, sagte Gitti gerade, als ich die Küche betrat.

»Das kommt leider vor«, erwiderte Erwin, der sich gerade eine Stulle dick mit Butter bestrich.

Ich setzte mich zu ihnen und seufzte. »Wenigstens bin ich heute Morgen ausnahmsweise mal nicht mit deiner Patentochter zusammengerasselt«, sagte ich zu ihm. »Jedenfalls *noch* nicht. Aber was sollen wir machen, wenn die Polizei darauf beharrt, dass es ein Unfall war, den Gitti – wenn auch nur indirekt – verschuldet hat? Dann müssen wir zu ihr gehen, oder?

Wir können doch nicht zulassen, dass Gitti dafür verantwortlich gemacht wird.«

»Immer schön der Reihe nach«, erwiderte Erwin. »Erst einmal will ich die ganze Geschichte hören. Gitti sagt, jemand hat dich in den Schuppen gesperrt?«

Ich berichtete ihm sämtliche Geschehnisse von meiner Ankunft am Hoftor bis zu meiner Befreiung durch Gitti, während er genüsslich etliche Mettwürstchen verschnabulierte.

»Und du hast die Männer nicht gesehen?«, fragte er Gitti, nachdem ich geendet hatte.

Mit unglücklichem Gesichtsausdruck schüttelte sie den Kopf. »Blöderweise nich. Und dat ärgert mich ganz schön, kannste mir glauben. Wär ich doch bloß nich hochgegangen, ich dumme …« Sie brach ab.

»Ist nicht zu ändern, gräm dich nicht«, erwiderte Erwin mit einem Schulterzucken. »Hat eine von euch eine Idee, wer die Männer gewesen sein könnten? Hast du vielleicht eine Stimme erkannt, Loretta?«

Ich dachte nach. War mir eine der Stimmen bekannt vorgekommen? Die Männer hatten leise gesprochen, und ich hatte sie nur durch die Tür hören können – unmöglich.

»Nein, leider nicht. Außerdem: Alles ging so schnell, und ich war total erschrocken.«

»Wieso lauern überhaupt zwei Kerle auf *meinem* Hof, um den Manni umzubringen?«, fragte Gitti.

»Diese Frage scheint sich aufzudrängen«, sagte Erwin. »Aber ich bin der Ansicht, Manni ist ein zufälliges Opfer.«

»Stimmt«, warf ich ein. »Sie waren ziemlich sauer, dass er sie entdeckt hatte. Und das hatte er, weil ich im Schuppen Krawall gemacht habe, um ihn zu warnen. Deshalb mussten sie handeln. Ich glaube, sie hatten weder mit mir noch mit ihm gerechnet. Das hat ihre ursprünglichen Pläne durchkreuzt, da bin ich sicher. Und dann gerieten sie in Panik und wollten abhauen. Wenn Manni sich ihnen in den Weg gestellt hat, haben sie ihn vielleicht einfach wegschubsen wollen. Und er ist so unglücklich gestürzt, dass er mit dem Kopf auf die Treppenstufe geknallt ist. Zack – Exitus. Geht ganz schnell, manchmal.«

»Dann müsst ihr ja nur nach Kerlen suchen, die dat Markenzeichen haben, Leute durch die Gegend zu schubsen«, sagte Gitti. »Kann ja nich so schwer sein, oder?«

Ihr Galgenhumor erstaunte mich, aber immerhin schien sie nicht mehr der Meinung zu sein, ihre Anwesenheit hätte Mannis Tod verhindern können. Wenn überhaupt, dann müsste ich mich fragen, ob die Situation anders verlaufen wäre, wenn ich nicht im Schuppen Krach gemacht hätte. Dann hätte er die Männer vielleicht nicht bemerkt, sie hätten sich versteckt, und Manni wäre unbehelligt vom Hof gefahren. Aber: Dann wäre Gitti ihr Opfer gewesen.

Hätte – wäre – würde … alles reine Spekulation.

Immer noch zerbrach ich mir den Kopf darüber, was die Männer zu diesem Zeitpunkt dort zu suchen gehabt hatten. In den Schuppen einbrechen, um ein paar Kohlköpfe zu klauen? Wohl kaum. Oder hatten sie eigentlich Gitti überfallen wollen?

Moment mal …

»Könnte einer davon vielleicht der Typ gewesen sein, der dich wegen deines Hauses bedrängt?«, fragte ich sie, und sie blickte mich erschrocken an.

Sofort wurde Erwin aufmerksam. »Was ist das für ein Mann, Gitti?«

»Ach, dat ist nix weiter«, erwiderte sie. »Da gibt es so ’nen Kerl, der unbedingt mein Haus kaufen will. Dieses hier. Aber ich hab dem klargemacht, dat daraus nix wird. Ende der Geschichte.«

»Ende der Geschichte?«, fragte ich verblüfft. »Immerhin hast du ihn erst vorgestern aus dem Laden gejagt, und er war nicht sehr amüsiert.«

»Aber offenbar *gibt* es eine Geschichte, von der ich bisher noch nichts weiß. Details, bitte.« Erwin sah erst Gitti, dann mich streng an.

»Tatsächlich gibt es da nicht viel zu erzählen«, erwiderte ich. »Ich war im Lager, und als ich zurückkomme, steht der Typ bei Gitti an der Kasse. Ich dachte zuerst, das ist ein Überfall. Ob sie es sich endlich überlegt hätte, wollte er von ihr wissen, noch würde sein Angebot gelten. Natürlich hab ich mich sofort eingemischt und gesagt, dass ich die Polizei rufe. Das schien ihn aber eher zu amüsieren. Dann ist er abgehauen.«

Erwin, der an der Stirnseite des Tisches saß, blickte nachdenklich aus dem Fenster in den Garten. »Der will unbedingt dein Haus kaufen? Hat er gesagt, warum?«

»Er hat irgendwat gelabert, dat man hier wat bauen will oder so«, sagte Gitti langsam. »Aber dat hab ich dem keine Sekunde lang geglaubt.«

Er wandte sich Gitti zu. »Und dieser Mann war zweimal im Laden?«

Ehe Gitti antworten konnte, rief ich: »Und ich hab doch einmal zwei Männer auf der gegenüberliegenden Straßenseite gesehen, die dieses Haus beobachtet und sich Notizen gemacht haben! Das ist noch gar nicht so lange her.«

»Wie sahen die beiden aus?«

»Herrgott, Erwin … du könntest mir eine Knarre an den Kopf halten, und ich würde mich trotzdem nicht erinnern. Ich habe die mehr aus dem Augenwinkel registriert, ganz flüchtig. Ich könnte mir jetzt irgendwas zusammenfantasieren, aber das lasse ich lieber.«

»Waren die auch mal zu zweit bei dir, Gitti?«, fragte Erwin.

Sie zuckte sichtlich zusammen und berührte mit der rechten Hand ihre verletzte Schulter. »Wat? Nein! Wieso?«

Sie starrte dabei angestrengt auf die Tischplatte, und in mir keimte ein schlimmer Verdacht.

»Gitti, das mit deiner Schulter … das war kein Unfall, stimmt's? Das waren diese Kerle.«

Sie brach in Tränen aus. Erwin und ich wechselten einen Blick – allmählich kam zumindest ein wenig Licht ins Dunkel. Zwar bisher nur eine trübe Funzel, aber immerhin.

Mir war klar, dass wir Gitti jetzt nicht für ihr bisheriges Schweigen kritisieren durften, also sagte ich sanft: »Du Arme, das war bestimmt schrecklich.« Ich kramte Papiertaschentücher aus meiner Tasche und reichte ihr eins. »Hier, Liebes. Bitte erzähl uns, was passiert ist.«

Von Schluchzern unterbrochen berichtete sie uns vom Dienstag der vorangegangenen Woche, als zwei Männer kurz vor der Mittagspause in den Laden kamen und sie wegen des Hauses bedrängten. Als sie nach dem Baseballschläger gegriffen hatte, war es zu einem heftigen Gerangel gekommen, in dessen Verlauf sie mit der linken Schulter schwer auf den Kassentisch geprallt war und sich das Schlüsselbein gebrochen hatte. Daraufhin waren die beiden Männer Hals über Kopf getürmt.

»Zwei Männer gegen eine alte Frau – das nenne ich mutig«, fauchte ich.

»Danke«, schnappte sie beleidigt.

»Ernsthaft, Gitti«, gab ich zurück, »jetzt ist nicht die Zeit für Eitelkeiten wegen deines Alters. Zwei gegen eins ist schon unfair genug, finde ich. Aber sich mit dir zu prügeln … armselig. Was für Luschen.«

»Immerhin hab ich sie vorher mit dem Baseballschläger bedroht«, wisperte sie.

»Na und? Sie hätten einfach gehen können, findest du nicht? Aber nein – sie müssen mit dir rangeln. Wenn die schon so weit gehen, schrecken die auch vor anderen Dingen nicht zurück. Siehe Manni. Auch wenn ich irgendwie nicht den Eindruck habe, dass die besonders professionell sind. Das wirkt auf mich alles sehr amateurhaft. Und dennoch scheinen sie ihr Ziel, an dieses Haus zu kommen, ziemlich rigoros zu verfolgen. Es ist ihnen also wirklich wichtig. Es geht um dieses Haus und nicht um das rechts oder links davon. Warum nur? Das kapiere ich nicht.«

»Hm, hm …« Erwin kniff die Augen zusammen und starrte wieder aus dem Fenster. »Sag mal, Gitti: Dein Garten reicht doch bis ganz nach hinten zur Hauptstraße, oder?«

»Ja, das tut er«, erwiderte Gitti.

»Das muss der Grund sein«, murmelte Erwin. »Dort ist die Bank.«

»Bist du sicher?«, fragte ich erstaunt. »Wenn die Kerle diese Bank überfallen wollen – warum gehen die dann nicht einfach vorne rein?«

»Das kann ich euch erklären.« Erwin wandte den Blick vom Fenster ab und sah erst mich, dann Gitti an. »Das ist nicht irgendeine Bank, sondern die Hauptstelle. Die Stelle, von der die Filialen mit Geld für die Automaten versorgt werden, zum Beispiel. Aus meiner aktiven Zeit weiß ich noch, dass es bestimmte Tage gibt, an denen sehr viel Geld im Tresor ist. Außerdem sind da noch die Schließfächer. Ich sag euch, was die vorhaben: Die wollen sich von Gittis hinterer Gartengrenze aus durchbuddeln.«

Gitti konnte es nicht fassen, das war ihr anzumerken. »Und dafür wollen die mein Haus kaufen? Die haben mir 100.000 Euro geboten – dat ist doch irre viel Geld!«

Erwin winkte grinsend ab. »Nix im Vergleich zu den Millionen, die im Optimalfall in der Bank zu erbeuten sind.«

»Millionen?« Gitti war schwer beeindruckt.

»Da läppert sich so einiges zusammen«, erwiderte Erwin, »und die Investition lohnt sich, jedenfalls aus deren Sicht. Die haben alle Zeit der Welt, so etwas wird langfristig geplant. Stellt euch vor: Die kriegen das Haus, und nach kurzer Zeit wird hinten im Garten eine Pseudobaustelle eingerichtet. Für einen großen Pool oder ein stabiles, gemauertes Gartenhaus, zum Beispiel. So können sie vollkommen unauffällig an einem Tunnel zur Bank arbeiten. An irgendeinem Abend, wenn niemand mehr in der Bank ist, wird dann ganz unauffällig der Durchbruch gemacht, und die können in aller Seelenruhe ein Schließfach nach dem anderen knacken: Schwarzgeld, Familienschmuck, Münzsammlungen ... Bestimmt haben sie nicht mit deinem hartnäckigen Widerstand gerechnet, Gitti.«

Immer noch ungläubig, schüttelte sie den Kopf. »Du meinst, die haben gedacht, sie müssten nur mit ’nem Bündel Geld winken, und schon würde ich den Laden dichtmachen? Da haben die sich aber schwer verrechnet.«

Mir fiel ein, dass ich ähnlich gedacht hatte, als ich Gitti kennengelernt hatte. Auch mir war unverständlich gewesen, warum sie die Bude nicht einfach verkaufte und mit dem Geld ihren Lebensabend genoss.

»Eben«, sagte Erwin. »Und allmählich kapieren sie, dass du nicht so leicht zu knacken bist. Wer weiß, vielleicht hatten sie heute Morgen vor, dir noch einmal massiv auf die Pelle zu rücken. Dieser Plan wurde dann durch Lorettas und Mannis Anwesenheit vereitelt. Und dann lief plötzlich alles aus dem Ruder. Allerdings frage ich mich, warum sie nicht durch den Hintereingang des Gartens getürmt sind.«

»Kann ich dir sagen: Da steht ’n zweieinhalb Meter hoher Metallzaun mit spitzen Zacken«, erwiderte Gitti. »Da klettert keiner einfach drüber.«

Erwin nickte nachdenklich. »Es könnte sein, dass ihr die Männer, die heute Morgen hier waren, tatsächlich bereits getroffen habt. Gehen wir mal davon aus, dass sie auch diejenigen sind, die Gitti belästigt und verletzt haben. Vielleicht ist einer von ihnen derjenige, der Samstag im Geschäft war. Also noch einmal: Wie sahen die beiden Kerle aus?«

Einmal mehr stellte ich fest, dass es gar nicht so einfach war, sich an Details zu erinnern, wenn so eine Begegnung während einer extremen Stresssituation stattgefunden hatte, in der das Adrenalin mit Höchstgeschwindigkeit durch dein System geschossen war.

»Zwei Kerle eben«, sagte Gitti zögernd, »einer war größer als der andere. Und dünner. Dick angezogen. Beide in Winterjacke mit Kapuze.«

»Genauso war es am Samstag«, warf ich ein. »Die Kapuze hatte er auf und eng zugezogen, und zusätzlich trug er eine verspiegelte Sonnenbrille. Von seinem Gesicht war kaum etwas zu erkennen. Ich kann mich nicht einmal erinnern, ob er einen Bart hatte oder nicht. Keinen Schimmer. Ich war vollauf damit beschäftigt, ihn loszuwerden.«

Gitti nickte bestätigend. »Ich kann wirklich nich sagen, ob einer davon der Heiopei war, der mir dat Geld angeboten hat.«

»Und die Stimmen?«, fragte Erwin.

Gitti und ich sahen uns ratlos an und zuckten synchron mit den Schultern. Für diesen Moment war das alles, was wir zu bieten hatten.

»Na gut.« Erwin nickte uns zu und stand auf. »Ich muss in Ruhe nachdenken, Mädels. Ich melde mich.«

»Danke, Erwin«, sagte Gitti leise. »Ich wüsste nicht, was ich ohne dich … euch … tun würde.«

»Dafür nicht, Gitti. Wird schon.«

Ich ging mit runter, denn ich musste ihm das Hoftor aufschließen.

»Wenn Minipli-Man und Hornbrillen-Girl eingreifen, wird die Gerechtigkeit siegen, ganz sicher«, sagte ich zu ihm, als wir im Tor standen.

Sorgenvoll wiegte Erwin den Kopf. »Momentan sehe ich leider nur ein großes Durcheinander. Ich muss diese ganzen

Informationen erst einmal sortieren. Wenn dir noch irgendetwas einfällt …«

»Rufe ich sofort an, versprochen. Ich gebe dir recht – auch ich sehe noch viele offene Fragen. Wer sind diese Typen? Arbeiten sie allein, oder haben sie noch Komplizen? In der Bank, zum Beispiel? Wie könnten sie sonst wissen, wann der Einbruch lohnt?«

Er umarmte mich kurz. »Sehr gut. Das kommt mit auf die Liste. Kümmere dich um Gitti, hörst du? Und ich finde heraus, wie die lieben Exkollegen diesen Fall behandeln.«

»Aber komm deiner Patentochter nicht vor die Flinte.«

Lachend ging er zum Auto und stieg ein.

Ich schloss das Tor ab und stutzte. Als ich am Morgen angekommen war, war es nicht abgeschlossen gewesen. Aber Gitti hatte mir nicht den Eindruck gemacht, dass sie das Haus bereits verlassen hatte …

Als ich zurück in die Küche kam, telefonierte sie.

»Wirklich, Alfie, du musst nich herkommen. Ich wollte dir nur Bescheid sagen, damit du dir keine unnötigen Sorgen um mich machst.« Sie hörte zu, dann sagte sie: »Na gut, dann kannste jetzt damit *aufhören*, dir Sorgen zu machen. Dat ist lieb von dir, Alfie. Natürlich bin ich schockiert – wer wär dat nich? Aber ehrlich, Alfie, mir geht's schon wieder gut. Schutzmann Erwin war vorhin hier und hat mich beruhigt. Ich melde mich wieder, okay? Bis bald.«

Sie legte auf und seufzte.

»Lass ihn doch herkommen«, sagte ich.

»Nee, lieber nich. Dat wär mir jetzt nich recht. Ich muss mich erst mal runterfahren.«

»Na gut, wie du willst. Sag mal, hattest du das Hoftor heute Morgen schon für Manni und mich aufgeschlossen, bevor wir eintrafen? Es war nämlich offen.«

Erstaunt sah sie mich an. »Jetzt, wo du es sagst … ich hab mich kurz gefragt, wieso du schon anne Haustür warst, als ich runterkam, aber dann war ich durch Manni abgelenkt. Nee, ich hab dat nich aufgemacht.«

»Verstehe. Dann stellt sich die Frage, wer es war, denn das Schloss ist intakt. Wir haben ja in der Zwischenzeit mehrmals auf- und zugeschlossen. Einbruchsspuren habe ich auch nicht bemerkt.«

»Stand dat richtig weit offen?«, fragte Gitti.

Ich dachte nach und schüttelte dann den Kopf. »Nee, es war angelehnt. Seltsam … aber wir haben uns bis jetzt ja auch noch nicht gefragt, wie diese zwei Kerle überhaupt in den Hof gelangt sind, fällt mir gerade auf! Über den hinteren Gartenzaun ist es nicht möglich, hast du gesagt.«

»Aber da ist auch 'ne Tür mit 'nem Schloss. Vielleicht ja doch? Wir haben da noch nicht nachgeguckt.«

»Nein, das schließe ich aus. Und ich sag dir auch, warum: Dann hätten sie problemlos auf diesem Weg türmen können. Dann hätte es keinen Grund gegeben, mich anzugreifen, und sie hätten nicht an Manni vorbeigemusst.«

»Der arme Manni«, murmelte sie und seufzte. Dann sagte sie: »Warum haben die sich nicht einfach hinterm Schuppen versteckt und dort gewartet, bis wir alle vonne Bildfläche verschwunden sind, Loretta? Dat kann ich einfach nich kapiern.«

Ganz einfach, dachte ich, weil ich im Schuppen rumgelärmt und Manni eine Warnung zugebrüllt habe, deshalb. Um die Wahrheit zu sagen: Ich musste alle mentalen Kräfte mobilisieren, um mich an seinem Tod nicht allzu schuldig zu fühlen.

Immer wieder kreisten meine Gedanken um folgende Frage: Würde Manni noch leben, wenn ich geschwiegen und den Männern nicht die Option kaputt gemacht hätte, sich hinter dem Schuppen zu verbergen? Und wieder kam ich – wie vorhin schon – zu einem Ergebnis, das mir nicht gefiel: Vielleicht wäre es dann Gitti an den Kragen gegangen.

Ich zuckte mit den Schultern. »Weißt du, Gitti: Warum Menschen wie handeln, verstehen sie manchmal nicht mal selbst. Eins habe ich bei meinen diversen unfreiwilligen Ausflügen in die Welt der Kriminalität gelernt: Gangster sind nicht automatisch schlau. Gangster sind auch nur Menschen, genau wie wir. Und sie treffen dumme Entscheidungen, die manchmal schwerwiegende Konsequenzen haben.«

Gitti musterte mich aus zusammengekniffenen Augen. »Hattest du nich gesagt, du hättest nie mit echten Gangstern zu tun gehabt?«

Ups. Erwischt.

Kapitel 11

Im Laden ist die Hölle los,
und die üblichen Verdächtigen verlangen lückenlose Aufklärung

Während des Nachmittags dachte ich mehrmals, wir müssten den Laden wegen Überfüllung schließen. Nicht nur das: Ich bekam Zweifel, ob es eine so gute Idee gewesen war, überhaupt zu öffnen. Die Türglocke stand nicht still, und immer drängten sich mindestens elf oder zwölf Personen im Laden. Das klingt nicht besonders viel, aber das Geschäft war auch nicht besonders groß. Natürlich wollten alle wissen, warum ein Rettungswagen und die Polizei am Morgen bei Gitti gewesen waren – nicht zu vergessen der Leichenwagen, der etwas später dazugekommen war.

Auch Alfie kam vorbei – zwar hatte sie ihn vorhin davon abbringen können, sofort zu ihrer Rettung herbeizueilen, aber nun war er natürlich unter den Kunden, die nach lückenloser Aufklärung verlangten.

Gitti und ich standen noch immer unter dem Eindruck der schrecklichen Ereignisse am Morgen. Wir hatten lange überlegt, was wir den Leuten sagen könnten. ›Kein Kommentar‹? Nein, das würde nicht funktionieren. Ordnungsmacht, medizinisches Fachpersonal und dann auch noch der Bestatter kamen schließlich nicht aus Jux und Tollerei mal auf einen Sprung vorbei – irgendetwas Dramatisches musste also vorgefallen sein. Und in dem Haus, in dessen Einfahrt sie alle verschwunden waren, lebte nur Gitti, und die stand putzmunter in ihrem Geschäft.

Was also war passiert?

Besser: Was sollten wir ihnen *erzählen,* was passiert war?

»Wir sollten weitestgehend bei den Tatsachen bleiben«, sagte ich zu Gitti, als wir über dieses Dilemma diskutierten.

»Nämlich?«

»Nämlich, dass Manni vermutlich unglücklich gestürzt ist und sich tödlich verletzt hat. Ein schrecklicher Unfall.«

»Vermutlich?«, fragte Gitti skeptisch.

»Klar.« Ich nickte und fuhr fort: »Du warst im Haus, als es passierte, und ich im Schuppen. Niemand von uns war dabei, und das ist die Wahrheit.«

Wir entschieden also, die Geschichte genau so zu erzählen: Weder sie noch ich hatten gesehen, wie Manni zu Tode gekommen war. Als wir ihn fanden, war er bereits tot. Punkt. Mehr wussten wir nicht.

»Und die beiden Männer?«, fragte sie.

»Noch scheine ich die Einzige zu sein, die sie gesehen hat. Aber wer weiß, vielleicht meldet sich ja jemand. Vielleicht haben sie auf ihrer Flucht ja auf der Straße irgendwen umgerannt. Oder jemand hat gehört oder gesehen, wie in der Nähe ein Auto mit quietschenden Reifen fluchtartig losgefahren ist. Aber ich schlage vor, dass wir vorerst nicht über die beiden Männer sprechen. Jedenfalls nicht den Kunden gegenüber, das würde Spekulationen Tür und Tor öffnen. Und niemand muss wissen, dass ich eingesperrt war. Ich war im Schuppen – fertig. Stell dir vor: Svetlana hatte von einer Schießerei gehört, die angeblich hier stattgefunden hat.«

»Schießerei?«, quiekte Gitti entgeistert.

»Da kannste mal sehen, wie schnell eine Geschichte aufgebauscht wird, solange es keine echten Informationen gibt.«

»Oder gelogene Informationen.«

»Egal.« Ich zuckte mit den Schultern. »Hauptsache, irgendwelche Informationen. Und zwar möglichst aus erster Hand, also von dir.«

»Warum von mir?«

»Ganz einfach: *dein* Haus, *deine* Einfahrt, *dein* Lieferant, *dein* Leichenfund. Nur du allein hast Infos aus erster Hand. Und kannst diesen Schwachsinn mit der Schießerei aus der Welt schaffen.«

Immerhin war nicht damit zu rechnen, dass die beiden Männer in naher Zukunft zurückkehren würden, um das zu Ende zu bringen, was am Morgen nicht wie geplant geklappt hatte. Solange Gitti und ihr Laden derart im Mittelpunkt des allgemeinen Interesses standen, trauten sie sich das bestimmt nicht.

Das hoffte ich jedenfalls.

Jetzt stand ich also an der Frischetheke und behielt unauffällig Gitti im Auge, die unermüdlich unsere Version der Ereignisse zum Besten gab. Immer und immer wieder.

Gitti wurde wortreich dafür bedauert, dass etwas derart Grauenhaftes ausgerechnet vor ihrer Haustür passiert war, das Pech schien ja wohl wirklich momentan an ihren Hacken zu kleben. Erst dieser unglückliche Sturz und jetzt auch noch die Polizei im Haus! Das wünschte man nicht einmal seinem ärgsten Feind, darüber war man sich einig. Man könne nur inständig hoffen, dass Gittis Pechsträhne bald ein Ende haben würde …

Nun, den Wettbewerb um den größten Pechvogel würde meiner Meinung nach eindeutig der arme Manni gewinnen, und zwar mit riesigem Abstand.

Aber die neugierige Meute im Laden, die Gitti atemlos zuhörte, hatte Manni nicht persönlich gekannt – davon ging ich zumindest aus. Er hatte Gitti mit Obst und Gemüse beliefert, und das meist am frühen Morgen, wenn das Geschäft noch nicht geöffnet hatte. Als Person war er für die Leute nicht fassbar – da war Gitti ihnen deutlich näher.

Also wurde ihm auch nicht die Gnade des allgemeinen Mitleids zuteil.

Im Gegenteil: Hier und dort meinte ich sogar herauszuhören, dass er sich doch wohl *gefälligst* einen anderen Ort hätte aussuchen können, um dort zu sterben, also wirklich. Warum denn *ausgerechnet* bei der bedauernswerten Gitti?

Wenn ich einen von ihnen bediente, wurde ich während des Käse- oder Schinkensäbelns heimlich beäugt, das bemerkte ich sehr wohl. Aber niemand traute sich, mich auszuhorchen, dazu war ich ihnen noch nicht vertraut genug.

Nur Frau Sievers kannte derlei Zurückhaltung nicht. Natürlich nicht. Während sie auf die 100 Gramm luftgetrocknete Mettwurst wartete, die ich für sie »*wirklich* hauchdünn, bitte« schneiden sollte, fragte sie: »Ich bin nicht sicher: Habe ich heute Morgen Schutzmann Erwin bei Gitti reingehen sehen, könnte das sein?«

»Könnte sein«, erwiderte ich.

»Wie jetzt? War er hier, oder war er nicht hier?«

Ich grinste innerlich. »Sie sagen doch selbst, dass Sie ihn gesehen haben.«

»Nun ja. Hätte ja auch sein können, dass ich mich getäuscht habe«, gab sie pikiert zurück.

»Nein, Sie haben sich nicht getäuscht, Frau Sievers. Erwin war tatsächlich hier.«

Ich wog die Wurst ab – 86 Gramm. Also schnitt ich weitere *wirklich* hauchdünne Scheibchen und legte sie dazu. 94 Gramm. Seufz. Ernsthaft – das war ein Jahrhundertprojekt. Wie viel Zentimeter Durchmesser mochte die Wurst haben? Drei? Dreieinhalb? Ich war ihr ausgeliefert, und genau das hatte Frau Sievers bezweckt.

Wahrscheinlich hätte sie mich am liebsten angebrüllt, weil ich mich wenig mitteilsam zeigte und sie dazu zwang, mir jedes Fitzelchen Information einzeln aus der Nase zu ziehen. Andererseits wäre sie in der Menschenmenge um Gitti herum geradezu untergegangen und zum bloßen Zuhören verurteilt gewesen, während *mein* Publikum momentan lediglich aus ihr bestand. Wie gesagt: Ich war ihr ausgeliefert.

»Warum war Schutzmann Erwin denn hier?«, fragte sie unverdrossen weiter. Sie schien nicht vorzuhaben, zur Kasse zu gehen, obwohl ihre 100 Gramm Hauchschnitt längst eingepackt vor ihr lagen.

Ich entschied mich, Frau Sievers ein Lächeln zu schenken. »Er war hier, weil wir ihn darum gebeten haben. Immerhin war er mal bei der Polizei.«

Das verblüffte sie sichtlich. »Ja, aber die *echte* Polizei war doch längst hier gewesen, oder nicht? Warum denn dann auch noch Schutzmann Erwin? Er ist doch längst in Rente.«

Herrje. Sie ließ wirklich nicht locker.

Ich überlegte einen Moment, dann winkte ich sie näher heran und sagte mit gesenkter Stimme: »Wie Sie sich vorstellen können, waren Gitti und ich sehr verängstigt. Wir brauchten unbedingt männlichen Beistand, das verstehen Sie doch?« Sie nickte, und ich fuhr fort: »Wer wäre dafür besser geeignet als Schutzmann Erwin? Er war der Erste, der mir einfiel. Außerdem ist er ja quasi immer noch vom Fach, auch wenn er längst in Rente ist.«

»Verstehe«, murmelte sie, obwohl sie eindeutig *nicht* verstand, wie ich dem kuhäugig fragenden Blick entnahm, mit dem sie mich anglupschte.

Herrje. Da musste ich wohl deutlicher werden.

»Also, Frau Sievers, er ist vom Fach im Sinne von … wie drücke ich es aus … er weiß Antworten auf Fragen, die der Laie sich in so einer Situation stellt. Zum Beispiel: Was geschieht jetzt weiter? Oder: Was macht die Polizei, wenn ein toter Mensch gefunden wird? Solche Dinge. So etwas weiß man schließlich als Normalsterblicher nicht. Ich meine, Gitti und ich sind ja nun mal persönlich und ganz *direkt* betroffen, weil wir zufällig in der Nähe waren, verstehen Sie? Gitti und ich sind zutiefst erschüttert. Da braucht man jemanden wie Schutzmann Erwin an seiner Seite. Jemanden, der so souverän ist und so gut beruhigen kann wie er.«

»Ja, das kann er wirklich«, sagte Frau Sievers.

»Sehen Sie? Ich bitte Sie – unsereins stolpert doch nicht jeden Tag über Leichen! Es ist ja nicht so, als wäre das für irgendwen von uns *Routine.*«

»Nein, natürlich nicht«, hauchte sie und presste die Hand vor die Brust. »Für niemanden von uns.«

Vermutlich würde sie glatt der Schlag treffen, hätte ich ihr erzählt, wie oft ich schon in dieser Situation gewesen war. Zu meinem größten Leidwesen. Aber mit der Zeit hatte ich tatsächlich eine gewisse Routine darin, so schrecklich das auch war.

Aber das würde ich zuallerletzt Frau Sievers auf die Nase binden, das stand fest. Nicht auszudenken, was die nachbarschaftliche Gerüchteküche aus dieser Information machen würde. Ich hatte keine Lust, als offizielle Miss Marple des Viertels zu gelten und zum Gegenstand des öffentlichen Tratsches zu werden.

Dafür gab zwei wirklich gute Gründe: Erstens hatte ich keinen Bock, dass die beiden Männer davon erfuhren und zu dem Schluss kamen, dass ich eine echte Gefahr für sie war und ausgeschaltet werden musste. Und die logische Folge daraus war der zweite Grund: Ich hatte keine Lust, schon wieder umzuziehen. Wirklich nicht. Zwei Umzüge innerhalb eines halben Jahres waren mehr als genug.

Zu meiner Erleichterung schien der Wissensdurst von Frau Sievers gestillt, denn sie bedankte sich bei mir, legte ihre Wurst ins Einkaufskörbchen und trollte sich in Richtung Kasse.

Ich ertappte mich dabei, dass ich immer wieder auf die Uhr blickte, denn ich konnte es kaum erwarten, endlich alle rauszuscheuchen und den Laden abzuschließen. Ich wollte nach

Hause, ich wollte mich aufs Sofa legen, und ich wollte mich von diesem Tag erholen.

Svetlana sollte heute kommen, um Gitti oben zur Hand zu gehen, aber bereits gegen halb sechs – eine halbe Stunde früher als verabredet – fegte sie zur Ladentür herein.

Der Menschentraube an der Kasse schenkte sie nur einen kurzen Blick, denn sie hatte mich hinten im Laden entdeckt und kam sofort herüber zu mir.

»Mensch, Loretta, hier ist ja die Hölle los.«

»Das wundert dich doch nicht etwa? Die platzen alle vor Neugier.«

»Nicht nur die – ich auch«, sagte sie. »Aber ich bin froh, Gitti so gesund und munter zu sehen. Als ich hörte, dass Krankenwagen und Polizei hier waren ... du liebe Güte.«

»Nicht zu vergessen die angebliche Schießerei.«

Sie sah mich verwirrt an. »Schießerei?«

»Ja, du hast mir heute Vormittag erzählt, dass von einer Schießerei die Rede gewesen sei. Blöder Nachbarschaftstratsch. Wissenslücken werden mit Fantasie gefüllt, und schon gibt es die absurdesten Gerüchte.«

»Ja, ich ... ich dachte schon ...« Sie brach ab und fuhr nach einer kurzen Pause fort: »Nicht auszudenken, wenn Gitti etwas passieren würde. Etwas Schlimmes, meine ich. Ich dachte, sie hätte einen Unfall gehabt oder so. Aber dann hab ich mich gewundert, warum die Polizei hier gewesen ist. Die kommt doch nicht bei einem Unfall, oder?«

»Nee, normalerweise nicht.«

»Und deshalb dachte ich dann, sie w äre vielleicht überfallen worden.«

»Überfallen? Wer sollte Gitti denn überfallen? Und wozu? Um ein paar Möhren zu klauen? Wie viel Geld kann sie am frühen Morgen schon in der Kasse haben? 150 Euro an Wechselgeld, vielleicht. Das lohnt doch nicht.«

»Für jemanden, der gar nichts hat, vielleicht schon«, murmelte Svetlana, während sie Gitti und deren andächtig lauschende Kunden betrachtete.

Ich sah ebenfalls hinüber und musste unwillkürlich lächeln. Gitti genoss es nach wie vor sichtlich, im Mittelpunkt des Interesses zu stehen, und nicht zuletzt würde es ihr helfen, den morgendlichen Schock zu überwinden. Sagte man nicht, es sei die beste Therapie, darüber zu reden? Nun, das tat sie, und zwar ausgiebig.

Kurz vor Ladenschluss erschien Gittis Neffe und drängte sich zu seiner Tante durch. Bei seinem Anblick fiel mir etwas ein.

»Sag mal, Svetlana, weißt du zufällig, was mit Gittis Schwester ist?«

»Jens' Eltern?« Sie zuckte mit den Schultern. »Ich hab mal gehört, dass die ausgewandert sind. Die verprassen ihre magere Rente auf Mallorca oder so. Schon seit Jahren, glaube ich. Hat Frau Sievers mir mal erzählt.«

Natürlich, wer sonst.

»Gittis Verhältnis zu ihr ist nicht besonders eng, oder? Sie spricht nie von ihr.«

»Ich finde sowieso, dass Gitti nicht besonders viel über Privates redet«, sagte Svetlana.

Da hatte sie nun auch wieder recht. So gerne Gitti auch quasselte – sie gab nur wenig von sich preis.

Der Feierabend rückte näher, und ich begann, die Frischetheke zu putzen. Svetlana schnappte sich einen Besen und fegte das Geschäft, dann holte sie einen Eimer mit Seifenwasser von hinten und wischte. Bei diesem Wetter schleppten die Kunden leider eine Menge Schmutz in den Laden, das ließ sich auch durch die große Schmutzfangmatte im Eingangsbereich nicht vollständig vermeiden. Ich war dankbar, dass Svetlana mit anpackte, ohne dass ich sie darum gebeten hatte.

»Ich bring das Gemüse nach hinten«, rief ich zu ihr hinüber, und sie reckte den Daumen hoch.

Die Kunden hatten den Laden verlassen, und Gitti sprach leise mit ihrem Neffen.

Ich ging durch die Haustür hinaus. Es schneite nicht mehr, aber zertrampelter Schnee bedeckte die Blutlache vor der Haustür. Dennoch wusste ich, dass sie dort war; darum musste ich mich unbedingt noch kümmern. Nach wie vor stand Mannis Lieferwagen in der Einfahrt. Wo waren eigentlich die Autoschlüssel? Waren sie wohl in seiner Hosentasche gewesen, als er zu Tode gekommen war? Ich machte mir eine geistige Notiz, mal bei der Polizei nachzufragen, ob und wann sich jemand von ihnen um das Auto kümmern würde.

Ich öffnete das Hoftor und ging nach links. Siehe da – wer lungerte bereits dort herum, rauchte und wartete auf mich? Jens Dombrowski. Ich war sicher, dass die Zigarette lediglich sein Alibi war, um mir vor dem Laden aufzulauern.

»Herr Dombrowski«, sagte ich freundlich. »Wie nett, dass Sie mir helfen wollen, dann muss ich nicht zwei Mal laufen. Ich nehme das Obst, Sie das Gemüse?«

Ohne seine Antwort abzuwarten, löste ich die Bremse am Obstgestell und rollerte los. Den Geräuschen nach zu urteilen, folgte er mir mit dem Gemüse. Braver Junge.

Ich machte Licht im Lagerschuppen und ließ ihm den Vortritt. Er schob das Gemüse hinein, und ich folgte mit dem Obst. Bisher hatte niemand geredet, aber nun sagte er: »Also: Was genau ist hier heute Morgen passiert?«

»Hier im Schuppen? Nicht viel«, erwiderte ich, da ich nicht wusste, was Gitti ihm erzählt hatte: die offizielle Version oder die wahre Geschichte.

»Tante Gitti sagt, zwei Männer hätten Sie hier eingesperrt.«

Aha – die wahre Geschichte.

»Ja, das stimmt. Ich wurde in den Schuppen gestoßen, und

ich fiel hin. Dann wurde das Licht ausgemacht und die Tür verschlossen. Samt Vorhängeschloss.«

»Sie sagt, sie hat die Männer nicht gesehen.« Er sah mich abwartend an.

»Ja …? Und weiter?«

»Es kann also niemand bestätigen, dass die Männer tatsächlich hier waren?«

Aha, ein Zweifler.

Ich verschränkte die Arme vor der Brust. »Und damit wollen Sie was genau andeuten, Herr Dombrowski?«

»Ich kenne Sie nicht, Frau Luchs. Ich habe immer noch nicht verstanden, wie und warum Sie so plötzlich im Leben meiner Tante aufgetaucht sind. Ich bin sehr an ihrem Wohlergehen interessiert, verstehen Sie?«

»Natürlich verstehe ich das, ich bin ja nicht blöd, Herr Dombrowski. Außerdem bin ich das ebenfalls, und das haben wir bereits ausführlich diskutiert, wenn ich mich recht erinnere. Aber Ihr Misstrauen geht mir allmählich wirklich gegen den Strich, kapiert? Und damit nicht genug: Jetzt unterstellen Sie mir auch noch, mir diese beiden Männer ausgedacht zu haben? Sie nennen mich also eine Lügnerin? Und Ihre Tante ebenfalls, denn sie wird Ihnen ja wohl erzählt haben, dass ich tatsächlich eingesperrt war. Was stimmt nicht mit Ihnen, Herr Dombrowski?«

Ich war echt sauer, und mit jedem Wort war meine Stimme lauter geworden, sodass ich ihm meine letzte Frage mit Schmackes ins Gesicht gebrüllt hatte.

Er wich zwei Schritte zurück und hob beschwichtigend die Hand. »Ist ja schon gut! Nicht gleich aufregen, okay? Ich habe mich vielleicht etwas ungeschickt ausgedrückt. Was ich eigentlich fragen wollte: Haben Sie die Männer erkannt? Was genau haben Sie gesehen?«

Vielleicht etwas ungeschickt ausgedrückt? Das war ja wohl

noch gestrunzt. *Wie und warum Sie so plötzlich im Leben meiner Tante aufgetaucht sind …* bla, bla, bla. Eindeutiger ging es ja wohl nicht: Das war ein klares Misstrauensvotum. Wieder einmal. Aber er machte prompt einen Rückzieher und bemühte sich um Höflichkeit.

Also atmete ich tief durch und antwortete in normaler Lautstärke: »Leider nicht genug für eine Personenbeschreibung. Nur einen der Männer habe ich als Umriss im Gegenlicht gesehen, aber ich habe zwei Stimmen gehört, wenn auch nur leise. Durch die Tür halt.«

Er sah sich im Schuppen um, als wolle er die Szene in Gedanken nachstellen. Fehlte nur noch, dass er die exakte Stelle wissen wollte, an der ich mich nach dem Schubs auf den Hintern gesetzt hatte.

Zuletzt hatte er nachdenklich die Türöffnung angestarrt, dann wandte er sich mir zu. »Und weder Gitti noch Sie selbst haben also mit eigenen Augen gesehen, was genau mit diesem Lieferanten passiert ist?«

Ich seufzte innerlich. »Das stimmt. Und ich bin froh darüber. Es macht bestimmt keinen besonderen Spaß, einen Schädel knacken zu hören, der auf die Kante einer Stufe prallt.« Ich deutete zur Tür. »Tut mir leid, aber ehe wir weiter plaudern können, habe ich noch einiges zu tun.«

Er nickte und ging an mir vorbei nach draußen. Ich folgte ihm und befestigte das Vorhängeschloss am Riegel, während er in Richtung Haustür ging.

»Passen Sie bitte auf, dass Sie nicht ausrutschen!«, rief ich ihm nach. »Unter dem Schnee an der Haustür befindet sich ein vereister Blutfleck!«

Er fuhr zu mir herum und machte dann einen hastigen, kleinen Hupfer vom Weg herunter, der ihn prompt ins Straucheln brachte. Zu meiner Erleichterung konnte er sich am Lieferwagen abstützen, bevor er vollends das Gleichgewicht verlor.

Dank der von ihm selbst installierten, grellen Beleuchtung konnte ich erkennen, dass er mich wütend anstarrte.

»Sehen Sie, das ist es, was ich noch zu tun habe: den Blutfleck entfernen«, sagte ich. »Und den Schnee vom Weg fegen. Damit nicht noch etwas passiert.«

Ein Toter am Tag reichte mir nämlich.

Kapitel 12

*Loretta tut, was getan werden muss:
Wenn kein professioneller Tatortreiniger zur Hand ist,
wird es schon mal unappetitlich*

Der Weg am Haus entlang war dank eines robusten Besens schnell vom Schnee befreit. Dann goss ich sehr heißes Seifenwasser auf den gefrorenen Blutfleck, der sich sofort verflüssigte – bäh. Der Aufnehmer saugte die Bescherung weg und färbte das Wischwasser rosa, als ich ihn im Eimer ausspülte.

Wahrlich kein Vergnügen, aber klugerweise hatte ich gegen meine sonstige Gewohnheit Gummihandschuhe angezogen. Ich holte frisches Seifenwasser und schrubbte wie besessen, bis nichts mehr zu sehen war. Da ich mit dieser Aktion gleichzeitig eine frische Eisbahn vor der Haustür angelegt hatte, ließ ich zum Abschluss großzügig Streugut auf die Stelle rieseln.

Gitti und ihr Neffe saßen oben am Tisch, und Svetlana wieselte geschäftig durch die Küche. Dem Duft aus dem Topf auf dem Herd nach zu urteilen, bereitete sie das Abendessen zu.

Gitti winkte mich heran. »Setz dich zu uns, Loretta. Gleich gibt es Erbsensuppe.«

»Eigentlich wollte ich dir nur den Schlüssel bringen«, sagte ich, nahm aber trotzdem am Tisch Platz.

»Quatsch nich«, antwortete Gitti rigoros. »Zumindest haben wir uns ’nen Schnaps verdient auf den Schreck, finde ich.«

Ehe ich protestieren konnte, bat sie Svetlana, den Himbeergeist aus dem Vertiko im Wohnzimmer zu holen.

Svetlana ging nach nebenan, und ich bemerkte, dass Jens Dombrowskis Blick auf ihrem – wirklich sehr knackigen – Hinterteil ruhte. Sie trug eine hautenge Jeans, die ihre Figur vortrefflich betonte, und einen kurzen Pulli – Jens war sichtlich begeistert. Ich konnte es ihm nicht verdenken.

Als sie zurückkam und die Flasche auf den Tisch stellte, tauschten Svetlana und er einen raschen Blick aus, den ich nicht deuten konnte. Allerdings hatte ich bei ihr ein feines Lächeln bemerkt. Nanu – ging da was? Vielleicht wären die beiden ja eine gelungene Kombination? Er zumindest würde Svetlana vermutlich nicht von der Bettkante schubsen. Umgekehrt – keine Ahnung.

Aber wenn Amors Pfeil ins Schwarze traf, konnten sich auch Menschen finden, die auf den ersten Blick nicht zueinander passten, das sollte vorkommen. Allerdings konnte ich mir irgendwie nicht vorstellen, dass Gittis Neffe damit klarkommen würde, dass Svetlana nachts im Rotlichtmilieu arbeitete. So, wie ich ihn einschätzte, würde er nicht aushalten können, dass andere Männer seine Frau angafften und begehrten.

Gittis Stimme, die meinen Namen sagte, ließ mich aus meinen Gedanken aufschrecken.

»Entschuldige, Gitti, was hast du gesagt?«, fragte ich.

»Ob du träumst, wollte ich wissen.« Sie kicherte und hob ihr gefülltes Schnapsglas. »Auf den Schreck in der Morgenstunde. Nein – besser darauf, dass wir ihn überwunden haben.«

Sie schien komplett vergessen zu haben, dass die übereifrige Polizistin, diese Frau Bloch, ihr alle möglichen rechtlichen Konsequenzen angedroht hatte. Und dass wir noch die Lösung der kniffligen Aufgabe vor uns hatten, zu beweisen, dass Mannis Tod kein Unfall war, den sie aus Unachtsamkeit mitverschuldet hatte.

Aber ich war heilfroh, dass mir hier kein zitterndes Nervenbündel gegenübersaß, und sah keine Veranlassung, in diesem Moment den Buhmann zu spielen und sie auf den Boden der

Tatsachen zurückzuholen. Das würde – so fürchtete ich – noch früh genug passieren, auch ohne mein Zutun.

»Ach herrje«, sagte Gitti, nachdem wir vier angestoßen und getrunken hatten, »ich hab ganz vergessen, die Kasse mitzunehmen. Die is noch unten im Laden.«

»Bin schon unterwegs«, zwitscherte Svetlana, schnappte sich den Schlüsselbund vom Tisch und verschwand durch den Vorhang.

»Ich hab meine Zigaretten im Auto vergessen«, sagte Jens und stand auf. »Außerdem kann ich dann gleich einen Kontrollgang ums Haus herum machen. Man weiß ja nie.«

Schon polterten seine schweren Schritte die Treppe hinunter.

Wenn ich je eine faule Ausrede gehört hatte, dann jetzt. Ich grinste innerlich. Immerhin hatte er vorhin rauchend vorm Geschäft gestanden, und garantiert steckten seine Kippen in der Jackentasche. Bestimmt wollte er die Gelegenheit nutzen, sich Svetlana gegenüber als Beschützer zu präsentieren, indem er sich unerschrocken auf Streife durch den Garten begab.

»Jens steht auf Svetlana«, sagte Gitti.

»Das ist nicht zu übersehen.« Wir zwinkerten uns zu, dann fragte ich: »Was ist eigentlich mit seinen Eltern? Leben die in der Nähe? Hast du engen Kontakt zu ihnen? Seine Mutter ist doch deine Schwester, oder?«

Gittis Gesicht wirkte plötzlich hart, als sie den Kopf schüttelte. »Darüber sprech ich nich gerne. Dat ist mir peinlich.«

Das Thema war ihr sichtlich unangenehm, aber mein Interesse war geweckt. Klar, ich hätte auch Frau Sievers ausquetschen und mir eine verwegene Mischung aus Halbwahrheiten und Mutmaßungen servieren lassen können, aber hier saß ich an der Quelle. Also ließ ich nicht locker. »Peinlich? Seid ihr zerstritten?«

Sie machte eine unwirsche Bewegung mit der rechten Hand. »Sie ist sauer auf mich.«

»Wie kann man auf dich denn sauer sein? Du bist der netteste Mensch der Welt.«

»Ich?« Sie stieß ein schnaubendes, freudloses Lachen aus. »Da wär die Melitta aber ganz anderer Meinung, dat kannste mir glauben. Die ist dermaßen neidisch auf mich … weil ich mir hier wat Ordentlichet aufgebaut hab.«

»Dafür schuftest du aber auch seit Jahrzehnten rund um die Uhr, oder etwa nicht?«

»Allerdings. Und mit dem Laden wollte sie nix zu tun haben, als unsere Eltern tot waren. Nee, die wollte sich nich die Finger schmutzig machen, die feine Dame, dat hatte die nich nötig. Und es ist ja nich so, dat ich mir dat Haus einfach unter den Nagel gerissen hätte. Nee, ich hab jahrelang ihren Anteil abbezahlt, Stück für Stück. Und plötzlich war ihr dat nich mehr genug.« Sie goss sich noch einen Himbeergeist ein und kippte ihn weg.

»Hat sie mehr Geld von dir verlangt?«

Gitti nickte grimmig. »Weißte, ich war immer sparsam und hab mir nix gegönnt. Jeden Pfennig hab ich auffe hohe Kante gelegt. Und als dat Häusken nebenan zum Verkauf stand, hab ich zugeschlagen. Zwei Jahre später dann noch eins. Mit Kredit vonne Bank, natürlich, aber die Melitta hat gedacht, ich schüttel mir dat Geld aussem Ärmel wie nix. Plötzlich hatte ich sie hier am Tisch hocken, genau da, wo du jetzt sitzt, und sie faselte was von ich hätte sie betrogen. Dat muss man sich mal vorstelln: die eigene Schwester.«

Das wurde ja immer interessanter, fand ich. »Um was denn betrogen? Du hast sie doch ausgezahlt.«

»Schon, aber jetzt dachte sie, ich hätte ihr wat von dem Erbe unterschlagen. Ich war wie vor den Kopp gehauen. Wo ich denn sonst wohl dat Geld für die Häuser hergehabt hätte, wollte sie wissen.« Wieder schnaubte Gitti. »Kein Wunder, dat sie sich dat nich vorstellen konnte, so wie die ihre Kohle verplempert hat. Oder besser: die Kohle von ihrem Gatten. Dreimal im Jahr auf Urlaub, und nich etwa nur umme Ecke. Nee, dat musste immer exotisch sein, verstehste? Ständig essen gegangen, ständig neue Klamotten, alle zwei Wochen zum Friseur und Haare färben.«

Plötzlich roch es leicht angebrannt, und mir fiel siedend heiß die Erbsensuppe ein. Ich sprang auf, flitzte rüber zum Herd und zog den Topf von der Platte. Mit dem Holzkochlöffel rührte ich vorsichtig um. Tatsächlich – die Suppe hatte bereits begonnen, am Boden anzusetzen, war aber noch zu retten. Ich stellte die Hitze ein paar Stufen kleiner und setzte den Topf zurück, dann nahm ich wieder am Tisch Platz.

»Aber wenn deine Schwester so bescheiden gelebt hätte wie du«, sagte ich, »dann hätte sie sich alle Häuser der Welt leisten können, richtig?«

»Klar! Aber dat wollte sie nich einsehn. Die Melitta will nich verzichten, die Melitta will immer nur *haben*. Ohne Verzicht. So war die schon immer, schon als Kind. Meinste, die hätte früher jemals hier im Laden ausgeholfen? Nie! Aber so funktioniert dat nun mal nich.«

»Und seitdem habt ihr keinen Kontakt mehr?«

»Genau. Die hockt jetzt mit ihrem Gatten auf 'ner Insel. Ibiza, glaub ich.«

»Dann ist es ja umso schöner, dass du dich mit Jens so gut verstehst.«

Gittis Gesicht wurde weich. »Ja, dat ist aber erst seit zwei Jahren so. Oder vielleicht drei. Vorher … na ja, der Junge wusste es nich besser. Aber irgendwann kam der vorbei und wollte meine Version hören. Da isser dann ganz nachdenklich geworden. Und seitdem hilft er mir, wo er kann.«

»Die spektakuläre Flugzeuglandebahn im Garten«, sagte ich lächelnd.

»Genau. Die Funzeln, die da vorher standen, wären zu gefährlich, meinte er. Fand ich nich, aber er wollte unbedingt helleres Licht installieren. Da hab ich ihn halt gelassen. War auch nich teuer. Nur Selbstkostenpreis.«

»Nett von ihm. Er hat eine Baufirma, stimmt's?«

»Schon, aber dem Jungen ging's auch schon mal ...«

Sie brach ab und legte den Finger an die Lippen, denn wir hörten ihn und Svetlana die Treppe hochkommen.

Svetlana zog die Nase kraus und schnupperte. »Oje – die Suppe!«

»Nix passiert«, sagte Gitti, »die Loretta hat die Erbsensuppe gerettet.«

»Und die Loretta muss jetzt wirklich nach Hause, denn dort wartet ein hungriger Kater.« Ich stand auf und nickte in die Runde. »Schönen Abend noch und guten Appetit. Wir sehen uns morgen, Gitti. Bleibt es dabei, dass du morgen Nachmittag übernimmst, Svetlana?«

»Klar!« Sie war schon damit beschäftigt, den Tisch zu decken, und reckte kurz den Daumen hoch.

Gitti sah ihren Neffen an. »Jens, begleitest du Loretta bitte und schließt das Hoftor für sie auf?«

Ich hätte nicht daran gedacht, war aber froh, dass Gitti es getan hatte, denn es ersparte mir, deswegen noch einmal umkehren zu müssen. Schweigend trottete Jens Dombrowski hinter mir her. Erst am Tor rang er sich eine dahingenuschelte Bemerkung ab, der ich mit viel gutem Willen entnahm, dass er mir einen guten Heimweg wünschte. Oder so ähnlich.

Du mich auch, dachte ich, als er das Tor hinter mir wieder verschloss. Freunde würden wir in diesem Leben wohl nicht mehr werden. Mussten wir aber auch nicht. Wir konnten höflich miteinander umgehen, das reichte.

Solange er mich nicht mehr damit nervte, dass ich seine Tante ausnehmen wollte.

Also wirklich.

Baghira raste wie aufgezogen zwischen mir und seinem leeren Fressnapf hin und her; dabei quengelte er ohne Pause.

»Herrgott, du Nervensäge, darf ich bitte wenigstens meinen Mantel ausziehen?«

Nein, durfte ich nicht – das machte er mir in erstaunlicher Lautstärke klar. Ich stellte ihm Fressen hin, damit er endlich Ruhe gab. Danach schlüpfte ich in bequeme Klamotten.

Ah … Feierabend.

Plötzlich spürte ich bleierne Müdigkeit und innerliches Frösteln. Meine Energiespeicher waren komplett leer. Kein Wunder, nach diesem Tag. Ich schaffte es gerade noch, eine Tiefkühlpizza in den Backofen zu schieben, denn selbst zum Kochen – und das wollte was heißen – fehlte mir die Kraft. Im Wohnzimmer drehte ich die Heizung hoch, denn ich wollte es gemütlich haben und die Sicherheit meines Heims genießen.

Mit der knusprigen, verführerisch duftenden Pizza setzte ich mich aufs Sofa und machte den Fernseher an. Wennschon – dennschon.

Binnen Sekunden saß Baghira hoch aufgerichtet an meiner Seite, die Nase schnuppernd hochgereckt. Zwar hatte er gerade erst gefressen, aber das schien für ihn kein Grund zu sein, nicht zu schnorren. Die Augen starr auf das dreieckige Stück Pizza in meiner Hand gerichtet, verfolgte er hoch konzentriert dessen Weg zu meinem Mund und wieder zurück. Immer, wenn ich nach dem nächsten griff, trippelte er kurz aufgeregt mit den Vorderpfoten: Das *musste* jetzt einfach für ihn sein. Nein, wieder nicht.

»Vergiss es, Dicker«, sagte ich, »das ist nix für dich.«

Seine Ohren zuckten kurz, aber sein Blick klebte unverdrossen an der Pizza. Nichts für ihn? Das sah er mit Sicherheit ganz anders, aber ich ließ mich nicht erweichen.

Als ich mit der Pizza fertig war und mich in die Kissen zurücklehnte, kletterte er auf meinen Schoß. Ich ächzte, als er unschlüssig auf meiner Magengegend herumstand. Er war alles andere als federleicht, und die sieben Kilo Baghira, die sich über seine Pfoten in meinen Körper bohrten, waren ganz schön schmerzhaft. Ich packte beherzt zu und setzte ihn ein Stückchen tiefer auf meine Beine, wo er sich schnurrend zusammenrollte. Na also, ging doch.

Ohne wirklich etwas davon mitzukriegen, ließ ich mich vom Fernsehprogramm berieseln, während ich den Kater streichelte. Ich riss mich nicht darum, aber ich musste unbedingt Diana anrufen, je eher, desto besser.

Da ich durch Baghira an meinem Platz festgenagelt war, reckte ich mich nach rechts und angelte mit Mühe das Telefon vom Beistelltisch neben dem Sofa. Natürlich bewegte ich mich dabei, und Baghira hob den Kopf, um mich strafend anzusehen. Dann legte er sich wieder hin, atmete einmal tief durch und schlief umgehend wieder ein. Beneidenswert.

Dianas Nummer war selbstverständlich auf Kurzwahl gespeichert, sodass ich nur eine Taste drücken musste. Dreimal klingelte es, dann ging sie ran.

»Gut, dass du anrufst!«, rief sie mir entgegen. »Okko und ich haben gerade eben darüber gesprochen, wann du kommst. Am ersten Weihnachtstag, richtig? Oder war es doch der zweite? Am zweiten müsstest du allerdings unbedingt bis spätestens mittags hier sein, denn wir haben ein paar Leute zum Brunch eingeladen, und es wäre superschade, wenn du das verpassen würdest.«

Ich seufzte innerlich.

Abgesehen davon, dass mindestens ein attraktiver Junggeselle dabei sein würde, den Diana extra für mich eingeladen hatte, da er ihrer Meinung nach hervorragend zu mir passte, boten ihre Runden immer eine unterhaltsame und bunte Mischung von wirklich interessanten Leuten. Es war wirklich schade, das zu verpassen.

»Äh … gut, dass du das ansprichst. Nein … äh … nicht gut«, hörte ich mich stammeln, »ich kann nicht kommen. Gar nicht, so wie es aussieht.«

Instinktiv zog ich den Kopf ein, als säße sie neben mir und könnte mir eine zusammengerollte Zeitung oder dergleichen über die Rübe ziehen.

»*Waaaaas?*«, schrie sie prompt. »Gibt Dennis dir etwa keinen Urlaub? Na, der wird von mir was zu hören kriegen. Der spinnt wohl!«

Es raschelte, dann hörte ich sie sagen: »Okko, Loretta sagt, sie kann nicht kommen. Dennis gibt ihr nicht frei.«

»Wie bitte?«, hörte ich Okko gedämpft aus dem Hintergrund erwidern. »Was ist denn mit dem los?«

»Der spinnt!«, ereiferte sich Diana. »Kannst du den nicht verklagen? Wegen seelischer Grausamkeit oder so? Das gibt's doch nicht! Loretta *muss* kommen!«

»Ihn deshalb zu verklagen dürfte schwierig werden«, sagte Okko lachend. »Auch wir Anwälte können uns nicht einfach irgendetwas ausdenken.«

»Auf jeden Fall rufe ich ihn morgen an und geige ihm die Meinung.«

»Tu das, Liebling. Ich bin sicher, du schaffst es, ihn zu überreden.«

»Da kannst du einen drauf lassen. Der ist hinterher so klein mit Hut! Weißt du was, Okko: Ich warte nicht bis morgen. Ich rufe gleich jetzt an.«

Aaaargh.

Ich musste dieses absurde Theater unterbrechen, unbedingt. Das fehlte noch, dass sie Dennis anrief und zusammenstauchte. Zudem schien Diana vollkommen vergessen zu haben, dass ich noch immer am anderen Ende der Leitung war.

»Hallo? Diana! Hör mir bitte kurz zu, ja?«

»Pass auf«, sagte sie atemlos. »Wir legen jetzt auf. Ich melde mich gleich wieder, wenn ich mit Dennis …«

»Stopp!«, fiel ich ihr ins Wort. Als sie tatsächlich verstummte, fügte ich hinzu: »Dennis hat nichts damit zu tun. Ich habe sogar jetzt schon Urlaub, daran liegt es nicht.«

Schweigen, dann: »Aha? Und woran liegt es, wenn ich fragen darf? Du hast also eine bessere Alternative, deinen Urlaub zu verbringen?«

»Alternative – ja. Besser – auf gar keinen Fall. Aber ich kann hier gerade nicht weg. Hör mir bitte ein paar Minuten lang einfach zu, okay?«

»In Ordnung«, brummte sie.

Ich wusste, sie war stinksauer und hatte eigentlich keine Lust, mir zuzuhören. Aber sie riss sich zusammen und ließ mich reden. Ich berichtete ihr von den Ereignissen der letzten Zeit – beginnend mit Gittis Schlüsselbeinbruch – und endete mit den tagesfrischen Ereignissen, Mannis Tod.

»Deshalb kann ich momentan nicht zu euch kommen«, schloss ich, »oder höchstens für zwei oder drei Tage. Gitti braucht meine Hilfe.«

»Und du willst mit Erwin zusammen die beiden Männer finden, damit diese Gitti raus ist aus der Nummer.«

»Ja. Das auch.«

»Ich finde, das klingt ziemlich gefährlich«, sagte sie. »Wenn diese Kerle nicht davor zurückschrecken, jemanden umzubringen …«

»Wer wurde umgebracht?«, fragte Okko prompt aus dem Hintergrund.

»Erzähl ich dir gleich«, erwiderte Diana. »Loretta, bitte pass auf dich auf, ja? Geht kein Risiko ein. Und haltet euch raus, wenn die Polizei ermittelt.«

»Würde ich mit Freuden tun.« Ich seufzte und fuhr fort: »Die Polizei ermittelt nicht, das ist ja das Problem. Nur ich habe diese beiden Kerle gesehen und gehört, und diese Polizistin glaubt mir nicht.«

»Du machst das schon. Hast du ja immer. Sag Bescheid, wann du kommst.«

»Mach ich, Schatz.«

Ich hoffte, dass ich das wirklich konnte.

Kapitel 13

Und wenn man denkt, es geht nicht noch schlimmer, passiert todsicher die nächste Katastrophe

Neuer Tag, neues Glück, dachte ich griesgrämig, als ich mich am nächsten Morgen auf den Weg zum Geschäft machte. Ich hatte nur unruhig geschlafen und war immer wieder aufgewacht, was traditionell dazu führte, dass ich morgens nicht gerade ein Ausbund an Sanftmut und Fröhlichkeit war.

Im Callcenter war das nicht allzu schlimm, da ich keinen direkten Kundenkontakt hatte. Aber in Gittis Darf's-ein-bisschen-mehr-sein-Bude hatte ich direkt mit Leuten zu tun. Von Angesicht zu Angesicht, das war gar nicht gut, da konnte es durchaus Verletzte geben.

Vor meinem geistigen Auge sah ich mich schon Salami schwingend die arme Frau Sievers aus dem Laden jagen, weil sie mir eine bescheuerte Frage zu viel gestellt hatte.

Oder diesen blöden Jens Dombrowski mit dem Baseballschläger verkloppen, weil er wieder wissen wollte, woher und warum ich so plötzlich im Leben seiner Tante aufgetaucht war.

Mit mir ist heute nicht gut Kirschen essen, Herrschaften, dachte ich grimmig, während ich durch den eisigen Morgen stapfte. Ich war heilfroh, dass Svetlana mich schon um eins ablösen würde. Jetzt war es halb acht – ich musste also nur fünfeinhalb Stunden überstehen, ohne auszuflippen. Das sollte doch wohl zu schaffen sein.

Im Geschäft brannte bereits Licht, also klopfte ich an die Ladentür, und Gitti ließ mich herein.

»Guten Morgen!«, zwitscherte sie aufgeräumt und stutzte, als sie mein Gesicht sah. »Wat ist mit dir denn los?«

»Schlecht geschlafen«, brummte ich, »du etwa nicht?«

»Nee.« Sie grinste und fügte hinzu: »Der letzte Himbeergeist muss wohl so wat wie 'ne flüssige Schlaftablette gewesen sein. Hab gepennt wie 'ne Tote.«

Ein wenig unpassend, dieser Vergleich, aber was ihre Nachtruhe anging: beneidenswert. Vielleicht hätte ich gestern Abend ja doch dortbleiben und mitpicheln sollen.

»Wie machst du das eigentlich abends mit dem Schlüssel, wenn Svetlana geht? Wenn du dann bereits bettfertig bist, wirst du sie ja kaum zum Hoftor begleiten, oder?«

Oder wenn du so angeschickert bist wie gestern, fügte ich in Gedanken hinzu.

»Kommt drauf an, wie spät es is. Aber ich kann ja auch überm Schlafanzug 'nen dicken Mantel anziehn; bin ja nur 'ne Minute draußen. Ansonsten kriegt sie meinen Ersatzschlüssel, und den wirft sie dann in den Briefkasten am Tor.«

»Ach – könnte sie nicht Sonntagabend vergessen haben, abzuschließen? Vielleicht war das Tor deshalb am Montagmorgen offen.«

Mit großer Bestimmtheit schüttelte Gitti den Kopf. »Nee, Sonntag bin ich mit runter. Zufällig erinnere ich mich genau: Sie ging nach der Tagesschau. Unten am Tor lief die Lore mit ihrem Purzel vorbei. Gassirunde. Und natürlich kann die Lore nich einfach nur grüßen und weitergehn. Nee, die muss quatschen, egal was. Irgendwann ist die endlich abgezittert, und ich hab abgeschlossen, ganz sicher. Ich weiß nämlich noch, dat der blöde Schlüsselbund mir runtergefallen is. *Nach* dem Abschließen. Als ich den Schlüssel rausgezogen hab.«

Okay, das klang nachvollziehbar. Aber was, wenn sie sich im Tag irrte?

»Und du bist dir ganz sicher, dass diese Szene mit Frau Sievers am Sonntagabend passiert ist und nicht vielleicht schon Samstag?«

»*Ganz* sicher. Ich sag dir auch, warum: Als ich endlich wieder oben war, hatte der Sonntagskrimi schon angefangen, und ich hatte den Mord verpasst. Wegen Lore.« Sie blickte auf die Uhr und fügte hinzu: »Jetzt muss ich aber wacker los zum Arzt. Gestern haben wir dat total vergessen, weil hier so 'ne Hektik war. Is hoffentlich nich schlimm.«

Ich begleitete sie ins Lager hinter dem Geschäft, um meine dicke Jacke auszuziehen und meine Schürze umzubinden. Dann half ich ihr in den Mantel.

Sie war schon halb zur Tür hinaus, als sie sich noch einmal umdrehte. »Ach, der Lieferwagen wird heute abgeholt. Kann sein, dat die kommen, wenn ich noch weg bin. Nur, dat du Bescheid weißt.«

Oje – wenn einer von Mannis Verwandten hier aufkreuzte, könnte das Ärger bedeuten.

»Woher weißt du das?«

»Die Polizei hat angerufen. Um Viertel nach sieben. Ganz schön früh, finde ich.«

»Haben die sonst noch was gesagt? Zum Stand der Ermittlungen, vielleicht?«

Gitti sah mich alarmiert an. »Ermittlungen? Wat denn für Ermittlungen?«

Ups – ich hatte sie verschreckt.

»Ach, das ist nur so ein allgemeiner Begriff. Für ihre Untersuchungen. Die müssen sie ja machen, um zu irgendeinem Ergebnis zu kommen. Jetzt zisch endlich ab. Und mach dir keine Sorgen um die Polizei.«

Sie nickte und verließ das Haus. Erst als sie weg war, fiel mir ein, dass ich immer noch nicht wusste, wer den Lieferwagen abholen würde. Außerdem kehrte meine schlechte Laune zurück, die sich während meines Gesprächs mit Gitti diskret zurückgezogen hatte.

Als ich um kurz vor acht Obst und Gemüse vor dem Geschäft positionierte, warteten dort bereits einige Kunden, und ich ließ sie direkt rein. Sie zeigten sich sichtlich enttäuscht, dass Gitti nicht anwesend war, und zogen wieder ab, als ich ihnen erklärt hatte, dass die Dame des Hauses später hier anzutreffen sein würde.

War mir recht, denn ich hatte überhaupt keine Lust, mich von fremden Leuten ausquetschen zu lassen; dafür war Gitti zuständig. Überdies war ich noch nicht lange genug hier aktiv, um einschätzen zu können, wer ein Stammkunde war und wer nicht.

Ich pusselte an der Frischetheke vor mich hin, als ein Taxi vor dem Laden hielt. Eine Frau mittleren Alters stieg aus, kam in den Laden, blickte sich kurz um und marschierte dann zielstrebig zu mir.

Sie musterte mich und fragte dann: »Sind Sie Frau Scheffer?«

Oha – wer war das denn? Eine Reporterin, vielleicht?

»Guten Morgen«, erwiderte ich freundlich. »Nein, die bin ich nicht. Frau Scheffer ist gerade nicht da. Luchs mein Name. Und Sie sind …?«

»Jutta Meyer!«, blaffte sie in hörbar empörtem Ton, als sagte ihr Name alles. Als ich nicht reagierte, schnaubte sie verächtlich und fügte hinzu: »Ich bin nicht überrascht, dass Sie nicht einmal den Namen Ihres Lieferanten kennen. Die Polizei hat mir mitgeteilt, dass Sie jegliche Verantwortung am Tod meines Bruders bestreiten. Ihr Name ist in diesem Zusammenhang auch gefallen.«

Ach du Schande. Stimmte ja – dieser Name war bei der Befragung durch die Polizistin mehrfach genannt worden. Und er stand auf den Türen des Lieferwagens: Manfred Meyer. Ich hatte ihn lediglich am Rande wahrgenommen, zumal zwischen Gitti und mir immer nur von ›Manni‹ die Rede gewesen war.

Und dass ich bei Jutta Meyer nicht sofort auf den Nachnamen reagiert hatte … nun ja, Meyer war nicht gerade selten.

»Mein aufrichtiges Beileid, Frau Meyer«, sagte ich, »auch im Namen von Frau Scheffer. Wir sind sehr bestürzt darüber, dass Ihr Bruder … äh … verstorben ist. Aber ich versichere Ihnen, dass wir nicht für seinen Tod verantwortlich sind.«

»Ach nein?« Sie verschränkte die Arme vor der Brust und funkelte mich angriffslustig an. »Wer denn sonst? Wollen Sie sagen, Manfred war selbst schuld daran, dass er vor Ihrer Tür ausgerutscht ist und sich so schwer verletzt hat, dass er es nicht überlebt hat? Das ist erbärmlich. *Sie* haben dafür zu sorgen, dass alles sicher ist, wenn ein Lieferant Ihr Grundstück betritt. Und das haben Sie offensichtlich versäumt. Oder die angeblich gerade nicht anwesende Frau Scheffer, die sich vermutlich hinter der Tür versteckt, um sich ihrer Verantwortung nicht stellen zu müssen.«

Ich verstand ja, dass sie trauerte, aber …

»Ach ja? Zufällig war *ich* diejenige, die alles sorgfältig gestreut hat, um die Sicherheit zu gewährleisten«, gab ich hitziger zurück, als ich beabsichtigt hatte.

»Dann waren Sie offenbar nicht sorgfältig genug, oder?«, keifte sie. »Denn schließlich ist mein Bruder jetzt *tot!* Aber das wird ein Nachspiel haben, verlassen Sie sich darauf! Ich werde Zivilklage einreichen, darauf können Sie sich einstellen! Und zwar gegen Frau Scheffer *und* gegen Sie, Frau Fuchs, nachdem Sie mir ja nun freundlicherweise mitgeteilt haben, dass Sie es waren, die den fraglichen Bereich gestreut hat. Vielen Dank für diese Information.«

Ich hielt es für klug, auf den Hinweis zu verzichten, dass ich Luchs und nicht Fuchs hieß, um sie nicht noch mehr in Rage zu bringen. Mein Name war ihr vermutlich so schnurz wie nur was. Und die Anwälte, die sie zu beauftragen gedachte, würden meinen Namen ohnehin rausfinden.

Aber sie war noch nicht fertig.

»Mein Bruder und ich führen den Betrieb zusammen, verstehen Sie? Oh nein – falsch: *haben* zusammen den Betrieb geführt, er ist ja nun tot. Und dank Ihrer Fahrlässigkeit stehe ich jetzt alleine da. Mit einem Betrieb, den ich alleine nicht bewältigen kann. Wer soll jetzt die Ware ausliefern? Wer kümmert sich um die Gewächshäuser? Können Sie mir das sagen, hm? Ich brauche Aushilfskräfte, die mich eine Stange Geld kosten werden – wenn ich überhaupt so kurzfristig welche finden kann. Ich muss jetzt erst einmal das Geschäft schließen, unser Gemüse wird vergammeln, ich werde Kunden verlieren. Das wird Sie eine Stange Geld kosten, darauf können Sie Gift nehmen. Ich werde Sie auf jeden verdammten Cent verklagen, den Sie besitzen, und wenn es das Letzte ist, das ich tue. Und Frau Scheffer ebenfalls. Das können Sie ihr gerne von mir ausrichten.«

Langsam zählte ich innerlich bis zehn. Es brachte nichts, wenn wir uns weiter stritten, zumal ich ihr – wenn ich ehrlich war – ihre Meinung nicht verübeln konnte.

»Ich verstehe gut, dass Sie aufgewühlt und sehr wütend auf uns sind, Frau Meyer«, sagte ich so freundlich, wie es mir möglich war.

»Ach ja? Wie überaus gnädig von Ihnen. Herrgott, wie können Sie einfach so dastehen, nachdem Sie gestern meinen Bruder umgebracht haben? Sie und Frau Scheffer, Sie haben meine Existenz vernichtet. Aber ich habe wirklich keine Lust, mir weitere von Ihren fadenscheinigen Rechtfertigungen anzuhören. Ich bin hier, um den Lieferwagen meines Bruders abzuholen.«

»Er steht in der Einfahrt. Kommen Sie bitte mit.«

Sie folgte mir aus dem Laden zum Hoftor, das ich aufschloss und dann beide Flügel öffnete. Mit starrem Gesicht, ohne mich noch eines Blickes oder Wortes zu würdigen, marschierte sie an mir vorbei und stieg in den Wagen.

Sie setzte zurück, hielt in meiner Höhe an und ließ das

Fenster herunter. »Und nicht, dass Sie denken, Sie könnten die letzte Rechnung unterschlagen. Mein Bruder hat die von Ihnen bestellte Ware ja wohl geliefert, oder? Allerdings wurde bei ihm kein Geld gefunden, also haben Sie offensichtlich noch nicht bezahlt. Das hat umgehend zu erfolgen, sonst gibt es Konsequenzen.«

Verdammt, daran hatten wir gestern natürlich nicht mehr gedacht. Aber was hätten wir auch tun sollen? Dem toten Manni das Geld in die Tasche stecken?

»Selbstverständlich«, sagte ich also, »ich werde mich sofort darum kümmern.«

»Hoffentlich kriegen Sie das besser hin, als Sie die Einfahrt gestreut haben.« Sie maß mich mit einem verächtlichen Blick und fuhr das Fenster hoch. Dann manövrierte sie den Wagen auf die Straße und fuhr mit beachtlicher Geschwindigkeit davon.

Ich schloss das Tor wieder und ging langsam zurück in den Laden. Hoffentlich hatte ich für ein paar Minuten Ruhe, denn von dieser Konfrontation musste ich mich erst einmal erholen.

Tatsächlich erschien bis zu Gittis Rückkehr kein Kunde im Laden, und ich konnte mich ein wenig beruhigen.

Dennoch sagte sie sofort: »Wat is passiert? Du siehst ja schrecklich aus!«

»Noch schrecklicher als vorhin?«

»Allerdings. Vorhin war dat nur schlechte Laune, aber jetzt … als wärste mit 'nem Geist zusammengerasselt.«

Ich setzte die Brille ab und rieb mir die Augen. »So kann man es auch nennen. Mannis Schwester war gerade hier, und es war nicht sehr erfreulich, um ehrlich zu sein. Ist dir nicht aufgefallen, dass der Lieferwagen nicht mehr in der Einfahrt steht?«

»Doch, stimmt, der ist weg«, erwiderte sie nachdenklich. »Die Jutta hat den also geholt?«

»Du kennst sie persönlich?«

Gitti schüttelte den Kopf. »Nur vom Telefon. Bei der Jutta hab ich immer bestellt, weil der Manni ja meist unterwegs war. Und manchmal haben wir 'n bisschen gequatscht, so belangloses Zeugs eben. Und eure Begegnung war nich so schön, hm? Der geht's bestimmt nich gut im Moment.«

Nicht gut? Das war reichlich untertrieben. Ich überlegte einen Moment und entschied mich dann dafür, Gitti nichts zu verheimlichen.

»Gitti, sie ist außer sich vor Kummer. Und vor Zorn. Auf uns, fürchte ich. Sie ist natürlich der Meinung, dass wir den Tod ihres Bruders verschuldet haben. Sie kann ja nur das wissen, was die Polizei ihr erzählt hat, vergiss das nicht. Und welche Meinung die Polizistin sich gestern gebildet hat, haben wir beide hautnah miterlebt.«

Gitti wurde blass und presste sich die rechte Hand auf die Brust. »Du liebe Güte. Hast du ihr denn nicht gesagt, dat wir alles ordnungsgemäß gestreut hatten?«

»Klar habe ich das. Aber sie denkt, das ist eine faule Ausrede, mit der wir uns aus der Verantwortung stehlen wollen. Ich kann es ihr nicht verdenken, weißt du? Sie hat gesagt, sie will uns verklagen. Auf Schadensersatz, oder genauer gesagt: auf jeden Cent, den wir besitzen, so hat sie es formuliert. Weil wir ihre Existenz vernichtet haben. Ihrer Meinung nach haben wir sie ruiniert, und dafür will sie sich revanchieren.«

»Dat hat sie gesagt?«

»Ja. Und noch einiges mehr. Zwischendurch habe ich echt gedacht, sie geht mir jeden Moment an die Gurgel. Sie steht jetzt ganz alleine da, sagt sie. Und sie muss wahrscheinlich den Betrieb dichtmachen, weil sie die Arbeit allein nicht schaffen kann.«

»Aber wir können den Manni doch nich wieder lebendig machen!«, rief Gitti. »Du hättest ihr von den beiden Männern erzählen sollen, Loretta.«

Ich schüttelte den Kopf. »Nein, Gitti, das denke ich nicht,

das wäre nicht sonderlich klug gewesen. Du hast gestern doch selbst erlebt, dass sogar die Polizei das für eine Lüge hält, die wir uns ausgedacht haben, um mit heiler Haut aus der Sache rauszukommen. Wieso also sollte Mannis Schwester uns glauben? Wenn es nicht einmal die Polizei tut?«

»Wat sollen wir denn jetzt bloß tun, Loretta?«, wisperte sie verzagt.

Behutsam legte ich ihr den Arm um die Schultern. »Mehr denn je müssen wir herausfinden, wer diese beiden Männer waren. Mannis Schwester ist in einem Ausnahmezustand. Sie braucht jetzt jemanden, der schuldig ist und dafür bestraft wird. Egal, wie. Ich verstehe das, weißt du? Sie ist verzweifelt. Auch ich bin wahrlich nicht gerne in ihrer Schusslinie, aber wir werden das gemeinsam durchstehen, Gitti.«

»Hätt ich dich doch bloß nich in die Sache reingezogen!«, jammerte sie.

»Das hast du nicht. Du musst unbedingt damit aufhören, dich für Dinge verantwortlich zu fühlen, die du nicht verschuldet hast.«

Sie sah mich entgeistert an, dann fing sie an zu lachen. »Herrje, Loretta«, schnaufte sie, als sie sich einigermaßen wieder beruhigt hatte, »dat ist wirklich dat Dämlichste, wat du je von dir gegeben hast!«

Sie hatte recht. Dämlicher ging 's nicht. Jedenfalls nicht in unserer Situation.

Gitti wurde ernst. »Loretta, ich hab mir wat überlegt. Du sollst nich darunter leiden, dat du hilfsbereit bist und deshalb jetzt bis zum Hals im Schlamassel steckst. Wenn die uns dazu verknacken, Geld an Mannis Schwester zu zahlen, verkauf ich mein Haus und übernehm alles. Versprochen.«

»Das ist sehr großzügig von dir«, sagte ich grimmig, »aber lass dir eins gesagt sein: Das geschieht nur über meine Leiche. Und das ist ebenfalls ein Versprechen.«

Kapitel 14

Ein Schlachtplan muss her,
aber erst will Mungo Jerry seine Koteletten zurück

Am späten Vormittag hatte Erwin angerufen, um sich mit mir zu verabreden. Da Svetlana mich mittags ablöste, wetzte ich rasch nach Hause, um mein Auto zu holen, und fuhr dann zum Callcenter, wo Erwin ein kleines Büro hatte.

Noch immer nahm er zuweilen kleine Aufträge als Privatdetektiv an, aber es war mehr ein Hobby als eine ernst zu nehmende Einnahmequelle. Es machte ihm einfach Spaß.

Die Hoffnung, ihn alleine anzutreffen, zerschlug sich rasch, wie ich schon erwartet hatte: Dennis hockte bereits in der kleinen, gemütlichen Sitzecke.

Als ich eintrat, grinste er über beide Backen und sagte: »Erwin sagt, es gibt doch eine Leiche! Wusste ich es doch. Hätten wir mal gewettet!«

»Dennis, bitte«, rief Erwin von seinem Schreibtisch zu uns herüber. »Muss das sein?«

Auch mir ging Dennis' freudiger Triumph schwer gegen den Strich. Eine Leiche war kein Spaß, und sie sollte erst recht nicht Gegenstand einer Wette sein.

»Du bist geschmacklos, Dennis«, erwiderte ich. »Man könnte glatt meinen, *du* hast die Leiche dort deponiert. Und zwar nur, um doch noch recht zu haben.«

Er zuckte mit den Achseln. »Nichts Neues, dass ich geschmacklos bin, oder? Guck dir nur mein neues Hemd an. Ich hab am Wochenende einen neuen Laden für Retro-Klamotten entdeckt. Eine Fundgrube für wunderbare Geschmacklosigkeiten.«

Tatsächlich war seine wildgemusterte, hautenge Oberbekleidung in Orange, Gelb und Grün, deren ausufernde Kragenecken bis zu seinen Brustwarzen reichten, wie ein Schlag ins Gesicht. Seit Frank seine Vorliebe für grelle Farben und psychedelische Muster abgelegt hatte – seiner Freundin Bärbel sei Dank –, war Dennis der todsichere Garant für Augenschmerzen und Schwindelgefühle, denn seine ganze Liebe galt Kleidung aus den Siebzigern. Schlaghosen, Plateauschuhe, breite Gürtel – das ganze Programm. Und eben auch knallenge Hemden und Rippenstrickrollis – all das in Farben, die schon lange verboten und unter Strafe gestellt gehörten.

»Du siehst aus wie der Roadie einer Glamrock-Band, der die abgelegten Klamotten der Stars auftragen darf«, sagte ich. »Und rasier dir endlich diese blöden Koteletten ab. Mungo Jerry hat angerufen – er will sie zurückhaben.«

Dennis schüttete sich aus vor Lachen, und wider Willen musste ich grinsen. Immerhin hatte er mich für einen kurzen Moment abgelenkt. Das hielt aber nur wenige Sekunden lang an, denn die Tür flog auf, und Doris kam hereingestürmt.

»Achgottachgottachgott!«, jammerte sie und zog mich in eine mütterliche Umarmung – aber erst, nachdem sie zwei Tupperdosen auf dem niedrigen Tisch abgestellt hatte. »Du armes Mädchen! Schon wieder ein Toter!«

Sanft befreite ich mich aus ihrer Umklammerung, zumal ihre opulenten, scharfkantigen Ohrgehänge meine Wange zu zerschneiden drohten. »Nicht ich bin zu bedauern, Doris, sondern Gittis Lieferant. Ich lebe nämlich noch.«

»Schon, aber … du weißt genau, wie ich das meine.« Sie bückte sich und zog die Deckel von den Plastikdosen. »Hast du schon gegessen? Bestimmt nicht, möchte ich wetten. Du siehst müde aus, Loretta. Greif zu, dann geht es dir gleich besser. Apfelkuchen und Weihnachtsplätzchen.«

Für Doris war leckeres Essen ein Allheilmittel. Müde? Greif

zu. Traurig? Greif zu. Tatsächlich wäre mir gerade eher nach etwas Herzhaftem, fiel mir auf, als mir der süße Duft des Gebäcks in die Nase stieg. Aber ich hütete mich, dies laut zu sagen, denn dann würde sie sofort nach Hause rasen und Frikadellen in einer Menge brutzeln, die für eine Kompanie Soldaten reichen würde, die gerade von einem Nachtmarsch in die Kaserne zurückkehrte.

»Apfelkuchen … du bist die Beste!«, sagte ich also, griff nach einem Stück und biss genießerisch hinein.

Doris nickte zufrieden. »Na also. Und wie geht es der armen Gitti?«

»Sie trägt es mit Fassung«, erwiderte ich, »Gitti ist wirklich erstaunlich zäh. Ehrlich – ich an ihrer Stelle hätte momentan keine große Lust, jeden Tag im Laden zu stehen. Erst der Schlüsselbeinbruch und jetzt auch noch der Tod ihres Lieferanten direkt vor ihrer Haustür. Aber von einer Pause will sie nichts wissen. Den ganzen Tag lang hat sie neugierige Nachbarn und Kunden an der Backe, die sie ausquetschen. Schrecklich.«

»Aber das ist wahrscheinlich genau das, was ihr momentan hilft, vermutlich viel besser, als wenn sie sich zurückziehen und grübeln würde.« Bekümmert schüttelte Doris den Kopf. »Ich wünschte, ich könnte ihr irgendwie helfen.«

»Dafür bin ich ja da, Täubchen«, sagte Erwin und umarmte seine Liebste.

»Also werdet ihr ermitteln?«, fragte Dennis und sah uns erwartungsvoll an. »Macht ihr jetzt einen Schlachtplan? Bist du schon mit der Kommissarin zusammengerasselt, Loretta?«

»Hast du nicht zufällig irgendwelche Chefsachen zu machen?«, nörgelte ich in exakt dem Moment, als es an der Tür klopfte, eine Kollegin den Kopf hereinstreckte und sagte: »Chef, kannst du bitte mal kommen? Da ist Besuch für dich. Jemand, der dich sprechen möchte.«

Mit sichtlichem Widerwillen hievte Dennis sich aus dem Sessel hoch. »Besuch …? Wirklich …?«, fragte er gedehnt.

Er warf mir einen Blick zu, als würde er glauben, ich könnte diese Unterbrechung eingefädelt haben, um ihn aus Erwins Büro zu vertreiben.

Nicht nur geschmacklos, sondern auch noch paranoid, dachte ich amüsiert und winkte ihm fröhlich hinterher, als er den Raum verließ.

»Ich werde auch mal wieder abzischen«, sagte Doris und küsste Erwin zärtlich. Dann strich sie mir kurz über den Kopf und ging ebenfalls.

»Puh!« Ich lehnte mich im Sessel zurück und streckte alle viere von mir.

»So schlimm?«, fragte Erwin.

Ich nickte müde. »Noch schlimmer. Heute Morgen war die Schwester des Opfers im Laden und hat mich nach allen Regeln der Kunst zu Staub zertreten. Ich war nur froh, dass Gitti gerade beim Arzt war.«

Ich berichtete von meinem Zusammenstoß mit Jutta Meyer. Sein Gesicht sprach eine deutliche Sprache: Was er von mir hörte, gefiel ihm nicht. Ganz und gar nicht.

»Nicht schön, war aber zu erwarten«, sagte er, nachdem ich geendet hatte. »Sie hat ja nur die Informationen, die die Polizei ihr gegeben hat.«

»Hast du irgendwas herausgefunden?«

Erwin nickte. »Ich habe ein bisschen herumgehört. Sie behandeln es tatsächlich als Unfall mit Todesfolge. Ob die Staatsanwaltschaft allerdings weitere Ermittlungen veranlassen wird, weiß man zurzeit noch nicht.«

Ein bisschen herumgehört bedeutete, dass Erwin, der Exbulle, mit dem einen oder anderen Kollegen von früher ein Schwätzchen gehalten hatte. Die durften natürlich eigentlich nicht aus dem Nähkästchen plaudern, aber hey – unter Exkollegen sah man das nicht so eng. Übrigens sehr zum Leidwesen seiner Patentochter, Kommissarin Küpper, die deswegen regelmäßig ausflippte.

»Und deine Patentochter? Hast du mit ihr gesprochen? Hat sie mit dem Fall zu tun?«

Erwin schüttelte den Kopf. »Nein. Für die Polizei ist der Tod von Manfred Meyer ja nicht ungeklärt, sondern vollkommen klar: Gittis Einfahrt war rutschig, also ist er gestürzt und zu Tode gekommen. Sprich: kein *aktives* Fremdverschulden, das die Kripo auf den Plan rufen würde.«

Okay, das war die Meinung dieser Polizistin. Ich wusste es besser.

»Kann Meyers Schwester Gitti und mich wirklich auf Schadensersatz verklagen?«

»Natürlich. Zivilrechtlich kann jeder jeden auf alles verklagen, um es mal stark vereinfacht zu sagen. Sie sucht sich einen Anwalt, der begründet, warum du die Verantwortung an Meyers Tod trägst, und schon läuft die Sache. Wenn der Gegenstand der Klage allzu blödsinnig ist, wird so etwas vom Gericht üblicherweise eingestellt.«

Spontan wurde mir übel. Selbst wenn sich irgendwann vor Gericht meine Unschuld herausstellen würde – so ein Verfahren bedeutete eine Menge Unannehmlichkeiten und Aufwand. Ich würde mir ebenfalls einen Anwalt nehmen müssen, der Jutta Meyers Rechtsbeistand in endlosen Schriftsätzen widersprach ... eine Geldverbrennungsmaschine. Horror.

»Hätte ich ihr bloß nicht gesagt, dass ich es war, die den Weg gestreut hat«, murmelte ich beklommen.

Erwin winkte ab. »Das würde keinen Unterschied machen, Loretta. Sie erfährt es ja sowieso von der Polizei, denn so habt ihr es ausgesagt. Und so stimmt es ja auch. Das Ärgerliche ist nur, dass dir niemand die Geschichte mit den beiden Männern glaubt.«

»Ärgerlich? Das wird mir vielleicht das Genick brechen!« Ich stand auf und marschierte durch den Raum, immer hin und her. Ich war zu aufgewühlt, um ruhig sitzen zu bleiben.

Eine Zeit lang ließ Erwin mich gewähren, dann sagte er: »Wir sollten noch einmal sorgfältig zusammenfassen, was alles geschehen ist und was wir bisher wissen, und uns mögliche Strategien überlegen. Fühlst du dich jetzt dazu in der Lage? Oder …«

»Natürlich«, fiel ich ihm ins Wort und setzte mich wieder. »Je eher, desto besser.«

»Das ist mein Mädchen«, erwiderte Erwin. »Also: Wir sind uns einig, dass es einen – wenn auch nur zufälligen – Zusammenhang zwischen diesen Männern, die Gitti bedrängen, und Meyers Tod gibt, richtig?«

Ich nickte. »Richtig. Wir haben dafür zwar noch keine Beweise, aber es fühlt sich plausibel an. Wer sonst sollten die beiden Typen gewesen sein, die mich gestern Morgen eingesperrt haben? Ich bin sicher, die wollten Gitti auf die Bude rücken und waren höchst überrascht davon, auf mich und Meyer zu treffen.«

»Was wiederum eine Menge über die wenig ausgeprägte Professionalität der Typen aussagt.« Erwin grinste kurz. »Die waren nicht besonders gut vorbereitet, denn sie schienen nicht zu wissen, dass du täglich bei Gitti bist.«

»Oder sie wussten es, glaubten aber, mich mühelos ausschalten zu können«, warf ich ein. »Was habe ich zwei Männern schon entgegenzusetzen? Nix. Mich in den Schuppen zu sperren, könnte von Anfang an Teil ihres Plans gewesen sein.« Ich überlegte kurz und fuhr fort: »Sie kriegten sich ja an die Köppe, weil dieser Typ mich nur geschubst und eingesperrt hatte – eigentlich hatte er mich *ausschalten* sollen, was immer das heißt.«

»Das heißt vermutlich, dass du eigentlich handlungsunfähig gemacht werden solltest«, sagte Erwin nachdenklich. »Vielleicht gefesselt und geknebelt. Oder bewusstlos geschlagen. Oder beides.«

»Genau. Denn dann hätte ich nicht die Möglichkeit gehabt, Meyer auf die beiden aufmerksam zu machen, und die Kerle hätten sich vermutlich hinter dem Schuppen versteckt und dort abgewartet, bis Meyer weg ist. Immerhin waren sie total sauer, dass er sie meinetwegen entdeckt hatte.« Ich stöhnte. »Kein schöner Gedanke, dass er noch leben könnte, wenn ich mich still verhalten hätte.«

»Du darfst dich deswegen nicht verantwortlich fühlen«, erwiderte Erwin.

Beinahe hätte ich gelacht – genau wie Gitti, als ich vor einigen Stunden zu ihr fast dasselbe gesagt hatte. Nicht verantwortlich fühlen, das war leichter gesagt als getan.

»Es kann gut sein, dass du Gitti dadurch vor größerem Schaden bewahrt hast«, fügte er hinzu.

»Pfff – zu dem Preis, dass jemand stirbt? Na, herzlichen Glückwunsch. Denkst du etwa, die hätten sonst Gitti umgebracht? Da bin ich gänzlich anderer Meinung, denn tot nutzt sie denen nichts. Sie wollen ja unbedingt in den Besitz des Hauses kommen, und der Zug ist ja wohl abgefahren, wenn Gitti es ihnen nicht mehr verkaufen kann.«

»Aber ihr Erbe könnte es.«

»Und wer ist das?«

»Gute Frage.«

Erwin stand auf und ging zum Flipchart, das für solche Zwecke bereitstand. Er zog die Kappe von einem dicken Filzstift und schrieb: *Wer ist Gittis Erbe?*

Er drehte sich zu mir um. »Das solltest du herausfinden können.«

»Vielleicht Jens Dombrowski. Ihr Neffe.«

Erwin hob die Hand. »Wir wollen jetzt nicht spekulieren, sondern nur zusammenfassen, in Ordnung?« Als ich nickte, fuhr er fort: »Also gut. Davon ausgehend, dass diese Kerle an das Grundstück wollen, um von hinten an die Bank ranzukommen, vermuten wir ja beide, dass es in der Bank einen Komplizen oder eine Komplizin geben könnte.«

»Damit sie nicht an einem Tag einbrechen, wenn nur ein paar Cent im Tresor liegen.«

Erwin gackerte, und seine grauen Löckchen hüpften. »Auch dann gibt es immer noch die vermutlich wohlgefüllten Schließfächer. Aber es geht ja noch um andere Informationen. Was ist mit der Alarmanlage? Muss sie vorher deaktiviert werden? Gibt es in der Bank nachts einen Wachdienst? Könnte ja sein.«

»Und woher sollen die wissen, wo genau ein Loch in die Außerwand gemacht werden muss? Woher wissen die, wo der Tresorbereich liegt? Das kann ihnen entweder nur ein Insider sagen, oder sie besorgen sich von irgendwem die Baupläne der Bank.«

Wer ist der Insider in der Bank? kritzelte er unter den ersten Punkt auf dem Blatt, als Nächstes folgte: *Wer kann die Baupläne der Bank liefern?*

Er trat einen Schritt zurück, runzelte die Stirn und murmelte: »Da war noch was … ach ja, genau.«

Wer hat Montag das Hoftor aufgeschlossen – woher stammt der Schlüssel? fügte er der Liste dann hinzu.

»Stimmt, das muss unbedingt geklärt werden. Aber eine wichtige Frage fehlt«, sagte ich, ging zu ihm und nahm den Stift. Dann schrieb ich: *Wer sind die beiden Männer?*

Erwin nickte langsam. »Wirklich zu dumm, dass weder Gitti noch du sich erinnert, wie die beiden aussehen – oder zumindest einer der beiden. Derjenige, den du im Geschäft gesehen hast, zum Beispiel. Waren die denn immer so vermummt? Auch als der eine Kerl Gitti das erste Mal aufgesucht hat? Könntest du da bitte noch mal bei ihr nachhaken?«

»Klar, ich kanns versuchen. Erwin, denkst du nicht, wir sollten mal mit deiner Patentochter reden?«

»Und das ausgerechnet von dir.« Er musterte mich amüsiert. »Das geht allerdings nur, wenn Gitti mitspielt, das ist dir hoffentlich klar.«

»Gitti hat genauso wenig Lust wie ich, auf jeden Cent verklagt zu werden, den wir besitzen, wenn ich Jutta Meyer noch einmal zitieren darf. Obwohl sie vermutlich nicht einmal ahnt, wie viel Gitti besitzt. Die Meyer denkt bestimmt, Gitti ist eine arme Krämerladentante, die gerade mal so über die Runden kommt. Weißt du, ich an Jutta Meyers Stelle würde wahrscheinlich genauso handeln. Ich würde diejenigen verklagen, die verantwortlich sind. Aber das sind weder Gitti noch ich. Ich habe verdammt noch mal *gehört,* dass es ein Gerangel zwischen Manni und den Männern gab. Ich bin sicher, dass wir Gitti dazu überreden können, mit uns zur Kommissarin zu gehen. Oder sie kommt zu uns. Dann kann sie sich alles genau ansehen. Was meinst du?«

Ich sah ihn flehend an, und schließlich nickte er.

»Ich werde sie fragen, aber ich kann nichts versprechen. Selbst wenn sie sich bereit erklärt, sich eure Geschichte anzuhören, bedeutet das nicht automatisch, dass sie Ermittlungen aufnehmen wird. Besser gesagt: *kann.* Gitti müsste außerdem Anzeige gegen diejenigen stellen, die ihre Verletzung verursacht haben. Körperverletzung, Nötigung … wenn es in den Bereich Erpressung geht, ist Astrids Dezernat zuständig. Du kennst sie gut genug: Es ist nicht vorhersehbar, wie sie auf die Geschichte reagieren wird.«

Allerdings kannte ich sie gut genug. Und ich konnte nur hoffen, dass sie *mich* gut genug kannte, um zu wissen, dass ich nicht lügen würde, um meinen Kopf aus einer Schlinge zu ziehen, die ich verdient hatte.

Kapitel 15

Große Aufregung für Gitti:
Hoher Besuch steht ins Haus

Bereits nach einer knappen Woche hatte ich Routine darin, Gittis Augenbrauen aufzumalen. Ich setzte den Stift an, machte einen eleganten Schlenker mit dem Handgelenk und voilà – wie ein Rabenflügel schwang sich eine Top-Braue über ihre Stirn. Als hätte ich mein Leben lang nichts anderes gemacht, als Augenbrauen in anderer Leute Gesichter zu malen.

Das klappte natürlich nur, wenn sie stillhielt. Was sie heute Morgen leider nicht tat, da ich ihr von meinem Gespräch mit Erwin erzählte. Immer wieder guckte sie zu mir hoch und stellte Zwischenfragen.

»Gitti-Schatz«, sagte ich und seufzte, als ich zum wiederholten Mal die rechte Braue abwischte und den Stift ansetzte. »Du kannst auch mit mir reden, ohne mich anzugucken. Ich höre deine Worte trotzdem.«

»Aber ich bin so aufgeregt«, erwiderte sie. »Und er will mit dieser Kommissarin herkommen? Ogottogott – eine *echte* Kommissarin! Wie die im Fernsehen in den Krimis! Ist die bewaffnet?«

»Vermutlich. Aber das waren die Polizisten am Montag auch. Alle Bullen sind bewaffnet, soweit ich weiß.«

»Wirklich?«

Wieder blickte sie mich an. Mit dem verwegenen Strich, den der Stift deswegen prompt quer über ihre Stirn von der Nasenwurzel bis zum Haaransatz malte, sah sie aus wie ein in die Jahre gekommener Mephisto – zumindest halbseitig.

»Gitti, du musst *bitte* stillhalten, sonst sitzen wir heute Mittag noch hier. In zehn Minuten muss der Laden geöffnet werden, und auf dich wartet der Arzt. Wir haben wirklich keine Zeit zu vertrödeln.«

»Ja, ja«, murrte sie wie ein ungezogenes Kind. »Wann will die Kommissarin denn kommen?«

»Keine Ahnung. Erwin hat sich noch nicht gemeldet. Er muss ja erst mit ihr reden und sie überzeugen, sich unsere Version anzuhören.«

»Und dann wird sie ermitteln und die Schuldigen finden«, sagte Gitti und lächelte selig.

Ich brachte es nicht übers Herz, sie mit der brutalen Realität zu konfrontieren. Ohne Beweise oder den viel beschworenen Anfangsverdacht, der für Ermittlungen benötigt wurde, würde hier rein gar nichts passieren. Wenn wir Glück hatten, käme Kommissarin Küpper vorbei und hörte sich alles an. Und wenn wir dann Pech hatten, wünschte sie uns danach einen guten Tag und ging ihrer Wege.

»Alles wird gut, Gitti, bestimmt«, sagte ich, ohne selbst daran zu glauben.

Es war gegen elf, als mein Handy, das in der Schürzentasche steckte, piepste und damit eine Textnachricht signalisierte. Die weißhaarige Kundin, die ich gerade an der Frischetheke bediente, warf mir einen pikierten Blick zu.

»Immer diese Handys«, sagte sie, »könnt ihr jungen Leute denn nicht mehr ohne diese Dinger leben? Könnt ihr die nicht mal bei der Arbeit abstellen? Also wirklich.«

»Ich warte dringend auf eine sehr wichtige Nachricht«, sagte ich freundlich, »aber wir zwei lassen uns hier keinesfalls davon stören. Jetzt geht es nur um Ihre geräucherte Leberwurst und sonst nichts.«

Sie schien in meinem Gesicht nach Spuren zu suchen, dass ich sie veräppelte, aber das tat ich nicht. Nein, ich meinte es vollkommen ernst. In diesem Moment war ihr drei Finger breites Stück Leberwurst der Mittelpunkt meines Lebens. Na ja, das ist vielleicht leicht übertrieben, aber meine Kunden hatten ein Recht auf meine volle Aufmerksamkeit. Und normalerweise trug ich mein Handy auch nicht bei mir, wenn ich hinter der Theke stand.

»Darf'#s sonst noch etwas sein?«, fragte ich, nachdem ich die Leberwurst gewogen und eingepackt hatte.

Sehr sorgfältig scannte ihr Blick die Auslage und deutete dann auf die Wiener Würstchen. »Zwei davon.«

»Sehr gern. Sonst noch?«

»Nein«, murmelte sie, »ich glaube, ich hab alles.« Sie unterzog die Waren in ihrem Einkaufskorb einer genauen Untersuchung, dann sagte sie: »Äpfel! Die habe ich vergessen.«

Ich kam hinter der Theke hervor. »Die hole ich Ihnen. Möchten Sie die roten? Die sind schön süß, falls Sie das mögen.« Als sie nickte, fuhr ich fort: »Gehen Sie doch schon mal zur Kasse. Ich bringe die Äpfel dann.«

Beschwingt verließ ich den Laden und suchte draußen ein paar besonders schöne Äpfel aus. Auf der gegenüberliegenden Straßenseite gingen zwei Männer vorbei, die ich mittlerweile als Kunden kannte, und winkten mir zu. Ich erwiderte ihren Gruß und grinste. Das hier war etwas, das mir auch auf Dauer Spaß machen könnte: das Kuschelige des kleinen Ladens, der Umgang mit den Kunden, die nette Nachbarschaft … wirklich schön. Die Kids quietschten vor Freude über die Lollis, die an der Kasse für sie bereitstanden, und bestimmt waren unter normalen Umständen auch immer ein paar Minuten Zeit für ein Schwätzchen.

Dass die Umstände momentan alles andere als normal waren, merkte ich auch daran, dass ich stets sehr sorgfältig die Straße beobachtete. Ich wartete förmlich darauf, dass diese Kerle wieder aufkreuzten. Ich hatte allerdings keinen Schimmer, was ich dann tun würde. Nach der Polizei schreien? Sie zu überwältigen versuchen? Sie verfolgen?

Da … da hinten … waren sie das nicht? Diese beiden dunkel gekleideten Gestalten, die neben einem Auto standen und in meine Richtung blickten? Herrje – wurde *ich* jetzt paranoid? Aber was, wenn nicht? Was, wenn sie es wirklich waren?

Ich warf die Äpfel zurück in die Kiste und nestelte fahrig mein Handy aus der Kitteltasche. Ich versuchte, die beiden – waren es überhaupt Männer? – mithilfe des Zooms etwas größer aufs Bild zu bekommen, und ging zusätzlich ein paar schnelle Schritte in ihre Richtung. Prompt stiegen sie ins Auto und fuhren davon.

Ich blieb stehen und sah dem Auto nach. Waren die beiden meinetwegen losgefahren? Oder weil sie es ohnehin vorhatten, und ich hatte rein gar nichts damit zu tun?

Langsam ging ich zurück zum Laden, suchte erneut drei schöne Äpfel aus und ging hinein.

Die Kundin stand bei Gitti an der Kasse; beide blickten mich neugierig an.

»Wat war dat denn grade?«, fragte Gitti. »Auf einmal sehn wir dich hier am Schaufenster vorbeischießen – und weg biste. *Wo will die denn hin, die wollte doch meine Äppel holn,* sagt die Anni zu mir«, die Dame an der Kasse nickte bestätigend, *»keine Ahnung,* sag ich, *dat hat die Loretta noch nie gemacht.«*

»Ich dachte, ich hätte jemanden … äh … einen Bekannten gesehen«, erwiderte ich und schüttelte unmerklich den Kopf in Gittis Richtung, die sofort schnallte, wen ich zu sehen geglaubt hatte, und etwas sagen wollte. Ich legte die Äpfel in die verbeulte Schale der alten Waage neben der Kasse und sagte zu der Kundin: »Sehen Sie? Wahre Prachtstücke. Darf ich noch etwas für Sie tun?«

Da sie verneinte, verabschiedete ich mich von ihr und verzog mich unauffällig ins Lager, um endlich die Nachricht zu lesen. Tatsächlich, sie war von Erwin. *Astrid und ich kommen gegen eins ins Geschäft*, las ich. Halleluja.

Gitti geriet schier außer sich, als ich ihr die – hoffentlich – frohe Botschaft überbrachte. Solange niemand sonst im Laden war, löcherte sie mich mit Fragen über Astrid Küpper, die ich so vage wie möglich beantwortete.

Ja, die Kommissarin konnte sehr nett sein, hatte aber zuweilen nicht besonders gute Laune. Ja, die Kommissarin war meines Wissens eine sehr fähige Ermittlerin. Nein, ich hatte leider keine Informationen über ihre Erfolgsquote. Nein, ich war mit der Kommissarin keineswegs gut befreundet, obwohl wir uns immer wieder begegnet waren.

Besonders Letzteres verblüffte Gitti. Ich versuchte, ihr zu erklären, dass ich für die Kommissarin lästiger war als eine Mücke nachts im Schlafzimmer, wenn ich ihr in die Ermittlungen pfuschte. Das konnte Gitti nicht begreifen. Aber die Kommissarin müsse sich doch *freuen,* wenn ihr jemand half. Ja, schön wär's. Ich verzichtete darauf, Gitti das komplizierte Geflecht aus Regeln, Gesetzen und Vorschriften erklären zu wollen, denen Astrid Küppers Arbeit unterlag, und dass deren geringste Missachtung Beweise unbrauchbar machen konnte. Und dass ich mich, wenn ich als Amateurin Untersuchungen anstellte, einen feuchten Furz um Vorschriften und Gesetze scherte.

»Privat ist das anders«, sagte ich, »denn eigentlich ist sie echt nett. Ich habe sie schon einige Male bei Doris und Erwin getroffen und mich wirklich gut mit ihr unterhalten. Wäre sie nicht seine Patentochter, hätte ich wegen meiner Aktivitäten schon mehrmals echten Ärger mit der Polizei gehabt. Sie hat mich durchaus schon beschützt.«

»Also ist sie ja doch nett.«

»Ich sage ja nicht, dass sie es nicht ist, aber sie ist halt *Kommissarin* Küpper. Du wirst ja sehen. Wundere dich nicht – unser

Umgangston miteinander ist zuweilen … nun … recht handfest. Aber sie meint es nicht so. Hoffe ich.«

Endlich war es eins, und gerade als ich die Ladentür abschließen wollte, hielt Erwins Auto am Bordstein. Auf der Beifahrerseite saß die Kommissarin, die nun ausstieg und die Ladenfront aufmerksam musterte.

Ich öffnete die Tür und sagte: »Guten Tag, Frau Küpper. Vielen Dank, dass Sie sich für uns Zeit nehmen.«

Sie ging an mir vorbei in den Laden und erwiderte: »Zeit, Frau Luchs? Das ist meine *Mittagspause.* Ich hoffe, ich werde mich nachher nicht ärgern, sie mit Ihnen verbracht zu haben.«

Gittis Brauen schossen hoch, aber ich stoppte sie mit einer Handbewegung, ehe sie etwas sagen konnte. »Gitti, das ist Kommissarin Küpper. Frau Küpper, ich möchte Sie mit Gitti Scheffer bekannt machen.«

Kommissarin Küpper schüttelte Gittis Hand, dann fragte sie: »Können wir uns irgendwo ungestört unterhalten?«

»Wir gehen nach oben«, erwiderte ich. »Aber möchten Sie nicht zuerst sehen, wo …«

Sie schüttelte den Kopf und sah Gitti an. »Später. Erst möchte ich Ihre Version der Vorkommnisse hören. Und die von Frau Luchs, natürlich. Erst danach sehe ich mir alles an, denn dann kann ich mir besser vorstellen, was sich wo abgespielt hat. Einverstanden?«

Innerlich dankte ich ihr dafür, dass sie sich das Wort ›angeblich‹ verkniff, wobei schon die Formulierung ›Ihre Version‹ einen gewissen Beigeschmack hatte.

Wir marschierten hoch in die Küche, und ich deckte den Tisch und kochte Kaffee, während die anderen Platz nahmen. Von Erwin dezent souffliert, erzählte Gitti zunächst die Geschichte von Montag und wie sie mich aus dem Schuppen hatte befreien müssen, nachdem sie vor ihrer Haustür die Leiche ihres Lieferanten vorgefunden hatte.

»Und diese Polizistin«, sagte Gitti abschließend mit hörbarer Empörung, »die hat uns kein Wort geglaubt! Die hat gesagt, wir hätten uns das nur ausgedacht!«

Die Kommissarin nickte. »Hat sie auch gesagt, warum sie das denkt?«

»Klar hat sie das.« Ich hatte Kaffee eingeschenkt und setzte mich zu ihnen. »Ihre Kollegin hat aus ihrem Herzen keine Mördergrube gemacht. Sie denkt, wir wollen uns mit der Geschichte aus der Verantwortung stehlen.«

»Sie kann ja nur mit dem arbeiten, was sie vorfindet«, sagte Kommissarin Küpper.

»Ja, aber die hat schließlich auch unsere Aussagen *vorgefunden,* die sie vollkommen ignoriert hat«, blaffte Gitti.

Die Kommissarin lächelte. »Gab es denn irgendwelche Spuren, die sie nicht aufgenommen hat? Onkel … äh … Erwin hat gesagt, es seien noch zwei Männer beteiligt gewesen. Gab es Fußspuren?«

Ich schüttelte den Kopf. »Es hat wie verrückt geschneit. Leider. Und nur ich habe die Männer gesehen. Na ja, ich habe sie gehört. *Gesehen* habe ich nur einen von ihnen. Denjenigen, der mich in den Schuppen geschubst hat. Leider nur seinen Umriss. Im Gegenlicht.«

»Na prima«, murmelte die Küpper, die das ganz offenkundig alles andere als *prima* fand. Sie sah Gitti an. »Und was hat es mit der Geschichte auf sich, dass man Sie zwingen will, Ihr Haus zu verkaufen? Sie wurden auch verletzt, habe ich gehört?«

Ich lehnte mich zurück und wechselte einen Blick mit Erwin, während Gitti berichtete. Ich versuchte ihm zu signalisieren, dass ich ihm für seinen Einsatz dankbar war, und er schien es zu verstehen, denn er nickte mit einem Lächeln.

»Man bedroht Sie also massiv und versucht, Sie unter Druck zu setzen? Haben Sie Anzeige erstattet?«, fragte die Kommissarin, nachdem Gitti geendet hatte.

»Nee, hab ich nich«, erwiderte Gitti bedröppelt. »Ich dachte ja, dat erledigt sich von selbst, wenn ich stur bleib. Kann ich dat denn jetzt auch noch machen? Dat mit der Anzeige?«

»Selbstverständlich kannst du das, meine Liebe«, warf Erwin ein.

Gitti atmete sichtlich auf. »Wissense, Frau Kommissarin, dat mit der Verletzung, dat war so 'n Gerangel, weil ich den Baseballschläger rausgeholt hab. Die wollten mir den wegnehmen, und dabei bin ich gefallen. Ich dachte, ich bin da selbst dran schuld. Und dat ist ja auch erst 'ne Woche her, letzten Dienstag war dat. Und dann hat die Loretta mich am nächsten Tach ins Krankenhaus geschleppt und gesagt, sie hilft mir. Am Montag ist dat mit dem Manni passiert. Kann ja keiner ahnen.«

»Aber vorher, am Samstag, war noch mal einer von den Typen im Laden«, warf ich ein. »Der ist dir ganz schön auf die Pelle gerückt. Und er hat gedroht, du solltest sein Angebot annehmen, sonst würde was passieren.«

»Tatsächlich?« Die Kommissarin hob die Brauen. »Sie denken jetzt, dass die beiden Männer am Montag – ich gehe mal davon aus, dass sie tatsächlich hier waren – dieselben sind, die auch das Haus haben wollen? Wieso sehen Sie diesen Zusammenhang?«

»Weil …«, ich zermarterte mir den Kopf nach einer schlüssigen Begründung, und plötzlich fiel es mir ein: »Weil der Mann, der mich in den Schuppen gestoßen hat, auch nach diesem süßen Parfüm gerochen hat! Genau wie der Mann, der Samstag im Laden war.«

»Hat er?«, fragte Erwin verblüfft.

Ich wunderte mich selbst, dass mir dieses kleine Detail erst jetzt einfiel. Ich hatte niesen müssen, weil ein süßer Geruch meine Nase gereizt hatte. Aber dann war so viel Hektik gewesen, dass diese Erinnerung verschüttet worden war. Bis jetzt.

»Ja, ich musste deshalb niesen, aber in der nächsten Zehntelsekunde kassierte ich einen so brutalen Stoß, dass ich stürzte.«

»War es derselbe Duft, den der Mann im Geschäft trug?«, fragte Kommissarin Küpper.

Ich zuckte mit den Schultern. »Das kann ich nicht mit Bestimmtheit sagen, aber zumindest fand ich ihn genauso ekelhaft. Im Schuppen werden Obst und Gemüse gelagert; dort riecht es nach so vielen Dingen …«

Die Kommissarin seufzte. »Also gut, fassen wir zusammen: Wir haben einen Todesfall, für den es keine Zeugen gibt. Weder Sie, Frau Scheffer, noch Sie, Frau Luchs, haben gesehen, *wie* es passierte.«

»Aber ich habe es gehört«, warf ich ein. »Ich hörte, dass die Männer miteinander kämpften, nachdem Herr Meyer von den Männern wissen wollte, was sie im Hof zu suchen hätten. Das war, nachdem ich ihn vom Schuppen aus gewarnt habe. Es gab einen Kampf, eine Art Aufprall und einen Schrei, und dann rief einer der Männer so etwas wie *Lass uns abhauen* oder *Weg hier* oder etwas Ähnliches. Als Gitti aus der Haustür trat, war schon alles vorbei, und Herr Meyer lag tot am Boden.« Mir fiel etwas ein, und ich fügte hinzu: »Ob es für die Flucht der beiden Zeugen gibt, wissen wir nicht. Bisher hat niemand die Nachbarn befragt. Vielleicht haben die Kerle ja noch irgendjemanden umgerannt oder so.«

»Genau!«, rief Gitti. »Frau Kommissarin, jetzt, wo Sie die ganze Geschichte kennen, könnense doch ein paar Leute losschicken, oder? Vielleicht finden die was raus! Und die Loretta hat die beiden vorhin draußen gesehen, oder? Hast du doch, Loretta? Als du plötzlich losgerast bist?«

»Haben Sie?«, fragte die Kommissarin.

»Ich bin nicht sicher, aber ich hab Fotos gemacht.« Ich zog mein Handy raus und öffnete die Fotogalerie. »Oder auch nicht«, murmelte ich enttäuscht. »Sie sind vollkommen verwackelt. Nichts zu erkennen.«

Kommissarin Küpper sah Gitti an. »Das ist natürlich schade. Aber um auf Ihre Frage zurückzukommen: Ganz so einfach, wie Sie sich das mit dem Ermitteln vorstellen, ist es leider nicht, Frau Scheffer. Immer eins nach dem anderen. Aber das kann Erwin Ihnen alles erklären, während ich mir von Frau Luchs den Schuppen und die Einfahrt zeigen lasse. Frau Luchs, wollen wir?«

Sie nickte mir zu, und wir verließen die Küche.

Kapitel 16

Eine Ortsbegehung mit Kommissarin Küpper – und leicht verfrühte Euphorie bei Gitti

»Hier hat Herr Meyer gelegen«, sagte ich und deutete auf die Stufe an der Haustür. »Er ist wohl mit dem Kopf auf die Ecke geprallt.«

Kommissarin Küpper beugte sich vor und inspizierte die Stelle, dann richtete sie sich wieder auf. »An dieser Kante kann man sich auch dann übel verletzen, wenn niemand sonst daran beteiligt ist.«

»Zweifellos.« Ich nickte. »Leute kippen mit dem Fahrrad um und spalten sich den Schädel an der Bordsteinkante, andere stolpern über ihre Katze und krachen mit dem Kopf auf die Ecke vom Couchtisch … solche tragischen Unfälle passieren bestimmt jeden Tag. Aber in diesem Fall waren halt zwei Männer beteiligt. Und ich habe wirklich überhaupt keine Lust, mich von der Schwester des Opfers wegen Verletzung der Sorgfaltspflicht und daraus folgender fahrlässiger Tötung verklagen zu lassen.«

Die Kommissarin sah mich überrascht an. »Hat sie das vor? Mit welcher Begründung?«

»Weil ich den Weg ihrer Meinung nach nicht sorgfältig genug gestreut habe und ihr Bruder deshalb ausgerutscht ist.«

»Das erklärt natürlich auch Ihr Interesse daran, dass diese beiden Männer gefunden werden.«

»Wirklich, Frau Küpper?« Ich stemmte die Hände in die Seiten. »Das halten Sie für den Hauptgrund? Ich will Ihnen mal was sagen: Gitti wird wegen dieses Hauses massiv unter Druck gesetzt – wobei Erwin und ich denken, dass es denen in erster

Linie ums Grundstück geht. Die haben Gitti körperlich angegriffen und verletzt, und die haben Manfred Meyers Tod verschuldet, wenn auch vermutlich nicht vorsätzlich.«

»Hm … dieser Schlüsselbeinbruch, dazu habe ich mal eine ketzerische Frage. Ganz unter uns: Halten Sie es für möglich, dass Frau Scheffer eigentlich doch lediglich gestürzt ist und sich nur ausgedacht hat, von den Männern angegriffen worden zu sein? Um Aufmerksamkeit zu erlangen?«

»Auf gar keinen Fall. Und zwar, weil sie auch mir gegenüber eisern behauptet hat, lediglich gestürzt zu sein. Die Sache ist aufgeflogen, *nachdem* Herr Meyer tot war. Erst im Gespräch mit Erwin hat sie zugegeben, dass diese Männer an ihrer Verletzung beteiligt waren. Hören Sie: Ich will, dass die Kerle geschnappt werden, bevor noch mehr passiert. Damit meine ich keineswegs, dass Jutta Meyer mich – uns – vor Gericht zerren will, was aus ihrer Sicht verständlich ist. Aber irgendwer muss diese Männer *aufhalten.*«

Ihre Miene war und blieb undurchdringlich; ihr war nichts abzulesen. Glaubte sie mir? Überlegte sie vielleicht sogar bereits, wie sich daraus ein Fall konstruieren ließ?

»Zeigen Sie mir bitte den Schuppen?«, fragte sie.

Ich führte sie am Haus entlang bis zur Schuppentür, die – wie üblich – mit einem massiven Vorhängeschloss gesichert war. Der kleine Anbau war zwar gemauert, aber die Tür bestand aus Holzlatten. Ich öffnete das Schloss, zog die Tür auf und machte im Schuppen Licht.

»Hm … die Tür öffnet sich also nach außen«, sagte die Kommissarin. »Wo waren Sie genau, als Sie hier eingesperrt wurden?«

Gefolgt von ihr, ging ich ein paar Schritte in die Mitte des Raums. »Hier. Ich hatte mit Herrn Meyer gerade die Ware von seiner Sackkarre abgeladen, und wollte sie noch wegräumen. Er verließ den Schuppen, und plötzlich ging das Licht aus. Zuerst dachte ich, Herr Meyer wollte einen Scherz machen. Als ich mich zur Tür umdrehte, stand dort ein Mann, von dem ich nur den Umriss erkennen konnte, weil das Licht von draußen so grell war. Es war nicht Herr Meyer.«

Die Kommissarin hob die Hand. »Kurze Zwischenfrage: Wie kann es von draußen geblendet haben? Es war doch früher Morgen; noch vor acht Uhr, wenn ich richtig informiert bin. Um diese Zeit ist es stockfinster.«

»Schon, aber draußen sind sehr starke Strahler installiert.« Ich grinste und fügte hinzu: »Die sind so hell, dass sie vermutlich vom Weltraum aus gesehen werden können. Die Beleuchtung am Gartenweg entlang nennen wir die Flugzeuglandebahn. Das sagt wohl alles.«

Ein flüchtiges Lächeln huschte über ihr Gesicht; nur ganz kurz, aber immerhin. »Woher wussten Sie, dass es sich bei dem Mann in der Tür nicht um Herrn Meyer handelte?«

»Ganz einfach: Herr Meyer war ziemlich pummelig, und dieser Mann sehr schlank.«

»Verstehe. Und dieser Fremde schlug plötzlich die Tür zu?«

Ich schüttelte den Kopf. »Ich ging auf ihn zu und wollte wissen, wer er sei. Er versetzte mir einen harten Stoß vor die Brust, und ich taumelte zurück und stürzte. Er verschloss die Tür. Ich rappelte mich hoch, lief zur Tür und brüllte Herrn Meyer eine Warnung zu. Dann hörte ich zwei Männer miteinander reden.«

»Durch die geschlossene Tür?«

»Das ist nun wirklich keine Kunst, Frau Küpper. Die ist nicht gerade schallisoliert, wissen Sie?«

»Also gut«, sagte sie mit einem Nicken. »Machen wir ein kleines Experiment. Ich bleibe hier drinnen, und Sie gehen raus und schließen die Tür. Dann reden Sie, aber nicht allzu laut, bitte. Kaum vorstellbar, dass die beiden Männer hier herumgeschrien haben.«

»Das haben sie tatsächlich nicht.«

Ich ging hinaus und schloss die Tür, ohne das Vorhängeschloss zu benutzen. Dann sagte ich leise: *»Du solltest sie doch ausschalten. Jetzt hat er uns entdeckt.«*

Die Tür ging auf, und die Küpper streckte den Kopf heraus. »Es war tatsächlich einwandfrei zu verstehen. War das ein Originalzitat?«

»Das hat einer von denen gesagt. So oder so ähnlich. Dann hörte ich sie zur Haustür rennen. Zu Manfred Meyer. Alles Weitere hab ich ja schon erzählt.«

Die Kommissarin nickte. »Sie hörten einen Kampf, der Ihrer Meinung nach zu Herrn Meyers Tod führte.« Sie trat aus dem Schuppen. »Sie sagten doch, es habe wie wild geschneit. Erstaunlich, dass Sie trotzdem die Schritte der Männer hören konnten.«

Ihr entging wirklich nichts, stellte ich fest. Und das war auch gut so.

»Ich hörte sie, weil ich gründlich gestreut hatte. Eine dicke Schicht, denn schließlich hatte auch ich keine Lust, mich selbst auf den Bart zu legen. Der Eimer mit dem Streugut steht im Haus, falls Sie sich das Zeug ansehen wollen. Es ist eine Mischung aus Sand und Salz, glaube ich. Es knirscht ziemlich laut, wenn man drüberläuft.«

Ich wartete schweigend, während die Kommissarin sich alles genau ansah: die Einfahrt, die Schuppentür, das Schloss und den Weg, der am Schuppen vorbei tiefer in den Garten führte. Dann zog sie zu meiner Überraschung eine kleine Digitalkamera aus der Jackentasche und fotografierte ausgiebig. Als sie damit fertig war, sah sie mich an.

»Onkel Erwin sagt, seiner Meinung nach ginge es den Männern, die das Haus kaufen wollen, in Wirklichkeit um einen Zugang zur Bank.«

Ich nickte. »Das ist die plausibelste Erklärung für ihre Verbissenheit, die uns eingefallen ist. Wir glauben das Märchen nicht, dass hier irgendwas gebaut werden soll, das ist doch Blödsinn. Nein, Gittis Grundstück reicht bis zur Hauptstraße. Besser gesagt: bis zur Rückseite der Bank. Im Gegensatz zu den anderen Grundstücken hier. Der Weg durch den Garten ist für sie eine tolle Abkürzung.«

Sie machte mit dem Kopf eine Bewegung in Richtung Garten. »Wollen wir, Frau Luchs?«

Das hätte ich mir schon längst mal ansehen sollen, dachte ich, während wir nebeneinander den gepflasterten Weg entlanggingen. Er war beidseitig gesäumt von Gartenlaternen auf etwa hüfthohen Pfählen, die in circa drei Metern Abstand aufgestellt waren. Der Weg durchschnitt eine Rasenfläche, auf der vereinzelt alte Obstbäume standen. An der rechten und linken Grundstücksgrenze entlang erstreckte sich eine – so schätzte ich – zwei Meter hohe Mauer.

Wir erreichten das Ende des Grundstücks und standen vor einem hohen Zaun, der aus Metallgitter-Elementen bestand; in eins dieser Elemente war eine Tür eingelassen. Die Kommissarin drückte die Klinke – verschlossen.

Wir blickten in den Hinterhof und auf die rückseitige Wand des Bankgebäudes, in die eine unüberwindbar wirkende, breite Stahltür eingelassen war. Über der Tür blinkte das rote Licht einer kleinen Überwachungskamera.

»Hier werden bestimmt die Geldtransporter be- und entladen. Es wäre interessant, zu erfahren, welchen Bereich die Kamera bewacht. Wenn die Linse nach unten gerichtet ist, erfasst sie lediglich die Tür selbst und das Pflaster des Hinterhofs, aber nicht dieses Grundstück«, sagte Kommissarin Küpper nachdenklich.

»Es kann unmöglich erlaubt sein, eine derartige Kamera auf ein Privatgrundstück zu richten«, erwiderte ich. »Das wäre doch ein sehr massiver Eingriff in die Privatsphäre derjenigen, die den Garten benutzen. Dass Gitti dazu vermutlich keine Zeit hat, spielt keine Geige. Hier könnte ja auch eine Familie mit Kindern leben. Würde Ihnen die Vorstellung behagen, dass irgendwer irgendwo vor einem Überwachungsmonitor sitzt und Ihre Kinder beobachtet?«

Sie schüttelte den Kopf. »Natürlich nicht.« Erneut zog sie die Kamera aus der Jackentasche und knipste eine Reihe Fotos. Dann deutete sie auf die Metallspitzen oben am Zaun. »Unüberwindbar.«

Ich zuckte mit den Schultern. »Na und? Wenn man sich unter dem Zaun hindurchwühlt, können die Spitzen oben so scharf sein, wie sie wollen.«

»Sie denken, die planen einen Tunnel, der zum Tresorraum führt?«

»So etwas in der Art. Erwin kam darauf. Gesetzt den Fall, die Männer kämen an dieses Grundstück. Sie würden hier am Ende des Gartens eine Baustelle einrichten. Nein, nicht ganz am Ende, das wäre zu auffällig. Warum sollten sie keinen Pool bauen wollen? Oder noch ein Haus, das von der Straße aus über die Einfahrt erreicht werden könnte? Platz genug dafür ist ja allemal. Und während oben an der offiziellen Baustelle gepusselt wird, arbeiten andere unterirdisch am Tunnel.«

Mit zusammengekniffenen Augen starrte sie die Rückseite der Bank an, dann drehte sie sich zu mir um. »Gehen wir wieder rein. Ich denke, ich habe alles Wichtige gesehen.«

»Wat habt ihr denn da hinten im Garten gemacht?«, fragte Gitti, als wir durch den Vorhang in die Küche traten. »Wir haben euch von hier oben aus gesehn.«

Noch ein Grund, dieses Haus haben zu wollen, wurde mir schlagartig klar: Man könnte sich ganz gemütlich mit einem Fernglas ans Küchenfenster setzen und alles beobachten, was an der Rückseite der Bank vor sich ging.

»Was meinst du, Astrid?«, fragte Erwin gespannt.

Die Kommissarin setzte sich und nippte von dem Kaffee, den Gitti ihr frisch eingeschenkt hatte. Dann stellte sie die Tasse ab und sagte: »Ich halte eure Theorie, warum die Männer an diesem Haus beziehungsweise an diesem Grundstück interessiert sind, für durchaus plausibel, das vorweg. Das würde auch erklären, warum sie nicht lockerlassen beziehungsweise warum sie den Druck so massiv erhöhen.« Sie nickte mir zu und fuhr fort: »Ich glaube Ihnen, Frau Luchs, dass Sie von zwei Männern im Schuppen eingesperrt wurden und dass diese Männer mit dem Tod von Herrn Meyer in Zusammenhang gebracht werden können. Ich denke, ich kenne Sie gut genug, um einschätzen zu können, ob Sie sich diese Geschichte ausgedacht haben oder nicht.«

Hosianna – ob man den Stein hören konnte, der mir in diesem Moment vom Herzen fiel? Vor diesem Augenblick hatte ich innerlich wie Espenlaub gezittert, und jetzt wäre ich ihr am liebsten um den Hals gefallen.

Allerdings: Auch wenn sie mir glaubte – wir hatten keinerlei Beweise. Nicht einen einzigen.

Gitti strahlte übers ganze Gesicht. »Und jetzt werden Sie die Männer jagen und zur Strecke bringen, richtig? Oh, ich bin Ihnen so dankbar, Frau Kommissarin! Sie sind ein guter Mensch!«

Kommissarin Küpper lächelte. »Vielen Dank für das nette Kompliment. Ich will Ihnen nicht die Hoffnung nehmen, Frau Scheffer, aber es steht keineswegs fest, dass diese Männer jemals geschnappt werden. Meine Möglichkeiten sind begrenzt, um ehrlich zu sein. Wie Erwin Ihnen sicherlich in der Zwischenzeit erklärt haben wird, muss zunächst Ihrerseits Anzeige erstattet werden.«

»Aber gegen wen denn? Wir kennen die Männer doch nicht!«, rief Gitti und sah hilfesuchend Erwin an, der ihr beruhigend die Hand tätschelte.

»Wir beginnen mit einer Anzeige gegen Unbekannt. Dazu benötige ich Ihre Aussage bezüglich des Vorfalls, der mit dem Schlüsselbeinbruch endete.«

»Also, dat war so …«, begann Gitti, aber ich hob die Hand, um sie zu unterbrechen.

»Gitti, Frau Küpper meint damit, dass du aufs Präsidium gehst und dort eine offizielle Aussage machst. Mit Protokoll und allem Zipp und Zapp. Auch die Anzeige wird bei der Gelegenheit aufgenommen. Das wird für die Fall-Akte benötigt. Es ist der erste Baustein, auf den die Kommissarin dann aufbauen kann. Richtig, Frau Küpper?«

Die Kommissarin sah Gitti an. »Das hat Frau Luchs in einfachen Worten ganz wunderbar erklärt. Genau so ist der korrekte Ablauf.«

»Loretta, kommst du dann mit aufs Polizeirevier?«, fragte Gitti mit verzagter Stimme.

»Klar«, erwiderte ich. »Zumal ich ja auch eine Aussage zu machen habe. Wir erledigen das zusammen.«

Die Kommissarin blickte auf die Uhr und stand auf. »Ich muss los; ich habe meine Mittagspause bereits überzogen. Auf Wiedersehen, Frau Scheffer. Wir sehen uns bald.«

Ich begleitete Erwin und sie nach unten.

»Lässt sich zwischen den beiden Fällen eine Verbindung herstellen?«, fragte ich die Kommissarin, als wir im Hoftor standen. »Oben wollte ich Sie nicht danach fragen, das hätte Gitti nur verwirrt.«

»Das war klug von Ihnen, Frau Luchs.« Sie grinste und fuhr fort: »Bisher ist die einzige Verbindung leider das süße Parfüm des Mannes, das Sie zum Niesen gebracht hat. Das ist wirklich ein bisschen dünn, das müssen Sie zugeben, auch wenn die Abfolge aller Ereignisse einen Zusammenhang nahelegt. Aber das reicht natürlich nicht.«

Ja, das musste ich tatsächlich zugeben: Das reichte noch längst nicht.

Aber immerhin hatte sie mich nicht ausgelacht oder mir einen Vortrag über besorgte Bürger mit ausgeprägter Fantasie gehalten, die Gespenster sehen, weil sie viel zu viele Krimis gucken.

Gitti war ganz die Alte, als ich zurück in die Küche kam: Sie strotzte vor guter Laune und summte vor sich hin, während sie einhändig den Tisch abräumte.

»Lass mich das machen«, sagte ich und nahm ihr die Tasse aus der Hand, um sie in die Spülmaschine zu stellen.

»Loretta, ich könnte Bäume ausreißen!«, tirilierte Gitti und machte ein paar Tanzschritte durch die Küche. »Eine tolle Frau, diese Kommissarin!«

»Natürlich ist sie das, schließlich ist sie Erwins Patentochter.«

Gitti wurde ernst. »Meine Güte, Loretta, wenn ich dich und Erwin nicht hätte … wat würde dann aus mir werden? Weißt du, so ganz allmählich werden diese Männer mir richtig unheimlich.«

So ganz allmählich? Wow. Aber das demonstrierte einmal mehr, dass Gitti ein echt harter Knochen war.

Kapitel 17

Gitti lernt einen merkwürdigen Bankbeamten kennen, der verblüffend gut zu ihrem Auto passen würde

»Svetlana freut sich total für uns, dat die Kommissarin uns jetzt hilft«, erzählte Gitti mir am nächsten Tag freudestrahlend.

Es war früher Nachmittag, und wir machten uns fertig für den Termin im Präsidium, den ich mit Kommissarin Küpper vereinbart hatte.

»Gitti, wir sollten damit nicht so hausieren gehen«, sagte ich vorsichtig. »Je weniger Leute Bescheid wissen, desto besser kann die Polizei arbeiten.«

Schon am Vormittag war ich ihr einige Male ins Wort gefallen und hatte sie unterbrochen, wenn sie allzu freimütig über den Besuch der Kommissarin berichten wollte. Noch war – so hoffte ich zumindest – die Existenz der beiden Männer nicht allgemein bekannt. Und wenn sie über die Männer plapperte, musste sie zwangsläufig auch irgendwann preisgeben, dass die hinter ihrem Haus her waren. Und Schuld an ihrem gebrochenen Schlüsselbein hatten.

»Wat? Du denkst doch nich etwa, dat die Svetlana wat damit zu tun hat! Die doch nich!«

Verdammt, ich hätte meine Klappe halten sollen. Wie bog ich das jetzt am besten wieder hin?

»Svetlana war nur ein Beispiel … weil du sie gerade erwähnt hast. Weißt du, wir haben keine Ahnung, ob die Männer nicht zurzeit unauffällig sondieren, wie hier die Lage ist. Ob offiziell ermittelt wird und so. Könnte doch sein, dass sie jemanden vorschicken, der bei dir im Geschäft die Ohren aufsperrt. Kennst du vielleicht jeden einzelnen Kunden?«

Langsam schüttelte Gitti den Kopf; sie wirkte plötzlich sehr nachdenklich. »Die meisten natürlich schon, aber es kommen immer wieder Leute rein, die ich nich kenne. Zufällige Laufkundschaft halt.«

»Siehst du? Genau das meine ich. Und während du zum Beispiel vom Besuch der Kommissarin erzählst, könnte ein Spion sich im Hintergrund herumdrücken und dich belauschen. *Könnte.* Versteh mich nicht falsch – ich will dir nicht unnötig Angst einjagen. Aber sollte tatsächlich jemand planen, sich von deinem Grundstück aus zur Bank durchzubuddeln, müssen diese Leute die Lage sondieren. Die werden kaum riskieren wollen, aufzufliegen. Mal ganz abgesehen von ihrer Beteiligung an Mannis Tod. Also ist es am besten, niemandem davon zu erzählen.«

»Darüber hab ich nich nachgedacht.« Sie klang bedrückt.

»Dafür hast du ja mich, Gitti. Und wir behandeln es einfach als unser Geheimnis. Deins, meins und Erwins.«

Svetlana war rechtzeitig erschienen, um die Nachmittagsschicht zu übernehmen, und so trafen Gitti und ich pünktlich im Präsidium ein. Vor Aufregung zitterte sie wie Espenlaub, als wir im Aufzug zu dem Dezernat hochfuhren, dem Kommissarin Küpper angehörte.

»Ogottogottogott, hoffentlich mache ich nichts falsch«, wisperte Gitti.

»Aber nein.« Ich versuchte, sie mit einem beruhigenden Lächeln aufzumuntern. »Hier geht es nicht um richtig oder falsch, du bist ja nicht in einer Prüfung. Du berichtest einfach, was passiert ist. Nicht mehr und nicht weniger.«

Kommissarin Küpper begrüßte uns freundlich, servierte uns Kaffee und leitete Gitti geschickt durch deren Aussage.

Immer wenn Gitti zu ausschweifend wurde und den Faden zu verlieren drohte, führte die Kommissarin sie behutsam zurück zum Kern der Geschehnisse, ohne dabei jemals die Stimme zu erheben oder Ungeduld zu zeigen.

Das hatte ich selbst schon anders erlebt, aber *ganz* anders.

Die Erinnerung an unsere hitzigen Wortgefechte, ihre eisigen Zurechtweisungen und den daraus entstehenden Frust bei mir ließ mich innerlich grinsen. Es machte mir tatsächlich Freude, sie im Umgang mit Gitti so sanft zu erleben.

Nachdem Gitti fertig war, schickte sie die Aussage, die sie mit dem Handy aufgenommen hatte, als Datei los, damit davon sofort das Protokoll angefertigt werden konnte. Danach kam ich an die Reihe. Noch einmal schilderte ich alles so, wie ich es erlebt hatte – kein Wort zu viel und keins zu wenig. Entsprechend kurz war meine Aussage, und auch diese wurde verschickt. Wie ich es bereits kannte, bat sie uns, in den Wartebereich zu gehen, damit wir die Protokolle gleich unterschreiben konnten.

»Ich habe leider wichtige Termine, deshalb verabschiede ich mich jetzt schon von Ihnen«, sagte sie. »Vielen Dank, dass Sie hergekommen sind.«

Das reichte mir natürlich nicht. »Haben Sie sich denn schon überlegt, was Ihre Strategie sein wird? Wie wollen Sie vorgehen?«, fragte ich sie.

Prompt traf mich dieser vertraute Blick, den ich auch diesmal mühelos zu lesen verstand: *Wirklich, Frau Luchs? Abgesehen davon, dass ich keine Auskunft geben darf – kann ich neuerdings zaubern?*

Aber da auch Gitti sie hoffnungsvoll ansah, entgegnete sie: »Ich bin noch dabei, alles zusammenzutragen. Daraus ergibt sich hoffentlich ein Gesamtbild, das auch die Staatsanwaltschaft für schlüssig hält. Dann – und *nur* dann – kann ich Ermittlungen aufnehmen. Und eine mögliche Strategie entwickeln.«

Sie öffnete die Bürotür. Das war unmissverständlich: Wir

waren entlassen. Gehorsam trotteten wir an ihr vorbei auf den Flur und weiter in den Wartebereich.

»Das dauert nicht lange«, sagte ich zu Gitti und setzte mich. »Die sind fix hier. Gleich kommt jemand mit den Abschriften, und wir lesen sie rasch durch, bevor wir sie unterschreiben. Und dann ist das auch schon erledigt.«

Sie blieb stehen und blickte aus dem Fenster, dann drehte sie sich zu mir um. »Ich hatte gehofft, dass …« Sie brach ab und zuckte mit den Schultern.

»Dass sie uns bereits Ergebnisse präsentieren kann?« Ich schüttelte den Kopf. »Dazu ist es noch viel zu früh, damit war wirklich nicht zu rechnen, auch wenn ich sie nach ihren nächsten Schritten gefragt habe. Die Kommissarin sammelt noch, weißt du? Sie könnte sich beispielsweise bei Kollegen aus anderen Dezernaten umhören.«

»Warum das denn?«

»Manchmal sind böse Buben dämlich genug, mit ihren Taten zu prahlen. Irgendwo in einer Kneipe oder so. Und zuweilen steht, ohne dass sie es wissen, ein Zivilpolizist neben ihnen am Tresen und hört zu. Manchmal hilft Kommissar Zufall, wie es so schön heißt. Die Kommissarin hat ja im Moment noch nichts Konkretes, mit dem sie arbeiten könnte. Und sie muss tatsächlich abwarten, dass die Staatsanwaltschaft ihr grünes Licht gibt. Sie kann – *darf* nicht einfach loslegen.«

Gitti seufzte und sah wieder aus dem Fenster. Das tat sie weiterhin, während ich in einem zerfledderten Magazin blätterte und bis jemand mit unseren Protokollen erschien, die wir überflogen und dann unterzeichneten.

In dem Moment, als wir das Präsidium verließen, klingelte das Handy in meiner Jackentasche.

Es war Erwin.

»Wart ihr schon bei Astrid?«, fragte er, kaum dass ich abgehoben hatte.

»Wir kommen gerade raus.«

»Habt ihr noch Zeit? Wir wär's, wenn ihr auf dem Rückweg kurz bei mir im Büro vorbeikommt?«

»Machen wir. Bis gleich.« Ich steckte das Handy weg und sagte zu Gitti: »Das war Erwin. Wir halten kurz bei ihm an, okay?«

Ich benutzte den zweiten Eingang, der von außen direkt in Erwins Büro führte; so mussten wir nicht quer durchs Callcenter. Als es anfangs mal darum gegangen war, was ich arbeitete, hatte ich Gitti das Märchen vom Callcenter erzählt, das die Serviceabteilung einer großen Bank sei. Dort werde mit sensiblen Bankdaten hantiert; deshalb könne ich nicht ins Detail gehen. Dabei war es bisher geblieben; auch wenn ich ihr mittlerweile sicherlich die Wahrheit über meinen Job sagen könnte, ohne dass sie anders über mich denken würde. Aber normalerweise ging ich halt nicht damit hausieren, dass ich an einer Sexhotline arbeitete.

Dennoch konnte eine unvorbereitete Konfrontation mit der Geräuschkulisse einer Sexhotline, bei der knapp zwanzig Mitarbeiterinnen um die Wette stöhnten, durchaus schockieren, deshalb wählte ich den Nebeneingang.

Erwin ließ uns herein, und Gitti blickte sich neugierig im Büro um. Natürlich entdeckte sie sofort das Flipchart mit den Fragen, die wir dort notiert hatten. Erwin hatte in der Zwischenzeit eine weitere hinzugefügt: *Wie können wir Astrid unterstützen?*

»Setzt euch«, sagte Erwin mit einer einladenden Geste in Richtung Sitzgruppe. »Käffchen, die Damen?«

»Bloß nicht«, erwiderte ich, »der Kaffee im Präsidium, den wir gerade getrunken haben, ist in der letzten Zeit leider nicht besser geworden, wie ich feststellen musste. Bäh. Ich nehme ein Wasser. Du auch, Gitti?«

Sie nickte, und Erwin stellte Gläser und eine Flasche Wasser auf den niedrigen Tisch.

Dann ließ er sich in einen der gemütlichen Sessel plumpsen und sah uns erwartungsvoll an. »Und?«

»Wir haben unsere Aussagen gemacht«, verkündete Gitti in einem Ton, als hätte sie höchstpersönlich ein neues Grundgesetz verfasst.

Erwin lächelte sie wohlwollend an. »Wunderbar! Ich war mir sicher, du wirst das souverän meistern, Gitti.« Er blickte mich an. »Gibt es was Neues?«

»Nee. Ich hab zwar versucht, ihr etwas über ihre weitere Vorgehensweise zu entlocken, aber …« Ich zuckte mit den Schultern. »Du kennst die Kommissarin doch. Jetzt wird erst einmal gemauert. Zugeklappt wie eine Auster, die Gute. Abgesehen davon: Was sollte sie in dieser kurzen Zeit herausgefunden haben?«

»Das stimmt natürlich«, erwiderte er. »Deshalb die Frage«, er deutete auf das Flipchart, »wie wir ihr helfen können. Irgendwelche Vorschläge?«

Ehe ich antworten konnte, ging die Tür zum Callcenter auf, und Dennis in seiner ganzen Pracht kam auf kilometerhohen Plateausohlen hereingestampft: *klompklompklomp.*

»Loretta!«, rief er enthusiastisch und tippte an seine Nase. »Ich *rieche* einfach, wenn du im Haus bist! Du hältst es wohl ohne deine Fans nicht aus, was? Wie soll die Männerwelt auch ohne deine fantastischen Fähigk…«

Er brach abrupt ab, weil ich ihm einen derart eisigen Blick zuschleuderte, dass ich damit einen angreifenden Elefantenbullen in vollem Galopp hätte stoppen können.

Seine Augen irrten von mir zur ihm völlig unbekannten Gitti, die ihm offenbar erst in diesem Moment auffiel. Sie starrte ihn entgeistert an, und das hätte ich an ihrer Stelle wohl auch getan, wäre ich mit seinem exzentrischen Äußeren nicht vertraut gewesen. Heute trug er einen Anzug aus weinrotem Breitcord und dazu einen längs gestreiften Pullover in schrillen Grüntönen. Mit den buschigen Koteletten und der schrägen, breitrandigen Pilotenbrille sah er aus wie Elvis in dessen späten Jahren – nur viel dünner.

Dennis kapierte sofort. »Oh, wir haben Besuch«, gurrte er, »mit wem habe ich denn das Vergnügen?«

»Das ist Gitti Scheffer«, erklärte ich rasch. »Die Dame, in deren Geschäft ich momentan aushelfe. Gitti, das ist mein Chef, Dennis Karger.«

Gittis Gesicht hellte sich auf. »Oh, Sie sind der nette Mann, der Loretta freigegeben hat. Sie sind ein wunderbarer Mensch, vielen Dank.«

Dennis grinste und deutete eine Verbeugung an. »Nichts zu danken, liebe Frau Scheffer. Loretta ist mein bestes Pferd im Stall. Eigentlich kann ich nicht auf sie verzichten, aber gleichzeitig kann ich ihr nichts abschlagen. Sie hat mir einmal sehr geholfen, wissen Sie? Loretta hilft gerne. Sie ist ein echter Schatz.«

»Zu freundlich, Chef«, sagte ich.

Eine kleine Stille entstand. Dennis stand mitten im Raum und strahlte übers ganze Gesicht. Dann fing er einen unmissverständlichen Blick von Erwin auf. *Dennis, wir wären gerne unter uns, bitte verzieh dich,* sagten Erwins Augen.

»Da fällt mir ein«, murmelte Dennis, »ich habe einen wichtigen Anruf … äh … hat mich sehr gefreut, Frau Scheffer. Hoffentlich ist Ihre Schulter bald wieder gesund.«

Zack – war er wieder draußen, und ich atmete innerlich auf.

»Ein interessanter Typ«, sagte Gitti. »Und jetzt versteh ich auch, warum du gesagt hast, dat er auf mein Auto scharf sein würde. Aber irgendwie hätte ich mir den Chef der Serviceabteilung einer Bank anders vorgestellt. Nicht so, hm, *bunt.*«

»Mit seinem schillernden Äußeren verdeckt er geschickt den langweiligen Bankbeamten, der er in Wirklichkeit ist«, erwiderte ich. »Und wir haben ja keinen direkten Kundenkontakt. Da könnte ich im Kostüm einer Sambatänzerin mit meterhohem Kopfputz aus Federn am Telefon sitzen, das merkt kein Mensch.«

Erwin prustete unterdrückt, was ich geflissentlich ignorierte. Natürlich wusste er, dass ich am Telefon durchaus genau diese Rolle schon gespielt hatte.

»Hübsche Vorstellung – du als sexy Sambatänzerin.« Gitti kicherte, dann wurde sie ernst. »Moment mal – du arbeitest nicht zufällig für die Bank … ihr wisst schon: *meine* Bank? Diejenige welche?«

Mit hoffentlich angemessen dosiertem Bedauern schüttelte ich den Kopf. »Leider nicht. Wir arbeiten für eine international tätige Privatbank mit Sitz in … äh … München.«

Und selbst wenn ich tatsächlich für *ihre* Bank gearbeitet hätte, würde uns das rein gar nichts nutzen.

»Also gut.« Erwin rieb sich die Hände. »Auf geht's. Ich wiederhole meine Frage von vorhin, bevor der kunterbunte Herr Karger aufgetaucht ist: Wie können wir Astrid helfen? Wie finden wir heraus, wer die beiden Kerle sind?«

»Wirklich zu blöd, dass die Fotos mit dem Handy nichts geworden sind. Auch wenn ich nicht einmal sicher bin, dass es sich um die Männer gehandelt hat. Aber sie haben sich wirklich auffällig verhalten, fand ich. Um herauszufinden, wer die beiden sind, fällt mir im Moment nur eine Sache ein«, sagte ich, »wir könnten in der Nachbarschaft rumfragen, ob jemand am Montagmorgen etwas gesehen hat.«

Gitti nickte eifrig. »Ich könnte meine Kunden danach fragen. Jedenfalls alle, von denen ich weiß, dat sie bei mir inne Straße wohnen. Oder umme Ecke.«

»Hm. Hm.« Erwin zupfte nachdenklich an seinem Schnäuzer. »Bisher habt ihr noch mit niemandem über die beiden Kerle gesprochen, oder?«

Synchron schüttelten Gitti und ich den Kopf.

»Nich mal der Jens weiß dat. Die Svetlana auch nich«, sagte Gitti.

»Und Astrid hat heute nicht etwa zufällig zu euch gesagt, dass ihr nicht darüber reden sollt?« Erwin sah erst Gitti, dann mich an.

»Nee, hat sie nicht«, erwiderte ich. »Für mich ist das der logischste Ansatz. Es war am Montag zwar noch dunkel, aber bereits kurz vor acht. Um diese Zeit sind die Straßen nicht menschenleer. Da sind Kinder, die zur Schule gehen. Oder Leute, die auf dem Weg zur Arbeit sind, wahlweise ihre Kinder zur Schule gebracht haben und gerade wieder nach Hause kommen. Irgendwer muss etwas gesehen haben. Zwei rennende Männer. Oder zwei Männer, die betont unauffällig die Straße entlanggehen. Ein Auto, das mit quietschenden Reifen davonfährt, was weiß ich. *Irgendetwas.*«

»Ob eine bessere Personenbeschreibung dabei rausspringt, wage ich allerdings zu bezweifeln«, sagte Erwin. »Wir hatten Schneegestöber, und bestimmt hatten die Männer wieder ihre Kapuzen aufgezogen. Aber hey – ich hab schon jede Menge Pferde kotzen sehen. Manchmal erfährt man die erstaunlichsten Dinge, wenn man sich mit den Nachbarn unterhält. Was meinst du, Gitti?«

»Aber wat genau sollen wir sagen?«, fragte sie. »Oder besser: nich sagen? Auch dat mit dem Haus?«

»Dass die dir schon länger auf die Pelle rücken?« Erwin dachte nach, dann fuhr er fort. »Nee, das behalten wir für uns, schlage ich vor. Am besten sagst du, dass die beiden Männer mögliche Zeugen von Manfred Meyers Sturz sind und dass Loretta sie flüchtig gesehen hat. Und du suchst sie, weil dir Fahrlässigkeit vorgeworfen wird.«

»Dat kann ich erzähln?«, fragte sie erstaunt. »Dat Mannis Schwester mich verklagen will?«

»Klar.« Erwin schenkte ihr ein aufmunterndes Lächeln. »Warum denn nicht? Du kannst ruhig offen damit umgehen, dass Meyers Schwester euch deswegen vor Gericht zerren will. Ist doch für jeden nachvollziehbar, dass du nach Zeugen suchst, die dich entlasten können. Darüber wird sich kein Mensch wundern – im Gegenteil: Alle werden begierig sein, dir zu helfen, glaub mir.«

»Denkt ihr wirklich?«

»Fragst du das ernsthaft, Gitti?« Ich schüttelte den Kopf. »Die werden sich überschlagen, ganz sicher.«

Ich konnte nur hoffen, dass ich damit recht hatte.

Kapitel 18

Frau Sievers weiß genau, wie mit Leuten umzugehen ist, die unflätige Worte benutzen: Ihnen gehört der Mund mit Kernseife ausgewaschen

Ich war bester Dinge, als ich am nächsten Morgen die Ware vor dem Laden aufbaute. Ich ertappte mich sogar dabei, dass ich eine muntere, kleine Melodie summte, während ich die Äpfel, Kohlköpfe und Orangen in den Kisten arrangierte.

Noch hatten wir einen gewissen Vorrat an Obst und Gemüse im Lager, aber spätestens in der kommenden Woche sollte Gitti sich nach einem neuen Lieferanten umgesehen haben. Unser Vorteil war, dass die Kunden von ihr nicht die Auswahl eines großen Supermarktes erwarteten, sondern an ein kleines, aber feines Sortiment gewöhnt waren. Wenn es nur zwei Sorten Kohl gab, dann war das halt so.

Frau Sievers, wie stets in Begleitung ihres Lieblings, kam den Bürgersteig entlang auf mich zu. Heute trug Purzel ein rotes Samtmäntelchen mit weißem Fellbesatz. Bei mir angekommen, setzte er sich auf seine vier Buchstaben und sah mich erwartungsvoll an.

»Guten Morgen, Frau Sievers. Und einen guten Morgen auch dir, Purzelchen.« Ich bückte mich zu ihm hinunter, tätschelte seinen struppigen Kopf und säuselte: »Na, wenn das nicht der offizielle Weihnachtshund ist, dann weiß ich auch nicht! Wie hübsch dein Frauchen dich wieder gemacht hat!«

»Guten Morgen, Frau Luchs. Ja, das Mäntelchen ist neu«, erwiderte Frau Sievers. »Purzel war ganz begeistert, als ich es ihm vorhin angezogen habe.«

Ja *genau,* dachte ich amüsiert, wenn er es sich selbst hätte aussuchen können, hätte er genau diese schräge Nikolauskutte gewählt, todsicher.

Aber Frau Sievers strahlte übers ganze Gesicht, und Purzel wedelte frenetisch, wie er es immer tat, wenn ihm menschliche Aufmerksamkeit zuteilwurde – meine erste gute Tat für diesen Tag war hiermit abgehakt.

»Sie wollen sicher zu uns«, sagte ich und deutete auf ihre Einkaufstasche. »Kleinen Moment, ich muss noch das Hoftor abschließen. Ich lasse Sie dann sofort rein.«

Kaum eine Minute später öffnete ich die Ladentür für sie. Sie spazierte herein und sah sich um. »Gitti nicht da? Daran kann ich mich einfach nicht gewöhnen, wissen Sie? Gestern Nachmittag war auch nur dieses junge Ding im Laden, wie heißt sie noch? Svoboda? Ich kann mir ihren Namen einfach nicht merken.«

»Svetlana«, soufflierte ich. »Das ist ja nicht für ewig, Frau Sievers. Nur so lange, bis Gitti wieder ganz auf dem Damm ist. Dann sind Sie uns wieder los, versprochen.«

»Ich hab ja nichts gegen Sie, Frau Luchs«, sagte sie, »aber dieses junge Ding … Sie schläft immer bis *mittags,* stellen Sie sich vor. Jedenfalls habe ich sie noch niemals vor elf Uhr auf der Straße gesehen.«

»Vielleicht arbeitet sie nachts?«

Frau Sievers stemmte die Hände in die Seiten. »Als könnte das eine Entschuldigung sein. Was kann man als anständige Frau denn nachts wohl arbeiten, frage ich Sie?«

Das war mal wieder typisch: Nachts zu arbeiten schien für einige Leute zwangsläufig einen liederlichen Lebenswandel zu bedeuten.

»Och, mir fallen da einige Berufe ein … sie könnte als Krankenschwester arbeiten, zum Beispiel. Als Polizistin, Sanitäterin, Köchin, Taxifahrerin oder als Bäckerin, an der Tankstelle … Busse und andere öffentliche Verkehrsmittel fahren auch die halbe Nacht. Stellen Sie sich vor, die würden alle um sechs Feierabend machen. Alles anständige Berufe. Und ich habe bestimmt noch etliche vergessen.«

Verdutzt sah sie mich an, dann schnaubte sie. »Wie eine *Polizistin* sieht sie nicht gerade aus.«

»Aber man kann nie wissen, oder?«

Sie nickte zögernd. »Da haben Sie wohl recht. Aber bei Ihnen zum Beispiel erkennt man sofort, dass Sie eine seriöse Person sind.«

Nun, vor einigen Tagen war sie, was das anging, noch gänzlich anderer Meinung gewesen. Ich erinnerte mich noch sehr gut an ihr anfängliches Misstrauen mir gegenüber, was sie komplett vergessen zu haben schien.

»Boah, ich muss mich echt zusammenreißen, dat ich dem Arzt keine reinhaue«, sagte Gitti, die in diesem Moment durch die Hintertür hereinkam. »Dat tut immer *dermaßen* weh … ach, da ist ja die Lore. Gut, dat du hier bist, Lore. Ich muss dich mal wat fragen.«

Ich half Gitti in den Kittel, dann zog ich mich diskret zurück und gab vor, bei den Konserven ein wenig Ordnung zu schaffen. Ich wusste ja, was Gitti nun vorhatte, und dabei wollte ich nicht stören. Aber da die beiden Damen sich gerne mal missverstanden, blieb ich sicherheitshalber in Eingreif-Reichweite.

»Vielleicht kannste mir helfen, Lore, dat wäre super«, sagte Gitti, »du kriegst doch so einiges mit, wat hier auf der Straße passiert.«

»Also, du klingst gerade so, als würde ich den ganzen Tag am Fenster hängen und die Leute beobachten.«

Jemand, der weiß, dass Svetlana nicht vor elf Uhr aufsteht, tut vermutlich genau das, dachte ich, während ich die Dosen mit Pfirsichen von links nach rechts schob.

»Dat hast du aber jetzt ganz falsch verstanden, Lore. Wenn man morgens inne Küche rumpusselt, guckt man ganz automatisch auffe Straße, dat find ich normal. Du hast doch deine Küche nach vorne raus?«

Vermutlich nickte Frau Sievers, denn Gitti fuhr fort: »Siehste. Am Montagmorgen, als dat hier mit dem Manni passierte … da hast du nich zufällig wat gesehen?«

»Na, all die Einsatzwagen waren wohl kaum zu übersehen. Die ganze Straße stand ja voll. Und die hatten allesamt Blaulicht an. Purzel hat sich furchtbar aufgeregt, er hat die ganze Zeit wie verrückt gebellt.«

»Nee, dat meine ich nich, Lore«, erwiderte Gitti. »Ich rede von *vorher.* Bevor dat alles passierte.«

»Vorher? Mal überlegen …«, sagte Frau Sievers. »Vorher habe ich auf der Straße die Frau Luchs gesehen und dachte noch, hoffentlich rutscht die nicht aus bei dem Schnee. Es hat ja so doll geschneit an dem Morgen. Dann war ich im Bad und bin danach zurück in die Küche. Da hab ich von draußen laute Stimmen gehört, und da waren diese zwei Männer. Meinst du etwa die?«

»Könnte gut sein, Lore. Wat war mit denen? Wie sahen die aus?«

»Das waren ein langer, dünner Lulatsch und ein kleinerer Mann. Sie haben miteinander gestritten. Das habe ich aber nur gehört, weil ich zufällig gerade das Fenster auf Kippe gestellt habe. Mir war nämlich die Milch übergekocht, als ich im Bad war, und die ganze Küche war voller Qualm. Ich dachte, um Himmels willen, gleich geht bestimmt der Rauchmelder los, da mach ich mal besser das Fenster …«

»Ja, ja, hab verstanden, deine Küche war voller Qualm«, fiel Gitti ihr ins Wort. Ihre Stimme klang, als hätte sie Frau Sievers am liebsten ordentlich durchgeschüttelt. »Die beiden Männer, Lore, wat haben die geredet? Dat ist wichtig.«

»Wieso sind die denn so wichtig?«, fragte Frau Sievers.

»*Wat haben die Männer geredet, verflucht noch mal?*«

Oha, Alarmstufe Rot.

Ich entschied, dass es an der Zeit war, mich einzuschalten, ehe Gitti der Geduldsfaden riss, sie sich den Baseballschläger schnappte und Frau Sievers damit verdrosch. Erwürgen ging ja nicht mit nur einer gesunden Hand. Obwohl rasende Wut ja angeblich ungeahnte Kräfte verleihen soll.

Ich ging rüber zu den beiden und sagte: »Wenn ich das mal erklären darf, Frau Sievers? Es ist nämlich leider so, dass Gitti und ich wegen Mannis Unfall in ziemlichen Schwierigkeiten sind.«

Frau Sievers riss entsetzt die Augen auf. »Denkt die Polizei etwa, ihr hättet ihn *umgebracht?*«, quiekte sie schrill.

»Nein, nichts dergleichen«, erwiderte ich ruhig, während Gitti genervt mit den Augen rollte. »Wenn es so wäre, hätte die Polizei uns wohl schon längst verhaftet, nicht wahr? Nein, es geht um Mannis Schwester. Sie denkt unglücklicherweise, Gitti und ich könnten verantwortlich für seinen tragischen Tod sein. Weil wir den Weg nicht ordentlich gestreut hätten. Sie will uns verklagen, wissen Sie?«

»Verklagen …«, wisperte Frau Sievers. »Das ist ja schrecklich. Das kann sie doch nicht machen!«

»Leider doch«, sagte ich. »Jetzt ist es dummerweise so, dass weder Gitti noch ich *gesehen* haben, wie Manni starb. Gitti war zu dem Zeitpunkt im Haus, und ich war im Schuppen mit der Ware beschäftigt, die er gerade geliefert hatte. Und als ich aus dem Schuppen herauskam, sah ich am offenen Hoftor zwei Männer stehen. Oder sie gingen gerade vorbei, das weiß ich nicht mehr genau. Aber wir haben die Hoffnung, dass die beiden Mannis Sturz eventuell beobachtet haben. Wir brauchen sie unbedingt als Zeugen. Deshalb hat Gitti Sie danach gefragt, was die beiden geredet haben. Könnte ja sein, dass sie sich über den Vorfall unterhalten haben.«

»Ach so. Das hätte Gitti mir ja auch gleich so vernünftig erklären können wie Sie!« Sie warf Gitti einen vorwurfsvollen Blick zu. »Ja, die haben geredet, ziemlich laut sogar. Ich sag ja, die haben gestritten. Ich denk noch, was quatschen die so laut? Die sind doch nicht alleine auf der Welt. Und *Ausdrücke* haben die benutzt! Denen sollte man den Mund mit Kernseife ausschrubben, dachte ich. Die kann ich unmöglich wiederholen.« Missbilligend schüttelte sie den Kopf.

Oh, du liebe Güte …

Ich warf Gitti, die am Rande meines Blickfeldes herumzappelte wie eine außer Rand und Band geratene Marionette, einen beschwörenden Blick zu und atmete tief durch.

»Frau Sievers«, sagte ich dann betont freundlich, »es ist wirklich außerordentlich wichtig, dass Sie uns erzählen, was die beiden gesagt haben. Es bleibt unter uns, versprochen.«

»Lore, es geht um sehr viel Geld, das wir vielleicht nicht zahlen müssen, wenn du uns jetzt hilfst«, fügte Gitti mit für mich bemerkenswerter Beherrschung hinzu. *»Bitte.«*

Frau Sievers rang sichtlich mit sich, gab sich aber dann einen Ruck. »Also gut. Der Kleinere sagte zu dem Langen: *Du kriegst aber auch gar nichts hin, Kipper, du blöder …*«, sie atmete tief durch und fuhr dann beinahe flüsternd fort: »… *Wichser*, das sagte er tatsächlich, ich dachte, mich trifft der Schlag! Und dann noch so laut! Wie kann ein Mensch …«

»Was haben sie denn sonst noch geredet?«, fiel ich ihr mit sanfter Stimme ins Wort. Ich garnierte die Frage mit einem Lächeln – in der Hoffnung, meine Unhöflichkeit dadurch ein wenig zu entschärfen. »Ich weiß, wie schwer es Ihnen fällt, diese Worte auszusprechen. Aber vielleicht sind Sie unsere Rettung, Frau Sievers.«

»Na gut.« Erneut holte sie tief Luft. »Daraufhin sagte der Lange: *Super, du Arsch, brüll meinen Namen doch noch lauter durch die Gegend, halt bloß dein dämliches Maul,* und dann sagte der Kleinere: *Haust du mir sonst auch auf die Fresse, oder was?*, und dann waren sie auch schon vorbei. Mehr habe ich nicht verstanden.«

»Sind Sie ganz sicher? Der eine der beiden heißt Kipper?«, fragte ich.

Frau Sievers blickte unsicher von Gitti zu mir. »Ja, das hat er gesagt. Ich wäre ja nie darauf gekommen, dass das ein Name sein soll, wenn der andere sich nicht beschwert hätte, dass der Lange ihn so laut gebrüllt hat. Aber die haben gar nichts über den Toten oder den Unfall gesagt, nicht wahr? Also nutzt es euch nichts.«

Innerlich tanzte ich Tarantella vor Freude – schon der erste Versuch hatte uns eine Menge Informationen zugespielt. Wenn sie uns jetzt auch noch eine Beschreibung liefern könnte … Aber ich hatte vergebens gehofft.

Nein, leider, von den beiden unflätigen Kerlen seien praktisch nur die Nasenspitzen zu sehen gewesen, so dick waren sie eingepackt. Schließlich habe es extrem geschneit, da ziehe man natürlich dicke Jacken mit Kapuzen an. Jetzt wolle sie aber mal wacker einkaufen, denn das einsame Purzelchen draußen vermisse sie bestimmt schon und friere erbärmlich, das arme Schätzchen.

Wir feierten sie wortreich, dann säbelte ich ihr drei Scheiben Emmentaler ab, die Gitti ihr auf Kosten des Hauses und als Dankeschön für ihre Hilfe spendierte. Begeistert zockelte Frau Sievers ab.

Als das Bimmeln der Türglocke verklungen war, verzog Gitti das Gesicht und sagte: »Ich dachte, ich raste aus.«

»Hab ich gesehen. Was denkst du wohl, warum ich eingegriffen habe?«

»Die hat ihr Gehirn wohl nur, um den Hohlraum zwischen ihren Ohren irgendwie auszufüllen!«, blaffte Gitti. »Ich wette, Purzel hat tausendmal mehr Grips als die Lore. Ernsthaft: Wie kann ein Mensch so schwer von Kapee sein? Und so viel Kokolores labern?«

Innerlich musste ich grinsen, denn schließlich war Gitti selbst eine Göttin der Weitschweifigkeit, wenn sie einmal in Fahrt war. Aber das hieß noch lange nicht, dass sie Gleiches von anderen Menschen ertrug – immerhin raubte ihr deren verbaler Wasserfall kostbare Redezeit. Die beiden konnten sich mit Sicherheit gegenseitig ins Koma quasseln, daran hatte ich keinen Zweifel.

»Aber trotzdem verdanken wir Frau Sievers kostbare Informationen«, sagte ich. »Einer der beiden heißt Kipper, wie wir jetzt wissen. Und offenkundig hat der mich nicht nur in den Schuppen gestoßen, sondern auch den armen Manni niedergeschlagen. Also, ich bin mit der Ausbeute sehr zufrieden. Du etwa nicht?«

Zögernd nickte sie, aber dann verzog sich ihr Gesicht zu einem breiten Grinsen. »Auch wenn dat 'n verdammt schweres Stück Arbeit war. Die Lore hat ja keine Ahnung, wie arschknapp sie dran vorbeigeschrammt ist, von mir eine gescheuert zu kriegen!« Übertrieben theatralisch schlug sie die Hand vor den Mund. »Oh mein Gott – hab ich etwa *arschknapp* gesagt? Die arme Lore würde glatt der Schlag treffen!« Sie kicherte vergnügt.

»Aber vorher würde sie dir den Mund noch gründlich mit Kernseife ausschrubben!«, prustete ich. »Und wenn es das Letzte ist, was sie tut!«

Wir lachten uns halb schlapp, und das wurde auch mal wieder Zeit. Endlich schien sich am Horizont ein schmaler Silberstreifen abzuzeichnen. Der nächste Kunde war Herr Wüllenhorst, der von Gitti ebenfalls sofort befragt wurde, ob er am Montagmorgen etwas gesehen habe.

Mit sichtlichem Bedauern schüttelte er den Kopf. »Ich wünschte, ich könnte helfen«, sagte er. »Aber am Montagmorgen bin ich immer ab spätestens sieben Uhr im Schwimmbad. Seid ihr sicher, dass diese Frau euch verklagen will?«

»Sieht leider ganz danach aus«, erwiderte ich, und Gitti nickte unglücklich.

Er nahm ihre Hand. »Sagt mir unbedingt sofort Bescheid, wenn ihr diesbezügliche Post bekommt. Ich kenne einen guten Anwalt. Das ist das Mindeste, das ich für dich … euch … tun kann.«

Um den beiden etwas Privatsphäre zu gönnen, gab ich vor, draußen zu tun zu haben. Ich nutzte die Gelegenheit, um bei Erwin anzurufen.

»So, so, der Typ in der Schuppentür heißt also Kipper …«, murmelte er nachdenklich, nachdem ich ihm alles geschildert hatte. »Und er ist derjenige, der Gittis Lieferanten niedergeschlagen hat?«

»Zumindest entnehme ich das dem Dialog, den die Sievers belauscht hat. Erst meckert der Kleine, dass der Lulatsch nix richtig hinkriegt, und spricht ihn mit Namen an, dann bedroht ihn der Lulatsch deswegen, und der Kleine will wissen, ob er jetzt *auch* eine in die Fresse kriegt.«

»Das ist natürlich weit davon entfernt, ein Beweis zu sein, das ist dir hoffentlich klar?«

»Ja, aber es ist eine Art Aufhänger für uns. Der Typ hat jetzt einen Namen, also können wir mit Glück auch etwas über ihn herausfinden. Der Name sagt dir nicht zufällig was?«, fragte ich hoffnungsvoll. »Ist dir der Kerl in deiner aktiven Zeit mal untergekommen?«

»Nein, aber das muss nichts heißen«, erwiderte er. »Ich bin seit mittlerweile mehr als zehn Jahren außer Dienst. Der kann zum Ende meiner Dienstzeit durchaus noch ein Teenager gewesen sein. Einen von denen hast du doch selbst erlebt, das könnte doch dieser Kipper sein. Hattest du den Eindruck, dass er jung ist?«

»Ich weiß nicht …«, sagte ich zögernd, »als der hier war, ging alles so schnell. Und ich hatte zudem den Eindruck, dass er seine Stimme verstellte. Aber er war deutlich größer als ich, so ein langer Schlacks.«

»Also muss es Kipper gewesen sein, nach allem, was wir wissen. Abgesehen davon: Größer als du zu sein, ist keine Schwierigkeit.«

»*Deutlich* größer, habe ich gesagt. Aber als die beiden vor der Schuppentür miteinander gesprochen haben, klang die eine Stimme deutlich jünger als die andere. Aber wieso ist das wichtig?«

»Kann ich dir sagen: Kipper ist ein auffälliger Name. Wenn der Mann sich in der Szene bewegt, haben die Kollegen von ihm gehört, ganz sicher. Wir sollten froh sein, dass er nicht Michael oder Andreas heißt. Einen *Kipper* gibt's bestimmt nur einmal, und das ist unsere Chance. Ich werde Astrid davon erzählen, und sie kann sich dann mit eurer Frau Sowieso – wie heißt sie noch? – unterhalten und ihre Aussage aufnehmen. So fügt sich allmählich Mosaiksteinchen zu Mosaiksteinchen.«

»Na ja, das ist vorerst nur ein winziges Steinchen, oder?«, erwiderte ich gedehnt, während ich darüber nachdachte, wie Frau Sievers wohl darauf reagieren mochte, wenn die Kripo plötzlich bei ihr auf der Matte stand. »Muss die Kommissarin unbedingt davon erfahren?«

Erwin schwieg, vermutlich hatte ich ihn verblüfft. Dann fragte er: »Ich soll Astrid nichts davon erzählen? Gibt es dafür einen plausiblen Grund?«

»Gesetzt den Fall, dass deine Kollegen diesen Kipper kennen und zu einer Befragung schleppen, dann wissen die Kerle doch, dass wir ihnen auf der Spur sind. Außerdem haben wir keine Beweise dafür, dass sie vor Ort waren, als Manni starb. Und Gitti wird sie auch nicht identifizieren können, das haben wir ja schon geklärt. Wenn sie jetzt aufgescheucht werden, kriegen wir sie vielleicht niemals, weil sie sich zurückziehen und nie wieder auftauchen. Dann hätte Gitti zwar ihre Ruhe, aber sie und ich bleiben auf dem toten Manni sitzen.«

Erwin gluckste. »Interessante Formulierung.«

»Ach Mensch, du weißt doch, wie ich das meine.« Ich seufzte und fuhr fort: »Ehrlich, ich habe wirklich keine Lust, für etwas vor Gericht gezerrt zu werden, das ich nicht verbockt habe. So leid Manni und seine Schwester mir tun – was ist, wenn Gitti und ich tatsächlich zu Schadensersatz verknackt werden? Und auf was weiß ich wie viel Schmerzensgeld? Könntest du nicht erst mal versuchen, was rauszukriegen? Je nachdem, ob du erfolgreich bist, können wir die Kommissarin immer noch informieren.«

Gespannt wartete ich auf seine Antwort – würde Erwin meinen Argumenten folgen?

Er ließ mich zappeln, aber schließlich sagte er: »In Ordnung, Loretta. Ausnahmsweise. Ich melde mich, wenn ich mehr weiß.« Er legte auf.

Erleichtert steckte ich das Handy weg. Seine Zustimmung verschaffte uns noch ein wenig Zeit.

Denn es war ja nun mal so: Sobald die Kripo bei Frau Sievers aufkreuzte, würde automatisch bekannt werden, dass zwar weder Gitti noch ich, dafür aber zwei Männer an Mannis Tod beteiligt gewesen waren.

Noch wussten wir schließlich nicht, ob sie einen oder mehrere Komplizen hatten, und, falls ja, wer das sein könnte. Was, wenn sie uns heimlich ausspionierten? In Gestalt einer unbekannten Kundin, wie ich es schon Gitti gegenüber als potenzielle Taktik überlegt hatte?

Wenn wir die bösen Buben aufscheuchten und sie erfuhren, dass wir zwischen dem Kauf des Hauses, den sie zu erzwingen versuchten, und Mannis Tod einen Zusammenhang herstellten, würden sie vielleicht für immer verschwinden, und das wollte ich keinesfalls.

Die Ladentür öffnete sich, und Herr Wüllenhorst trat heraus.

»Auf ein Wort, Loretta«, sagte er und winkte mich zu sich. Mit gesenkter Stimme fuhr er fort: »Ich bin sehr froh, dass Gitti Sie an ihrer Seite hat. Ich mache mir größte Sorgen um sie, sie bedeutet mir sehr viel. Ich könnte es nicht ertragen, wenn …«

Er brach ab.

»Ich passe gut auf sie auf. Versprochen, Herr Wüllenhorst. Ich freue mich, dass Gitti einen so guten Freund wie Sie hat.«

Er nickte kurz zum Abschied und ging die Straße hinunter.

Kapitel 19

Manchmal sagt man aus taktischen Gründen die Wahrheit – und manchmal verschweigt man etwas

Wie sich herausstellte, hatten tatsächlich einige von Gittis Kunden, die in der direkten Nachbarschaft wohnten, die beiden Männer gesehen. Ja, da seien zwei Männer vorbeigerannt, wahlweise rasch gegangen oder geschlendert. Die Gangart der beiden hatte sich offenbar immer mehr verlangsamt, je weiter sie sich vom Laden entfernt hatten. Logisch: erst der spontane Panik-Sprint, dann der flotte Schritt und schließlich, als man sich in Sicherheit gewusst hatte, das betont unauffällige Schlendern.

Das war die gute Nachricht.

Die schlechte war: Niemand konnte die Männer beschreiben. Einig war man sich immerhin darin, dass es einen erheblichen Größenunterschied zwischen ihnen gegeben habe. Aber auf die Frage nach dem Aussehen hin folgten allgemeines Achselzucken und wortreiches Bedauern. Wie gerne würde man Gitti und mir helfen, aber es sei an jenem frühen Morgen ja noch dunkel gewesen, außerdem habe es stark geschneit, nicht wahr? Selbst im Lichtkegel einer Laterne … zu schade aber auch. Und überdies hatten die beiden Männer die Köpfe gesenkt gehalten und zu allem Überfluss auch noch Kapuzen getragen.

So ganz allmählich kam ich zu dem Schluss, dass Kapuzen gesetzlich verboten gehörten. Auch ich war nicht imstande, den Mann zu beschreiben, der im Laden gewesen war, obwohl ich direkt vor ihm gestanden und mit ihm geredet hatte. Kapuze und Sonnenbrille – das war es auch schon. Hatte er einen Bart gehabt, Stoppeln oder ein glatt rasiertes Kinn? Keinen Schimmer. Waren seine Lippen voll oder schmal? Fragt mich was Leichteres. Und sein Gebiss? Lückenhaft oder wohlgeraten? Herrgott, was weiß ich denn? Immerhin hatte er nicht gerade schallend gelacht und dabei seine Zähne gezeigt. Alles war rasend schnell passiert, ich war aufgeregt gewesen – wahrscheinlich hätte einer der Beatles dort stehen können, und ich hätte nicht mehr zu sagen gewusst, ob es John, Paul, George oder Ringo gewesen war.

Oder Mick Jagger.

An diesem Abend war ich froh, hinter dem letzten Kunden die Ladentür abschließen zu können. Kurz zuvor war Svetlana erschienen, die sich nun anbot, mir beim Aufräumen zu helfen. Das war nett von ihr, aber ich lehnte dankend ab. Tatsächlich mochte ich es, nach Feierabend allein im leeren Laden herumzupusseln und alles für den nächsten Tag vorzubereiten, wie ich ihr erklärte.

Svetlana und Gitti sprachen miteinander, während sie die Treppe hinaufgingen.

»Ich hab mitgekriegt, ihr sucht nach zwei Männern?«, hörte ich Svetlana fragen. »Das hab ich vorhin so im Vorbeigehen aufgeschnappt.«

Ich hielt inne und spitzte die Ohren, denn ich fand die Frage irgendwie seltsam. Wenn sie es schon durch den Nachbarschaftstratsch erfahren hatte, musste sie uns schließlich nicht mehr danach fragen, oder?

Den Geräuschen nach blieben sie auf der Treppe stehen, dann erklang Gittis Stimme. »Wieso? Haste die beiden etwa auch gesehn?«

»Auch? Wieso denn *auch?*«, erwiderte Svetlana. »Wer zum Beispiel hat die denn gesehen?«

Interessant, dachte ich, sie will nicht wissen, warum wir die Männer suchen, sondern wer die Augenzeugen sind.

Sie setzten sich wieder in Bewegung, und bevor Gittis Stimme unverständlich wurde, hörte ich sie antworten: »Ach, dat waren so einige aus der Nachbarschaft …«

Grübelnd stand ich im Laden, denn Svetlanas seltsame Fragen gaben mir zu denken.

Sie war nett und eifrig und sehr sympathisch, aber auf der Liste der möglichen Komplizen war sie schlagartig zu einer ganz heißen Kandidatin avanciert. Zumindest, wenn es darum ging, was Gitti und ich wussten und was die Polizei herausgefunden hatte. Das waren für die Männer wichtige Informationen, und mit Svetlana im Boot musste niemand als Kunde getarnt im Laden herumlungern und hoffen, zufällig etwas aufzuschnappen.

Spontan beschloss ich, Gitti und ihr zum Abendessen Gesellschaft zu leisten. Vielleicht schnappte *ich* ja etwas auf, man konnte nie wissen.

Ich nahm mir den Schlüsselbund und ging über die Einfahrt nach vorne. Die Haustür zog ich hinter mir zu, um nicht zu viel Kälte ins Haus zu lassen. Auch das Hoftor ließ ich nicht offen stehen, das hatten Gitti und ich vereinbart. Zwar hatte Jens Dombrowski noch am Abend von Mannis Todestag ein neues Schloss eingebaut, aber wir wollten nicht das Risiko eingehen, dass sich jemand auf den Hof schlich, während die Ware vom Bürgersteig in den Schuppen gebracht wurde. Es war zwar umständlich, zwischen den beiden Gängen auf- und zuzuschließen, aber irgendwas war schließlich immer.

Eine kleine Inventur könnte nicht schaden, fand ich, nachdem ich die zweite Stellage in den Schuppen gerollert hatte, damit ich Gitti sagen konnte, was unbedingt nachbestellt werden musste. Kalter Wind fegte in den Schuppen, also schloss ich die Tür und sah mich nach dem Block um, auf dem wir die benötigte Ware immer notierten. Ob Gitti sich schon über einen neuen Lieferanten Gedanken gemacht hatte? Einen oder zwei Tage hatte es wohl noch Zeit, aber dann würde es eng werden.

Gerade war ich dabei, die Anzahl der Schlangengurken zu überschlagen, als ich draußen eilige Schritte hörte; dann erklang Svetlanas Stimme direkt vor der Schuppentür.

»Ich hab doch gesagt, du sollst mich nicht anrufen, wenn ich hier bin«, sagte sie gepresst. Nach einer kurzen Pause, während der offenbar jemand am anderen Ende der Leitung geantwortet hatte, fauchte sie: »Ich bin momentan *jeden Tag* hier, Kipper, bist du zu dämlich, um es dir zu merken?«

Ich konnte mir gerade noch die Hände vor den Mund pressen, sonst hätte ich glatt aufgeschrien.

»Ihr wurdet *natürlich* gesehen«, fuhr sie fort, »aber niemand konnte euch beschreiben. Nein, ich kann *nicht* lauter sprechen, ich bin draußen in der Einfahrt, und mir ist verflucht kalt. Ich muss jetzt auch wieder hoch zu der Alten. Wo die andere ist? Im Laden, die macht sauber. Hör zu, wir sehen uns später in der Bar. Nicht? Erst am Sonntag? Was hast du denn … okay, dann Sonntagabend. Bis dann.«

Ihre Schritte entfernten sich rasch, und ich wagte es endlich, wieder tief durchzuatmen.

Erwin! Erwin musste sofort davon erfahren … erleichtert ertastete ich mein Handy in der Schürzentasche. Klar – er war nicht erreichbar. Ob er gerade mit seinen Exkollegen bei einem Bierchen zusammensaß? Oder mit Kommissarin Küpper redete? Seine Mailbox forderte mich auf, eine Nachricht zu hinterlassen. Schön und gut – aber was? Schließlich sagte ich: »Hier ist Loretta. Ich habe Neuigkeiten. Ruf nicht zurück, ich melde mich wieder.«

Meine Gedanken rasten.

Svetlana würde diesen Kipper am übernächsten Abend treffen … bestimmt an ihrem Arbeitsplatz. Aber wo arbeitete sie? Das musste ich als Erstes schnellstmöglich herausfinden.

Ich schlich mich zurück in den Laden und erledigte eilig den Rest der Arbeiten. Bevor ich die Verbindungstür zwischen Geschäft und Hausflur abschloss, schrie ich nach oben: »Gitti! Soll ich irgendwas aus dem Laden mit hochbringen?«

Leichtfüßig kam Svetlana einige Stufen herabgehüpft und sagte: »Gitti lässt fragen, ob du mitessen willst. Falls ja, brauchen wir drei Wiener Würstchen, falls nicht, nur zwei.«

»Dann drei«, erwiderte ich und ging noch einmal zurück in den Laden. Mit drei Wiener Würstchen, in Papier eingeschlagen, stieg ich wenig später die Treppe zu Gittis Wohnung hinauf, während ich fieberhaft überlegte, wie ich unauffällig herausbekam, in welchem Laden Svetlana sich auf der Bühne graziös um die Stange schlängelte.

Dann hatte ich eine Idee.

»Das war hervorragend«, sagte ich und nickte Svetlana zu. »Ich liebe Kartoffelsuppe.«

Sie lächelte erfreut. »Vielen Dank. Ich muss euch mal eine original russische Kartoffelsuppe machen, eine Okronka, aber die wird kalt gegessen.«

»Brrr …«, Gitti schauderte sichtlich. »Dat ist draußen schon kalt genug, da brauch ich nich auch noch wat Kaltet für innen. Aber im Sommer wär dat schön.«

»Sehr gerne«, sagte Svetlana, die bereits dabei war, den Tisch abzuräumen. »Wem kann ich noch einen Espresso servieren?«

Als fanatische Espresso-Puristin würde ich jetzt normalerweise höflich, aber bestimmt ablehnen, da mir dieses Instant-Zeug, das sie nun benutzen würde, normalerweise nicht über die Lippen kam. Aber dies war eine besondere Situation, also hob ich – wie Gitti – die Hand. Irgendwie würde ich das Gebräu schon runtergewürgt kriegen.

»Eigentlich sind wir schon wie 'ne richtige kleine Familie«, sagte Gitti, während Svetlana die kleinen Tässchen auf den

Tisch stellte, eine Packung mit Spekulatius holte und sich dann wieder zu uns setzte. Liebevoll blickte Gitti von ihr zu mir. »Meine beiden Mädchen. Wat wäre ich bloß ohne euch?«

Ohne mich: deutlich mehr in Gefahr, aber ohne Svetlana: vermutlich deutlich *weniger* in Gefahr, dachte ich grimmig, rang mir aber ein munteres Lächeln ab.

»Ach, Unsinn, Gitti. Du musst dich nicht bedanken.« Svetlana tätschelte ihre Hand. »Wir helfen doch gerne.«

Gitti nickte. »Ja, aber zuerst wollte ich keine Hilfe annehmen. Kannste Loretta nach fragen. Ich hab mich gewehrt wie 'ne Verrückte, stimmt's, Loretta?« Als ich nickte, fuhr sie fort: »Aber wegen euch hab ich gelernt, dat man ruhig mal Vertrauen haben kann. Und dat ich alte Schachtel nich mehr allet alleine schaffen muss.«

»Da du gerade von Vertrauen sprichst«, erwiderte ich mit wohldosiertem Zögern in der Stimme. »Ich würde euch beiden gerne etwas über mich erzählen, das ihr noch nicht wisst und das nicht viele Menschen von mir wissen. Ich finde nämlich auch, dass wir mittlerweile ein so enges Verhältnis haben ... also, es gibt etwas, das ich euch nicht länger verschweigen möchte.«

Jetzt waren sie ganz Ohr, das war nicht zu übersehen, denn beide blickten mich neugierig an.

»Raus damit«, kommandierte Gitti. »Ich bin schon gespannt wie 'n Flitzebogen.«

»Also gut ...« Ich gab vor, dass es mir schwerfiel, mich ihnen gegenüber zu öffnen, aber dann sagte ich: »Es ist so: Das Callcenter, in dem ich arbeite, das ist eine Sexhotline. Ich verdiene mein Geld mit Telefonsex. So, jetzt ist es raus. Ich hoffe, Gitti, du nimmst es mir nicht übel, dass ich dich darüber belogen habe.«

Lachend winkte Gitti ab. »Ach wat, woher denn? Aber dein Chef kam mir gleich spanisch vor. Einer, der so aussieht, arbeitet doch nich für 'ne Bank!«

»Ach, du kennst Lorettas Chef?«, fragte Svetlana.

Gitti öffnete den Mund, um zu antworten, aber ich trat ihr unter dem Tisch heimlich auf den Fuß, um sie daran zu hindern, und erwiderte hastig: »Ja, Gitti hat mich ins Callcenter begleitet, nachdem wir im Präsidium waren. Ich hatte dort im Spind was vergessen, das ich dringend brauchte. Das Etui mit meiner Ersatzbrille. Und bei der Gelegenheit hat sie meinen Chef kennengelernt.«

Auf keinen Fall wollte ich, dass Svetlana davon erfuhr, was wir dort in Wirklichkeit gemacht hatten.

»Aber dann seid ihr ja beinahe so was wie Kolleginnen!«, jubilierte Gitti, die meinen dezenten Tritt nicht nur ohne ein Wimpernzucken weggesteckt, sondern offenbar auch verstanden hatte. »Svetlana tanzt nämlich in 'ner Rotlicht-Bar. An so 'ner Stange. Die ist 'ne richtige Akrobatin.«

»Ach, du machst Poledance?«, fragte ich, als hätte ich das nicht schon längst gewusst. »Wahnsinn. Deshalb hast du so eine tolle Figur. Und jetzt wird mir auch klar, warum du nachts arbeitest! Das ist bestimmt wahnsinnig anstrengend.«

Svetlana zuckte mit den Schultern und lächelte. »Übungssache. Gar nicht so schwer, wenn man es kann. Aber ich kann essen, was und so viel ich will, da ich es mir abends in der Aphr…« Sie brach ab und fuhr dann fort: »Da ich es mir abends wieder abtrainiere.«

»Du hast den knackigsten Hintern im ganzen Viertel«, sagte Gitti im Brustton der Überzeugung. »Der ist absolute Weltklasse.«

»Das ist er allerdings«, erwiderte ich, »und ich bin ganz schön neidisch auf dein Hinterteil, muss ich zugeben. So ein Zufall, denn ich hab schon darüber nachgedacht, ob ich nicht mal einen Poledance-Kurs machen sollte, das wird ja sogar schon von Sportstudios angeboten, weil es ein so wirkungsvolles Training ist. Wo bist du denn beschäftigt? Vielleicht komme ich demnächst mal vorbei und sehe es mir live an.«

Svetlanas Lächeln war schmelzend, erreichte aber nicht ihre Augen. »Nicht nötig, ich habe eine Trainingsstange zu Hause. Du kommst mal bei mir vorbei, dann zeige ich dir ein paar Sachen. Du kannst es dann gleich selbst ausprobieren und entscheiden, ob es ein Sport für dich ist.«

»Wenn ich nich diesen beknackten Bruch hätte, würde ich glatt mitmachen«, sagte Gitti grinsend. »Ist dat auch wat für so alte Damen wie mich?«

»Alt? Ich sehe hier keine alte Dame. Und aufgeschoben ist ja nicht aufgehoben. Du kommst einfach dazu, wenn du wieder fit bist, dann haben wir zu dritt Spaß.« Svetlana zwinkerte Gitti zu, dann wandte sie sich an mich. »Aber erzähl doch mal von *deinem* Job. Arbeitest du auch nachts?«

Ich schüttelte den Kopf. »Nur selten. Erstaunlicherweise ist nachts bei uns viel weniger los als tagsüber. Vermutlich sind die Kerle alle nachts bei dir in der Bar und holen sich Appetit. Du bist doch nicht … äh …«

Ich ließ es unausgesprochen, aber sie wusste auch so, was ich meinte.

»Im operativen Geschäft? Nein. War ich nie und habe es auch in Zukunft nicht vor. Wer eine gute Tänzerin ist, bekommt eine Menge Trinkgeld, und ich *bin* eine gute Tänzerin. Außerdem will ich das nicht ewig machen. Ich habe Pläne. Meine Zukunft sehe ich nicht auf dem Kiez, weißt du?«

»Konkrete Pläne?«, fragte ich rasch nach.

Sie zuckte mit den Schultern. »Ich bin jung. Ich will noch was von der Welt sehen. Deshalb lege ich jeden Cent auf die hohe Kante. Und wenn ich genug zusammengespart habe, breche ich meine Zelte hier ab.«

»Aber das passiert hoffentlich nicht in den nächsten fünf Wochen!«, rief Gitti in gespieltem Schreck, und Svetlana versicherte ihr wortreich, dass dies ganz bestimmt nicht passieren würde.

Natürlich nicht, weil ihr es bis dahin keinesfalls schaffen werdet, euch zur Bank durchzuwühlen, dachte ich, sonst wärst du schon über alle Berge, und zwar zusammen mit Kipper, wie ich vermute.

Sie entschuldigte sich, um ins Bad zu gehen, und ich flüsterte Gitti zu: »Lass uns unbedingt noch geheim halten, dass Frau Sievers uns heute den Namen von diesem Kerl gesagt hat. Und vor allem auch, dass Erwin und ich aktiv auf der Suche nach den beiden Männern sind, okay?« Ich dachte kurz nach und fügte hinzu: »Und ganz besonders, dass wir die Kommissarin gut kennen.«

Gitti riss erschrocken die Augen auf. »Denkst du wirklich, dat die Svetlana wat damit zu tun haben könnte?«

Wider besseres Wissen schüttelte ich den Kopf, um sie nicht zu beunruhigen. »Aber nein, das ist es nicht, Gitti. Aber sie arbeitet im Rotlichtmilieu, und Leute wie dieser Kipper treiben sich dort herum. Wer weiß, vielleicht unterhält sie sich ganz unschuldig mit einer Kollegin über die Sache, und dieser Kipper hört zufällig mit … das dürfen wir keinesfalls riskieren. Wenn die Sievers es in der Nachbarschaft herumtratscht, birgt das zwar auch ein gewisses Risiko, aber bei Svetlana ist es deutlich größer.«

»Verstanden«, wisperte Gitti und nickte verschwörerisch. »Meine Lippen sind versiegelt.«

Ich hörte, dass Svetlana zurückkam, und stand auf. »So, ich muss jetzt wirklich langsam los. Vielen Dank für das wunderbare Essen.«

Svetlana begleitete mich nach unten. Als sie mir das Hoftor aufschloss, sagte ich: »Wir haben also eine Verabredung.« Sie blickte mich verständnislos an, und ich fügte hinzu: »An deiner Trainingsstange, schon vergessen?«

»Ach so, natürlich! Das wird ein Spaß!«

Vielleicht – falls es jemals dazu kommt, dachte ich. »Kannst du mich bitte am Montag schon mittags ablösen? Ich weiß, das ist nicht abgemacht, aber ich habe etwas wirklich Dringendes zu erledigen.«

»Na klar, kein Problem. Ich bin dann um eins im Laden, reicht das?«

»Perfekt. Vielen Dank.«

Ich winkte zum Abschied, dann drehte ich mich um und ging.

Zu Hause rief ich sofort bei Erwin an, der zu meiner Erleichterung abhob.

»Du hast Neuigkeiten?«, sagte er sofort. »Du hast mich neugierig gemacht. Und warum sollte ich dich nicht zurückrufen?«

»Weil ich bis vor zehn Minuten mit Gitti und Svetlana zusammengesessen habe, und da wäre es absolut nicht passend gewesen.«

»Ach ja? Jetzt bin ich noch neugieriger. Es hat also was mit einer von den beiden zu tun.«

»Allerdings – und du wirst es nicht glauben!«, rief ich triumphierend. Ich erzählte ihm von dem Telefonat, das ich vom Schuppen aus belauscht hatte.

»Das ist allerdings eine kleine Sensation«, sagte er. »Weiß Gitti Bescheid?«

»Nein. Erstens ergab sich keine Gelegenheit, es ihr zu sagen, und zweitens … ich weiß nicht, wie sie darauf reagieren wird. Ich habe sie aber beschworen, Svetlana nichts davon zu erzählen, dass wir diesen Namen kennen.«

»Mit einer guten Begründung, nehme ich an.«

»Natürlich, aber das würde jetzt zu weit führen. Svetlana wollte mir eigentlich nicht verraten, wo sie arbeitet, aber es wäre ihr beinahe herausgerutscht. Es ist die Aphrodite Bar.«

»Die Aphrodite, soso«, murmelte er.

»Und du? Hast du schon was rausgefunden?«

»Leider bisher nicht, aber ich rede morgen Vormittag mit ein paar Kollegen. Und hoffentlich mit Astrid.«

»Gut, dann lass uns uns mittags bei Frank im Kiosk treffen.«

»Bei Frank? Wieso ausgerechnet dort?«

»Warum denn nicht? Bis morgen. So gegen halb zwei.«

Ich wollte ihm noch nichts von dem Plan erzählen, der bereits in meinem Kopf heranreifte. Morgen war früh genug.

Kapitel 20

Ein konspiratives Treffen endet mit einem guten Plan und ein Ausflug mit einem denkwürdigen Essen

»Wat, du auch noch? Wat is los? Habbich irgendwat verpasst?«, fragte Frank statt einer Begrüßung, als ich am nächsten Mittag in seinen Kiosk kam.

»Auch dir einen schönen Tag, Frank. Du könntest mir einen sehr, sehr heißen Kakao machen, vielen Dank. Ich bin so vereist, dass ich Angst habe, in tausend Stücke zu zersplittern. Und du hast ihm also nicht verraten, dass ich komme?«, sagte ich dann zu Erwin, der am Stehtisch auf einem Barhocker saß und Zeitung las.

Er faltete das großformatige Tagesblatt zusammen und grinste. »Diese Frage kannst du dir mühelos selbst beantworten. Du musst dir nur das verdutzte Gesicht unseres gemeinsamen Freundes angucken.«

»Du hast recht, mein lieber Erwin.« Ich gluckste. »Er hat *sehr* verdutzt aus der Wäsche geguckt.«

Mit einem dampfenden Porzellanbecher kam Frank hinter seinem Verkaufstresen hervor und stellte ihn vor mir auf den Tisch. Dann stemmte er die Hände in die Seiten. »Also, wat jetz? Wollter weiter in Rätseln quasseln, oder wollter mir ma endlich verklickern, wat hier los is?«

Erwin zuckte mit den Schultern. »Warum Loretta sich unbedingt *hier* mit mir treffen wollte, weiß ich selbst nicht. Also schließe ich mich deiner letzten Frage an: Was ist hier los, Loretta?«

Ich pellte mich aus Mantel und Schal und hockte mich neben ihn. Nachdem ich am Kakao genippt hatte, der nach der eisigen Kälte draußen wirklich guttat, sagte ich: »Was soll los sein? Wir haben hier Minipli-Man und Hornbrillen-Girl beim Incredible Flying Ninja … mal überlegen … was könnte das wohl bedeuten?«

Frank stierte mich entgeistert an, dann breitete sich langsam ein fettes Grinsen auf seinem Gesicht aus. »Es gibt ’nen Fall, hab ich recht? Dat is der Grund, dat ihr hier seid! Die alte Kampftruppe schmiedet einen genialen Plan und räumt erbarmungslos unter den Verbrechern auf.« Begeistert rieb er sich die Hände. »Dat wurde auch endlich ma wieder Zeit, hömma.«

Ich nickte huldvoll. »*Vielleicht* gibt es einen Fall. Könnte sein, dass ein kleiner Einsatz nötig ist.«

»Oh mein Gott, ein Einsatz … ich ahne Schlimmes«, murmelte Erwin mit rollenden Augen, während Frank vor Begeisterung beinahe platzte.

»Vielleicht bist du, Erwin, so gütig, Frank ins Bild zu setzen, während ich mich mithilfe dieses labenden Getränks aufwärme«, sagte ich. »Ich bin nämlich immer noch vollkommen durchgefroren.«

Das stimmte aufs Wort.

Aus Gründen, die mir mittlerweile schleierhaft waren, hatte ich mich entschieden, quer durch den Park zu Fuß zu Franks Kiosk zu laufen. Irgendwie hatte ich die Temperaturen unterschätzt, die seit heute Morgen gefallen zu sein schienen. Oder der Weg vom Geschäft zu meiner Wohnung war schlicht nicht lang genug, um bis auf die Knochen auszukühlen. Seit Mannis Todestag hatte es zwar nicht mehr geschneit, aber der Teich im Park war zugefroren, was ein deutlicher Hinweis war. Nun legten heranfliegende Enten unbeholfene Landungsmanöver hin, bei denen sie meterweit übers Eis schlidderten, bevor sie ihr Gleichgewicht erlangten. Das Geäst der Bäume und Sträucher war von feinem, glitzerndem Reif überzogen, was zusätzlich für Minusgrade sprach. Wirklich zu dämlich von mir, keine Handschuhe anzuziehen.

Aber jetzt ging es mir schon besser. Die vorhin noch eiskalten Hände hatte ich um die heiße Tasse gelegt, und der Kakao heizte mich von innen auf.

Wunderbar.

Erwin hatte seinen Bericht beendet, dem Frank atemlos zugehört hatte. Natürlich kam ausgerechnet jetzt eine Horde Schulkinder in den Kiosk geströmt, die er erst einmal bedienen musste, wozu er sich sichtlich widerwillig aufraffte. Vermutlich hätte er die Eingangstür am liebsten verriegelt und verrammelt, um seine Aufmerksamkeit ganz und gar dem neuen Fall widmen zu können.

Während er also nacheinander ein gutes halbes Dutzend Papiertüten nach den aufgeregt rausgekreischten Wünschen seiner kleinen Kunden mit Süßigkeiten füllte, fragte ich Erwin nach seinen Neuigkeiten.

»Besonders viel habe ich nicht über diesen Kipper herausgefunden«, erwiderte er, »außer, dass es ihn gibt, aber das wussten wir ja bereits.«

»Nichts weiter?« Ich war enttäuscht.

»Er ist den Kollegen insofern *bekannt*«, er malte mit den Fingern Anführungszeichen in die Luft, »als der Bengel sich am Rande des Milieus herumtreibt. Bisher ist er aber nie durch eine Straftat aufgefallen oder verhaftet worden, also ist er auch nicht erfasst oder offiziell aktenkundig. Keine Fingerabdrücke, kein Realname, nix. Auf einigen Fotos, die bei Einsätzen von Zivilkollegen entstanden sind, ist er drauf, aber immer nur verschwommen oder von hinten. Groß, schmal, dunkle Haare. Die Kollegen sagen, er müsste um die Mitte zwanzig sein.«

»Ein weitgehend unbeschriebenes Blatt, also. Das ist echt blöd. Und der andere?«

Erwin zuckte mit den Schultern. »Das könnte sonst wer sein. Über ihn wissen wir ja nur, dass er kleiner ist als Kipper, und das trifft auf viele Männer zu. Da Kipper bisher nie im Fokus irgendwelcher Ermittlungen stand, ist auch nicht bekannt, mit wem speziell er abzuhängen pflegt.«

»Dann ist es an uns, das herauszufinden«, sagte ich. »Wir haben nichts, das der Kommissarin weiterhelfen könnte, richtig?«

»Wat müssen wir rausfinden?«, fragte Frank, der in diesem Moment wieder zu uns stieß. »Wat über diesen Flipper oder wie der heißt?«

»*Kipper* ist der werte Name«, sagte ich. »Zufällig weiß ich, wo er morgen Abend sein wird. Und da ich ungern alleine in die Aphrodite Bar gehen möchte, brauche ich dich als Begleitung, Frank. Es wird Zeit, dass *Fränkie* mal wieder auf dem Kiez erscheint. Undercover, natürlich.«

»*Andakawwa!*«, japste Frank strahlend. »Wie geil is dat denn? Und wat is mit Erwin? Der kommt doch auch mit?«

Stirnrunzelnd hatte Erwin uns zugehört. »Ich glaube nicht, dass mir dein Plan gefällt, Loretta. Wenn ich mir vorstelle, dass ihr beide nachts auf dem Kiez unterwegs seid …«

»Wir werden nichts machen, versprochen«, erwiderte ich. »Wir gehen nur in diese Bar, setzen uns brav an einen Tisch, trinken ganz gesittet eine Cola oder zwei und sehen uns ein wenig um. Nichts weiter. Vielleicht machen wir heimlich ein paar Fotos von Leuten, mit denen Kipper redet. Das ist aber auch schon alles.«

»Warum kommste denn nich mit, Erwin? Haste keine Zeit?«, fragte Frank.

»Ich wüsste nicht, wie wir Minipli-Man verkleiden könnten, dass er nicht erkannt wird«, sagte ich. »Er ist doch auf dem Kiez bekannt wie ein bunter Hund. Bestimmt laufen da eine ganze Menge Leute rum, die ihn noch aus seiner aktiven Zeit kennen. Das ist viel zu riskant. Da würde höchstens ein Seuchenschutzanzug helfen, und den haben wir nicht. Auch damit würde er ein wenig zu viel Aufmerksamkeit auf sich ziehen. Und wir wollen doch ganz unauffällig im Hintergrund bleiben, nicht wahr?«

Erwin nickte. »Aber wie willst du unerkannt bleiben? Den Frank kennt dieser Kipper nicht, aber du hast dem Typen im Laden gegenübergestanden.«

»Ich habe gehofft, dass Bärbel noch ein paar von den Klamotten hat, mit denen wir uns damals verkleidet haben, als es ums Callcenter ging.«

Ich sah Frank fragend an, und er nickte.

»Die Plünnen sind innem Koffer im Keller. Da finden wir garantiert wat.«

»Na also. Ich muss mir nur irgendwo eine billige blonde Perücke besorgen; die war damals ja geliehen.«

»Ich seh schon, wie Bärbel vor Begeisterung Freudensprünge machen wird«, sagte Erwin düster.

Ja, darüber machte ich mir tatsächlich auch Sorgen. Sie würde ganz und gar nicht einverstanden sein.

Aber irgendwas war ja immer.

Der Sonntagmorgen war überraschend sonnig. Im Gegensatz zu gestern war der Spaziergang durch den Park zu Franks Kiosk herrlich erfrischend. Ganze Heerscharen waren bei dem schönen Wetter unterwegs, und prompt war auch der Kiosk von Kunden belagert. Über die Köpfe der Wartenden hinweg warf Frank mir meine Brötchentüte zu, dann ging ich wieder.

Nach dem Frühstück saß ich gelangweilt herum, dann rief ich spontan bei Gitti an und fragte sie, ob sie Lust auf einen kleinen Ausflug hätte – mit ihrem schicken Auto. Erstens wollte ich die Zeit bis zum Abend sinnvoll überbrücken, und zweitens war ich echt scharf darauf, mal mit ihrer schrägen Schleuder durch die Gegend zu gondeln.

Sie war begeistert.

Nicht nur das: Frau Sievers, die unglücklicherweise gerade

auf ein Käffchen bei ihr zu Besuch weilte, war es ebenfalls. Gar nicht zu sprechen von Purzel, dessen frenetisches Kläffen im Hintergrund von Frau Sievers noch angeheizt wurde. »*Wollen wir fein Gassi gehen? Na, wollen wir? Wollen wir?*«, hörte ich sie zu ihm sagen, und ihr Schätzchen geriet schier außer Rand und Band, was die Fortführung des Telefonats geradezu unmöglich machte. War aber auch egal, denn es war alles gesagt.

Wie verabredet, traf ich exakt eine Stunde später beim Geschäft ein, wo die Damen mich bereits bei geöffnetem Hoftor erwarteten. Bei Purzels Anblick musste ich mir wieder mal ein Grinsen verkneifen, denn er steckte diesmal in einem Mäntelchen aus Teddyplüsch mit Leopardenmuster. Sogar sein Halsband und seine Leine waren mit den typischen Flecken bedruckt, unfassbar. Die Branche für luxuriösen Heimtierbedarf musste sich an Frau Sievers wirklich dumm und dämlich verdienen. Purzel sah zu komisch aus, aber ich hütete mich, flapsige Bemerkungen zu seinem Outfit zu machen. Irgendwie fand ich es auch rührend, wie liebevoll sie ihn immer ausstaffierte und dabei fest glaubte, dass ihm die verschiedenen Mäntelchen auch tatsächlich gefielen. Vermutlich wäre er mit einer stinkenden, zerlumpten Decke deutlich glücklicher gewesen, aber leider konnte Purzel ja nicht sprechen. Zu dumm aber auch.

»Die Lore will uns übrigens zum Mittagessen einladen«, sagte Gitti und übergab mir den Autoschlüssel.

»Ach, wirklich? Das ist aber wirklich supernett von Ihnen, Frau Sievers«, erwiderte ich und brachte sie damit zum Strahlen.

Ich setzte mich ins Auto. Das Teil war *riesig* – was für ein Unterschied zu meinem niedlichen Kleinwagen, der vermutlich locker hinten auf die Ladefläche passte. Ich ließ den Motor an, der erst leise blubberte und schließlich schnurrte wie Baghira, wenn er sehr zufrieden war. Dann legte ich den Rückwärtsgang ein und manövrierte das Schlachtschiff aus der Einfahrt auf die Straße. Gitti verschloss das Hoftor, dann stiegen die beiden Damen zu: Gitti vorne und Frau Sievers mit Purzel hinten.

»Ich dachte, wir suchen uns ein schönes Ausflugslokal, wo wir auch einen Waldspaziergang machen können, was meint ihr?«, fragte ich und erntete begeisterte Zustimmung.

»Ist das aufregend!«, japste Frau Sievers, als ich losfuhr. »Mit diesem Auto sind schließlich mal *Leichen* transportiert worden. Irgendwie gruselig!«

»Krieg dich mal wieder ein, Lore«, sagte Gitti trocken. »Dat ist Jahrzehnte her. Ich glaub kaum, dat die Geister der Verstorbenen in meinem Auto spuken.«

»Gitti!«, quiekte Frau Sievers von hinten. »Sag doch nicht so was! Jetzt muss ich die ganze Zeit an Gespenster denken!«

Der Verkehr in der Stadt war dicht, aber flüssig, sodass wir relativ rasch die Wälder erreichten, die den Bewohnern des Ruhrpotts als Naherholungsgebiete dienten. Auch hier waren wir nicht gerade alleine unterwegs, denn viele nutzten – so wie wir – das schöne Wetter für einen Spaziergang. Ich lenkte das Auto auf den halb gefüllten Parkplatz eines Ausflugslokals und stellte den Motor ab.

Ich drehte mich zu meinen Mitfahrerinnen und fragte: »Wie sieht's aus? Wollen wir zuerst einen Happen essen und dann der Spaziergang oder umgekehrt? Mir ist es wurscht.«

»Hm …« Gitti blickte auf ihre Armbanduhr und sagte: »Wir haben nach zwölf. Bestimmt ist der Laden knüppelvoll, wenn wir erst spazieren gehen und danach versuchen, hier noch 'nen Platz zu kriegen.«

Ich nickte. »Gutes Argument. Frau Sievers? Muss Purzel sofort Pipi, oder hat es noch ein bisschen Zeit?«

»Mein Schätzchen und ich waren selbstverständlich heute schon Gassi«, erwiderte sie würdevoll. »Sogar zweimal. Und Purzelchen hat dabei ganz brav *beide* Geschäfte erledigt.«

»Also gehen zuerst was essen«, sagte ich. »Es ist ohnehin gesünder, hinterher einen Verdauungsspaziergang zu machen. Alle Mann von Bord, bitte.«

Das Restaurant strahlte den schlichten Charme eines stark frequentierten Ausflugslokals aus, das es ja nun mal war. Ein bisschen kitschige Forsthaus-Deko, Sprossenfensterchen mit Rüschengardinen, Kunstblümchen auf den Tischen, überall Eiche rustikal. Nur wenige Tische waren bisher besetzt, und aus der Küche drangen die Geräusche einer auf Hochtouren arbeitenden Brigade, die sich auf den mittäglichen Ansturm vorbereitete, der vermutlich ohne nennenswerte Verschnaufpause in die Kaffee-und-Kuchen-Phase übergehen würde. Es duftete nach gutbürgerlichem Essen, was die Speisenkarte bestätigte: Gulasch, Rindsroulade, Schweinebraten, Entenkeule und dergleichen mehr waren im Angebot.

»Mir ist nach Rindsroulade«, verkündete ich nach kurzem Studium der Karte. »Dazu gibt es Salzkartoffeln und Rosenkohl.«

»Nehme ich auch«, sagte Frau Sievers, und Gitti nickte ebenfalls.

»Dreimal Rindsroulade, bitte«, bestellte ich bei der Kellnerin, die schon jetzt einen erschöpften Eindruck machte. »Und eine große Flasche Mineralwasser mit drei Gläsern.«

Auf einer Tafel hatte ich gelesen, dass hier auch Frühstück angeboten wurde, und vermutlich war die junge Frau bereits seit sieben Uhr im Dienst. Ich nahm mir vor, beim Trinkgeld großzügig zu sein.

Unser Essen wurde – gemeinsam mit dem Mineralwasser – in Windeseile serviert. Bereits nach zwei Bissen war mir klar, dass die Küche auf gar keinen Fall ein Trinkgeld verdiente: Die winzigen Kartoffeln kamen eindeutig aus dem Glas, der Rosenkohl war weicher als Babybrei, und die Roulade war an einer Seite vollkommen vertrocknet, als sei sie beim Garen und späteren Warmhalten nicht vollständig von Flüssigkeit bedeckt gewesen. Ausflugslokal hin oder her – das war eine Frechheit. Für viele Leute zu kochen musste nicht automatisch bedeuten, es miserabel zu tun.

Ich fing einen beredten Blick von Gitti auf, die verbissen an der trockenen Seite der Roulade herumsäbelte, und wollte gerade losmeckern, als Frau Sievers sagte: »Das Essen ist wunderbar, findet ihr nicht auch?«

Beinahe hätte ich mich verschluckt. Meinte sie das etwa ernst? Ja, allerdings, denn sie flötete: »Diese kleinen *Kartöffelchen,* ich bin ganz hin und weg! Und die Roulade – delikat!«

Okay … also, diese Kartöffelchen kriegte man vorgegart als Convenience-Produkt für die Gastronomie, und so fade und wässerig schmeckten sie leider auch. Die halb vertrocknete Roulade war mit einer viertel Gewürzgurke sowie einer breiigen Masse gefüllt, deren Zusammensetzung ich beim besten Willen nicht zu identifizieren vermochte. Bäh!

Aber Frau Sievers strahlte vor Glück und war offenkundig der Meinung, uns ein vorzügliches Mahl zu spendieren. Sollte ich ihr die Freude verderben, indem ich den Fraß in der Luft zerriss? Nein.

Also sagte ich: »Ganz herzlichen Dank für die Einladung, Frau Sievers!«, womit ich auf höchst diplomatische Art die gefährliche Klippe umschiffte, zum Essen selbst etwas zu sagen.

Zum Dessert gab es Vanilleeis mit heißen Himbeeren, die völlig übersüßt waren, und auch hier stimmte Frau Sievers Lobeshymnen an, die nicht von dieser Welt waren. Aus dem Augenwinkel sah ich, dass Gitti mit den Augen rollte, als Frau Sievers nicht hinsah.

Da ich mein Dessert in Windeseile verschlungen hatte, sah ich aus dem Fenster auf den Weg, der ans Restaurant grenzte. Er war bevölkert mit Familien und Paaren, die in Scharen durch den winterlichen Wald spazierten. Überall glitzerten noch Reste von Raureif an den Ästen, und der Waldboden war bedeckt mit einer dünnen Schicht Schnee – beides hielt sich hier offenbar länger als mitten in der Stadt.

Plötzlich fiel mir – ich weiß nicht, warum – ein Paar ins Auge, das eng umschlungen den Weg entlangschlenderte. Von mir aus gesehen war der Mann hinter der Frau, die ihm das Gesicht zugewandt hatte, sodass ich es nicht erkennen konnte. Ihr Haar war unter einer Wollmütze verborgen und ihr dicker Schal bis zur Nase hochgezogen. Der Mann neigte sich zu ihr, und ihn erkannte ich sehr wohl: Es war Jens Dombrowski. Nanu? Er hatte also eine Freundin, und zwar eine, von der seine Tante nichts wusste.

Obwohl ich ihn nicht mochte, war es nicht meine Sache, Gitti darüber aufzuklären, also machte ich sie nicht auf ihn aufmerksam. Das würde sich ganz von allein erledigen, falls die beiden auch dieses Lokal besuchen würden – was sie allerdings nicht taten.

Das Restaurant hatte sich in der Zwischenzeit gut gefüllt, und ich erlaubte mir, der abgehetzten Kellnerin zwei Euro zuzustecken, denn sie konnte schließlich nichts für das Essen, das die Küche rausschickte.

Der Spaziergang war in der Tat belebend, und Purzel hätte sicherlich gerne ein wenig mehr im Unterholz gestöbert, aber Frau Sievers ließ ihn nicht von der Leine.

Um kurz nach vier steuerte ich den Wagen zurück in die Einfahrt bei Gitti, und wir versicherten uns gegenseitig, dass es ein wirklich schöner Ausflug gewesen war. Ich verabschiedete mich von den beiden Damen und schlenderte nach Hause. In ein paar Stunden ging es für mich weiter.

Kapitel 21

Loretta weiß: Manchmal zahlt es sich aus, ungenutzte Klamotten nicht sofort in die Altkleidersammlung zu geben

Es war gegen acht Uhr abends, als ich bei Bärbel und Frank klingelte. In einer kleinen Reisetasche befand sich die Perücke, die ich tags zuvor in der City gekauft hatte. Sie war billig gewesen, und exakt so sah sie auch aus: blond, grell, lange Locken und ganz eindeutig aus Plastik. Sollte ich damit aus Versehen zu nah an eine offene Flamme geraten, würde mein Kopf explodieren wie ein Chinaböller zu Silvester.

Man würde ihr schon aus fünf Kilometern Entfernung ansehen können, dass es sich nicht um meine echten Haare handelte, aber das war mir wurscht.

Erstens war es so, dass viele Damen aus dem Milieu mit Extensions oder Haarteilen arbeiteten, um sich zu verkleiden, und zweitens ging es mir nur darum, möglichst anders auszusehen. Vor allem Svetlana durfte mich keinesfalls erkennen.

Sie kannte mich nur ungeschminkt, mit kurzen, dunklen Haaren und Hornbrille, in Jeans und flachen Schuhen. Heute Abend würde ich hohe Hacken, Stretchhose und Glitzertop tragen und stark geschminkt sein. Meine Kurzsichtigkeit war ein Problem, aber ich hatte beschlossen, eine meiner Sonnenbrillen aufzusetzen. Ganz sicher würde ich nicht die einzige Person in der schummrigen Bar sein, die dort mitten in der Nacht mit einer Sonnenbrille herumsaß.

Mit vor der Brust verschränkten Armen stand Bärbel in der Wohnungstür und erwartete mich. »Frank hat hoffentlich einen Scherz gemacht«, sagte sie.

Ich schüttelte den Kopf. »Ich fürchte nein. Lässt du mich trotzdem rein?«

Sie starrte mich noch einen Moment lang an, und ich rechnete schon damit, dass sie mir die Tür vor der Nase zuknallen würde, aber dann trat sie zurück.

Während ich ihr durch die Diele folgte, fragte ich: »Wirst du es ihm verbieten?«

Sie deutete lässig durch die offene Wohnzimmertür und grinste. »Dreimal darfst du raten.«

Dessen bedurfte es nicht, denn Frank hockte inmitten eines riesigen Haufens greller und glitzernder Klamotten, die wir angeschafft hatten, als wir uns vor einiger Zeit als Kiezgrößen ausgegeben hatten. Leider war es für Frank und mich damals ziemlich gefährlich geworden, und wir hatten sogar Verletzungen erlitten. Erwin hatte natürlich völlig recht damit gehabt, dass Bärbel von meinem Plan alles andere als begeistert sein würde.

»Bärbel, wir gehen heute Abend überhaupt kein Risiko ein, das schwöre ich«, sagte ich zu ihr. »Wir setzen uns nur in eine Bar und sehen uns um. Das ist alles. Es ist vollkommen ungefährlich.«

»Wirklich?«, fragte sie zurück. »Ihr schleicht euch also bestimmt nicht heimlich irgendwo ein, um Leute zu belauschen, die sauer werden könnten, wenn sie euch erwischen, und euch dann verprügeln? Oder Schlimmeres?«

Nun, so konnte man es natürlich auch ausdrücken. Kam ganz drauf an, aus welchem Blickwinkel man unsere kleine Aktion sehen wollte …

»Schwörst du mir, dass ich meinen Frank ohne Beulen und Schrammen wieder zurückkriege?«, fügte sie hinzu.

»Ja, das schwöre ich«, erwiderte ich, ohne mit der Wimper zu zucken, schließlich glaubte ich fest daran. »Allerdings kann ich noch nicht sagen, wie lange es dauern wird. Wenn wir Glück haben, taucht der Typ, um den es geht, um zehn Uhr auf. Wenn wir Pech haben, erst um drei Uhr morgens. Was ich nicht hoffe, nebenbei bemerkt. So gerne ich in Franks Gesellschaft bin: Ich habe keine große Lust darauf, mir die halbe Nacht in diesem Etablissement den Hintern platt zu sitzen. Ich muss morgen nämlich früh raus.«

»Nich nur du.« Frank grinste und schwenkte triumphierend ein T-Shirt über dem Kopf. »Guckma, wat ich gefunden hab: die Glitzerknarre! Soll ich dat nich heute wieder anziehn, wat meinze?«

Es handelte sich um ein grell pinkfarbenes, enges Shirt, auf dessen Vorderseite eine aus Millionen winziger Glitzersteinchen zusammengesetzte Pistole prangte. Dieses Ding war wie ein Fausthieb mitten ins Gesicht, aber Frank fand es natürlich toll. Bärbel dagegen rollte so heftig mit den Augen, dass ich befürchtete, ihre Augäpfel könnten mir jeden Moment vor die Füße kollern.

Das Shirt, das im Übrigen ursprünglich todsicher nicht für einen männlichen Träger gedacht war, entsprach perfekt seiner früheren Vorliebe für grelle und knallenge Kleidung, die samt und sonders ein Angriff auf die Sehnerven seiner Umwelt gewesen war. Behutsam hatte Bärbel ihn zu dezenteren Klamotten dirigiert – meist aus dem Bundeswehrshop –, ohne dass er sich nun verkleidet fühlte. Dieses T-Shirt war für ihn ein Trigger, dem er kaum widerstehen konnte.

Aber ich schüttelte den Kopf. »Lieber nicht. Wenn du mit diesem Fummel in der Bar aufkreuzt, werden dich alle anglotzen. Und irgendein angesoffener Vollidiot fühlt sich garantiert dadurch, dass du dieses Ding so selbstbewusst trägst, provoziert und macht dich blöd an.«

Verständnislos sah er mich an. »Wieso selbstbewusst? Dat is einfach schick.«

»Ist es nicht«, warf Bärbel gelassen ein. »Jedenfalls nicht, solange du kein zwölfjähriges Girlie bist.«

»Zieh doch einfach einen deiner Trainingsanzüge aus Raschelstoff an«, sagte ich. »Im Optimalfall einen, bei dem Oberteil und Hose zusammenpassen. Hast du noch den schwarzen? Den mit den Goldstreifen an der Seite? Der wäre perfekt.«

»Na gut. Mach ich.« Er zog eine Schnute wie ein beleidigtes Kind und trollte sich ins Schlafzimmer.

Bärbel sah ihm nach und seufzte. »Kannst du mir erklären, warum ich diesen Kerl so liebe? Einen Kerl, der auf pinkfarbene Girlie-Shirts mit Glitzerknarre steht?«

Ich nickte. »Ja, das kann ich. Erstens: Weil das nur Äußerlichkeiten sind, die nichts über den Menschen in dem Girlie-Shirt aussagen. Zweitens: Weil er einer der nettesten, herzlichsten und liebenswertesten Menschen ist, die ich kenne. Und die *du* kennst. Drittens: Weil du keinen Besseren finden könntest, und das weißt du ganz genau. Er macht dich glücklich, und er liebt eure Kinder abgöttisch. Seine gelegentlichen Rückfälle in eine vorpubertäre Phase ...«, ich zuckte mit den Schultern, »nun ja. Irgendwas ist ja immer.«

Bärbel lachte und umarmte mich fest. Dann sagte sie: »So, dann wollen wir mal schauen, wie wir dich ausstaffieren.«

Wir durchwühlten den Kleiderhaufen und zogen so allerlei Schrilles heraus. Nacheinander kombinierten wir diverse Outfits und verwarfen sie nach intensiver Diskussion wieder, weil sie zu eng, zu nuttig, zu peinlich oder schlicht und ergreifend zu geschmacklos waren, als dass ich sie hätte tragen mögen. Bei dem, was Frank und ich vorhatten, kam es zwar nicht unbedingt auf Stil und Geschmack an, aber es gab Grenzen. Jedenfalls für mich.

Letztendlich entschieden wir uns für ein Outfit ganz in Schwarz: enges Oberteil, Leggings aus Kunstleder, Stiefelletten mit extrahohen Absätzen und eine dünne Strickjacke. Damit konnte ich leben. Dachte ich.

Frank kam im Trainingsanzug aus dem Schlafzimmer geraschelt, und ich ging mit den Klamotten hinein, um mich umzuziehen. Die Anstrengung, mich in die Leggings zu zwängen, verursachte mir Schweißausbrüche, aber irgendwann hatte ich es geschafft, ohne dass Bärbel mir mit einem Schuhanzieher oder dergleichen zu Hilfe eilen musste.

Ein Taucheranzug muss sich so anfühlen, dachte ich, als ich mich im Spiegel betrachtete.

In Kombination mit dem Oberteil und der Jacke sah es gar nicht mal so schlecht aus, stellte ich fest. Die Zwölf-Zentimeter-Absätze der Stiefelletten hievten mich in ungewohnte Höhe, und ich eierte unbeholfen zurück ins Wohnzimmer.

Frank schnalzte anerkennend mit der Zunge. »Mit dir kann man sich blicken lassen, Schätzchen.«

Aber Bärbel musterte mich kritisch und schüttelte den Kopf. »Ich bin nicht sicher, ob die Klamotten ausreichen, um nicht erkannt zu werden.«

»Nee, da sitzt ja immer noch der alte Loretta-Kopf drauf«, erwiderte ich, holte die Perücke aus der Tüte und stülpte sie über. Dann setzte ich die Brille ab. »Na? Und jetzt?«

»Ich weiß nicht recht …«, sagte Bärbel. »Ich erkenne dich immer noch.«

»Ja klar, weil du weißt, dass ich es bin. Die meisten Leute, die mich nicht so gut kennen wie ihr, identifizieren mich an genau zwei äußerlichen Komponenten: kurze, dunkle Haare und dicke Hornbrille, dazu gesellen sich, aber erst auf der zweiten Wahrnehmungsebene, Ringelpulli und Jeans. Und dass ich nie geschminkt bin. Wenn dies alles wegfällt, erkennen die mich schlicht nicht mehr, das habe ich schon oft genug erlebt.« Ich drehte mich einmal um mich selbst. »Guck – lange blonde Locken bis zum Hintern: *nicht* Loretta. So einfach ist das. Sonnenbrille, enge Klamotten, leuchtender Lippenstift: *erst recht* nicht Loretta. Jetzt muss ich nur noch üben, in diesen Schuhen zu gehen, ohne mir alle Knochen zu brechen.«

»Dann sollten wir wohl besser gleich anfangen«, sagte Bärbel und streckte die Hand aus.

Während Frank – passend zum Outfit – breitbeinig in seinem Lieblingssessel lag und uns amüsiert zusah, führte Bärbel mich durchs Wohnzimmer. Immer hin und her, bis ich allmählich sicherer wurde und es alleine wagte. Trotzdem strauchelte ich immer wieder und musste mich am Mobiliar abstützen, was Frank zum Kichern brachte.

»Du hast es gut«, quengelte ich, »du ziehst gleich einfach zum bequemen Jogginganzug deine ausgelatschten Cowboystiefel an, und schon ist dein klischeehaftes Halbwelt-Outfit perfekt. Und ich? Diese Gummihose hat sich garantiert ein Masochist ausgedacht, genauso wie diese bescheuerten Schuhe. Und meine Kopfhaut juckt jetzt schon, mal abgesehen davon, dass dieser blonde Fiffi wärmer ist als eine Wollmütze. Perfekt, um damit in einem überhitzten Raum zu sitzen. Denn gut geheizt muss die Bar sein, sonst erkälten sich die leicht bekleideten Damen, und das will schließlich kein Mensch.« Unbeholfen stakste ich wieder los.

»Ich wüsste eine Lösung«, sagte Bärbel. »Du ziehst die Klamotten wieder aus, und wir bestellen uns Pizza und hängen uns vor die Glotze. Problem gelöst. Du darfst auch meine allerweichsten Puschen anziehen.«

So verlockend die Aussicht auch war, die Folterwerkzeuge an meinen Füßen gegen Kunstfell-Hausschuhe mit niedlichen Hasenohren zu tauschen und einen gemütlichen Abend mit meinen Freunden zu verbringen – es ging nicht.

Ich hatte eine Mission.

Und wenn ich mir einmal etwas vorgenommen hatte, zog ich das auch durch. Meistens jedenfalls.

Dass Bärbel nicht wirklich damit gerechnet hatte, dass ich ihrem Vorschlag zustimmen würde, erkannte ich rasch: Sie ging ins Bad und kam mit Schminkzeug zurück.

»Die Augen brauchste nicht anmalen«, sagte ich, als sie eine Lidschatten-Palette aufklappte. »Die sieht sowieso keiner, ich setze doch eine Sonnenbrille auf.«

»Die du dann unter keinen Umständen absetzen darfst. Nicht einmal, um sie zu putzen oder so«, gab sie streng zurück. »Die Augen ungeschminkt, und der Rest des Gesichtes ist zugespachtelt? Geht nicht.«

Sie bugsierte mich auf einen Stuhl. Ergeben schloss ich die Augen und ließ sie pinseln. Nach mir endlos erscheinender Zeit trat sie einen Schritt zurück und musterte mich kritisch. »Fertig«, sagte sie dann.

Ich blickte zu Frank. »Nimmst du mich so mit?«

Ohne Brille sah ich ihn nur verschwommen, konnte aber erkennen, dass er den Daumen reckte. »Top siehste aus, Loretta. Also, ich würd dich nich erkennen.«

Ich stand vom Stuhl auf und ruderte mit beiden Armen um Gleichgewicht. Dann wankte ich zum Garderobenspiegel und ging ganz nah ran. Hm … sah nicht schlecht aus, soweit ich das beurteilen konnte.

Ich stakste zurück ins Wohnzimmer. »Gut gemacht, Süße. Kriege ich noch einen Kaffee, bevor wir losmüssen? Die Nacht könnte verdammt lang werden.«

Bärbel nickte. »Wollt ihr auch noch einen Happen essen? Ich hätte leckeren Kartoffelsalat anzubieten.«

Frank war begeistert, aber ich lehnte dankend ab.

»Wieso denn nich?«, fragte er mich erstaunt, als Bärbel in Richtung Küche entschwand. »So 'ne ordentliche Grundlage kann doch nicht schaden.«

»Pfff … du mit deinem ausgeleierten Gummihosenbund hast gut reden. Wenn ich auch den allerkleinsten Bissen zu mir nehme, wird dir der Knopf von meiner Hose wie ein Hochgeschwindigkeitsgeschoss mitten ins Gesicht fliegen und dich vermutlich auf der Stelle töten. Willst du das etwa?« Ich seufzte und fuhr fort: »Außerdem liegt mir mein Mittagessen schwerer im Magen als eine Kanonenkugel. Ich sag nur so viel: Der Koch gehört verhaftet und eigesperrt.«

Während Frank sich mit Kartoffelsalat vollstopfte und ich meinen Kaffee trank, erklärte ich Bärbel noch einmal ganz genau, was wir vorhatten und dass die Aktion nicht gefährlich war.

Dann war es Zeit, aufzubrechen.

Ich packte meine Alltagsklamotten in die Tasche, die Gentleman Frank mir natürlich abnahm. Das war auch gut so, denn auf dem Weg durchs Treppenhaus hinunter brauchte ich beide Hände, um mir nicht alle Knochen zu brechen und unfallfrei die Haustür zu erreichen.

Bereits auf halber Strecke war mir schmerzhaft klar, dass mir – und besonders meinen Füßen – ein sehr, sehr harter Abend bevorstand.

Kapitel 22

Sexy Santas, Discokugeln und ein goldenes Mädchen – der Kiez hat einige optische Highlights zu bieten

Auf dem Kiez weihnachtete es sehr, wie ich feststellte. Flimmernde Sterne und bunte Lichterketten in Fenstern, wohin das Auge blickte, hier ein von innen beleuchteter, feistwangiger Weihnachtsmann an einer Kneipentür, dort ein blinkendes Rentiergespann auf einem Dach – und alles spiegelte sich malerisch auf dem feuchten Kopfsteinpflaster. Schöner ging's nicht.

Unwirtlicher allerdings auch nicht. Fest in Franks Arm verkrallt und fortwährend jammernd, eierte ich mit winzigen Trippelschritten über die unebene Straße. Es war eisig kalt, und in meinen dünnen Klamotten zitterte ich wie Espenlaub. So musste sich eine Arktis-Expedition anfühlen. Ich wünschte mich in einen warmen Skianzug und dicke Moonboots, aber darin wäre ich in der Bar wohl ziemlich aufgefallen. Nur mein Kopf war warm, denn ausgerechnet die blöde, kratzige Perücke spendete dringend benötigte Wärme. Aber ich hätte wenigstens daran denken können, Handschuhe anzuziehen, dann würden sich meine Hände jetzt nicht so anfühlen, als würden sie absterben …

Hätte, hätte, Fahrradkette.

»Kuck ma, wir hams gleich geschafft«, sagte Frank.

Mit der freien Hand deutete er auf ein Haus, neben dessen Eingangstür die Neonfigur einer anmutigen griechischen Göttin leuchtete. Darüber blinkte in Neonpink der Schriftzug *Aphrodite Bar*, und das in einer so schnellen Frequenz, dass ich befürchtete, einen epileptischen Anfall zu erleiden, wenn ich zu lange hinsah. Nicht einmal die dunklen Gläser meiner Sonnenbrille schützten mich davor, geblendet zu werden.

Ich stöhnte erleichtert auf. »Wurde aber auch Zeit. Noch ein paar Meter mehr, und ich hätte mich geweigert, auch nur noch einen Schritt weiterzugehen.«

»Na und? Dann hätt ich dich über die Schulter geschmissen und wie 'n Sack Kartoffeln geschleppt. Kein Ding, hömma.«

Oh ja, *das* wäre auf jeden Fall ein Auftritt gewesen, der nicht unbeachtet geblieben wäre: mit dem Hintern voran in die Bar getragen zu werden. Super.

Der Türsteher, ein massiger Kerl in Bomberjacke, öffnete die Tür für uns, und wir traten ein. Eine Woge aus hämmernder Discomusik schlug über mir zusammen. Die Wärme in der Bar ließ meine Brillengläser blitzartig beschlagen, und ich blieb wie angewurzelt stehen, da ich nichts mehr sah. Verdammt. Hastig wühlte ich ein Papiertaschentuch aus meiner winzigen Umhängetasche und nahm die Brille ab, um die Gläser zu putzen.

Ja, ich setzte die Brille ab, und ich dankte Bärbel im Stillen, dass sie in ihrer unendlichen Weisheit derlei Eventualitäten einkalkuliert und darauf bestanden hatte, mir auch die Augen zu schminken.

»Da vorne is 'n freier Tisch«, brüllte Frank mir ins Ohr, »ich bring dich hin. Da kannze dann in Ruhe deine Brille wieder durchsichtich machen.«

Guter Plan. Ich ließ mich von ihm am Arm durch den infernalischen Lärm und das diffus flackernde Licht der Scheinwerfer zu einem Tisch in einer Nische ganz am Rande des Geschehens führen. Kaum saß ich, ebbte der Schmerz in meinen Füßen langsam ab – wunderbar. Ich wienerte die Gläser der Brille trocken und setzte sie wieder auf: Das Bild war zwar dunkel, aber immerhin scharf.

Trotz der noch relativ frühen Stunde war die Bar gut gefüllt. Alle Barhocker an der Theke waren besetzt; teils mit Kunden, teils mit sexy bekleideten Damen, die sich aufopferungsvoll um die Herren neben sich kümmerten. Andere Paare saßen an kleinen, runden Tischen oder in einer kuscheligen Nische wie der, in die Frank und ich uns zurückgezogen hatten. Fast alle Blicke waren auf die Bühne gerichtet, wo eine biegsame junge Frau, die nicht Svetlana war, verblüffende Akrobatik an einer Stange vorführte. Eine rotierende Discokugel übergoss sie mit tanzenden Sternchen. Allmählich gewöhnte ich mich auch an die Musik, die mir nun nicht mehr so infernalisch laut vorkam wie zu Beginn.

Jetzt sah ich auch, dass die attraktiven jungen Damen, die für den Service an den Tischen zuständig waren, in knappste Miniröcke und Oberteile aus rotem Samt mit weißem Fellbesatz an den Säumen gekleidet waren – kecke Zipfelmützen mit blinkenden Sternen rundeten das weihnachtliche Outfit vortrefflich ab. Nur die hochhackigen Pornoschlappen mit Plateausohlen wollten nicht so recht dazu passen, aber irgendwas war ja immer. Ich war sicher, die anwesenden Herren würden über den kleinen modischen Fauxpas großzügig hinwegsehen.

Bei einer der Damen des Sexy-Santa-Geschwaders bestellten wir unsere Getränke, die in Blitzgeschwindigkeit geliefert wurden: Frank bekam ein Pils und ich Mineralwasser.

Frank beugte sich zu mir. »Hast du denn 'ne Ahnung, wann deine Svetlana anne Stange geht?«

»Nicht genau. Ich weiß nur, dass sie ab zehn im Dienst ist. Sie wird sich mit anderen Tänzerinnen abwechseln, schätze ich. Kein Mensch kann stundenlang durchturnen. Warten wir es ab. Oder willst du schon wieder heim zur Liebsten?«

Grinsend schüttelte er den Kopf. »Allet gut. Außerdem: Wann kriegste schomma so 'ne Schlangenfrau zu sehn?«

Fasziniert verfolgten wir die Darbietung der Dame auf der Bühne, die mal kopfüber an der Stange hing, mal flott um sie herum kreiselte, wobei ich nie so richtig begriff, wie und womit sie sich festhielt – zumal sie verstörend häufig ihre Hände nicht an der Stange hatte.

Früher, im Zirkus, hatte ich bei den Kunststücken der Artisten am Trapez immer entsetzt die Luft angehalten, weil ich ständig mit ihrem Absturz rechnete, wenn sie scheinbar schwerelos durch die Kuppel schwebten. Hier ging es mir ähnlich: Kein Netz, kein doppelter Boden – es gab bestimmt eine Riesensauerei, wenn eine der Damen mal aus drei Metern Höhe mit dem Kopf zuerst auf den Boden donnern sollte.

Urplötzlich verstummte die Musik. Die Stangenkünstlerin glitt anmutig an ihrem Arbeitsgerät herab auf die Bühne und verbeugte sich graziös. Unter tosendem Applaus des hingerissenen Publikums verschwand sie hinter einem Vorhang und wurde von einem Conférencier abgelöst, der in einen absurden grasgrünen Glitzersmoking samt passendem Zylinder gekleidet war.

»Meine Damen und Herren!«, verkündete er pompös. »Ich weiß, Sie haben schon auf sie gewartet. Sie ist die Königin unseres Etablissements, die Sonne unserer dunklen Nächte: Bitte begrüßen Sie Mademoiselle Suzette Soleil!«

Während Applaus und Pfiffe ertönten, dachte ich amüsiert: Fräulein Susi Sonne? Wie niedlich …

Und da war sie auch schon: Svetlana.

»Das ist sie«, konnte ich Frank gerade noch zuraunen, bevor die Musik wieder einsetzte und die Discokugel erneut rotierte.

Svetlana, die scheinbar mühelos von der Bühne circa zwei Meter hoch an die Stange sprang, versprühte bei jeder Bewegung gleißende Funken.

Und das meine ich wörtlich, denn ihr Bikinioberteil und der Stringtanga waren mit goldenen Pailletten besetzt. Nicht nur das: Ihr gesamter Körper war mit Goldpuder bestäubt. Zweifellos strahlte sie wie die Sonne; insofern war ihr Künstlername also tatsächlich zutreffend.

Die Musik war weniger dröhnend laut als bei ihrer Vorgängerin. Nicht gerade Zimmerlautstärke, aber auch nicht Marke Nebelhorn auf hoher See. Svetlana benötigte keine donnernde Lärm-Tsunami, um den Eindruck ihrer Darbietung zu unterstützen – wobei mich die Künste der anderen Dame ja bereits durchaus beeindruckt hatten.

Nein, Svetlana war eine echte Tänzerin mit fließenden, anmutigen Bewegungen, die vermuten ließen, dass sie vielleicht mal Ballettunterricht gehabt hatte. Beinahe wunderte ich mich, dass sie nicht zu den federleichten Klängen von Mozart auftrat, aber das hätte das Publikum vielleicht zu sehr irritiert. Und es war schließlich nicht üblich, dass in Bars im Rotlichtmilieu klassische Musik lief.

»Die is ja 'ne richtige Wucht«, sagte Frank in mein Ohr. »Wat macht die denn hier in diesem billigen Bumsschuppen? Die is doch viel zu gut!«

Ich nickte, denn ich musste ihm recht geben. Zwar gab es deutlich billigere Kaschemmen als die Aphrodite Bar, die durchaus gepflegt wirkte. Allein der Wachhund an der Eingangstür sorgte ja schon dafür, dass sich in der Bar nicht gerade Krethi und Plethi um den Verstand saufen und so für einen gewissen Ruf sorgen konnten, der seriöse Kundschaft abschreckte. Nein, hier ging alles sehr gesittet zu.

Allerdings existierten auch erheblich exklusivere Etablissements, die sich beileibe nicht jeder Mann leisten konnte. Diskrete Clubs, in denen man als Kunde Mitglied sein musste und in denen die Damen allerbeste Wahl waren. Ohne Zweifel waren die Mädels in der Aphrodite Bar allesamt hübsch und gebärdeten sich alles andere als ordinär, aber bestimmt hätte Svetlana woanders sehr viel mehr Geld verdienen können, wenn sie es gewollt hätte, vermutete ich.

Warum also wollte sie es nicht? Hatte sie keinen Ehrgeiz? Oder brauchte sie es nicht, weil sie Mitglied der Gang war, die den ganz großen Coup mit der Bank plante?

Svetlanas Auftritt dauerte ungefähr eine Viertelstunde, dann wurde sie durch eine Kollegin abgelöst. Prompt wurde die Lautstärke der Musik wieder hochgedreht, und der hämmernde Rhythmus ließ mein Hirn erbeben und meine Lider nervös zucken.

Trotz Svetlanas faszinierender Darbietung hatte ich die Eingangstür im Auge behalten, aber es war niemand hereingekommen, den ich als Kipper hätte identifizieren können. Ich wartete auf einen großen, schlaksigen Mann, der vermutlich relativ jung war. Ich rechnete nicht damit, dass er hier ähnlich vermummt wie in Gittis Laden aufkreuzen würde, traute mir aber dennoch zu, ihn zu erkennen. Vielleicht.

»Ich muss mal aufs Klo«, schrie ich Frank ins Ohr. »Achte bitte darauf, ob ein langer Lulatsch reinkommt, ja?«

Tatsächlich musste ich pinkeln, aber ich brauchte auch dringend ein paar Minuten Ruhe. Irgendwie wurde ich wohl allmählich zu alt für diesen Scheiß. Dieses krasse Musikgedudel, das unruhig flackernde Licht, diese vielen Leute – ich fühlte mich plötzlich schlicht überfordert. Aber ich hatte auch den brennenden Ehrgeiz, diese Bar nicht ohne irgendein Ergebnis zu verlassen, und wenn ich mir dafür bis fünf Uhr morgens das Gehirn zermatschen lassen musste.

Der Weg zum Klo führte eine schmale Treppe hinunter ins Untergeschoss. Zu meiner Erleichterung war alles hell erleuchtet, sonst hätte ich dank meiner Sonnenbrille ein echtes Problem gehabt. Die Klofrau, die im komplett verspiegelten Vorraum zwischen den beiden Türen – rechts für die Herren, links für die Damen – an einem Tischchen saß, hatte sich offenbar von Gitti einen Kittel gemopst. Ihr Blick blieb kurz an meiner Brille hängen, aber bestimmt hatte sie dergleichen schon häufiger gesehen. Vielleicht dachte sie auch, ich würde hinter den dunklen Gläsern ein Veilchen verbergen. Sie grüßte mich freundlich, und ich grüßte zurück.

Du hast auch nicht gerade den tollsten Job der Welt, aber einer muss ihn ja machen, dachte ich, als ich an ihr vorbeiging. Dann fiel mein Blick auf das geschmackvolle Schälchen, in dem das Trinkgeld für ihre Dienste lag: Ich sah ausschließlich Ein- und Zwei-Euro-Stücke. Davon ausgehend, dass sie immer mal zwischenzeitlich gesammelte Münzen wegbunkerte, verdiente sie vermutlich nicht schlecht.

Tatsächlich blieb der Krach draußen, nachdem ich die Tür zur Damenabteilung hinter mir geschlossen hatte. Ich sah mich um: Alles war blitzblank und peinlich sauber; die Dame vor der Tür machte einen hervorragenden Job, was ein angemessenes Trinkgeld wert war. In einem kleinen Regal stand eine erkleckliche Auswahl an Handcremes, Abschminkpads, Haarsprays und sogar verschiedenen Deos zur Verfügung – das hatte schon eine gewisse Klasse, fand ich. Auf jeden Fall war es ein guter Service.

Niemand außer mir war hier. Ich ging in eine der Kabinen und fing an, mich aus der engen Hose zu pellen, was keineswegs einfach war, denn ich musste verbissen um jeden Zentimeter ringen. Ächzend mühte ich mich ab, als ich hörte, dass eine Frau hereinkam, die leise vor sich hin fluchte und dann sagte: »So, jetzt bin ich im Klo. Oben habe ich kein Wort verstanden. Was ist denn los?«

Ich erkannte Svetlanas Stimme sofort.

Offenbar telefonierte sie.

Was sollte ich machen? Keinen Laut von mir geben? War das eine gute Idee? Nee, irgendwie nicht, denn ich wusste ja nicht, wie lange sie hierbleiben würde. Schließlich reichten die Türen der Kabinen nicht bis zum Fußboden, und sie musste sich nur ein wenig bücken, um meine Füße zu sehen. Was also, wenn ich keinen Mucks von mir gab und sie mich dann entdeckte? Machte irgendwie keinen guten Eindruck.

Also machte ich einfach weiter. Prompt senkte sie die Stimme.

»Was soll das heißen, du kommst nicht?«, zischte sie. »Wir sind fest verabredet, Kipper! Wie lange soll dieses Theater noch dauern, hm?«

Ich pinkelte und genoss die Erleichterung, während sie schwieg, weil sie vermutlich dem lauschte, was Kipper zu seiner Rechtfertigung vorzubringen hatte.

Dann sagte sie: »So ganz allmählich verliere ich die Geduld. Euer ach so toller Plan geht langsam, aber sicher den Bach runter, weil ihr nichts als Scheiße baut! Ständig mit der alten Schabracke abzuhängen ist weiß Gott kein Zuckerschlecken, mein Lieber …«

Ich hatte mich zurück in die Gummihose gequält und musste jetzt allmählich abziehen, sonst würde sie bestimmt misstrauisch werden. Also betätigte ich die Taste, und das Wasser rauschte los.

»… kannst du von mir ausrichten, dass er mal allmählich mit dieser Banktussi zu Potte kommen soll.« Sie hörte einen Moment lang zu, dann fauchte sie: »Herr*gott,* ich lasse ihn doch nur ran, damit er uns nicht abspringt! Wir *brauchen* ihn! Sei sicher, er ist kein Stück unterhaltsamer als seine …«

Sie brach ab, weil in diesem Moment jemand die Tür öffnete und sagte: »Svetlana, dein Auftritt beginnt gleich.«

»Ich komme sofort«, erwiderte sie, dann ging die Tür wieder zu. Sie beendete das Telefonat mit ein paar knappen Worten, und ich fand es an der Zeit, die Kabine zu verlassen.

Mein Herz klopfte bis zum Hals, denn ich hatte Panik, dass sie mich erkennen könnte. Mit dem Rücken zu mir stand sie am Spiegel, und trotz meiner Anspannung kam ich nicht umhin, insgeheim ihre perfekt geformte, golden glänzende Rückseite zu bewundern.

Konzentriert begutachtete sie ihr Make-up, dann drehte sie sich zu mir um. Sie grüßte mich mit einem Nicken und deutet auf die Sonnenbrille: »War das ein Kerl?«

Zuerst kapierte ich nicht, dann dämmerte es mir. Für die Antwort benutzte ich eine meiner Telefonsex-Stimmen. »Oh, ich habe kein blaues Auge, falls du das meinst«, gurrte ich heiser, »das würde kein Kerl überleben.«

Zum Beweis lupfte ich die Brille ein wenig und rückte sie dann wieder auf meiner Nase zurecht.

»Empfindliche Augen. Irgendwas mit der Netzhaut, sagt der Doc. Ähnlich wie Heino, der trägt ja auch immer eine Sonnenbrille. Könnte ich mir operieren lassen, hab ich aber keinen Bock drauf. Wer weiß, was dabei rauskommt. Aber davon lasse ich mir nicht den Spaß verderben.«

Mit zusammengekniffenen Augen murmelte sie: »Einen Moment lang dachte ich, dass ich dich …«

»Kenne?«, fiel ich ihr ins Wort und lachte kehlig. »Kann nicht sein, ich bin neu in der Stadt. Ich habe deinen Auftritt gerade sehr bewundert. Du bist echt gut. Du könntest bestimmt richtig Karriere machen.«

»Ach ja? Danke.« Sie zuckte mit den Schultern. »Man tut, was man kann. Ist ja nicht für ewig. Nicht mehr lange, dann liege ich in Rio am Strand. Schönen Abend noch. Vielleicht sieht man sich ja mal wieder.«

Du hast ja keine Ahnung, Frolleinchen, dachte ich, als sie zur Tür hinausschlüpfte. Ich wusch mir die Hände, dann ging ich wieder hoch zu Frank. Zu meiner Erleichterung war auf der Bühne gerade Pause und die Musik wieder auf ein erträgliches Maß gedimmt.

»War die Goldene etwa auch aufm Klo?«, fragte er. »Ich hab die runtergehen sehn.«

Ich nickte. »Wir können abzischen. Der Typ wird hier heute nicht mehr auftauchen. Sie hat nämlich unten mit ihm telefoniert.«

»Och, dann war allet umsonz?« Er stand auf und kramte nach seiner Brieftasche.

»Das wird bestimmt ganz schön teuer. Ich gebe dir das Geld gleich zurück«, raunte ich ihm zu.

Grinsend schüttelte er den Kopf. »Nee, dat isset mir wert, dat ich die goldene Tante gesehen hab.«

Gern geschehen, Frank.

Kapitel 23

Schnee ist es egal, ob man unausgeschlafen ist, und Ziggy Stardust mag keine geflochtenen Haare

Mein Auto stand vor Franks Haustür, und ich war froh, dass ich meine Alltagsklamotten vor unserem Aufbruch in die Bar in den Kofferraum gepackt hatte. Es war zwar erst kurz nach Mitternacht, aber Bärbel schlief mit Sicherheit schon. Sie jetzt noch zu stören, wäre absolut unnötig.

»Hömma, wennde nochma in diese Bar willz, Loretta, brauchste nur zu fragen. Ich bin dabei«, sagte er mit treuherzigem Augenaufschlag.

Ein Schelm, wer Böses dabei denkt … aber er hätte nun mal nichts dagegen, sich die beeindruckende Darbietung der güldenen Svetlana ein weiteres Mal zu Gemüte zu führen. In allen Ehren und im selbstlosen Einsatz für die gute Sache, selbstverständlich.

Ich bedankte mich bei Frank mit einer Umarmung und versprach hoch und heilig, ihn auf dem Laufenden zu halten und die Aphrodite Bar keinesfalls ohne ihn zu besuchen.

Dann setzte ich mich ins Auto und fand umgehend heraus, dass ich mit diesen Schuhen außerstande war, Gas- und Bremspedal sowie Kupplung unfallfrei zu bedienen. Welch ein Segen, dass meine bequemen Treter im Kofferraum lagen. Mein Problem würde sich also im Handumdrehen lösen lassen.

Dachte ich.

Denn es war sehr schnell klar, dass es nicht nur äußerst schwierig, sondern schier unmöglich war, die engen Stiefeletten von meinen geschwollenen Füßen zu kriegen. Etliche Schweißausbrüche und ungefähr vier Dutzend unflätige Flüche später hatte ich es endlich geschafft – kurz bevor ich so weit war, Frank noch einmal rauszuklingeln.

Das Gefühl, in meine ausgelatschten, flachen Schuhe zu schlüpfen, war herrlich. Zwar schmerzten meine Füße immer noch, aber längst nicht mehr so heftig wie zuvor.

Die Straßen der Innenstadt waren – im Gegensatz zum starken Verkehr, der hier tagsüber herrschte – beinahe wie ausgestorben. Ich hatte Hunger, fiel mir plötzlich auf; seit dem kulinarischen Frontalangriff im Ausflugslokal hatte ich nichts gegessen. In Bahnhofsnähe entdeckte ich eine geöffnete Dönerbude, und bei ihrem Anblick reagierte mein Magen mit einem spontanen Krampf – vermutlich vor Freude. Ganz sicher war es nicht klug, mir um diese Zeit noch einen Döner reinzuhauen, aber irgendwas war ja immer. Ganz kurz meldete sich meine Vernunft, als ich den Wagen parkte, aber letztlich siegte mein Appetit. Mein Körper wollte fettiges Fleisch und Kohlehydrate – und das sollte er kriegen. Immerhin hatte er mir heute sehr tapfer echt gute Dienste geleistet.

Während ich im Imbiss auf meinen Döner wartete, wurde ich von den anwesenden Leuten ausgiebig begutachtet; ich hörte sogar leises Getuschel. Was mich nicht wunderte, war ich doch – nicht zuletzt wegen der schrecklichen Perücke – aufgedonnert wie eine billige Bordsteinschwalbe. Warum saß dieser Mopp eigentlich immer noch auf meinem Kopf? Aber nicht nur das: Zu meinem aufreizenden Outfit trug ich mehr als rustikale Boots, die schon etliche Jahre auf dem Buckel hatten. Die Krönung war die Sonnenbrille, die mich wahrscheinlich vollends in die Kategorie der exzentrischen Nachtschwärmer beförderte – zumal ich sie im Laden nicht absetzte. Hinter mir hörte ich verhaltenes Kichern. Egal, es gab Schlimmeres. Meinen bohrenden Hunger zum Beispiel.

Endlich war mein Döner fertig, und zur Feier des Tages gönnte ich mir zusätzlich ein paar Stücke Baklava, die hatte ich mir mehr als verdient. Im Auto riss ich mir als Erstes die Perücke herunter und warf sie auf den Rücksitz. Mit allen zehn Fingern fuhr ich mir kreuz und quer über den Kopf, um die Durchblutung meiner armen Kopfhaut in Gang zu bringen. Das einsetzende Kribbeln genoss ich in vollen Zügen.

Als ich den Wagen in meine Einfahrt steuerte, blieb ich noch ein paar Minuten sitzen, nachdem ich den Motor abgestellt hatte. Erst jetzt spürte ich, wie erschöpft ich war. Wäre ich nicht so hungrig gewesen, hätte ich auf der Stelle einschlafen können.

Baghira, der auf dem Sofa lag, hob kurz den Kopf und blinzelte verpennt, als ich hereinkam und das Licht einschaltete, dann schlief er weiter. Ich wusste, das Rascheln der Alufolie, in die mein Döner eingewickelt war, würde ihn in Kürze schlagartig hellwach werden lassen. Nachdem ich mich aus den engen Klamotten gepellt hatte, stieg ich unter die Dusche. Wunderbar, das heiße Wasser zu spüren und mir alles abzuschrubben; vor allem das Zeug, das ich gefühlt zentimeterdick im Gesicht kleben hatte. An Make-up würde ich mich wohl nie gewöhnen. Abgesehen davon, dass ich mir damit maskiert vorkam, fühlte es sich auf meinem Gesicht auch an wie eine Maske.

In Wollsocken und eingewickelt in meinen überdimensionalen, kuscheligen Bademantel ging ich zurück ins Wohnzimmer, mein nasses Haar umschloss ein großer Turban aus Frottee. Achtung, hier kommt der verrückte Radscha, dachte ich amüsiert, als ich mein Spiegelbild im Fenster sah.

Im TV fand ich nach kurzem Zappen die nächtliche Wiederholung einer Kochshow. Dann holte ich mir aus dem Kühlschrank noch ein kaltes Bier, bevor ich mich an den Esstisch setzte und meinen tatsächlich noch warmen Döner auswickelte. Endlich.

Beim ersten Knistern der Alufolie fuhr Baghiras Kopf mit gespitzten Ohren hoch. Wusste ich es doch. Mit halb geschlossenen

Augen schnupperte er interessiert in meine Richtung, dann entfaltete er seine langen Beine und streckte sich ausgiebig. Schließlich sprang er vom Sofa und kam zu mir gestakst. Neben meinem Stuhl setzte er sich hin, glupschte mich an und miaute los.

Ich biss in den Döner und stöhnte genüsslich – er schmeckte göttlich. Zufrieden mampfte ich vor mich hin, während Baghira langsam, aber sicher seine Lautstärke steigerte, was ich zu ignorieren gelernt hatte. Wie die Eltern kleiner Kinder, die sich im Supermarkt auf den Boden warfen und aus vollem Hals kreischten, weil sie irgendeine Süßigkeit nicht bekamen. Bevor ich diesen Schreihals von Kater bei mir aufgenommen hatte, war es für mich immer ein Rätsel gewesen, wie die Eltern es schafften, den Tobsuchtsanfall ihres Kindes komplett zu ignorieren. Jetzt wusste ich es, denn Baghira konnte sein Geschrei, wenn er schnorrte, zu einer Dauer und Lautstärke steigern, dass gestandene Männer davon in die Knie gezwungen wurden. Erwin zum Beispiel gab nach wenigen Minuten auf, wie ich wusste. Manchmal war Baghira für ein paar Tage bei Doris und ihm, wenn ich auf Reisen war, und ich wusste, der Kater kriegte alles von Erwin. Aber an mir biss er sich die Zähne aus. Ich stellte einfach den Fernseher ein wenig lauter und ließ mich nicht hetzen.

Als ich den letzten Krümel verputzt hatte, knüllte ich die Folie zu einem Ball zusammen, hielt sie dem Kater vor die Nase und warf die Kugel durchs Wohnzimmer. Begeistert stürzte er los und dribbelte das herrlich duftende Spielzeug mit Feuereifer durch die Wohnung. So träge und gemütlich er normalerweise auch war, so flink wurde er in solchen Momenten.

Mit zwei Stücken Baklava und der erst halb leeren Bierflasche setzte ich mich aufs Sofa und kuschelte mich zufrieden in die Kissen. Während ich das süße Gebäck knabberte und die Köche im TV leise vor sich hin plapperten, ließ ich den Abend beziehungsweise unseren Besuch in der Bar noch einmal Revue passieren.

Was hatte ich herausgefunden?

Nicht viel.

Außer der Tatsache, dass Svetlana tatsächlich eine wahrhaftige Komplizin war. Für die Gang musste Gittis Schlüsselbeinbruch so etwas wie ein Glücksfall gewesen sein, denn er hatte es Svetlana ermöglicht, extrem nah an Gitti ranzukommen. Zwar hatte mein Auftauchen die ganze Geschichte für sie wieder etwas verkompliziert, aber ich glaubte nicht, dass sie mich für eine ernsthafte Bedrohung hielten. Die feinen Herrschaften konnten ja nicht wissen, mit wem sie es zu tun hatten … immerhin war ich Hornbrillen-Girl.

Wie die Situation wohl aussähe, wenn ihnen nicht das Missgeschick mit Mannis Ableben passiert wäre? Nun, für sie war es ein Missgeschick; für Manni und seine Hinterbliebenen eine furchtbare Tragödie. Ob sie wohl vorgehabt hatten, Gitti so richtig in die Mangel zu nehmen? Noch immer war mir nicht klar, was sie an jenem Morgen dort gewollt hatten.

Besonders beschäftigte mich die Frage, von wem Svetlana wohl gesprochen hatte, als ihr Telefonat mit Kipper unterbrochen worden war. Wen ließ sie nur deshalb ran, weil er für ihren Plan gebraucht wurde? Vielleicht war die Rede ja von Kippers Kompagnon, der an dem Morgen von Mannis Tod dabei gewesen war. Sie hatte gesagt, derjenige müsse endlich mit der *Banktussi zu Potte kommen …*

War das der Grund, aus dem er gebraucht wurde?

Oder gab es weitere?

Es existierte also eine Mitarbeiterin der Bank, die sie mit Insiderwissen versorgen sollte. Diese ›Banktussi‹ könnte nützlich sein, wenn es um die Termine ging, zu denen ein Einbruch lohnte. Aber konnte sie auch über die Architektur des Gebäudes Details liefern?

Was hatte Svetlana sonst noch gesagt? Sie hatte sich beklagt, es sei kein Zuckerschlecken, so viel Zeit mit der *alten Schabra-*

cke, wie sie Gitti nannte, zu verbringen. Hoffte sie wohl, Gitti noch umstimmen oder beeinflussen zu können, was den Verkauf des Hauses anging?

Moment mal … hatte sie nicht erzählt, dass sie mal in der Altenpflege tätig gewesen war? Dann verstand sie doch sicher eine Menge von Medikamenten und wusste, wie man Spritzen setzte.

War Gitti etwa konkret in Gefahr? Und falls ja – wie sollten wir sie schützen?

Die Komplizen könnten sich ja dazu entschließen, Gitti mithilfe irgendwelcher Mittelchen zu bedröhnen und gefügig zu machen, falls sie sich weiterhin so starrsinnig weigerte, das Haus zu verkaufen. Und dann stand plötzlich Gittis Unterschrift auf einem Vertrag, ohne dass sie sich noch daran erinnern konnte, wie das zustande gekommen war.

Denn das war der einzige Weg zum Haus. Tot nützte sie ihnen nichts, denn dann ging das Haus an den oder die Erben über. Die habgierige Schwester schloss ich aus, von weiteren Verwandten wusste ich nichts. Also dürfte Jens Dombrowski der Glückliche sein. Dem ich allerdings, wenn ich es recht betrachtete, durchaus zutraute, das Grundstück sofort zu verhökern. War das etwa Plan B? Die Erbtante aus dem Weg zu räumen?

Aber war das nicht zu unsicher? Wer konnte schon vorhersagen, wem Gitti ihre Immobilien – und ganz speziell diese – vermachen würde? Vielleicht hinterließ sie es ja dem örtlichen Tierheim. Oder einem Waisenhaus, was ich ihr auf jeden Fall zutrauen würde.

Mit einem langen Zug leerte ich die Bierflasche auf ex. Ich war zu müde, um noch irgendeinen konstruktiven Gedanken fassen zu können. Morgen musste ich erst einmal mit Erwin konferieren, um ihm alles Neue zu erzählen. Und vielleicht hatte er ja auch in der Zwischenzeit noch etwas herausgefunden.

Mittlerweile war es zwei Uhr in der Frühe und allerhöchste Zeit, ins Bett zu gehen, wenn ich noch ein paar Stunden Schlaf kriegen wollte. Ich putzte mir die Zähne und ließ mich ins Bett fallen. Ich glaube, ich schlief schon, als mein Kopf das Kopfkissen berührte.

Als der Wecker am nächsten Morgen klingelte, war ich noch todmüde. Aber ich hatte keine Wahl – Gitti verließ sich auf mich. Schlaftrunken öffnete ich die Terrassentür für Baghiras Morgenpatrouille in seinem Territorium und wankte weiter in die Küche, um einen Espresso aufzusetzen. Im Bad spritzte ich mir etwas Wasser ins Gesicht, was meine Lebensgeister nur leidlich zu wecken vermochte. Eindeutig befand sich mein System noch im Energiesparmodus, und ich sollte tunlichst zusehen, dass es komplett hochfuhr, ehe mein Arbeitstag begann.

Mein Plan, Erwin anzurufen, noch bevor ich zum Geschäft aufbrach, löste sich ratzfatz in Wohlgefallen auf, als ich auf der Terrasse Baghiras Pfotenabdrücke im frischgefallenen Schnee entdeckte. Es trudelten zwar nur noch ein paar Flocken vom Himmel, aber in der Nacht musste es heftiger gewesen sein. So ein Mist. Das bedeutete, dass ich den Bürgersteig vor dem Laden fegen musste und ich keine Minute zu verplempern hatte. Dem Schnee war es egal, ob ich ausgeschlafen war oder nicht.

Meinen Espresso trank ich im Schlafzimmer, als ich mich anzog, und meinen Käsetoast aß ich danach in der Küche im Stehen, während ich die Tageszeitung flüchtig durchblätterte. Dann machte ich noch ganz schnell Baghiras Klo sauber. Ich mochte es nicht, meinen Tag so zu beginnen, aber momentan ging es nicht anders.

Dick eingepackt in meinen wattierten Mantel, Mütze, Handschuhe, Schal und Winterschuhe machte ich mich auf den Weg. Leise knirschte der Schnee unter meinen Schritten, aber es war nicht glatt, also konnte ich gefahrlos relativ schnell gehen.

Schon von Weitem sah ich, dass der Laden bereits erleuchtet war. Eine ziemlich strubbelige Gitti mühte sich einhändig auf dem Bürgersteig mit dem Besen ab. Nicht nur das: Sie trug nicht einmal eine Jacke. Und das bei der Kälte. Herrje.

»Gitti, bist du lebensmüde? Willst du dir etwa eine Lungenentzündung holen?«, fragte ich streng, als ich sie erreicht hatte. »Außerdem würde ich gerne mal wissen, warum du hier mit dem Besen herumhampelst. Dafür bin ich da.«

Ich streckte die Hand nach dem Besen aus, was sie zu meinem Ärger geflissentlich ignorierte.

»Irgendwat muss ich doch machen«, jammerte sie. »Ich kann doch nich alles dir und Svetlana überlassen! Ich komme mir allmählich stinkfaul vor!«

Ernsthaft? Die Frau war jenseits der Siebzig und hatte ihr Leben lang geackert – und sie kam sich *faul* vor? Aber wahrscheinlich war genau das der Grund für ihr Gefühl: weil sie immer geschuftet hatte wie ein Ackergaul.

»Wenn es irgendjemand verdient hat, mal anderen beim Arbeiten zuzugucken, dann du«, erwiderte ich. »Und jetzt gib mir endlich diesen Scheißbesen, verstanden? Sonst werde ich nicht zögern, Gewalt anzuwenden, und dann dauert dein nächster Termin beim Arzt ein bisschen länger als sonst. Willst du das riskieren?«

Mit gerunzelter Stirn funkelte sie mich an, aber dann mussten wir beide grinsen, und sie drückte mir mit einem ergebenen Seufzer den Besen in die Hand.

»Brav«, sagte ich. »Und jetzt gehst du schön nach oben und kämmst schon mal dein güldenes Haar, Prinzessin, dann geht es gleich ganz schnell mit dem Styling. Der Schnee liegt ziemlich locker. Ich brauche hier höchstens ein paar Minuten.«

Sie zögerte sichtlich. »Kann ich nicht irgendwat helfen?«

»Verschwinde, aber zackig.«

Sie trollte sich in den Laden, und ich stellte umgehend fest, dass der Schnee sooo locker dann doch nicht war. Ich musste einiges an Kraft aufwenden, um alles wegzufegen, denn gerade festgebackene Reste bargen ein hohes Risiko, auf ihnen auszurutschen.

Immerhin brachte die Anstrengung meinen Kreislauf auf Touren, und warm wurde mir auch. Als ich endlich zufrieden war, stellte ich den Besen neben die Ladentür, um ihn sofort zur Hand zu haben, falls es erneut heftiger zu schneien beginnen sollte. Bei den wenigen Flöckchen allerdings, die momentan vom Himmel gesegelt kamen, würde sein Einsatz nicht nötig sein.

Bevor ich nach oben zu Gitti ging, ließ ich Jacke, Handschuhe und Mütze an der Haustür zurück, damit ich sie griffbereit hatte, wenn ich die Ware aus dem Schuppen holte.

Gitti war im Bad und hatte mal wieder versucht, sich die Augenbrauen selbst aufzumalen, was – wenig überraschend – gründlich in die Hose gegangen war: Sie sah aus wie eine wirre Mischung aus Ziggy Stardust und einem Bandmitglied von Kiss. Zu Karneval wäre sie eine Sensation gewesen.

Ich stellte mich neben sie vor den Spiegel und nickte anerkennend. »Ich finde, das sollten wir so lassen«, sagte ich prustend. »Man wird allgemein beeindruckt sein. Vielleicht setzt du gerade einen neuen Trend in die Welt. Diesen Look sehe ich in der nächsten Saison eindeutig auf allen Laufstegen.«

»So 'n junges Huhn wie du darf sich über 'ne alte Frau nich lustig machen«, blaffte sie, musste dann aber auch lachen.

Als wir uns wieder eingekriegt hatten, zauberte ich ihr perfekt geschwungene Brauen auf die Stirn und band ihren Zopf.

Meinen Vorschlag, ihr Haar heute mal zu flechten, wischte sie mit einem knappen »Keine Experimente!« vom Tisch.

Kapitel 24

Nicht immer, wenn es im Winter irgendwo glitzert, muss es automatisch Raureif sein, erkennt Loretta

Gemeinsam gingen wir runter, und beim Blick aus der Haustür auf die verschneite Einfahrt sagte ich: »Es ist noch reichlich Zeit, bis ich den Laden öffnen muss. Ich begleite dich zum Gartentor. Der Weg durch den Garten ist nicht gefegt.«

»Quatsch«, erwidere Gitti. »Ich werd doch wohl die paar Schritte schaffen.«

»Vielleicht. Vielleicht legst du dich aber auch auf den Bart, und dann muss ich mir noch ein paar Wochen Urlaub nehmen, weil du beide Beine gebrochen hast. Da setze ich doch lieber ein paar Minuten ein und geleite dich sicher bis zum Zaun. Warte hier.«

Ich flitzte rasch durch den Laden und holte den Besen.

»Wat willste denn damit?«, fragte Gitti. »Brauchste etwa 'ne Krücke?«

»Nein, ich bin besonders clever. Wenn ich dich hinten abgeliefert habe, kann ich auf dem Rückweg gleich den Gartenweg fegen, damit du später gefahrlos zurück nach Hause kommst.«

Wir aktivierten die Flutlichtanlage, und ich zog die Haustür hinter uns zu. Als wir vorsichtig lostrippelten, hakte Gitti sich bei mir ein. Die hüfthohen Leuchten entlang des Wegs, deren Schein nach unten leuchtete, erzeugten ein interessantes Muster auf dem Weg; ansonsten war es noch finster. Der unberührte Schnee verlieh dem Garten und besonders den bizarr geformten, knorrigen Obstbäumen ein mystisches, vollkommen unwirkliches Aussehen.

»Warum sind die Laternen eigentlich nach oben hin abgedunkelt?«, fragte ich.

»Weil die Nachbarn gesagt haben, dat ist Psychoterror«, erwiderte Gitti trocken. »Ich dachte, die geben Ruhe, wenn der Bewegungsmelder weg ist. Aber nein, dat reichte nich. Die haben gesagt, die Lampen scheinen bei ihnen ins Haus. Da hat der Jens echt geflucht.«

Hätte ich mir eigentlich auch selbst denken können. Man stelle sich vor: Da sitzt man abends bei Kerzenlicht im Wohnzimmer, und dann schaltet die Gitti Scheffer nebenan ihre Gartenbeleuchtung ein. *Bämm!* – schon ist es vorbei mit der romantischen Stimmung, denn das Wohnzimmer ist plötzlich so grell erleuchtet, dass man das Fernsehbild nicht mehr erkennen kann.

»Man hätte natürlich auch schwächere Birnen reinschrauben können«, sagte ich.

»Nee, dat wollte der Jens nich.«

Schweigend trippelten wir weiter, bis sie plötzlich sagte: »Du siehst übrigens ganz schön müde aus, wollte ich vorhin schon sagen. Schlecht geschlafen heute Nacht?«

Wohl eher zu wenig geschlafen, dachte ich.

»Ja. Ich bin ein paarmal wach geworden; ich hab keine Ahnung, wieso. Heute Nacht war doch nicht Vollmond?«

»Ach, dat Geschwätz mit dem Vollmond … dat is doch totaler Mumpitz. Manchmal ist dat einfach so, dat man schlecht schläft. Wenn man sich zu viele Sorgen macht oder so. Ist ja auch keine einfache Zeit momentan. Für uns beide. Heute Nacht schläfst du bestimmt besser, wirst sehen.«

Es sei denn, ich hänge wieder in einer obskuren Bar rum, dachte ich.

Gerade als wir den Zaun an der Grundstücksgrenze erreichten, fuhr ein Fahrzeug auf den Hof hinter der Bank. Geblendet musste ich für einen Moment die Augen schließen, denn mehrere Scheinwerfer flammten auf und leuchteten jeden noch so kleinen Winkel des Areals aus. Nun war zu erkennen, dass es sich bei dem Wagen um einen gepanzerten Geldtransporter handelte. Gitti holte den Schlüssel für das Tor aus der Jackentasche, aber ich hielt sie auf.

»Warte, bleib mal kurz so stehen«, raunte ich ihr zu. »Ich will ein paar Fotos machen.«

»Ich wette, dat haben die nich besonders gern«, flüsterte sie zurück.

»Deswegen sollst du ja auch so stehen bleiben und mich verdecken. Kram doch mal in der deiner Umhängetasche rum, als würdest du den Schlüssel suchen. Darfst du überhaupt hier rumlaufen, während die das Geld ausladen?«

Gitti winkte ab. »Ach, die kennen mich schon, die beachten mich nich. Die haben außerdem bestimmt keine Angst, dat 'ne alte Frau sie überfällt, denkste nich auch?«

Da hatte sie natürlich recht. Ich hatte mittlerweile mein Handy aus der Jackentasche gezogen und knipste wie verrückt. Dank der hervorragenden Lichtverhältnisse benötigte ich zu meiner Erleichterung keinen Blitz, der höchst unwillkommene Aufmerksamkeit erregt hätte.

Ein Mann stieg an der Beifahrerseite aus dem Transporter und entriegelte über eine Art Fernbedienung eine Tür an der Rückseite, woraufhin ein zweiter Mann aus dem hinteren Bereich sprang. Gleichzeitig öffnete sich die Hintertür der Bank. Eine Frau mittleren Alters kam heraus und begrüßte die beiden Herren wie alte Bekannte. Sie schob einen stabilen Rollwagen auf dicken Gummirädern vor sich her, auf den nun Metallboxen gestapelt wurden, die vermutlich bis unter den Rand mit Geldscheinen vollgestopft waren.

Wie viel Kohle mochte dort wohl gerade verladen werden? Zig Millionen? Oder war es ein ganz normaler Tag mit ein paar

Hunderttausend Kröten, und die meisten der Boxen enthielten gerollte Ein- und Zwei-Cent-Münzen? Die Frau mit dem Rollwagen wusste es bestimmt. Ob sie die Banktussi war, von der Svetlana gesprochen hatte?

Die Tür am Transporter wurde verschlossen, und die beiden Männer verschwanden mitsamt Rollwagen und der Mitarbeiterin der Bank im Gebäude. Hinter ihnen fiel die Tür ins Schloss.

»Sag mal, kennst du die Frau?«, fragte ich Gitti und steckte mein Handy wieder ein.

Gitti nickte. »Klar. Dat is die Melanie Hoffmann. Die kenn ich schon ewig, die ist hier inne Nachbarschaft aufgewachsen. Die hat in der Bank ihre Lehre gemacht, und seitdem arbeitet die auch da. Bestimmt schon zwanzig Jahre. Die Melanie wohnt übrigens im gleichen Haus wie die Svetlana.«

Ach was. Damit drängte sich doch automatisch die nächste Frage auf.

»Unverheiratet?«

Gitti warf mir ein schelmisches Zwinkern zu. »Wieso? Biste interessiert?«

Ich schüttelte den Kopf und grinste. »Eher nicht. Nicht männlich genug für meinen Geschmack. Aber sie wirkt irgendwie unverheiratet, finde ich.«

Gitti wollte gerade antworten, als die drei wieder aus der Bank kamen. Die Männer stiegen wieder in den Transporter – einer vorne, der andere hinten –, und der Wagen verließ den Hof. Gerade wollte Melanie Hoffmann die Hintertür der Bank schließen, als sie uns entdeckte.

Sie winkte zu uns herüber und rief: »Guten Morgen, Frau Scheffer! Geht's wieder zum Arzt? Was macht die Verletzung?«

»Guten Morgen, Melanie! Alles bestens, danke. Tut noch weh, aber wird schon«, rief Gitti zurück und deutete auf mich. »Ich hab ja die Loretta, die hilft mir.«

»Das ist schön.«

Melanie Hoffmann nickte uns zum Abschied kurz zu und ging zurück in die Bank. Während Gitti durch ihr Gartentor schlüpfte, erloschen die Scheinwerfer im Hinterhof.

»Sei vorsichtig, Gitti, es könnte glatt sein«, sagte ich.

Kopfschüttelnd schloss sie das Gartentor ab. »Jetzt reicht es aber, Loretta. Ja, ich pass auf mich auf. Bis später.«

Okay, sie hatte ja recht. Wahrscheinlich war ich wirklich überfürsorglich.

Auf dem Rückweg zum Haus fegte ich die Steinplatten, wodurch rechts und links niedrige Wälle aus Schnee entstanden. Der Weg war schnell erledigt, und ich machte mich an einen Pfad vom Schuppen bis zum Tor zur Straße. Sicherheitshalber streute ich dann noch zusätzlich die gesamte Strecke bis zur hinteren Grundstücksgrenze. Geschafft.

Ein Blick auf die Uhr zeigte mir, dass es allmählich wirklich Zeit wurde, mich um den Laden zu kümmern. Rasch brachte ich die Ware nach vorne und baute sie vor den Schaufenstern auf, dann ging ich über die Einfahrt wieder ins Haus. Ich wechselte die Schuhe und band die weiße Schürze um: Der Arbeitstag konnte beginnen.

Der Vormittag flog nur so dahin. Gitti kam mit blendender Laune vom Arzt zurück, denn er hatte sich sehr positiv über den bisherigen Heilungsverlauf geäußert, was sie jedem Kunden wortreich erzählte. Als Herr Wüllenhorst hereinschaute, ließ sie sich sogar zu ein paar kleinen Schäkereien hinreißen, die ihm vor Begeisterung die Wangen rot färbten.

Währenddessen bediente ich an der Frischetheke und räumte, wenn ich zwischendurch Zeit hatte, in den Regalen auf. So ganz allmählich wurde es Zeit, einzukaufen. Ware, die wir von Kleinunternehmern bekamen – wie selbst gemachte Marmelade und dergleichen –, wurde vorbeigebracht. Auch einen neuen Lieferanten für Obst und Gemüse, einen Biobauern aus der Region, hatte sie inzwischen aufgetan; er sollte am nächsten Tag zum ersten Mal liefern.

Was aber war mit Dingen wie Zucker, Süßigkeiten, Konserven und dergleichen? Holte Gitti die im Großhandel? Vermutlich. Aber: Fuhr sie selbst? Zutrauen würde ich es ihr ohne Weiteres. Oder ließ sie die Ware liefern? Aber das war bestimmt mit Kosten verbunden. Und sie hatte mir erzählt, dass sie sich den alten Leichenwagen angeschafft hatte, weil er schwer beladen werden konnte, ohne in die Knie zu gehen.

Gitti war nicht gerade ein notorischer Geizhals, aber wenn sie sparen konnte, tat sie es. Mehrere Immobilien konnte man sich nicht anschaffen, wenn man die Kohle mit beiden Händen ausgab.

Als wir zwischendurch allein im Laden waren, fragte ich sie danach, wie wir das Problem mit der Ware vom Großmarkt regeln sollten. »Wenn du willst, übernehme ich das. Ich brauche halt nur eine Einkaufsliste. Ich fahre den Leichenwagen sowieso gerne.«

Sie schüttelte den Kopf. »Dat ist lieb von dir, aber nich nötig. Der Jens hat mir angeboten, zum Großmarkt zu fahren. Dat haben wir am Wochenende so besprochen. Der kommt deswegen heute vorbei.«

»Ach, das ist aber nett von ihm«, sagte ich. »Sollen wir zusammen die Liste machen?«

»Schon erledigt.« Triumphierend zog sie ein zusammengefaltetes Blatt aus der Kassenschublade, klappte es auseinander und wedelte damit herum. Es war eng mit einer Liste beschrieben.

»Sieht nach einem ausgiebigen Einkaufsbummel aus.«

»Ach wat, dat macht der Junge doch mit links.« Sie blickte durchs Schaufenster hinaus und runzelte die Stirn. »Scheißwetter.«

Scheißwetter? Im Laufe des Vormittags hatten die Wolken sich verzogen, und nun schien die Sonne. Sämtliche Schneereste waren rückstandslos verschwunden.

»Was hast du denn neuerdings gegen die Sonne?«, fragte ich verblüfft.

»Guck dir doch mal die Scheiben an! Total dreckig! Solange die Sonne nich scheint, sieht man dat nich. Aber jetzt ...« Mit vorwurfsvoller Miene deutete sie hinaus. »Wat macht dat für ’nen Eindruck, frag ich dich? Ich hör die Lore schon rumnörgeln, wie schebbich dat aussieht.«

»Wenn es ihr nicht passt, kann sie ja die Fenster putzen. Außerdem sollte man das sowieso nicht bei Sonnenschein machen.«

»Ach, echt? Wieso nich?«

»Ganz einfach: Durch die Sonne trocknet das eingeseifte Fenster viel schneller als bei bedecktem Himmel. Manchmal sogar schneller, als man nachwischen kann. Und erst dadurch entstehen diese gefürchteten Putzsteifen.«

Sie war sichtlich beeindruckt. »Wat du nich allet weißt ... Hab ich noch nie von gehört. Und wat hab ich mich schon über diese dämlichen Streifen geärgert ...« Sie schüttelte den Kopf. »Woher weißte dat eigentlich?«

Ich hätte ihr nun erzählen können, dass ich mir mal für einen Fall, bei dem ich undercover als Putzfrau gejobbt hatte, jede Menge Wissen über derlei Dinge draufgeschafft und von Doris eine Schulung erhalten hatte. Davon profitierte ich bis heute, auch wenn ich nicht alles davon aktiv nutzte.

Ich mochte ja einiges sein – ein Putzteufel aber ganz sicher nicht.

»In einem früheren Leben hab ich mal als Putze gejobbt«, sagte ich. »Den einen oder anderen Geheimtipp weiß ich noch. Und das mit dem Fensterputzen bei bedecktem Himmel ist einer davon. Sollte unsere geschätzte Frau Sievers also demnächst hier aufkreuzen und über die Fenster meckern, hast du ein spitzenmäßiges Argument in der Hinterhand.« Ich grinste und fügte hinzu: »Ansonsten biete ich dir hiermit an, deine Schaufenster zu putzen, wann immer du es möchtest. Machst du es üblicherweise selbst, oder bestellst du einen Fensterputzer?«

Sie warf mir einen Blick zu, der sagte: *Ernsthaft? Fensterputzer? Wer bin ich – die Königin von Saba?*

»Und wenn Frau Sievers meckert, können wir ihr ja anbieten, dass Purzel die Scheiben ablecken darf«, fügte ich hinzu. »Vorher beschmieren wir sie aber mit ein bisschen Leberwurst, um ihn so richtig anzutörnen. Oder nein – ich weiß was Besseres! Wir besprühen sie großflächig mit dem fiesen Wurstwasser aus diesen Würstchengläsern, dann schafft er spielend etliche Quadratmeter.«

Wir kreischten noch immer vor Lachen, als die Türglocke bimmelte und Jens Dombrowski schwungvoll den Laden betrat.

Er sah uns verwundert an und sagte: »Na, ihr seid aber fröhlich. Was gibt es denn hier zu lachen?«

Sein Tonfall allerdings verriet mir, dass er sich nichts auf der Welt vorstellen konnte, das seine Tante in ihrer Situation zu erheitern vermochte.

»Wurstwasser!«, prustete Gitti außer Atem. »Dat verstehst du nich, Junge!«

Nein, das tat er allerdings nicht.

Sein Gesichtsausdruck sprach Bände. Dombrowski sah beinahe so aus, als machte ihn unsere Heiterkeit irgendwie wütend. Nicht sehr nett von ihm, fand ich. Er sollte sich lieber freuen, dass seine vom Schicksal gebeutelte Tante gute Laune hatte, statt depressiv und mit Leichenbittermiene durch die Gegend zu schleichen. Blödmann.

Zeit für meinen geordneten Rückzug, also trat ich zwei Schritte beiseite und pusselte im Schaufenster herum.

Gitti grinste verschmitzt. »Dat erklär ich dir mal irgendwann, dat mit dem Wurstwasser. Die Loretta ist 'ne echte Komikerin, weißte? Die haut manchmal Sachen raus, da kriegste dich stundenlang nich mehr ein vor Lachen.« Sie kniff die Augen zusammen und musterte ihn von Kopf bis Fuß. »Sag mal, täusch ich mich oder haste noch die gleichen Klamotten an wie gestern, Junge? Ist da vielleicht 'ne Frau im Spiel, von der ich wissen sollte?«

»Was? Bist du neuerdings bei der Modepolizei?«, blaffte er sie an, dann sagte er deutlich beherrschter: »Tut mir leid, Tante Gitti. Ich … ich hab nicht besonders gut geschlafen heute Nacht. Und heute Morgen hab ich mir einfach gegriffen, was auf dem Stuhl lag.«

»Ist ja wie 'ne Seuche«, erwiderte sie. »Loretta hat nämlich auch schlecht geschlafen. Wenn ich's nich besser wüsste, könnte ich glatt denken, ihr beide habt *zusammen* schlecht geschlafen, Junge!«

Unwillkürlich warf er mir einen verächtlichen Blick zu, der mich zutiefst beleidigt hätte, wenn ich von jemandem wie ihm zu beleidigen gewesen wäre. Die Wahrheit war: Mir war schnurzpiepegal, was dieser Vollidiot von mir hielt. Überdies traute ich ihm nicht weiter, als ich ihn werfen konnte. Er hatte etwas Verschlagenes an sich, fand ich. Oder empfand ich vielleicht nur deshalb so, weil unser Start extrem schlecht gelaufen war?

War aber auch egal, entschied ich.

Ich mochte ihn nicht, basta. Ich musste ihn schließlich nicht Gitti zuliebe toll finden, nur weil er ihr geliebter Neffe war, oder? Also.

Er hatte seine dicke Jacke ausgezogen und beugte sich mit Gitti über den Einkaufszettel, den sie auf den Kassentisch gelegt hatte. Als er sich aufrichtete und einen Schritt zurücktrat, geriet er aus dem Schatten, in dem die Kasse lag, in die Sonne. Am Ärmel seines Pullovers schimmerte plötzlich etwas auf, das ganz und gar nicht dorthin gehörte.

Unauffällig schlich ich einen Schritt näher heran. Er bemerkte es nicht, da er ins Gespräch mit Gitti vertieft war und mir den Rücken zukehrte. Jetzt erkannte ich, was auf seinem Ärmel schimmerte.

Es war Goldpuder.

Und ich würde meinen Arsch darauf verwetten, dass es Puder von Svetlanas Körper war.

Kapitel 25

Blöd, wenn man wichtige Informationen nicht loswird, aber gar nicht blöd, wenn neue dazukommen

Während in meinem Gehirn alles Koppheister ging, erstarrte ich zur Salzsäule. Prompt drehte Dombrowski sich um und ertappte mich dabei, wie ich fassungslos seinen verräterischen Ärmel angaffte. Gleichzeitig sah ich auch auf der Vorderseite seines Pullovers hier und dort etwas aufblitzen.

»Ist was?«, blaffte er mich prompt an. »Haben Sie nichts zu tun?«

»Jens, bitte«, sagte Gitti streng. »Wie redest du denn mit Loretta? Das geht doch nicht.«

Ich hob beide Hände. »Schon in Ordnung. Ich wollte euch nicht belauschen. Ich habe sowieso … äh … an der Frischetheke zu tun.«

Ja genau, ich muss dringend die Wiener Würstchen neu sortieren, dachte ich, während ich hastig zusah, dass ich Land gewann. Bloß weg von dem Kerl.

Ich verschanzte mich hinter der Theke und begann, die Schneidemaschine zu putzen. Konnte nicht schaden, sie zwischendurch mal gründlich zu reinigen.

Jens Dombrowski und Svetlana also. Ich hätte sonst was dafür gegeben, Erwin anrufen zu können, aber ich wollte im Moment auf keinen Fall weitere Aufmerksamkeit erregen und bei Gittis Neffen zusätzliche Negativ-Schlagzeilen machen. Es reichte gerade, dass er mich dabei erwischt hatte, wie ich seinen Glimmer-Ärmel angeglotzt hatte.

Himmel, hoffentlich kam er nicht darauf, *warum* ich es getan hatte.

Aber wie sollte er? Schließlich konnte er nicht wissen, dass ich Svetlanas … hm … *Abendgarderobe* kannte und Rückschlüsse zog, die für ihn unangenehm werden konnten. Dombrowski hatte also sehr engen Kontakt zu ihrem fast nackten, goldgepuderten Körper gehabt, sieh mal an. Vermutlich war er gestern Nacht noch in der Bar aufgekreuzt, nachdem Frank und ich schon weg waren. Mist, wenn wir noch länger dageblieben wären, hätten wir ihn gesehen.

Aber was würde das ändern? Nichts. Ich wusste auch so, dass er dort gewesen war. Kaum anzunehmen, dass Svetlana in voller Kriegsbemalung nach Hause fahren würde. Bestimmt duschte sie im Club, der vermutlich auch aus diversen anderen Gründen mit sanitären Anlagen über normale Klos hinaus ausgestattet war.

Vielleicht befanden sich hinter dem harmlosen Club, den man von der Straße aus betrat, ja noch weitere, diskrete Räumlichkeiten, in denen Männer sich an ausgedehnten Gefälligkeiten der vielen hübschen Damen erfreuen konnten, die ich in der Bar gesehen hatte. Und dort gab es dann mit Sicherheit Duschen.

Und vielleicht hatte ja Jens Dombrowski von Svetlana gewisse charmante Gefälligkeiten gewährt bekommen? Vielleicht – nein: bestimmt! – war er derjenige, den sie nur deshalb ranließ, weil er gebraucht wurde, wie sie es formuliert hatte.

Herrje – Gittis Neffe gehörte zu dieser sauberen Bande, wie es schien. Das *könnte* auch erklären, wie sie vor einer Woche in den Hof gekommen waren, als ich die Hoftür angelehnt vorgefunden hatte. Bestimmt hatten sie den Schlüssel von ihm.

Dieser Drecksack.

Womit hatten sie ihn in der Hand? Reichte Sex mit Svetlana aus, um ihn zum gefügigen Komplizen zu machen? Oder war er geschäftlich so am Boden, dass er bei der Aussicht auf Geld zu allem bereit war – sogar dazu, seiner Tante zu schaden?

Blieb noch die Frage, wer auf Melanie Hoffmann angesetzt war. Ich war sicher, dass sie diejenige welche war. Seit zwanzig Jahren bei der Bank, vermutlich im mittleren Management, Singlefrau älteren Datums … das perfekte Opfer für die Verführungskünste eines gewissenlosen Romeos.

Obwohl ich mir diesen Holzkopf Dombrowski nicht wirklich in dieser Rolle vorstellen konnte, war dieses Szenario nicht gänzlich auszuschließen. Wer nach Liebe und Zuwendung hungerte – ich unterstellte mal, dass sie einsam war –, war unter Umständen schon mit einer roten Rose und ein paar Komplimenten zu Fall zu bringen; da musste der Galan nicht zwingend wie George Clooney aussehen.

Ich konnte mir durchaus vorstellen, dass es Frauen gab, die den ziemlich rustikalen Herrn Dombrowski tatsächlich attraktiv fanden, wenn er nur genug Süßholz raspelte. Und als Belohnung dafür, dass er die farblose Melanie Hoffmann umwarb, kriegte er ab und zu ein Hüpferchen mit der überaus sinnlichen *Mademoiselle Suzette Soleil* spendiert. Und glitzerte danach wie eine Discokugel.

Ich schreckte aus meinen Gedanken hoch, als Gitti plötzlich in meiner unmittelbaren Nähe sagte: »Erde an Loretta! Ich glaub, dat Ding ist sauber, Schätzchen.«

Ich hatte sie überhaupt nicht wahrgenommen, aber nun standen beide an der Frischetheke.

»Ich bin mal kurz draußen«, fuhr sie fort. »Jens will jetzt zum Großmarkt fahren.«

Ich nickte geistesabwesend. Je weiter dieser Arsch momentan weg war, desto besser. Mittlerweile war ich so geladen, dass ich befürchtete, ich könnte mich verraten und ihm alles an den Kopf knallen, was ich rausgefunden hatte. Aber das wäre definitiv ein Schritt in die falsche Richtung.

Er zuallerletzt durfte wissen, was ich wusste.

Mir wurde plötzlich flau im Magen. Mit Svetlana und Jens

Dombrowski hatte Gitti zwei Menschen in ihrer unmittelbaren Nähe, denen sie absolut vertraute, die aber leider nichts anderes im Sinn hatten, als sie aufs Kreuz zu legen. Ich musste so schnell wie möglich mit Erwin sprechen, *unbedingt*.

Natürlich kamen ausgerechnet jetzt Kunden herein, um die ich mich kümmern musste. Und so ging es weiter, nachdem Gitti zurückgekehrt war. Erst zur Mittagspause leerte sich das Geschäft. Endlich.

»Loretta, darf ich dich bitten, heute Mittag hierzubleiben?«, fragte Gitti, als sie die Ladentür abgeschlossen hatte. »Ich könnte noch eine Hand brauchen, wenn Jens mit der Ware kommt. Kann sein, dass er sofort weitermuss, hat er gesagt. Hängt davon ab, wie lange der Einkauf dauert. Er hat einen dringenden Termin.«

Verdammt! Ich hatte in der Mittagspause rasch zu Erwin flitzen oder zumindest nach Hause gehen wollen, um in Ruhe mit ihm zu telefonieren.

Wie ärgerlich!

Aber natürlich machte ich gute Miene zum bösen Spiel. »Na klar, mach ich gerne. Wie wäre es mit Wirsing zum Mittagessen? Schön lecker mit Sahne und Mettwürstchen? Und dazu ein paar Kartoffeln?«

Genießerisch strich Gitti sich über den Magen. »Wenn ich wieder gesund bin, muss ich erst mal 'ne Diät machen. Wie ihr beiden Mädels für mich kocht … dat geht alles auf die Hüften. Ich geh schon mal hoch und setz Wasser auf. Und du bringst alles mit, wat du brauchst.«

»Wird gemacht.«

Ich wartete ab, bis ich ihre Schritte in der Wohnung über mir hörte, dann holte ich mein Telefon aus der Schürzentasche und rief Erwin an.

»Ich hab nicht viel Zeit«, sagte ich leise. »Erwin, es gibt wirklich sensationelle Neuigkeiten.«

»Ich habe vorhin schon mit unserem Frank gesprochen«, erwiderte er. »Aber er hat größtenteils nur wirres Zeug von einer goldenen Frau gefaselt. Und dass ihr nicht viel rausgefunden habt.«

Ich kicherte. »Typisch Frank. Na ja, im Prinzip hat er recht. Allerdings hat sich in der Zwischenzeit eine ganze Menge ergeben. Sehr unerwartet, aber *sehr* aufschlussreich.«

»Ich hatte eigentlich vorgehabt, heute Vormittag zu dir in den Laden zu kommen, aber ich habe es zeitlich nicht geschafft. Aber ich könnte am Nachmittag ...«

»Heute Vormittag wäre es sowieso unpassend gewesen«, fiel ich ihm ins Wort. »Am besten, wir treffen uns heute Abend bei mir, so ab sieben, dann besprechen wir alles. In Ordnung?«

»Okay. Könnte aber acht werden.«

»Noch besser. So kann ich vorher in Ruhe alles sortieren, was mir zurzeit noch unkontrolliert im Kopf herumfliegt. Bis später.«

Ich spürte, wie ich ruhiger wurde. Ich schnappte mir einen Einkaufskorb und holte von draußen einen Wirsing und einige schöne Kartoffeln. Dazu kamen aus dem Laden zwei Mettwürstchen und ein Becher fette Sahne, dann ging ich hoch zu Gitti in die Küche.

Sie ließ mich in Ruhe das Essen vorbereiten und las währenddessen die Tageszeitung. Ich schälte die Kartoffeln und setzte sie auf, dann schnibbelte ich die Hälfte des Wirsings in schmale Streifen.

»Ist dir recht, wenn ich den Wirsing nicht koche, sondern in der Pfanne anbrate?«, fragte ich Gitti. »Ich mag es, wenn Kohl kräftige Röstaromen hat. So wie bei Kohlrouladen. Die schmecken am besten, wenn sie scharf angebraten werden, finde ich.«

»Oho – *Röstaromen*. Du redest ja wie 'n Fernsehkoch. Dat sagen die immer, wenn wat verbrannt ist. Verbrannten Kohl hab ich noch nie probiert«, erwiderte sie kichernd. »Aber wenn du dat lecker findest, dann ist dat auch lecker. Mach ruhig, wie du meinst.«

»Der wird nicht *verbrannt,* Gitti-Schatz. Verbranntes Essen mag kein Mensch. Außerdem wird die Sahne alles neutralisieren, was zu streng schmecken könnte«, dozierte ich, während ich den Wirsing in der Pfanne brutzelte und würziger Duft durch die Küche zog. Prompt knurrte mein Magen, als wollte er Beifall klatschen.

Gitti packte die Zeitung beiseite und deckte den Tisch für uns. Ich goss die Kartoffeln ab und schnitt dann die Mettwürstchen in dünne Scheiben, die ich in letzter Sekunde zum Sahnewirsing gab – fertig. Gerade im Winter liebte ich deftige Gerichte, und auch Gitti schmeckte es.

Nach einigen Bissen sagte sie: »Superlecker. Weisste, der Jens könnte echt so 'ne Frau wie dich brauchen. Der isst fast nur in Pommesbuden, dat kann doch nich gesund sein.«

Ja klar, dachte ich grimmig, ich koche für den Hirni, während er damit beschäftigt ist, wechselnde Damen zu bespringen, so weit kommt das noch.

Aber vielleicht bot dieses Thema mir ja die Möglichkeit, ein wenig mehr über die Dame von der Bank herauszufinden. Heute Morgen am Zaun waren wir ja nicht dazu gekommen, das Gespräch über sie zu vertiefen.

»Nee, wir würden uns nur kloppen«, erwiderte ich also. »Das mit ihm und mir war nicht gerade Liebe auf den ersten Blick, oder? Wir ticken einfach zu verschieden. Der braucht so eine ganz Nette, die bodenständig und ein bisschen mütterlich ist. Nicht so 'ne schräge Sextelefontante wie mich. Nee, eher eine Frau wie …«, ich tat so, als würde ich angestrengt überlegen, dann fuhr ich fort: »Genau! So eine Frau wie diese … wie heißt sie noch? Die von der Bank?«

Gitti hob die Brauen. »Die Melanie? Die wär mir ja im Traum nich eingefallen.«

»Wieso? Ist sie doch verheiratet? Oder vergeben?«

»Nee, die Melanie ist 'n spätes Mädchen, so haben wir dat früher genannt. Würd mich nich wundern, wenn die noch nie 'n richtigen Freund gehabt hätte. Die Svetlana sagt, die hat nie Besuch und hängt immer nur zu Hause rum. Und zwei Katzen hat sie. Oder drei. So superteure, schielende Rassekatzen, sagt Svetlana.«

»Ach, warte nur ab, irgendwann kommt auch für Melanie der Richtige.«

»Und der kriegt die dann im Handumdrehen inne Kiste.« Gitti kicherte. »Die fällt dem Erstbesten inne Arme, der nett zu ihr ist. Schachtel Pralinen und zack.«

Verrückt, dass sie gerade beinahe wörtlich die Gedanken ausgesprochen hatte, die mir zu diesem Thema durch den Kopf gegangen waren.

Ob Melanie Hoffmann die Frau gewesen war, mit der zusammen ich Dombrowski beim Sonntagsausflug gesehen hatte? Mittags die eine, nachts die andere? Herrje, er musste sich vorkommen wie Casanova persönlich. Wieder spürte ich, wie unbändiger Zorn in mir brodelte.

Prompt erklang die Hupe von Gittis Auto in der Einfahrt; Dombrowski bewies Gespür für perfektes Timing.

»Guck an: *Wenn man den Teufel nennt, kommt er gerennt*«, sagte Gitti grinsend. »Gerade haben wir von Jens gesprochen, und schon ist er da. Als hätte er uns gehört.«

Das möge Gott oder welches höhere Wesen auch immer verhüten, dachte ich.

Die Ladefläche des Kombis war gut beladen, aber Gott sei Dank hatte Gitti eine stabile Sackkarre, die sogar Treppen steigen konnte. Ungefähr für fünf Minuten beteiligte Dombrowski sich am Entladen des Autos, dann entschuldigte er sich mit dem dringenden Termin, von dem Gitti auch schon gesprochen hatte.

Ich hatte alles ins Lager hinter dem Geschäft gebracht, und nun war ich dabei, die Ware in die Regale zu räumen. Gitti wollte natürlich helfen, aber ich hatte sie auf einen Stuhl genötigt.

»Der Junge muss zur Bank«, raunte sie mit gesenkter Stimme, als könnte er sie noch hören, obwohl er längst weg war. »Es geht wohl um seine Firma.«

»Wirst du ihm helfen, wenn die Bank ihm den Hahn zudreht? Geld leihen oder so?«

»Dat ist nich so einfach«, erwiderte sie. »Ich bin zwar keine arme Frau, aber mein Geld ist in Immobilien angelegt. Ist nich so, als hätt ich Hunderttausende auf dem Konto. Dat Geschäft deckt den Bedarf fürs tägliche Leben, dat ja. Ein bisschen wat bleibt auch übrig. Aber nich genug, um ihm mal eben 'nen ordentlichen Batzen rüberzuschieben. Da müsste ich schon ein Häusken verkaufen. Außerdem …«, sie zuckte mit den Schultern, »dat ist immer so 'ne Sache mit Geldverleihen. Mach ich nich gerne. Dat gibt bloß Ärger.«

»Denkst du, er wird dich danach fragen?«

Sie schüttelte den Kopf. »Nee. Er jammert rum, wie schlecht es ihm geht. Vielleicht hofft er, dat ich ihm wat anbiete. Aber dat wird nich passiern. Da muss er schon warten, bis ich tot umkipp. Und dat hab ich so schnell nich vor.«

Aha.

Natürlich hätte ich nur zu gern danach gefragt, ob er ihren letzten Willen kannte, aber das verkniff ich mir. Das wäre vielleicht zu auffällig gewesen.

Zu meiner Freude verging der Nachmittag im Geschäft wie im Fluge. Nicht zuletzt dank Frau Sievers, die unbedingt noch einmal jede klitzekleine Einzelheit unseres gestrigen Ausflugs mit uns durchhecheln musste. Und nicht nur das: Auch andere Kunden wurden ausführlich über unser Abenteuer informiert.

Wie schön der Spaziergang durch den winterlichen Wald

gewesen sei und wie viel Spaß ihr Purzel gehabt habe, der ja sonst nur in den Park komme, der arme Kleine. Und dieses wunderbare Essen in diesem fantastischen Ausflugslokal! Jederzeit sei sie wieder dabei, aber *je-der-zeit.* Und die Frau Luchs sei eine derart gute Fahrerin; zu jeder Sekunde habe sie sich absolut sicher gefühlt.

Nun, ihre Bewertung des grottenschlechten Essens fand ich immer noch durchaus diskutabel, aber warum sollte ich ihr die schöne Erinnerung verderben? Eben.

Kapitel 26

Briefe, für die man beim Postboten unterschreiben muss, bedeuten selten etwas Gutes, weiß Gitti

Als Svetlana zum Ladenschluss erschienen war, konnte ich mich kaum dazu überwinden, Gitti mit ihr alleine zu lassen. Ich war unruhig, als ich nach Hause ging. War Gitti in Gefahr? Ich wusste, ich würde meines Lebens nicht mehr froh werden, wenn sie und ihre Komplizen ihr etwas antaten und ich es nicht verhindert hatte.

Ich bereitete mir einen Espresso zu und setzte mich an den Esstisch, um alles aufzuschreiben, was ich herausgefunden hatte. Ich wollte kein Detail vergessen, wenn ich Erwin Bericht erstattete.

Als er endlich bei mir eintraf, war ich bereits so zappelig wie ein kleines Kind, das sich am Geburtstagsmorgen auf die Geschenke freute. Ich hätte mir eigentlich denken können, dass er Verpflegung dabeihaben würde, und richtig: In der einen Hand schwenkte er ein Sixpack Bier und in der anderen eine Tüte, aus der es verdächtig nach Imbissbude duftete. Herrje – und das, wo der Bund meiner Jeans sowieso schon kniff. Seit ich bei Gitti jobbte, aß ich regelmäßig zu Mittag, was sonst nicht unbedingt der Fall war. Und heute Mittag hatte ich mehr als fürstlich gespeist.

»Erwin, eigentlich habe ich keinen Hunger«, sagte ich, »heute Mittag hatte ich Wirsing und mindestens zwei dicke Kartoffeln zu viel.«

»Ach, Blödsinn«, erwiderte er grinsend und stellte seine Mitbringsel auf den Tisch. »Eine Pommes geht immer. Deine Currywurst übernehme ich, kein Problem.«

Vier der Bierflaschen stellte ich in den Kühlschrank, dann setzte ich mich zu ihm an den Tisch. Er hatte sich zu Baghira hinuntergebeugt, der schnurrend Mayonnaise von Erwins Finger leckte.

»Erwin – du sollst ihm nicht so einen Scheiß geben. Das ist nix für Katzen, das ist Menschennahrung.«

Er tauchte wieder auf und sah mich strafend an. »Tu nicht so, als würdest du meinem Butzibärchen nicht auch ab und zu etwas geben, das nicht aus einer Katzenfutterdose kommt. Gönn ihm doch auch mal was.«

Butzibärchen? Erwins Fundus an Kosenamen für meinen Kater war schier unerschöpflich.

»Mal was gönnen? Er hat hier ein Leben wie Gott in Frankreich. Gib ihm bloß nichts von der Currywurst, die Sauce ist viel zu scharf. Ich muss hinterher seine Kotze wegwischen, nicht du.«

Erwin gackerte und widmete sich weiter seinem Essen.

»Du kannsch ruhich schon erschäln«, nuschelte er mit vollem Mund und schluckte den Bissen dann runter. »Ich kann nämlich gleichzeitig essen und zuhören. Ich bin nicht nur Minipli-Man, sondern auch Multitasking-Man, musst du wissen.«

»Schon klar, aber ich weiß nicht so recht, womit ich beginnen soll …«, sagte ich und fing dann einfach an.

Erwin hörte aufmerksam zu, und irgendwann vergaß er sogar, weiterzuessen.

Als ich geendet hatte, sagte er: »Das ist ja der Wahnsinn. Lass mich aber bitte noch mal rekapitulieren – und ich fange mit dem an, was mich am meisten umhaut: Dombrowski gehört dazu? Gittis Neffe?«

Ich nickte grimmig. »Ich musste mich heute so dermaßen zusammenreißen, ihm nicht an die Gurgel zu gehen. Aber als ich Svetlanas Goldpuder großflächig an ihm kleben sah, war mir alles klar.«

»Bist du ganz sicher? Könnte er es nicht woanders abgekriegt haben? Oder sich irgendwie selbst damit …«

»Ja klar«, fiel ich ihm ins Wort und schnaubte. »Ich habe nicht die Möglichkeit in Betracht gezogen, dass er heimlich als Dragqueen auftritt und sich selbst mit Goldpuder bestäubt. Wie dumm von mir.«

Er hob grinsend die Bierflasche, und ich stieß mit ihm an.

Nach einem tiefen Schluck sagte er: »Du hast natürlich recht – es passt einfach viel zu gut. Also: Die hübsche Svetlana belohnt Dombrowski mit Sex dafür, dass er mit der Frau aus der Bank anbandelt?«

»So stellt es sich für mich dar. Falls nicht noch jemand im Spiel ist. Aber …« Ich hob den Finger und fuhr fort: »Zufällig habe ich ihn gestern Mittag am Ausflugslokal mit einer Frau gesehen.«

Er hob die Brauen. »Svetlana?«

»Nee, glaube ich nicht. Svetlana bewegt sich anders. Graziöser. Außerdem: Selbst, wenn sie eine unförmige Winterjacke trägt, erkennt man noch, dass sie eine Bombenfigur hat. Ich habe die Frau gestern zwar nicht deutlich sehen, aber sie *könnte* die Dame aus der Bank gewesen sein, die ich übrigens heute Morgen fotografiert habe. Bitte sehr: Melanie Hoffmann, die ganz sicher weiß, wann welche Summen in der Bank lagern. Single, einsam, liebebedürftig.«

Ich schob ihm mein Handy zu, und er scrollte sich durch die Fotos, die ich morgens geknipst hatte.

»Hm …«, murmelte er und studierte die Bilder genauestens. Dann sah er mich an. »Und jetzt stell dir vor …« Er brach ab und starrte auf die schwarze Fensterscheibe, in der wir uns spiegelten.

»Was, Erwin? *Was* soll ich mir vorstellen?«, fragte ich ungeduldig, als er meiner Meinung nach lange genug nachgedacht hatte.

Er erwachte aus seiner Trance und wandte sich mir zu. »Dieser Dombrowski ist doch Bauunternehmer, oder? Was weißt du über seine Firma?«

»Dass sie früher mal ziemlich groß war, mit etlichen Angestellten und tollen Aufträgen, dass er aber mittlerweile am Rande des Abgrunds balanciert. Heute hatte er einen Termin bei der Bank, der bestimmt nicht angenehm war. Gitti hat erzählt, dass er in Geldnot ist.«

»Soso, große Aufträge … hm. Und jetzt stell dir vor, er hat an der Bank mitgebaut. Stell dir vor, *er* ist derjenige, der genau weiß, an welcher Stelle der Tresorraum liegt. Er und Melanie Hoffmann, das ist geballtes Insiderwissen, wenn du mich fragst. Er kennt die Bank, sie kennt die Termine.«

Ich lehnte mich zurück und applaudierte. »Du bist genial«, sagte ich dann. »Die liebe Svetlana und der ominöse Kipper steuern die kriminelle Energie bei. Und schon ist das Kompetenzteam komplett.«

»Aber ist das Team damit wirklich komplett? Eine Frage bleibt: Wer ist der unbekannte Mann, der am Morgen von Meyers Tod dabei war?«

»Jens Dombrowski, natürlich!«, rief ich triumphierend. »Ich wette, er hat den Schlüssel für das Tor an der Straße, weil er das Schloss eingebaut hat oder so.«

»Dann hat er sicherlich auch den Schlüssel zum Tor an der anderen Seite. Warum haben sie das nicht benutzt?«

»Weil es nicht sonderlich clever ist, auf dem Hinterhof der Bank herumzulungern. Dass Gitti das Tor benutzt, ist bekannt, aber zwei unbekannte Männer? Die fallen auf. Warum also ein unkalkulierbares Risiko eingehen?«

»Ich weiß nicht recht.« Erwin wiegte den Kopf. »Dann müsste er ja eigentlich auch dabei gewesen sein, als Gitti den Schlüsselbeinbruch erlitt. Denkst du nicht, dass sie ihn erkannt hätte?«

Ich dachte nach und zuckte dann mit den Schultern. »Ich

weiß nicht recht. Bedenke, dass die Situation sehr, sehr aufregend für sie war. Und ich konnte mich nach meinem Zusammenstoß mit diesem Kipper ja auch kaum an etwas erinnern. Aber eigentlich ist es auch egal, ob er es war oder nicht. Fakt ist, dass er mit im Bunde ist.«

»Stimmt. Weiß Dombrowski Bescheid darüber, dass er in Gittis Testament steht?«

»Gute Frage, nächste Frage. Ich habe keine Ahnung. Aber er wird es hoffen. Vielleicht hat sie es ihm gegenüber auch mal erwähnt. Bestimmt hilft er ihr deshalb auch so eifrig. Erwin, denkst du, Gitti ist in ernster Gefahr? Allmählich mache ich mir Sorgen.«

»Ich weiß es wirklich nicht.«

»Was machen wir jetzt mit dem, was wir wissen? Noch mal mit Astrid reden?«

Erwin nickte langsam. »Ist bestimmt eine gute Idee. Ich werde zusehen, dass sie morgen Mittag Zeit für uns hat. Sag mal, hättest du die Möglichkeit, Abdrücke von Gittis Schlüsseln zu machen, ohne dass sie es mitkriegt?«

»Klar. Wenn sie morgens beim Arzt ist, zum Beispiel. Dann überlässt sie mir den Schlüsselbund natürlich, damit ich alles aufschließen kann. Aber wie und womit soll ich die Abdrücke machen?«

»Ich hab da was mitgebracht. Liegt noch im Auto«, sagte er und stand auf.

Während ich auf ihn wartete, dachte ich darüber nach, was wir planten. Besonders wohl fühlte ich mich nicht damit, hinter Gittis Rücken die Schlüssel nachzumachen, aber es konnte auf keinen Fall schaden.

Erwin kam wieder herein und holte aus einem Stoffbeutel mehrere kleine Plastikdosen und bunte Blöcke Knete.

Ich bohrte meinen Finger in die Knete. »Hm, ist das nicht viel zu weich?«

»Deshalb die Dosen, Herzchen. Für die zwei Seiten der Schlüssel nimmst du jeweils die gleiche Farbe. Hoftor und Haustür sollten ausreichen. Also: zwei Farben und vier Dosen. Die Abdrücke verpackst du einzeln in den Dosen, dann sind sie geschützt. Richtig weich und formbar wird Knete ja nur, wenn sie … nun ja: *geknetet* wird.«

»Auch wieder wahr. Wer macht dann die Schlüssel?«

Erwin grinste verlegen. »Na ja … ich kenne da jemanden, der mir den Gefallen sicherlich tun wird.«

Schon klar. Irgendein windiger Typ, den Erwin aus seiner aktiven Zeit kannte und der ihm vermutlich einen Gefallen schuldete. Ein normaler Schlüsseldienst würde mit Sicherheit Fragen stellen, wenn man ihm Abdrücke in Knete auf den Tresen legte. Nicht nur das: Unter Umständen würde er sogar die Polizei rufen.

»Du machst die Abrücke gleich morgen früh, und ich hole sie ab, wenn ich Doris zum Callcenter gebracht habe, also um kurz nach acht. Passt das?«

Ich nickte. »Bestens. Um diese Zeit ist Gitti immer beim Arzt; meistens ist sie so gegen Viertel nach acht im Geschäft.«

»Perfekt. Dann schaffen wir die Übergabe, ohne dass wir uns großartige Ablenkungsmanöver überlegen müssen.« Er stand auf und deutete auf das Bastelmaterial. »Am besten, du bereitest alles vor und schneidest die Knete zurecht, damit die Stücke in die Dosen passen. Dann geht es morgen schneller. Wir sehen uns dann.«

Als ich ihn in der Wohnungstür verabschiedete, sagte ich: »Ich hoffe, wir benötigen die Schlüssel nicht.«

»Das hoffe ich auch. Aber selbst mit den Informationen, die wir Astrid – hoffentlich – morgen geben, hat sie noch immer keine konkrete Handhabe, um irgendwen hopszunehmen. Im Prinzip stehen wir noch immer mit leeren Händen da.«

Gitti hatte keine besonders gute Laune, als ich sie am nächsten Morgen stylte. Auf meine vorsichtige Nachfrage hin erzählte sie mir, ihr Neffe sei gestern Abend bei ihr gewesen.

»Sein Termin bei der Bank ist nicht gut gelaufen, und er wollte sich Geld von mir leihen. Ich hab ihm erklärt, warum dat nich so einfach geht.«

»Ach herrje, das war bestimmt nicht leicht für dich. Wie hat er reagiert?«

Sie zuckte mit den Schultern. »Er war nich begeistert.«

»Kann ich mir vorstellen. War er sauer auf dich?«

»Weiß nich. Eher geschockt.«

»War Svetlana auch da?«

»Nee, die war schon weg. Ich glaub nich, dat er mir die Frage in ihrem Beisein gestellt hätte. Ist doch ziemlich unangenehm, um Geld zu betteln.«

Ja, das war es wohl, da gab ich ihr recht.

Als sie zum Arzt aufgebrochen war, machte ich schnell die Abdrücke der Schlüssel, packte sie in die Dosen und verstaute diese dann im Kühlschrank, der sich im Lager hinter dem Laden befand. Es konnte nicht schaden, die Knete kalt aufzubewahren, um für größtmögliche Formstabilität zu sorgen, hatte ich mir überlegt.

Ja, manchmal war ich ein echter Fuchs.

Erwin erschien um wenige Minuten nach acht und verstaute die Dosen in seinem Stoffbeutel. Wir hatten die Übergabe gerade erledigt, als Gitti plötzlich im Laden stand.

»Schutzmann Erwin!«, rief sie erfreut aus. »Dat ist ja schön! Gibt's wat Neues? Hat die Kommissarin mittlerweile schon wen verhaftet?«

Erwin schüttelte den Kopf. »Nee, leider nicht. Aber Loretta und ich haben heute Mittag einen Termin bei ihr. Ich hoffe, Astrid hat Neuigkeiten für uns.«

Gitti war sichtlich enttäuscht. Zu gerne hätte ich ihr von dem erzählt, was ich mittlerweile wusste, aber das wäre nach wie vor zu gefährlich gewesen. Gerade die Beteiligung ihres Neffen an diesem Komplott würde sie noch früh genug aus den Klotschen hauen. Diese Enttäuschung hätte ich ihr wirklich gerne erspart. Aber spätestens wenn es uns tatsächlich gelang, diese Bande auffliegen zu lassen, würde sie es zwangsläufig erfahren.

Erwin kündigte an, mich um eins abzuholen, dann verabschiedete er sich.

Der Vormittag hielt uns einigermaßen auf Trab, und wir hatten gerade ein wenig Leerlauf, als der Postbote den Laden betrat.

»Gitti, ich hab ein Einschreiben für dich«, sagte er. »Du musst unterschreiben.«

Er legte einen dicken Umschlag in A5-Größe auf den Tisch, der irgendwie unheilvoll aussah.

»Briefe, für die man unterschreiben muss, bedeuten nix Gutes. Nie«, murmelte Gitti.

Sie unterschrieb auf der Karte, die der Postbote von der Rückseite des Kuverts entfernt hatte; dann ging er wieder.

Gitti starrte den Umschlag an, als könne der jeden Moment explodieren. »Der ist von 'nem Anwaltsbüro«, flüsterte sie, »mir ist ganz schlecht.«

Ach herrje – Mannis Schwester … die hatte ich ganz vergessen. Bestimmt kam die Post von ihr. Beziehungsweise von ihrem Anwalt. Oder der *Flotte* von Anwälten – dem Stempel auf dem Kuvert nach zu urteilen –, die sie engagiert hatte, um Gitti und mir alle Knochen im Leib zu brechen. Mit tödlicher Sicherheit hatte ich auch so ein Ding im Briefkasten; beziehungsweise die Benachrichtigung, dass bei der Post ein Einschreiben auf mich wartete.

»Willst du nicht reingucken?«, fragte ich.

Heftig schüttelte Gitti den Kopf. »Nein. Da steht nix Gutes drin. Dat will ich nich lesen. Mach du den auf.«

Beherzt riss ich das Kuvert auf und zog einen seitenlangen, in der Mitte gefalteten Schriftsatz heraus. Ich überflog die eng beschriebenen Seiten, die tatsächlich von Jutta Meyers Anwälten kamen. Im Prinzip stand dort alles, was Mannis Schwester mir an den Kopf geworfen hatte, nur diesmal in Jura-Sprech, dieser verquasten, umständlichen Sprache, die unter Juristen üblich war. Es wurde mit etlichen Paragrafen um sich geworfen, die mir natürlich allesamt nichts sagten, aber das war auch egal. Entscheidend war die Summe, die dort stand.

»Gitti, vielleicht solltest du dich setzen«, sagte ich. »Jutta Meyer verlangt 500.000 Euro.«

»Wie bitte?«, kreischte Gitti. »Spinnt die? Dat kann die doch nicht verlangen, oder?«

Sie atmete heftig, hielt sich ansonsten aber recht wacker, wie ich fand. Immerhin fiel sie nicht in Ohnmacht.

»Sie kann alles verlangen, was sie will«, erwiderte ich. »Papier ist geduldig, und Anwälte hauen gerne mal ordentlich auf die Kacke. Ob sie allerdings mit dieser absurden Forderung vor Gericht durchkommen werden, steht auf einem ganz anderen Blatt.«

»Vor Gericht?«, wisperte sie entsetzt. »Ich will *nicht* vor Gericht.«

»Ich auch nicht, Gitti. Und ganz bestimmt habe ich einen ähnlichen Brief bekommen, denn immerhin bin ich diejenige, die angeblich nicht ordentlich gestreut hat. Dich machen sie verantwortlich, weil es auf deinem Grund und Boden geschehen ist. Und mich, weil er meinetwegen gestürzt sein soll. Aber wir können natürlich auch zahlen, und dann geht es nicht vor Gericht.«

Gitti schnaubte; ihre Bestürzung hatte sich mittlerweile in Wut verwandelt. »Ja klar, ich zahle mal eben so eine halbe Million. Bin ich Krösus, oder wat? Dann müsste ich alles verkaufen, wat ich besitze. Aber dat seh ich überhaupt nich ein. So leid mir dat mit dem Manni tut, aber ich lass mich nich ausnehmen wie 'ne Weihnachtsgans.«

»Herr Wüllenhorst hat doch gesagt, wir sollen ihm sofort Bescheid geben, wenn wir Anwaltspost bekommen. Er wird uns helfen.«

Gittis Augen füllten sich mit Tränen. »Alfie ist kein Zauberer, und der Anwalt auch nich. Loretta, die nette Kommissarin muss unbedingt ganz schnell beweisen, dat wir nich schuld an Mannis Tod sind – *unbedingt!*«

Das wäre tatsächlich nicht schlecht, fand ich.

Oder ich schaffte es, diesen Beweis zu erbringen. Und zwar sehr, sehr schnell.

Kapitel 27

Wenn nicht nur der Kripo die Hände gebunden sind, sondern auch ein gewisser Hauch in der Luft hängt, besteht Handlungsbedarf, weiß Loretta

»Bist du sicher, dass ich dich alleine lassen kann?«, fragte ich Gitti, als wir den Vormittag endlich geschafft hatten und es Zeit für die Mittagspause war.

Sie nickte. »Klar. Ich werde die nächsten beiden Stunden nutzen, um dieses bescheuerte Schreiben vom Anwalt in Ruhe zu lesen.«

»Aber reg dich nicht zu sehr auf, hörst du? Das werden wir ganz in Ruhe angehen. Wir nehmen uns am besten zusammen einen Anwalt, der ...«

»Einen Anwalt?«, fiel sie mir ins Wort. »Aber ich hab doch gesagt, ich will nich vor Gericht.«

»Ich doch auch nicht, Gitti! Aber gerade deshalb müssen wir auf dieses Schreiben reagieren, und das tun wir am besten über einen Anwalt, der Jutta Meyers Forderungen in juristisch korrekter Form widerspricht. Irgendwo in dem Schreiben steht eine Frist, die wir einhalten müssen, damit wir auf der sicheren Seite sind. Das ist momentan völlig unabhängig von dem, was die Kommissarin unternimmt, verstehst du? Bitte sag Herrn Wüllenhorst Bescheid, er soll uns einen Termin bei seinem Anwalt besorgen.«

Draußen fuhr Erwin vor und hupte kurz.

»Ich muss los, Gitti«, sagte ich. »Lass den Kopf nicht hängen, okay? Hab Vertrauen in die Gerechtigkeit, sie siegt immer, glaub mir.«

Sie nickte beklommen, und ich fragte mich, ob ich diesen

bekloppten Satz gerade wirklich laut ausgesprochen hatte. *Hab Vertrauen in die Gerechtigkeit, sie siegt immer* – also wirklich. Aber wenn es half, durften es auch mal bekloppte Sätze sein …

»Oje«, sagte Erwin, als ich ihm von der Anwaltspost berichtete. »Das ist ätzend.«

»Aber nicht wirklich überraschend. Immerhin hatte Jutta Meyer angekündigt, uns auf alles verklagen zu wollen, was wir besitzen. Wobei es in meinem Fall mit tödlicher Sicherheit weit, weit mehr ist, als ich jemals besitzen werde. Gitti hat fast der Schlag getroffen.«

»Wird Zeit, dass wir in der Sache endlich weiterkommen. Ich bin gespannt, was Astrid zu den neuen Erkenntnissen sagt. Ach so: Hier sind die Schlüssel.« Er händigte mir einen Ring aus, an dem zwei Schlüssel baumelten. »Am besten, du probierst unauffällig aus, ob sie passen.«

Manchmal hatte Erwin echt kluge Ideen.

Nun, Kommissarin Küpper hatte nicht allzu viel dazu zu sagen, wie sich schnell herausstellte und wie ich bereits befürchtet hatte. Bei meiner Schilderung unseres Besuchs in der Aphrodite Bar runzelte sie die Stirn, enthielt sich jedoch jeglichen Kommentars. Aber ich wusste ja ohnehin, wie sie über derlei Aktionen dachte. Die Fotos von Melanie Hoffmann studierte sie durchaus aufmerksam, aber mit unbewegtem Gesicht. Als ich meine Entdeckung des Goldpulvers auf Dombrowskis Pullover schilderte – und welche naheliegenden Rückschlüsse ich daraus gezogen hatte –, huschte ein zehntelsekundenkurzes Lächeln über ihr Gesicht, immerhin.

Als ich fertig war, nickte sie. »Das war sehr interessant. Und ich gestehe ein, dass alles hervorragend zusammenpasst. Das belauschte Telefonat, das goldene Puder … ein Puzzlestück fügt sich nahtlos ans nächste. Aber leider habe ich das Problem, dass nicht ein einziger echter Beweis dabei ist, den ich dazu benutzen könnte, um irgendjemandem der Beteiligten konkret die Pistole auf die Brust zu setzen. Jeder kann alles abstreiten. Ich stehe nach wie vor mit leeren Händen da, was ich tatsächlich sehr bedaure.«

»Ich mache mir wirklich riesige Sorgen um Gitti, ich meine, Frau Scheffer«, sagte ich.

»Weiß sie über all diese Dinge Bescheid?«, fragte die Kommissarin.

Ich schüttelte den Kopf. »Nein, ich habe Angst, sie könnte alles verraten. Wüsste sie zum Beispiel das von ihrem Neffen, sie würde ihm stante pede alles vor den Latz knallen und ihm den Hintern versohlen. Ich wollte nicht, dass irgendjemand gewarnt wird.«

»Und diese Frau Hoffmann? Sind Sie sicher, dass sie der Insider aus der Bank ist?«

Ich wollte antworten, aber Erwin kam mir zuvor. »Nein, nicht hundertprozentig. Aber sie passt perfekt. Außerdem wohnt sie in dem Haus, in dem auch Svetlana lebt. Sie *kennt* die Frau und weiß eine Menge über sie. Es wäre also logisch, einen Romeo gezielt auf sie anzusetzen. Und wir vermuten, dass Jens Dombrowski an den Bauarbeiten der Bank beteiligt war. Das ist allerdings noch nicht verifiziert.«

»Onkel Erwin«, sagte die Kommissarin sanft, »hier ist leider *gar nichts* verifiziert. Und deshalb sind mir nach wie vor die Hände gebunden.«

Ich fuhr hoch. »Aber es kann doch nicht sein, dass Sie erst aktiv werden, wenn etwas passiert ist! Wenn Gitti tot in der Ecke liegt, ist es zu spät!«

»Das ist mir klar«, erwiderte sie ernst. »Das ändert leider nichts an den Tatsachen. Ich bin an …«

»Ja, ja, ich weiß«, fiel ich ihr ins Wort. »Sie sind an Regeln und Vorschriften gebunden, das ist mir klar. Übrigens kam heute Post von Jutta Meyers Anwalt. Sie will für den Tod ihres Bruders eine halbe Million von Gitti und weiß Gott wie viel von mir. Mir steht das Vergnügen noch bevor, meinen Brief zu lesen. Das ist doch nicht gerecht! Wir haben den Tod des Mannes nicht verschuldet, sondern die beiden Männer, nach denen Sie nicht suchen dürfen. Toll.«

»Aber leider nicht zu ändern, Frau Luchs«, sagte sie.

Das Gespräch war beendet.

Tatsächlich gelang es mir, meinen Frust vor Gitti zu verbergen, als ich um halb drei in ihrer Küche saß und einen Kaffee trank. Ich versicherte ihr, dass im Präsidium mit Hochdruck an dem Fall gearbeitet wurde. Wäre ich Pinocchio gewesen, hätte meine Nase bis zum Mond gereicht.

»Der Jens war übrigens vorhin hier, du hast ihn nur ganz knapp verpasst«, sagte sie. »Ich hab ihm den Brief vom Anwalt gezeigt.«

Verdammt. War es gut oder schlecht, dass er davon wusste?

»Was hat er dazu gesagt?«, fragte ich und fügte in betont leichtem Ton hinzu: »Er kennt nicht zufällig auch einen guten Anwalt?«

»Ach, ich dachte, dat macht Alfie … aber du hast recht, danach hätte ich Jens natürlich fragen können, daran hab ich nich gedacht. Er hat sich tierisch aufgeregt. Beinahe so, als hätte er selbst dieses Ding gekriegt.«

Ich weiß auch, wieso, dachte ich grimmig, der Knallkopp hat Angst um sein Erbe. Um das zu retten, müsste er verraten, wer Manni niedergeschlagen hat. Das nenne ich mal eine böse Zwickmühle für den netten Herrn Dombrowski …

»Ach ja?« Aus taktischen Gründen wollte ich nicht allzu interessiert an seiner Reaktion wirken. »Er ist sehr besorgt um dich.«

»Ja, er ist wirklich ein guter Junge«, sagte Gitti.
Ich musste mir auf die Zunge beißen, als ich das hörte.

Der Nachmittag verging schnell, und ich war froh, als wir Feierabend machen konnten. Tatsächlich gelang es mir, die Schlüssel unauffällig zu überprüfen, denn ich hatte Gitti bei Svetlanas Eintreffen mit ihr nach oben geschickt. Kurz rang ich mit mir, ob ich den beiden noch Gesellschaft leisten sollte, entschied mich aber dagegen. Selbst wenn die Bande durch den Brief des Anwalts und die möglichen Konsequenzen daraus erhöhten Handlungsbedarf sah, würden sie hoffentlich nicht schon heute Abend zuschlagen.

Zu Hause machte ich mir ein paar Nudeln und lümmelte nach dem Essen in bequemen Schlabberklamotten auf der Couch herum. Mir ging die Situation durch den Kopf, in der ich Dombrowski im Wald mit dieser Frau gesehen hatte.

Ich sollte mir die Bilder auf dem Handy noch einmal genauer ansehen, die ich von Melanie Hoffmann geschossen hatte, dachte ich, vielleicht hatte ich etwas übersehen … irgendwas, an dem ich sie eventuell doch identifizieren konnte.

Ich durchwühlte meine Jackentaschen – kein Handy. Dann musste es in meiner Umhängetasche sein. Ich kramte alles durch, dann entleerte ich die Tasche auf den Tisch – ebenfalls kein Handy.

Ich grübelte – wo und wann hatte ich es zuletzt in der Hand gehabt? Wo hatte ich es verlieren können? Nachdem ich der Kommissarin im Präsidium die Fotos gezeigt hatte, hatte ich es wieder eingesteckt, ganz sicher. Das wusste ich deshalb so genau, weil ich es beinahe vergessen hätte und sie es mir zurückgegeben hatte. Dann hatte ich es in die Jackentasche gesteckt.

Und dann?

Danach war ich noch bei Gitti in der Küche gewesen. Ich hatte auf dem Sofa gesessen und die Jacke rechts neben mich gelegt. Ziemlich nachlässig zusammengeknüllt, wenn ich es recht bedachte. Dort musste es mir dann aus der Tasche gerutscht sein, als ich die Jacke gegriffen hatte, um sie mit nach unten zu nehmen. Mist.

Der Gedanke, dass es dort unbeaufsichtigt herumlag, behagte mir ganz und gar nicht. Nicht, wenn ich Svetlana im selben Raum wusste. Wer konnte schon sagen, ob sie es nicht durchschnüffelte, falls sie es fand? Einfach so, aus Neugier? Und was, wenn sie dann auf die Fotos von Melanie Hoffmann stieß? Das durfte nicht passieren. Ich musste mein Handy da rausholen, und zwar sofort.

Ich zog mich also wieder um und stapfte los. Es war zwar kaum acht Uhr, aber zu dieser dunklen Jahreszeit fühlte es sich wie mitten in der Nacht an. Viele Fenster und Vorgärten waren mittlerweile weihnachtlich geschmückt, was den kurzen Weg durch die Nachbarschaft zu einem beinahe romantischen Spaziergang machte.

Als ich das Geschäft erreichte, sah ich, dass die Wohnzimmerfenster erleuchtet waren. Ich klingelte, und ein Fenster wurde geöffnet.

»Wer ist da?« Es war Svetlanas Stimme.

Ich trat einen Schritt zurück, damit sie mich sehen konnte. »Ich bin's, Loretta. Ich vermisse mein Handy. Ich habe es vermutlich hier vergessen, weiß aber nicht genau, wo. Lässt du mich bitte kurz rein?«

»Gitti hat sich schon hingelegt. Warte unten, ich bringe es dir«, erwiderte sie. »Wo ist es denn?«

Himmel – redete ich chinesisch? Ich hatte doch gerade gesagt, dass ich *nicht* wusste, wo es war. Irgendetwas hielt mich davon ab, sie auf dem Küchensofa nachsehen zu lassen. Nein, ich wollte unbedingt nach oben.

»Svetlana, mach mir verdammt noch mal die Tür auf. Auch wenn Gitti sich schon hingelegt hat. Erstens ist es ganz sicher nicht bei ihr im Bett, und zweitens habe ich nicht vor, oben Trompete zu spielen. Ich werde sie nicht wecken, okay? Also lass uns die ganze Sache abkürzen.«

Das Fenster wurde zugeknallt, und nach kurzer Zeit ging das Licht in der Einfahrt an. Das Hoftor wurde aufgeschlossen, und ich drängte mich an ihr vorbei, ehe sie noch einmal anfangen konnte, mit mir zu diskutieren. Sie folgte mir auf dem Fuße und blieb in meiner Nähe, als ich mitten in der Küche stand. Von Gitti war nichts zu hören oder zu sehen.

»Gitti schläft schon?«, fragte ich. »Warum bist du noch hier?«

»Sie hat sich gerade erst hingelegt. Ich will noch ein bisschen aufräumen, dann bin ich weg«, erwiderte sie.

Sie wirkte nervös, und ich wusste auch, wieso.

»Nett von dir.«

Laut dachte ich darüber nach, wo mein Telefon sein könnte. Dann ging ich zum Küchensofa, wo ich es tatsächlich unter einem Kissen entdeckte.

Ich hielt es hoch und sagte: »Siehst du, da ist es. Und schon bin ich wieder weg.«

Schweigend gingen wir hinunter zum Hoftor.

»Bis morgen, Svetlana.«

»Bis morgen«, erwiderte sie und knallte das Hoftor zu.

Ich hatte keine Zeit zu verlieren und rannte los. Kaum, dass ich mich außer Sicht- und Hörweite wusste, wählte ich Erwins Nummer.

»Erwin, ich war gerade bei Gitti, habe aber nur Svetlana angetroffen. Gitti ist angeblich schon im Bett, aber das glaube ich nicht. Wir müssen uns reinschleichen und sie befreien. Bring Frank mit, unbedingt.«

»Befreien? Wieso denkst du, dass sie in Gefahr ist?«

»Ganz einfach: Weil mir niemand erzählen kann, dass Gitti

um acht Uhr abends schon schläft. Aber was noch wichtiger ist: Die ganze Bude stinkt penetrant nach Kippers Parfüm. Wir treffen uns bei mir.«

»Bis gleich«, sagte er und legte auf.

Ich setzte meinen Weg fort und versuchte, mich zu beruhigen. Beinahe hätte ich vorhin die Fassung verloren, als ich das Parfüm gerochen hatte. Schwer hing der süßliche Duft im Raum, und zwar auf eine sehr präsente Weise, die mir sagte, dass der Träger des Parfüms die Küche erst vor einer Minute verlassen hatte.

Vermutlich hatte er sich mit Gitti in eins der anderen Zimmer zurückgezogen und sie gezwungen, keinen Lärm zu machen. Kein Wunder, dass Svetlana mich nicht reinlassen wollte. Und wie gut, dass genau das mein Misstrauen geweckt und ich nicht lockergelassen hatte.

Nicht mit mir, *Golden Girl*, dachte ich grimmig, du wirst mich noch kennenlernen, und das wird dir gar nicht gut bekommen. Sich mit mir anzulegen, ist echt keine kluge Idee.

Zu Hause tigerte ich zuerst unruhig durch die Wohnung. Dann setzte ich mich an den Tisch und fertigte einen Grundriss von Gittis Wohnung an. Es kam mir wie eine Ewigkeit vor, aber wahrscheinlich waren zwischen meinem Telefonat mit Erwin und seinem und Franks Eintreffen kaum zwanzig Minuten vergangen.

Frank vibrierte vor Aufregung, aber Erwin war die Ruhe selbst. Ich schilderte beiden die Situation, die ich vorhin erlebt hatte, und wir waren uns einig, dass Gefahr im Verzug war. Ich erklärte beiden den Aufbau der Wohnung, denn wir konnten nicht wissen, wen wir wo vorfinden würden.

»Wir müssen sehr, sehr leise sein«, sagte ich. »Die Küche ist vom Treppenaufgang nur durch einen Vorhang getrennt. Er ist zwar sehr dick und schluckt ein wenig Schall, aber wir sollten nichts riskieren. Uns spielt in die Karten, dass sie nicht mit uns rechnen.«

»Wat 'n Glück, dat ihr die Schlüssel gemacht habt.« Frank grinste voller Vorfreude.

»Ja, sonst würden wir schön blöd draußen auf der Straße stehen«, erwiderte ich.

Erwin runzelte die Stirn. »Du wirst nicht durchdrehen, Frank, verstanden? Wir sehen uns erst einmal an, was da überhaupt los ist. Und dann holen wir Astrid. Vielleicht können wir auch aufnehmen, was geredet wird. In diesem Fall ist der Vorhang unser Vorteil, finde ich. Wir könnten einfach ein Handy unter ihm durchschieben.«

»Falls sie in der Küche sind. Aber das werden wir gleich feststellen«, sagte ich. »Also gut, lasst uns losgehen. Die Autos lassen wir stehen, damit wären wir auch nicht viel schneller.«

Wenige Minuten später standen wir vor Gittis Haus.

Showtime.

Kapitel 28

Zum guten Schluss lautet die entscheidende Frage:
Darf's ein bisschen Vollkörperkontakt sein?

»Gut, dass das Tor einwandfrei geölt ist«, flüsterte ich, als wir leise hineinschlüpften. »Dafür hat der gute Jens gesorgt. Vermutlich, damit seine Komplizen ungehört aufs Gelände kommen.«

Wir ließen das Hoftor angelehnt und schlichen im Dunkeln zur Haustür. Ich dankte den Nachbarn auf Knien, dass das Flutlicht in der Einfahrt nicht mehr über einen Bewegungsmelder aktiviert wurde.

»Apropos ungehört«, raunte Erwin. »Ich hab nicht drauf geachtet, als ich hier war: Gibt es eine Bodendiele oder Treppenstufen, die knarren?«

»Nein, weil Steinstufen und Betonböden Gott sei Dank nicht knarren können«, gab ich leise zurück.

Im Schein einer winzigen Taschenlampe, die Frank dabeihatte, fädelte ich den Schlüssel geräuschlos ins Haustürschloss und drehte ihn behutsam um. Mit einem leisen Klick öffnete die Tür sich, und wir betraten das Haus. Auch sie lehnte ich nur an, damit die Polizei, falls wir die Kavallerie tatsächlich alarmieren würden, problemlos ins Haus kam.

Wie wir es besprochen hatten, verharrten wir zunächst unten und spitzten die Ohren. Zwei Männer schienen in der Küche zu debattieren, dann mischte sich eine zischende Frauenstimme ein. Tatsächlich schluckte der dicke Vorhang so viel, dass wir nichts verstehen konnten.

Ich aktivierte vorsichtshalber schon jetzt die Aufnahmefunktion meines Handys, dann flüsterte ich: »Kommt.«

Geduckt – beinahe auf allen vieren – erklommen wir die Treppe. Oben waren die Stimmen viel deutlicher, was gleichzeitig bedeutete, dass wir absolut keinen Mucks von uns geben durften.

»Verdammt, reißt euch zusammen«, sagte die Frau, die ich – keine Überraschung – als Svetlana erkannte.

Sehr behutsam lupfte ich den Saum des Vorhangs um einen Zentimeter und schob mein Handy ein winziges Stück in den Raum. Entscheidend war ja, dass das Mikrofon in der Küche war.

»Du hast gut reden«, das war eine Männerstimme, »es geht schließlich um meine Tante.«

Aha – Jens Dombrowski.

»Ach, plötzlich so zimperlich?« Wieder Svetlana. »Du warst es schließlich, der Alarm geschlagen hat.«

»Wollt ihr vielleicht, dass die Schwester von dem Toten das Haus kriegt? Dann ist unser schöner Plan zum Teufel!«, fauchte Dombrowski. »Wir werden nie wieder die Gelegenheit kriegen, so einfach in die Bank zu kommen. Und das nur deinetwegen, du Idiot. Weil du dich nicht zusammenreißen konntest.«

»Du blödes Weichei«, sagte der zweite Mann. »Warum hat er sich uns auch in den Weg gestellt? Ich *musste* ihm eine klatschen. Nicht meine Schuld, wenn er mit der Rübe auf die Stufe knallt und abkratzt.«

»Aber meine Tante soll jetzt dafür bezahlen! Sie wird alles verlieren!«

»Kipper, Jens – beruhigt euch. Noch ist nicht alles zu spät«, sagte Svetlana. »Wir müssen jetzt nur die Nerven behalten. Wenn die Alte ihrem geliebten Jens jetzt ihr Haus überschreibt, ist alles gut.«

»Ich will aber nicht, dass ihr etwas passiert«, jammerte Dombrowski. »Was hast du mit ihr gemacht?«

»Ich habe ihr ein kleines Mittelchen gespritzt, das sie gefügig macht«, erwiderte Svetlana. »Los, Kipper, hol sie her.«

Ich stupste Erwin an, der neben mir hockte. »Kommissarin«, wisperte ich. »Und Krankenwagen.«

Ich spürte, dass er sich von mir entfernte. Kurze Zeit später hörte ich ihn leise vor der Haustür telefonieren.

Währenddessen kam aus der Küche kein Laut. Ob Svetlana und Dombrowski wohl knutschten? Dann erklangen Schleifgeräusche und ein wimmerndes Ächzen.

»Verdammt, musst du so grob mit ihr umgehen?«, blaffte Dombrowski, was Kipper mit einem knappen »Halt die Schnauze!« quittierte.

»Setz sie hierhin«, sagte Svetlana.

Undefinierbare Geräusche, dann erklang Gittis schwache Stimme. »Wat wollt ihr von mir? Svetlana, warum …« Eine Pause folgte, dann: »Jens? Wat … wat bedeutet dat?«

Ihre Stimme klang matt und verwaschen, und trotzdem hörte ich Gittis große Panik und Verwirrtheit. Sie tat mir unendlich leid.

»Diese verfluchten Schweine«, flüsterte Frank. »Ich geh jetzt rein und hau denen aufs Maul.«

Ich hielt ihn am Ärmel fest. »Warte noch. Wenigstens, bis Erwin zurück ist.«

»Hör mir jetzt gut zu, Tante Gitti«, sagte Dombrowski. »Wenn du das hier unterschreibst, ist alles gut.«

»Wat … wat ist dat?«, fragte Gitti.

»Ein Schriftstück, dass du mir dieses Haus überschreibst. Als Vorschuss auf mein Erbe, sozusagen.«

»Kommt nich inne Tüte«, erwiderte Gitti.

Sooo gefügig schien sie dieses Mittel dann wohl doch nicht gemacht zu haben.

Wir hörten ein klatschendes Geräusch, gefolgt von Gittis Aufschrei.

»Svetlana«, rief Dombrowski, »es ist nicht nötig, sie zu schlagen!«

»Reiß dich zusammen, du Lusche«, gab Svetlana höhnisch zurück. »Sieh lieber zu, dass sie endlich unterschreibt, damit nicht noch Schlimmeres passiert.«

Ich fühlte, dass Erwin sich wieder neben mir positionierte. »Sie sind schon unterwegs«, wisperte er in mein Ohr. »Ohne Sirenen.«

»Bitte, Tante Gitti, mach doch einfach, worum wir dich bitten, okay?«, sagte Dombrowski. »Dann lassen wir dich auch sofort in Ruhe und gehen.«

Ich fragte mich, wie er sich das vorstellte. Glaubte er etwa, dass alle wieder zur Tagesordnung übergehen könnten, wenn er die Unterschrift hatte? Wie wollte er Gitti daran hindern, ihn und die anderen anzuzeigen?

War der Plan, sie umzubringen?

Oder waren die drei Möchtegern-Gangster in der Küche einfach grottendämlich und in panischen Aktionismus verfallen, weil ihr schöner Plan vermeintlich zu platzen drohte?

»Ihr könnt machen, wat ihr wollt«, sagte Gitti mit erstaunlich fester Stimme. »Ich werd nix unterschreiben.«

Es folgte eine kurze Stille, dann säuselte Kipper: »Du bist ganz schön starrsinnig, du dummes, altes Weib. Warum tust du nicht einfach, was dein Goldjunge will?«

»Dieser Mensch ist nich mein Goldjunge. Nich mehr. *Nie* mehr, kapiert?«, zischte Gitti.

»Das ist nicht besonders schlau von dir.« Kippers Stimme war samtweich. »Wie geht es eigentlich deiner Schulter? Schon verheilt? Ich glaube, ich muss dich mal untersuchen.«

Im nächsten Moment schrie Gitti wie ein Tier.

Ich grabschte mein Handy und sprang auf. Frank riss den Vorhang zur Seite und stürmte in die Küche, Erwin und ich hinterher.

Gitti saß gefesselt auf einem Stuhl mitten im Raum; ihr Kopf war auf ihre Brust gesunken. Sie rührte sich nicht.

Wie eine Rakete flog Frank auf Kipper zu und rammte ihm den Kopf in den Magen, während Erwin sich um den völlig erstarrten Dombrowski kümmerte und ich mir Svetlana schnappte.

Zwar hatten wir das Überraschungsmoment auf unserer Seite, aber ich musste schnell erkennen, dass Svetlanas tägliche Routine an der Stange ihr zu einem stählernen Körper verholfen hatte, der sich nicht so ohne Weiteres bezwingen ließ. Mühelos schüttelte sie mich ab und schleuderte mich gegen die Küchenzeile. Hart prallte ich mit der Hüfte gegen eine Kante und schnappte nach Luft. Aua. Im Umdrehen checkte ich rasch die Situation: Dombrowski war offenbar ausgeschaltet und lag regungslos bäuchlings auf dem Boden; Erwin beugte sich über ihn. Frank kämpfte mit Kipper, der keine besonders gute Figur machte und nicht viel mehr versuchen konnte, als die Angriffe des kleinen Kampfterriers abzuwehren. Der Stuhl mit der armen Gitti war umgekippt und lag auf der Seite. Svetlana kam in geduckter Haltung auf mich zu.

Oh mein Gott, dachte ich panisch, kann die etwa Karate?

Leider sah es ganz so aus. Sie holte aus – vermutlich wollte sie mir mit einem Hieb den Kehlkopf zertrümmern oder dergleichen Tödliches. Vollkörperkontakt mit Leuten, die asiatische Kampfkunst beherrschten, endete nur selten glimpflich.

Da sie aber ganz auf mich konzentriert war, achtete sie nicht auf Erwin, der sie mit einem gezielten Tritt in die Kniekehlen zu Fall brachte. Zu zweit stürzten wir uns auf sie und versuchten, die Tobende zu bändigen. Schließlich schafften wir es mit vereinten Kräften, ihre Hände mithilfe von Kabelbindern, die Erwin offenbar vorsorglich eingesteckt hatte, auf ihrem Rücken zu fixieren. Dann machten wir das Gleiche mit Dombrowski, der gerade wieder zu sich kam und verwirrt blinzelte.

Um Frank machte ich mir keine Sorgen. Zwar war er deutlich kleiner als der baumlange, schlaksige Kipper, aber ich hatte ihn schon ganz andere Kaliber erledigen sehen. Der Lulatsch hielt sich nur noch mühsam aufrecht; der nächste Hieb würde ihm den Rest geben.

Ich stürzte zu Gitti, um ihre Fesseln zu lösen, was nicht ganz einfach war, denn sie war mit einer verschwenderisch eingesetzten Wäscheleine am Stuhl festgebunden. Hektisch suchte ich in den Schubladen nach einer Schere, dann zerschnitt ich die Leine an mehreren Stellen und zog den Stuhl vorsichtig von ihr weg. Sie lag auf der linken Seite, war also auf ihr gebrochenes Schlüsselbein gestürzt. Wo sie mit dem Kopf auf den Boden geknallt war, bildete sich allmählich eine amtliche Beule. Ihre Augenlider flatterten, als sie langsam zu sich kam.

»Gitti, ich bin's, Loretta«, sagte ich. »Kannst du mich erkennen?«

Sie versuchte, sich aufzurichten, sank aber mit einem Aufschrei wieder zurück. Erwin brachte ein Kissen, das er ihr fürsorglich unter den Kopf schob.

»Der Notarzt ist unterwegs«, sagte er sanft zu ihr, »es ist besser, dich nicht zu bewegen.«

»Haste nochma so 'n Fesseldings, Erwin?«, fragte Frank, der rittlings auf Kippers Brust hockte.

Erwin ging hinüber zu ihm, und ich setzte mich neben die stöhnende Gitti auf den Boden und streichelte ihr Haar.

»Gitti, alles wird wieder gut«, murmelte ich.

Sie sah mich an und ächzte: »Weißte wat, Loretta? Ich bin echt zu alt für diesen Scheiß.«

So konnte man es natürlich auch ausdrücken.

Als Sanitäter und Kommissarin Küpper nebst vier uniformierten Kollegen eintrafen, saßen Svetlana, Jens Dombrowski und Kipper versandfertig verpackt nebeneinander an der Küchenzeile auf dem Fußboden. Alle drei waren an Händen und Füßen gefesselt – zumindest Svetlana traute ich ohne Weiteres zu, selbst mit auf den Rücken fixierten Händen noch jede Menge Unheil anzurichten. Dombrowski und Kipper brüteten vor sich hin, aber Svetlana bebte vor Wut und beschimpfte ihre Kollegen auf Russisch, was ich nur vermuten konnte, aber ihrem Tonfall nach zu urteilen, stieß sie eine Verwünschung nach der anderen aus.

Die Sanitäter kümmerten sich um Gitti und betteten sie vorsichtig auf einer Trage, nachdem sie ihr ein starkes Schmerzmittel injiziert hatten.

»Ich komme dich morgen im Krankenhaus besuchen«, sagte ich und gab ihr einen Kuss auf die Stirn, dann wurde sie abtransportiert.

Die Kommissarin musterte uns. Frank massierte sich die leicht lädierten Hände, Erwin wirkte zerzaust, und ich hielt mir, leicht gekrümmt, die schmerzende Hüfte.

»So«, sagte sie dann, »und jetzt wüsste ich zu gern in Kurzform, was hier los war. Und wer die gefesselten Herrschaften sind. Onkel Erwin?«

»Die drei Herrschaften hatten Gitti Scheffer in ihre Gewalt gebracht, gegen ihren Willen sediert, an den Stuhl gefesselt und gefoltert …«

»Gefoltert?«, kreischte Svetlana. »Der Alte spinnt doch!«

»*Gefoltert*«, wiederholte Erwin mit Nachdruck. »Sie wurde geschlagen und an ihrem Schlüsselbeinbruch manipuliert, um sie dazu zu bringen, ihrem Neffen, das ist dieser Herr«, Erwin deutete auf Jens Dombrowski, »dieses Haus zu überschreiben. Der vorbereitete Vertrag liegt auf dem Tisch. Der andere Herr – von ihm kennen wir nur den Spitznamen *Kipper* – ist derjenige, der Manfred Meyer umgebracht hat.«

Umgehend erwachte Kipper aus seiner Lethargie. »Umgebracht? Quatsch! Ich bin doch kein Mörder! Ich hab dem nur eine geklebt, und dann ist er auf die Stufe geknallt. Ich wollte den doch nicht umbringen!«

Kommissarin Küpper lächelte. »Vielen Dank für Ihre Aussage. Und die junge Dame?«

»Sie hat sich um Gitti Scheffer … äh … *gekümmert.* Im Laden und im Haushalt geholfen«, sagte Erwin. »So hat sie sich heimtückisch Gittis Vertrauen erschlichen.«

»Nun gut, das werden wir später alles noch im Detail klären«, sagte die Kommissarin und wandte sich an ihre Kollegen. »Ins Präsidium bringen.«

Ich hob die Hand. »Wenn ich mich einmischen darf: Bei Svetlana wäre ich an Ihrer Stelle vorsichtig. Die tritt euch glatt das Hirn aus dem Schädel, sobald ihre Beine nicht mehr gefesselt sind.«

Der hasserfüllte Blick, den Svetlana mir zuschleuderte, war reines Gift.

Die Kommissarin nickte. »Vielen Dank für den Hinweis, Frau Luchs. Also bringt erst die beiden Männer runter und holt dann die kämpferische junge Dame.« Dann wandte sie sich an uns und deutete auf den Esstisch. »Hinsetzen.«

Gehorsam nahmen wir Platz und warteten. Im Stehen überflog Kommissarin Küpper den Vertrag, und erst als Svetlana abtransportiert worden war, setzte sie sich zu uns.

Sie sah uns nacheinander an und sagte: »Herr Kropka, Frau Luchs und Onkel Erwin. Wieder einmal die üblichen Verdächtigen. Von euch hätte ich jetzt gern gewusst, was ihr hier zu suchen hattet.«

»Das war alles totaler Zufall«, erwiderte ich.

Sie grinste. »Selbstverständlich war es das. Ich hatte nichts anderes erwartet. Und wie *genau* gestaltete sich dieser Zufall, Frau Luchs?«

»Ich hatte mein Handy hier vergessen. Und als ich es abholen wollte und die Treppe hochkam, bekam ich mit, dass Gitti in Bedrängnis war. Ich zog mich sofort zurück und rief Erwin an, der Frank mitbrachte.«

»Onkel Erwin riefen Sie dann vermutlich mit Ihrem Zweithandy an, das Sie stets bei sich tragen?«

Ups.

Ich schüttelte den Kopf. »Nein, natürlich nicht, sondern von meinem Festnetzanschluss zu Hause. Es sind ja nur ein paar Minuten bis zu mir. Erwin brachte Frank mit, und dann sind wir zusammen wieder hierhin zurückgekehrt. Ich ... äh ... ich hab einen Schlüssel, für Notfälle. Und das war ja wohl eindeutig ein Notfall, also haben wir uns hochgeschlichen.«

»Sie wissen aber schon, dass die Polizei für derlei Dinge zuständig ist?«

»Bitte sei fair, Astrid«, warf Erwin ein, »ich habe dich praktisch sofort angerufen, als wir hier waren.«

»*Praktisch sofort.*« Die Kommissarin schnaubte. »Frau Luchs, Sie hätten mich natürlich *vor* Onkel Erwin anrufen müssen. Wann werden Sie das endlich kapieren? Und ihr drei hättet *unbedingt* auf unser Eintreffen warten müssen.«

»So weit kommt dat noch!«, krähte Frank empört. »Die ham die alte Dame doch gehaun! Und gequält! Hätten wir etwa weiter zuhörn solln, wie die vor Scherzen schreit? Nie im Leben könnte ich dat! Und wenn dat strafbar is – bitte. Dann verknackt mich doch!«

»Ihre Ritterlichkeit in allen Ehren, Herr Kropka, aber ...«

»Nix aber! Dat würd ich immer wieder so machen, und dat is mein letztet Wort dazu.« Demonstrativ streckte er die Hände nach vorne und blaffte: »Erwin, haste noch so ’n Fesseldings? Dann kann die Frau Kommissarin mich gleich mitnehm, weil ich ’nem Kerl, der ’ne alte Frau gefoltert hat, die Fresse poliert hab. Wat jeder anständige Mann tun würde. Bitte sehr.«

Kommissarin Küpper verdrehte die Augen und stöhnte. »Ihr drei macht mich fertig.«

Erwin grinste. »Aber wir haben Meyers Tod aufgeklärt, eine Erpressung aufgedeckt und vermutlich einen Bankraub verhindert. Ist doch nicht schlecht, oder?«

Sie hob plötzlich die Nase und schnüffelte. »Wonach riecht es hier eigentlich so penetrant? Ist ja fürchterlich. Irgendwer sollte demjenigen mal sagen, dass man Parfüm nicht dermaßen überdosieren sollte.«

Nun, dazu würde sie die Gelegenheit haben, wenn sie zusammen mit Kipper im kleinen Verhörraum saß.

Am nächsten Nachmittag fuhr ich ins Krankenhaus, nachdem ich auf dem Präsidium meine Aussage gemacht hatte. Von der Stationsschwester erfuhr ich, dass Gittis Schlüsselbeinbruch, der sich dank Kipper verkompliziert hatte, am frühen Morgen operiert worden war, Gitti aber mittlerweile wieder putzmunter sei.

Gitti residierte in einem Privatzimmer, und natürlich saß Herr Wüllenhorst an ihrem Bett. Er hielt ihre Hand, und ein riesiger Strauß Rosen prangte auf dem Nachttisch.

Bei meinem Eintreten zog sie hastig die Hand aus der seinen und errötete. Herr Wüllenhorst erhob sich sofort, bot mir seinen Stuhl an und verkündete, sich in die Cafeteria zurückziehen zu wollen, um den reizenden Damen etwas Privatsphäre zu gönnen, wie er es formulierte. Mit einer kleinen Verbeugung verließ er das Zimmer.

»Du und Alfie, hm?«, sagte ich und setzte mich zu ihr. »Das finde ich super.«

»Stell dir vor: Er hat die Sanitäter gestern bequatscht, ihm zu verraten, in welches Krankenhaus sie mich bringen, und ist hier spätabends aufgekreuzt. Mit Rosen. Die haben ihn dann ziemlich schnell rausgeworfen, aber seit heute Morgen ist er schon wieder hier.«

»Er liebt dich halt. Du ihn auch, stimmt's?«

Gitti nickte versonnen. »Ja. Er sagt, ich soll den Laden aufgeben und endlich mein Leben genießen. Gemeinsam mit ihm.«

Meine Worte, dachte ich, und Alfie ist die Kirsche auf der Sahne. Wenn jemand Glück verdient hatte, dann Gitti.

»Und was denkst du?«

»Ich denke, dat ist 'ne gute Idee. Er hat vorgeschlagen, dat wir zusammen verreisen, dat wir uns irgendwo 'n Ferienhäusken mieten.« Sie lächelte. »Er will für mich kochen, sagt er, und mich verwöhnen, damit ich mich erholen kann.«

»Das finde ich wunderbar. Wohin wollt ihr fahren? Ins Warme? Oder lieber in den Schnee?«

»Weiß nich. Dat kann ich mir aussuchen. Wir haben ja keine Eile.«

Ich traute mich kaum, es anzusprechen, aber die Frage drängte sich auf. »Und dein Laden?«

Gitti sah mich ernst an. »Weisste, mir ist wat klar geworden, Loretta. Ich bin … wie soll ich sagen …« Sie suchte nach Worten.

»Ich weiß schon: Du bist zu alt für diesen Scheiß. Das hast du zumindest gestern zu mir gesagt, als die Sanitäter dich wegbrachten.«

»Wirklich?« Sie kicherte. »Daran erinnere ich mich gar nich mehr. Aber dat stimmt. Den Laden schaff ich nich mehr, wenn ich ganz ehrlich bin. Schade eigentlich. Weisste, es wär schön, wenn ich 'nen Nachfolger finden würde.«

»Einstweilen hängt ein Schild in der Tür, dass bis auf Weiteres geschlossen ist. Und die Sache mit dem Nachfolger … Ich glaube, ich weiß, wen ich mal fragen könnte.«

Ich fuhr vom Krankenhaus direkt zu Franks Kiosk und erzählte ihm von Gittis Plänen, den Laden aufzugeben.

»Wat? Der schöne Laden soll geschlossen werden? Dat is 'ne echte Schande is dat«, sagte er.

»Deshalb bin ich hier. Du bist der Erste, der davon erfährt. Wäre das nichts für dich? Das Geschäft läuft prima, soweit ich das beurteilen kann. Die Wohnung ist ein bisschen klein für euch alle, aber hinten ist reichlich Platz für einen Anbau. Und ein riesiger Garten für die Kinder.«

Frank war sichtlich interessiert. »Wat will die Gitti denn dafür haben?«

Ich zuckte mit den Schultern. »Darüber hat sie nicht gesprochen, aber ich bin sicher, ihr werdet euch einig. Wirst du deinen Kiosk denn los?«

Er winkte ab. »Pfff, Kinderspiel. Den inserier ich, und drei Tage später habbich 'nen Pächter, kein Ding. Mensch, ich bin gespannt, wat die Bärbel dazu sacht!«

Bei ihr würde er offene Türen einrennen, das war mir offenbar klarer als ihm selbst. Sie könnte ihren Halbtagsjob im Supermarkt aufgeben und mit ihm zusammen den Laden schmeißen. Keine Arbeit am Wochenende mehr für Frank, und für die Kinder wären sie stets erreichbar. Wenn das nicht perfekt war, dann wusste ich auch nicht.

Epilog

Vier Wochen später

Es war ein Sonntagabend im Januar, und wir hatten uns in der Küche über dem Laden eingefunden, um Gittis Abschied gebührend zu feiern. Doris und Gitti werkelten am Herd, Bärbel und ich deckten den Tisch. Typisch, die Frauen machen die Arbeit, könnte man denken, aber das stimmte nicht. Erwin, Frank und Herr Wüllenhorst ackerten unten im Laden, um ihn für die morgige, offizielle Übernahme durch Frank vorzubereiten.

Zwischen Weihnachten und Neujahr hatte ich es tatsächlich noch geschafft, für ein paar Tage zu Diana und Okko an die Nordsee zu fahren. Da der Laden vorübergehend geschlossen hatte und Dennis nicht mit mir rechnete, genoss ich ein paar wunderbare Tage mit meinen Freunden und bei langen Spaziergängen am Strand.

Baghira zog für die Dauer meiner Abwesenheit zu Doris und Erwin, die ihr *Butzibärchen* todsicher nach allen Regeln der Tierliebe verwöhnten.

Frank, Bärbel und Gitti waren sich rasch einig geworden, und während der letzten beiden Wochen hatte er schon mit ihr im Laden gestanden. Bei den Kunden kam er mit seiner herzlichen Art hervorragend an, wenn man auch allgemein Gittis Rückzug aus dem Geschäft bedauerte. Besonders Frau Sievers war untröstlich, war aber gleichzeitig ein wenig verknallt in Frank, wie mir schien, denn er überhäufte sie mit schmalzigen Komplimenten.

Noch fuhr Frank abends nach Hause, aber Gittis Besitz – zumindest der, den sie mitnehmen wollte – war bereits ein paar Häuser weiter zu ihrem Alfie umgezogen. Wir hatten es hier mit einer Blitzliebe zu tun, wie es schien.

Obwohl – das stimmte nicht ganz: In Wirklichkeit hatten sie sich schon lange geliebt, aber Gitti hatte es nie zugelassen. Dafür war sie jetzt umso glücklicher.

Ich hatte ihr beim Packen geholfen und sie gefragt, ob sie sich mit ihrem raschen Umzug wirklich sicher sei, und sie hatte geantwortet: »Loretta, Schätzchen, in unserm Alter haben wir keinen einzigen Tag zu verschenken. Der Alfie ist der Richtige für mich.«

Am nächsten Tag würden Gitti und Wüllenhorst zu einer längeren Reise – Ende offen – aufbrechen, die sie nach Mallorca führen sollte. Ja, man hatte sich dann doch fürs Warme entschieden.

»Wir können essen«, sagte Doris. »Holt mal einer die Männer?«

Ich ging runter in den Laden, der sich durch dezente Umbauten ein wenig verändert hatte, ohne seinen nostalgischen Charme zu verlieren. Aber nun war alles ein wenig klarer und strukturierter.

»Jungs, es gibt Essen«, sagte ich. »Ihr habt hoffentlich Hunger?«

Eine rein rhetorische Frage, wie ich wusste, und Minuten später saßen wir um den Tisch herum. Als Vorspeise gab es eine fantastische Rinderbouillon mit Eierstich, als Hauptgang servierten sie genau das Essen, das Gitti und ich ein paar Wochen zuvor im Ausflugslokal bestellt hatten – diesmal allerdings in lecker: Rindsrouladen, Rosenkohl und Salzkartoffeln in absoluter Perfektion.

»Lasst uns anstoßen«, sagte Erwin, als Bärbel und ich das Geschirr abgeräumt und in die Spülmaschine gestellt hatten. Er füllte die bereitstehenden Gläser mit Champagner, den sogar ich zur Feier des Tages nicht verschmähte.

Wir ließen die Gläser aneinanderklingen und tranken in der ersten Runde auf Gittis und Alfies glückliche Zukunft; beim zweiten Durchgang auf Bärbels und Franks Start in ein neues Leben.

Mit Tränen in den Augen hob Gitti ihr Glas erneut. »Ihr seid, wat ich mir unter 'ne Familie vorstelle. Ihr habt mir geholfen, als ich Hilfe brauchte, ohne dat ihr 'ne Gegenleistung erwartet habt. Nich so wie Jens.«

»Es tut mir sehr leid, dass er dich so hintergangen hat«, sagte ich. »Das muss dich wahnsinnig enttäuscht haben.«

Gitti zuckte mit den Schultern. »Schon. Aber du mochtest ihn von Anfang an nich, stimmt's? Dat hätte mir zu denken geben solln. Aber mein Motto ist: Aufstehn, Krönchen richten, weitermachen.«

Ich prostete ihr zu. Sie sah großartig aus: Ein Meister seines Fachs hatte sich inzwischen um ihre Haare gekümmert und ihr einen fetzigen Raspelschnitt verpasst, denn sie hatte sich dazu entschieden, in Ehren zu ergrauen und nicht mehr zu färben. Auch ihre Brauen waren einer kompetenten Behandlung unterzogen worden, was ihr hervorragend stand. Erst jetzt sah man, wie attraktiv sie war. Dass sie vor Glück strahlte, schadete natürlich auch nicht.

»Man stelle sich vor«, sagte Herr Wüllenhorst, »neulich stand dieser Mensch doch tatsächlich abends vor der Tür und wollte sich entschuldigen. Unverschämtheit.«

Frank nickte grimmig. »Im Laden hat ers auch probiert. Na, dem hab ich Beine gemacht. An Arsch und Kragen hab ich den gepackt und raus auf den Bürgersteig gesetzt. Hab ihm gesacht, er hat Hausverbot. Und dat er die Gitti nich mehr belästigen soll, wenn er an seine Zähne hängt.«

»Mein Ritter in strahlender Rüstung.« Gitti schenkte Frank ein liebevolles Lächeln.

»Die er jetzt aber hoffentlich wieder im Schrank lässt«, warf Bärbel ein. »Prügeln darf er sich höchstens einmal im Jahr. Und auch nur, um jemanden zu retten.«

»Hört, hört!«, rief Doris fröhlich. »Immerhin!«

»Auf jeden Fall ist jetzt vom Tisch, dass Gitti und ich verklagt werden sollten«, sagte ich. »Es steht ja fest, dass Kipper den Tod des Lieferanten verursacht hat.«

»Astrid ist noch immer dabei, alles aufzudröseln«, fügte Erwin hinzu. »Natürlich wollte sie von den beiden wissen, was sie an dem Morgen bei Gitti wollten. Die Männer behaupten, sie hätten nur mit ihr reden wollen. Solange sie bei dieser Geschichte bleiben …« Er zuckte mit den Schultern. »Und selbstverständlich packt niemand darüber aus, wer der zweite Typ war, als Gitti den Schlüsselbeinbruch erlitt. Wahrscheinlich irgendein Kerl aus dem Rotlichtmilieu, der für ein paar Kröten angeheuert wurde. Dombrowski hat für diesen Zeitpunkt jedenfalls ein Alibi.«

»Hat er denn nun an der Bank mitgebaut?«, fragte ich.

Erwin nickte. »Allerdings. Deshalb kannte er den Grundriss genau. Dort hatte er auch sein Firmenkonto. Trotzdem wäre er wohl nicht auf die Idee gekommen, bei diesem Plan mitzumachen, wenn ihm nicht ausgerechnet diese Bank – seine langjährige Hausbank – den Kredit gekündigt hätte. Svetlana und Kipper hat er auf dem Kiez kennengelernt. Eins hat sie verbunden: Sie haben davon geträumt, reich zu sein. Irgendwann ging es um einen Banküberfall, und dann kam eins zum anderen.«

»Der Junge soll sich wat schämen. Und dann hat er auch noch versucht, die Melanie mit reinzuziehen … wat ist jetzt mit ihr?«, fragte Gitti, die natürlich mittlerweile über jedes kleine Detail Bescheid wusste.

»Melanie Hoffmann? Astrid hat natürlich mit ihr gesprochen und hat erzählt, Frau Hoffmann sei wie vom Donner gerührt gewesen, als sie erfuhr, was ihr neuer Lover im Schilde geführt hatte.«

Ich hob die Brauen. »Das hat sie ihr geglaubt?«

Erwin zuckte mit den Schultern. »Sie sagt, die Hoffmann

hätte glaubwürdig gewirkt. Und es passt ja auch dazu, dass Svetlana am Telefon gesagt hatte, Dombrowski müsse mit ihr endlich zu Potte kommen.«

»Dat ich mich in Svetlana so getäuscht hab …« Gitti schüttelte den Kopf. »Ich bin so wat von dämlich.«

»Unsinn«, sagte ich. »Du bist ein netter Mensch, der anderen Menschen nicht automatisch misstraut. Ich fand sie auch nett. Aber manchmal deckt Kommissar Zufall Dinge auf, die sehr gut verborgen waren. Wenn ich nicht zufällig das verräterische Telefonat gehört hätte …«

»Und wenn Dombrowski und Kipper bei ihrer Flucht nach dem Vorfall mit dem Lieferanten auf der Straße nicht so laut gestritten hätten, dass Frau Sievers zufällig Kippers Namen aufschnappen konnte …«, sagte Erwin.

»… dann würden wir heute nich so fröhlich zusammensitzen und feiern«, verkündete Gitti. »Und darauf trinken wir!«

Wir leerten an diesem Abend noch so manches Gläschen, und sowohl das frischverliebte Paar als auch Frank und Bärbel starteten – wie zu erfahren war – mit einem Kater in ihr neues Leben.

Aber irgendwas ist ja immer.

Heute sind Tante-Emma-Läden vielerorts längst wieder im Trend. Dabei waren sie lange Zeit von der Bildfläche verschwunden oder existierten lediglich noch im dörflichen Umfeld.

Natürlich gab es auch in meiner Kindheit so einen Laden in dem Viertel, in dem ich aufgewachsen bin. Er lag einige Gehminuten entfernt von meinem Elternhaus, und damals gab es noch keine Discounter in der Umgebung. Der Betreiber, Herr Heek, war von außergewöhnlicher Freundlichkeit und trug stets einen blitzsauberen weißen Kittel. Er hatte die Angewohnheit, sich nach dem Eintippen der Preise in die altmodische Kasse die Hände zu reiben, wenn er seinen Kunden den Endbetrag nannte – daran erinnere ich mich deutlich. Keine Ahnung, warum er das machte; vielleicht freute er sich unbändig auf das Geld, das nun in seine Kassenschublade wanderte. Es gab Rabattmarken, die ich sorgfältig aufklebte, und zur Not konnte man bei ihm auch mal anschreiben lassen.

Es wird nicht weiter verwundern, dass sein Laden mir als Vorbild für Gittis *Lebensmittel Scheffer* diente. Wie ihrer war auch Herrn Heeks Geschäft bis unter die Decke vollgestopft mit Waren für den täglichen Bedarf, draußen auf dem Bürgersteig standen Obst und Gemüse, und an der Frischetheke gab es für Kinder immer ein Stückchen von der guten Fleischwurst. Samstags nach Ladenschluss lieferte er Einkäufe an Kunden aus, die nicht mehr so gut zu Fuß waren.

Irgendwann hatten diese Läden ausgedient – Selbstbedienung war der letzte Schrei. Überall schossen große Discounter mit unschlagbar niedrigen Preisen aus dem Boden, was dem klassischen Tante-Emma-Laden das Genick brach. Zwar musste man anfangs die Ware aus zerfledderten Kartons klauben, aber die Milch kostete nur noch die Hälfte.

Kennzeichnend für Tante-Emma-Läden war und ist die besondere, sehr persönliche Kundenbindung, die im Zeitalter gesichtsloser Discounter und Online-Shops mehr und mehr wieder an Bedeutung gewinnt. Meist sind sie so klein, dass eine Person als Personal vollkommen ausreicht. Mittlerweile werden viele Geschäfte – überwiegend im Lebensmittel-Bereich – wieder ganz bewusst mit nostalgisch angehauchtem Mobiliar eingerichtet, um ein besonderes Einkaufserlebnis zu kreieren. Oft sind diese Läden auf regionale und/oder selbst hergestellte Waren spezialisiert, wofür eine wachsende Kundenzahl durchaus einen höheren Preis zu zahlen bereit ist.

Während die einen sich beinahe ausschließlich übers Internet versorgen und sich Lebensmittel per Post liefern lassen, wissen andere durchaus wieder den Plausch an der Ladentheke und besonderen Service zu schätzen.

Ich jedenfalls mag es, wenn ich dort erfragen kann, woher die köstlichen Äpfel oder die leckere Salami stammen – Sie nicht auch?

Abgesehen davon: Lokal und regional einzukaufen ist auf jeden Fall eine gute Sache. Allein schon, um das Überleben dieser wunderbaren Läden zu unterstützen.

Loretta Luchs.

Scharfzüngig, blitzgescheit

Band 1
ISBN 978-3-7700-1489-7

Band 2
ISBN 978-3-7700-1491-0

Band 3
ISBN 978-3-7700-1513-9

Band 4
ISBN 978-3-7700-1514-6

Band 5
ISBN 978-3-7700-1525-2

Band 6
ISBN 978-3-7700-1526-9

… und überaus liebenswert!

Band 7
ISBN 978-3-7700-1559-7

Band 8
ISBN 978-3-7700-1560-3

Band 9
ISBN 978-3-7700-1561-0

Band 10
ISBN 978-3-7700-2019-5

Band 11
ISBN 978-3-7700-2123-9